다문화주의 시대의 비교문학

미국비교문학회(ACLA)「번하이머 보고서」

다문화주의 시대의 비교문학
미국비교문학회(ACLA)「번하이머 보고서」

초판 인쇄 · 2022년 6월 20일
초판 발행 · 2022년 6월 30일

지은이 · 찰스 번하이머 외
옮긴이 · 이형진 외
펴낸이 · 한봉숙
펴낸곳 · 푸른사상사

주간 · 맹문재 | 편집 · 지순이 | 교정 · 김수란, 노현정 | 마케팅 · 한정규
등록 · 1999년 7월 8일 제2-2876호
주소 · 경기도 파주시 회동길 337-16(서패동 470-6)
대표전화 · 031) 955-9111(2) | 팩시밀리 · 031) 955-9114
이메일 · prun21c@hanmail.net / prunsasang@naver.com
홈페이지 · http://www.prun21c.com

ⓒ 이형진 외, 2022

ISBN 979-11-308-1925-9   93800

값 28,000원

학술총서 57

Harry Levin

Thomas Greene

Charles Bernheimer

K. Anthony Appiah

Mary Louise Pratt

Michael Riffaterre

Ed Ahearn

Arnold Weinstein

Emily Apter

Peter Brooks

Rey Chow

Jonathan Culler

David Damrosch

Elizabeth Fox-Genovese

Roland Greene

Margaret R. Higonnet

Françoise Lionnet

Marjorie Perloff

Mary Russo

Tobin Siebers

미국비교문학회(ACLA) 「번하이머 보고서」

다문화주의 시대의 비교문학

찰스 번하이머 외 지음 | 이형진 외 옮김

푸른사상
PRUNSASANG

학문적 경계와 울타리가 이미 단단하게 구축되어 있는 여타 인문학 분야와
달리, 인문학의 대표적 학제간 연구 분야인 비교문학은 끊임없이 그 경계와 울
타리를 시험하고 도전하고 확장하면서 발전해온 학문입니다. 인접 학문 분야나
주제와의 교차와 충돌 속에서 새로운 의미와 가치를 만들어내는 비교문학은 본
질적으로 접촉과 소통의 학문적 공간입니다. 1959년 창립되어 국내에서 가장
오래된 역사를 가진 대표적인 인문학 학술단체 중 하나인 한국비교문학회는 지
난 2010년 국제비교문학회(ICLA) 세계총회를 서울에서 유치하는 등 지금까지
비교문학 담론의 소통과 발전, 확장에 이바지해오고 있습니다.

오늘날 비교문학의 발전의 중요한 주체로는, 전 세계 30여 국가의 자국 비교
문학회가 회원으로 가입해 있는 국제비교문학회(ICLA)와 비교문학에 관한 중요
한 학술적 담론 창출을 주도하는 미국비교문학회(ACLA)의 역할을 빼놓을 수 없
습니다. 특히 비교문학의 학문적 특성인 교차와 충돌, 접촉과 소통의 맥락에서
다양한 해외 비교문학 담론과의 관계 설정도 한국비교문학회의 중요한 역할이
아닐 수 없습니다. 이런 맥락에서, 10년마다 비교문학 연구의 현황 보고서를 출
간하는 미국비교문학회의 '10년 보고서' 전통은 비교문학 연구의 현재를 점검
하고 미래의 방향성을 고민하는 매우 유의미한 학술적 노력이라고 할 수 있습
니다.

지난 50여 년의 미국 비교문학 역사를 대변한다고 해도 과언이 아닌, 1965

년 「레빈 보고서」, 1975년 「그린 보고서」, 그리고 1993년 「번하이머 보고서」는 국내 비교문학 연구자들이나 학생들에게 비교문학이라는 학문과의 소통을 위한 필수적인 자료라고 할 수 있음에도 불구하고, 그동안 이들 보고서가 한국어로 번역조차 되지 않았던 국내의 열악한 학문적 현실에 대한 안타까움이 컸습니다. 이번에 한국비교문학회 소속 교수님들이 학문적 책무감과 열정으로 뭉쳐서 세 편의 보고서가 모두 실려 있는 찰스 번하이머 교수 편저의 *Comparative Literature in the Age of Multiculturalism*를 뒤늦게나마 한국어로 번역·출판하게 되어 더할 나위 없이 기쁘고, 축하드립니다. 학회의 학문적·사회적 책무감 완수라는 점에서도 무척 자랑스럽고, 이 번역서를 기획하고 책임번역을 맡은 학회 이형진 회장님과, 번역이라는 그 힘든 노고를 마다하지 않고 함께해주신 조성원 명예회장님, 정익순 부회장님, 남수영 부회장님, 최현희 편집이사님, 박문정 총무이사님, 심효원 기획이사님, 이정민 정보이사님, 박지해 재무이사님, 이 아홉 분의 한국비교문학회 소속 동료 연구자들에게 고마움과 마음의 빚을 전합니다.

비교문학 연구에서 **빼놓을** 수 없는 이 필독서의 한국어 번역출판이, 언어적 장애물과 전공 사이의 높은 경계와 장벽을 뛰어넘어, 우리가 비교문학이라는 학제간 융합의 공간에서 소통하고 학문적으로 함께 성장할 수 있는 뜻깊은 계기가 되기를 진심으로 기원합니다.

2022년 6월 안암동 연구실에서
조재룡(고려대학교 불문과 교수·한국비교문학회 제25대 회장)

비교문학 논의에서 항상 빼놓지 않고 언급되는 미국비교문학회(ACLA)의 첫 번째 '10년 보고서'인 1965년 「레빈 보고서」와 그 후 10년 만에 발간된 두 번째 1975년 「그린 보고서」, 그리고 거의 20년이 지난 1993년 발간된 세 번째 '10년 보고서' 「번하이머 보고서」가 모두 실려 있는 *Comparative Literature in the Age of Multiculturalism*(찰스 번하이머 편저, 존스홉킨스대 출판부, 1995)는 꽤 오래전부터 학회 동료 연구자들과 같이 읽고 공부하면서 함께 번역하는 기회를 꿈꾸어왔던 책입니다. 그러나 지난 2년 넘게 예상치 못했던 코로나 팬데믹 상황에서 계속 미루어지다가, 드디어 지난여름부터 함께 번역하는 프로젝트로 출발하게 되었습니다.

이 책에 실린 세 편의 '10년 보고서'와 1993년 「번하이머 보고서」에 대한 세 편의 토론문, 그리고 13편의 소논문 번역에, 한국비교문학회 소속 총 아홉 명의 연구자가 참여하고, 비교문학과 번역학을 전공하는 제가 책임번역으로 전체 번역의 최종 감수까지 맡게 되었습니다. 1990년대 미국 비교문학계를 대표하는 학자들의 비교문학에 대한 고민과 비교문학 발전의 방향성, 그리고 담론적 다양성을 담은 이 책을, 원본 출판 30년이 지난 이제서야 한국어 번역본으로 선보일 수 있게 되어 미안하고 감사할 따름입니다.

이 책에 실린 20명 가까운 원저자들의 다양한 문체와 관점, 고유한 서술 방식과 공통의 문제의식을, 아홉 명의 번역자가 서로 다른 색깔로 효과적으로 재현하는 과정에서 최소한의 일관성은 유지하고 조율하는 노력을 아끼지 않았는데, 결과적으로는 모든 번역 텍스트에 요구되는 숙명적 조건인 충실성과 가독성 사이에서 번역의 윤리성과 책무성을 벗어나지 않는 범위 내에서 최대한 오늘날 독자와의 소통을 염두에 둔 번역으로 독자들에게 다가갈 수 있기를 기원합니다. 특히 이 책의 글을 흐름을 방해하지 않는 범위 내에서, 본문에 언급되는 많은 학자와 작가 이름에는 추가 소개를 덧붙여보았습니다. 그리고 각 번역 텍스트 끝에는 번역자 이름을 표기하는 방식으로 번역자의 실질적인 책무성도 강조해보았습니다. 그럼에도 불구하고, 분명 번역 과정에서 놓친 맥락이나 예상치 못한 오역 가능성에 대한 지적은 이번 번역서를 기획하고 책임번역과 감수를 맡은 제가 오롯이 받을 몫이기에 독자들의 너그러움과 아량을 미리 구하고자 합니다. 비록 보고서 세 편의 작성 시기는 지금과 상당한 시간적 간극을 가지고 있지만, 비교문학의 정체성과 방향성에 대한 고민은 여전히 유효한 현재진행형 연결고리로 남아 있습니다. 이제 이 연결고리를 찾는 노력을 독자의 몫으로 남기고자 합니다.

혹시라도, 이번 번역서가 독자들의 너그러운 선택을 받게 된다면, 미국비교문학회의 1993년 「번하이머 보고서」의 다음 보고서인 2006년 「소시 보고서」가 실린 *Comparative Literature in an Age of Globalization*(후안 소시 편저, 존스홉킨스대 출판부, 2006)과, 2017년 「하이제 보고서」가 실린 *Futures of Comparative Literature: ACLA State of the Discipline Report*(어슐러 하이제 편저, 러트리지출판사, 2017)도 번역할 수 있는 또 다른 행복한 도전을 꿈꿔봅니다.

지난여름부터 10개월에 가까운 시간 동안, 번역을 통해 꿈꾸는 도전에 기꺼이 함께해주신, 서울여대 조성원 교수님, 중앙대 정익순 교수님, 한국예술종합학교 남수영 교수님, 한국외대 최현희 교수님, 한국외대 박문정 교수님, 연세대 심효원 교수님, 국립대만사범대 이정민 교수님, 한국외대 박지해 교수님의 열정과 책임감, 인내와 배려가 아니었더라면, 이 번역서는 여전히 이들처럼 번역의 가치와 힘을 믿는 순수하고 귀한 번역자들을 기다리고 있었을 것 같습니다. 이들 소중한 번역 동지들에게 다시 한번 진심으로 고마움 전하면서, 열악한 비교문학 관련 출판 시장에서 기꺼이 꿈을 함께 짊어져주신 도서출판 푸른사상사에게도 큰 감사를 드리며, 특히 꼼꼼하고 정성스러운 교정 작업으로 이 책을 빛내주신 편집팀 여러분께도 고마움을 전합니다.

이 모든 분의 초심과 진심을 담은 소박한 번역서가, 특정 언어에 국한되지 않고 문학과 비교문학 연구의 척박한 길을 묵묵히 걸어가는 많은 학문적 동지들에게 작은 위안과 동행이 될 수 있기를 기원합니다.

2022년 6월
이형진(책임번역 · 숙명여대 영문학부 교수)

:: 차례

제3부 비교문학의 현재와 미래

:: 차례

서문

찰스 번하이머

이 책은 1992년 당시 미국비교문학회(American Comparative Literature Associa-tion : ACLA) 회장을 맡고 있던 미시간대학교 비교문학 프로그램 주임교수 스튜어트 맥두걸(Stuart McDougal) 교수로부터 미국비교문학회 이사회에 제출할 '비교문학 기준 보고서(Report on Standards)'의 집필위원회를 구성해서 집필 책임을 맡아달라는 요청을 받으면서 시작되었다. 맥두걸 회장의 설명에 의하면, 미국비교문학회 내규에 준거해서 학회는 매 10년마다 '비교문학 기준 보고서'를 작성하게 되어 있었다. 첫 번째 '비교문학 기준 보고서'는 내가 하버드대 비교문학과에서 박사과정을 할 때 지도교수였던 해리 레빈(Harry Levin) 교수가 집필 책임을 맡아 1965년에 완성했고, 두 번째 '비교문학 기준 보고서'는 1975년 집필 책임을 맡았던 예일대 비교문학과 토머스 그린(Thomas M. Greene) 교수가 완성했다. 그러고 나서 10년 후, 세 번째 '비교문학 기준 보고서'가 만들어졌으나, 맥두걸 회장의 설명에 의하면, 당시 '비교문학 기준 보고서' 위원회의 위원장이 집필위원들의 보고서 내용에 심각한 문제를 제기하며 거부권을 행사하는 바람에 결국 학회에 공식적으로 제출되지 못했다고 한다.

맥두걸 회장으로부터 중책의 책임 편집 요청을 받고 수락 결정을 내리기 전에, 나는 1965년과 1975년 '비교문학 기준 보고서' 자료를 회장에게 요청해서 두 편의 보고서를 모두 읽고 난 다음에서야, 이 역할이 절대 놓칠 수 없는 기회라는 것을 깨달았다. 두 편의 보고서는 비교문학이라는 학문 영역에 대해 상당히 인상적일 정도로 강력한 논지를 제시하고 있었지만, 개인적인 생각으로는 오늘날 비교문학 학문 영역에는 더 이상 적용되지 않는 내용으로 보였다. 그래서, 이번 '비교문학 기준 보고서' 프로젝트도 앞서 나온 두 편의 보고서처럼 비교문학의 새로운 목표와 방법론을 보여주는 시도라는 점에서, 또 하나의 새로운 보고서를 작성하는 이번 도전은 매우 흥미롭고 유용한 사명이 될 것이라는 믿음이 생겼다.

맥두걸 회장의 제안을 받아들이고 나서 바로 보고서 위원회를 구성하기 시작했다. 가능하면 다양성을 중점적으로 고려하면서 여러 대학의 최고의 학자들을 모으려고 했는데, 위원회에 참여하기로 한 학자들로는, 미국 19세기 문학과 이론 전문가인 피츠버그대의 조너선 아랙(Jonathan Arac) 교수, 다트머스대의 페미니즘 비평 전문가이면서 특히 서사와 계보학을 연구하는 메리앤 허시(Marianne Hirsch) 교수, 페미니즘과 문화연구 관점에서 르네상스를 연구하는 스미스대의 앤 로절린드 존스(Ann Rosalind Jones) 교수, 흑인 연구와 비평이론을 연구하는 신진 박사 출신인 카네기멜론대 로널드 주디(Ronald Judy) 교수, 인종 연구와 미국 원주민 문학을 연구하는 사라로렌스대의 아널드 크루팟(Arnold Krupat) 교수, 지식과 문학의 역사와 이론에 대한 방대한 저술 실적을 가지고 있는 역사학자인 코넬대 도미닉 라카프라(Dominick LaCapra) 교수, 중남미 연구 분야에서 가장 저명한 학자인 뉴욕대 실비아 몰로이(Sylvia Molloy) 교수, 아이콘 이미지를 연구하는 도상학 분야와 음악 관련 중세문학 연구자인 존스홉킨스대 스티븐 니콜스(Stephen Nichols) 교수, 그리고 끝으로, 식민주의와 탈식민주의 연구자인 예일대의 사라 술레리(Sara Suleri) 교수 등이었다.

그해 가을, 나는 보고서에 들어갈 대략적인 주제들을 정리한 예비 초안을 완성해서 보고서 집필위원들에게 전달했다. 그런 다음, 1992년 뉴욕에서 열린 미국 현대어문학회(Modern Language Association : MLA) 연례학술대회에서 보고서 집필위원들을 만나 예비 초안에 들어간 여러 가지 주제에 대해 열띤 토론의 시간을 가졌는데, 집필위원들 사이에는 적당한 선에서 큰 논란이 없는 무난한 보고서를 만들기보다는, 오히려 학계에 논란을 불러일으킬 수 있는 그런 도전적인 보고서를 만들자는 공감대가 형성되어 있었다. 사실 집필위원들은 이 보고서가 비교문학의 '기준'을 정립해야 한다는 의무감을 불편하게 생각했기 때문에, 이 보고서가 그동안 해왔던 관례대로, 점검해야 하는 필수적인 내용을 하나하나 열거하는 대신에, 비교문학의 학문적인 사명과 역할에 대한 집필위원들의 생각들을 강조하는 데 초점을 맞추기로 했다. 참고로 덧붙이자면, 이런 이유로 최근 미국비교문학회 이사회 회의에서 '10년 보고서' 관련 규정이 변경되어, 보고서 명칭도 기존의 '비교문학 기준 보고서(Report on Standards)'에서 '비교문학 현황 보고서(Report on the State of the Discipline)'로 변경되었다. 그날 뉴욕에서 진행된 보고서 예비 초안 회의에서 집필위원들이 서로 다른 의견들로 충돌하면서도 결국 비교문학이 앞으로 나아가야 할 방향에 대한 합의를 만들어냈다는 점은 놀라운 일이었다. 열띤 토의 끝에, 나는 그날 회의에서 논의된 다양한 의견들을 반영하는 보고서 초안을 일단 완성해서 위원회 집필위원들과 회람하고, 보고서 내용뿐만 아니라 문장의 미묘한 표현까지도 위원들의 조언을 구했고, 1993년 3월 인디애나주 블루밍턴에 위치한 인디애나대에서 개최된 미국비교문학회 연례학술대회에서 보고서 초안을 공개하고 많은 동료로부터 유의미한 피드백을 받을 수 있었다. 그런 과정을 거친 다음, 보고서 위원회 집필위원들의 피드백과 학회 회원들의 피드백까지 모두 검토하고 필요한 부분을 반영한 후에서야 드디어 최종 보고서를 완성할 수 있었다.

확실한 논쟁의 계기가 되는 '보고서'를 만들고자 했던 우리 위원회의 목적 중의 하나는 우리에게 절실하게 필요한, 비교문학이라는 학문의 '자체 평가 보고서'를 만들어내는 것이었기 때문에, 가능한 이 보고서를 최대한 많은 사람이 보고 읽을 수 있도록 하고 싶었다. 이 같은 목적에 공감한 맥두걸 회장은, 1993년 미국 현대어문학회(MLA) 연례 학술대회의 미국비교문학회 분과 두 군데에서 아예 이 보고서를 분과 주제로 정해서 발표와 토론을 해달라고 요청하면서 분과의 구성과 진행까지도 맡아달라고 내게 부탁했다. 그래서 다양한 범주의 논의와 토론을 이끌어내기 위해서 해당 분야에서 가장 뛰어난 학자들 중심으로 분과 발표자들을 섭외했는데, 감사하게도 컬럼비아대 불문과 교수이자 '미국 기호학회'(Semiotic Society of America) 회장을 역임한 마이클 리파테르(Michael Riffaterre), 뉴욕대 비교문학과 교수인 메리 루이스 프랫(Mary Louise Pratt), 그리고 뉴욕대 철학과 교수인 K. 앤서니 애피아(K. Anthony Appiah), 이렇게 세 사람이 '보고서'에 대한 발표와 토론을 맡아주기로 했다. 그날 분과 발표에는 400여 명의 청중이 참여했는데, 그 무렵 하버드대에서 강의 중이던 애피아 교수는 하필 보스턴의 궂은 날씨로 비행기가 결항되는 바람에 아쉽게도 인디애나까지 날아오지 못했다. 분과 발표와 토론이 끝난 뒤에는 발표장 복도뿐만 아니라 학술대회가 열린 호텔 연회장의 호프집에서도 학회 회원들이 모여서 계속해서 열띤 토론을 이어가는 모습도 볼 수 있었는데, 20세기가 끝나가는 시점에서 무엇보다도 비교문학의 정체성과 목적을 근본적으로 점검하는 계기를 만들려고 했던 우리는 그 목표를 향한 멋진 한 걸음을 성공적으로 내디뎠다.

그러나 앞으로 해야 할 일들이 훨씬 더 많았다. 특히, '보고서'에서 제기한 여러 문제와 '보고서'로 인해 야기된 다양한 논란과 논쟁을 그냥 허공으로 사라지게 내버려둘 수는 없었다. 마침 그날 발표했던 리파테르 교수가, 이번 미국 현대어문학회 학술대회의 비교문학분과에서 세 명의 학자들이 발표했던 내용을 그냥 미국비교문학회 회원 발송용 뉴스레터에만 싣기보다는 더 많은 사람이 읽을 수 있는 정식 출판을 통해 대중과 소통해보는 것도 좋겠다는 제안을 했기에, 이에 공감하면서 세 명의 학자들의 발표문뿐만 아니라 비교문학 분야의 다른 저명한 교수들의 소논문을 받아서 단행본으로 출판하는 가능성까지 욕심을 내게 되었다. 그래서 소논문을 투고할 만한 학자들 명단을 만들기 시작했는데, 넓은 비평적 관점을 살리면서도 특정 대학 소속으로 몰리지 않게 다양성을 확보하고, 당시 미국비교문학회 임원으로 있는 교수들은 집필진에서 배제하는 식으로 객관성을 지키면서 후보군을 완성한 다음, 개별적으로 전화 연락을 했다. 놀랍게도, 내가 연락한 거의 대부분의 학자는 우리가 제기한 문제들을 본인들도 그동안 많이 고민했다고 공감하면서 자신들의 의견을 정리한 소논문 투고 요청을 흔쾌히 받아들였다. 그런 다음, 모든 집필자에게 미국 현대어문학회 학술대회의 미국비교문학회 분과에서 발표한 세 명의 학자들의 발표문과 1965년과 1975년 미국비교문학회의 '비교문학 기준 보고서', 그리고 1985년 미공개 '비교문학 기준 보고서'까지 참고자료로 보냈다. 또한 완성된 단행본을 출판하기로 한 존스홉킨스대학교 출판부의 에릭 핼펀(Eric Halpern) 편집장과 상의를 해서 1994년 12월 미국 현대어문학회 연례학술대회까지는 이 책이 출판될 수 있도록 지원 협조를 받아냈다. 사실, 이런 식으로 학회의 연례학술대회에서 토론된 내용과 이에 대한 소논문만을 가지고 학술서를 만들어서 이듬해 학술대회 때까지 책으로 출판해서 학술대회 행사장에서 회원들이 구매할 수 있도록 하는 것은 기존의 출판 절차나 관행, 최소한의 준비 기간도 뛰어넘는 일종의 학술 출판계의 쿠데타와 다름없는 사건이었다. 그리고 이 책에 소논문을 싣기로 약속한 학자들 역시 다들 본인의 전공 분야에서 매우 활발하게 활동하는 바쁜 연구자들임에도 불구하고, 정말 촉박하고 짧은 일정 속에서도 마감 기한 내에 모두 원고를 완성해주었다.

이 모든 사람의 노력과 헌신 덕분에, 21세기로 접어드는 시점에서 비교문학의 이론과 실제에 대한 뜨거운 통찰력과 열정적인 논의들이 이 책을 통해 놀라울 정도로 광범위한 영역에 걸쳐 멋진 학문적 스펙트럼을 선사할 수 있게 되어 감사할 따름이다.

| 번역 : 이형진 |

들어가는 말 : **비교의 불안감**

∷

찰스 번하이머

비교문학은 불안감을 유발한다. 대학원 비교문학과에 입학한 어느 성실한 대학원생이 자신 앞에 펼쳐진 드넓은 학문적 지평선으로 인한 흥분을 마음에 품고 대학원 수업을 수강하기 시작한다고 가정해보자. 여기서 대학원생을 지칭하는 대명사는 오늘날 대학원 비교문학과나 프로그램에 재학 중인 학생 대부분이 여학생이라는 점에서 '그녀(she)'라고 전제한다. 그런데, 입학 후 1~2년이 지나면서 그녀는 자신이 밟고 설 든든한 바닥이 없다는 사실을 깨닫게 된다. 단일 외국어문학과에 재학 중인 대학원생 동료들에 비해, 비교문학과 소속인 그녀에게는 더 많은 외국어 능력과 더 많이 읽어야 할 문학 텍스트, 더 깊은 이론적 지식이 요구되는데, 이렇게 더 많이 공부한다고 해서 반드시 자신의 전문적 역량 계발에 도움이 되고 채용시장에서 혜택을 누릴 수 있는지는 확실한 것 같지 않다. 이미 그녀는 대학의 비교문학과 교수직 기회는 별로 없을 것이라는 이야기는 예전부터 들어왔고, 결국 채용시장에서는 단일 외국어문학과에서 박사학위를 받은 동료들과 경쟁해야 하는데, 이들 동료가 해온 학문은 비교문학보다 덜 힘들어 보일 뿐만 아니라, 최소한 해당 분야에서는 더 전문적인 역량을 쌓은 것처럼 보인다. 그렇다면, 단일 외국어문학과에서는 이처럼 해당 분야에서 전문화된 역량을 쌓은 지원자보다는 그녀와 같이 비교문학 역량과 훈련을 받은 지원자를 더 선호할 가능성이 있을까? 그녀는 자신에게 희망적인 궁금함을 가져본다. 그런데 그녀의 지도교수는, 반드시 그렇지는 않을 것이라고 대답한다. 이런 경우에는 아마 해당 학과의 학문적·정치적 분위기와 학과에 필요한 부분이 무엇인지를 학과 교수들이 어떻게 해석하느냐에 달려 있을 것이다. 여러 가지 다른 모자를 쓸 수 있는 비교문학 전공자의 역량이, 때로는 '그럼 영화 관련 과목도 가르칠 수 있고, 18세기 프랑스문학 개론 과목도 가능하고, … 심지어는 20세기 문학 수업 강의도 필요하다면 대타로 해결할 수도 있겠네요.'라고 반기는 것처럼 학과가 찾고 있는 역량일 수도 있고, 아니면 이렇게 다양한 영역에 걸친 학문 역량은 그냥 가볍고 얕은 아마추어리즘이라고 해석될 수도 있을 것이다.

외국어문학과에서 박사학위를 받는 동료들과 그녀 자신을 비교하다 보면 문학을 비교하는 자신의 소명에 대해 불안감을 느끼게 된다. 그런데 이게 과연 그녀의 소명인 것은 확실할까? 대학에서 개설되는 가장 흥미로운 과목들은 더 이상 문학 텍스트에 초점을 맞추지 않는다. 그리고 교수들은 사회학, 문화인류학, 철학, 역사 관련 텍스트들도 교재로 포함하고 있고, 오늘날은 문학 자체가 아니라 이론이 뜨거운 논쟁의 대상이 되고 있다. 그렇다면 이제는 도대체 무엇을 무엇과 어떻게 비교해야 하는지 궁금해진다.

1958년 예일대 비교문학과 르네 웰렉(René Wellek) 교수는 「비교문학의 위기(The Crisis of Comparative Literature)」라는 논문에서 "비교문학의 위태로운 상태를 보여주는 가장 심각한 증상은 비교문학이 아직 명확한 주제와 구체적인 방법론을 만들어내지 못했다는 사실이다."라고 선언했다.[1] 그런데 웰렉 교수의 선언은 37년이 지난 오늘날에도 앞서 언급한 비교문학 전공 대학원생의 불안감을 그대로 드러내 보여준다고 할 수 있다. 그렇다면 그 대학원생은 '비교문학이라는 학문 영역은 끊임없이 위기에 처해 있는 것일까?'라는 고민에 직면하게 될 것이다. 이 같은 상황은 모든 사람이 말하듯이 비교문학이라는 존재는 결국 엘리트 학문이라는 것을 말해주는 것일까? 그리고 이 엘리트의 자격 중 하나가, 학문적 정체성이 끊임없이 흔들리는 비교문학이라는 학문의 불안감을 결국 잘

견뎌내는 역량이라는 이야기일까?

이 책의 9장에서 예일대와 프린스턴대 비교문학과 교수인 피터 브룩스(Peter Brooks)가 다음과 같이 털어놓은 고백이 어쩌면 위의 질문에 대한 긍정적인 답이 될 수 있을지도 모른다. "비록 비교문학 박사학위가 있음에도 불구하고 나는 내게 그럴 만한 자격이 있다고 확신한 적이 없다. 왜냐하면, 나는 비교문학이라는 학문이나 이 분야가 무엇인지, 그리고 비교문학을 가르치거나 그 분야에 몸담고 있다고 말할 수 있는지도 잘 모르기 때문이다."[2] 만약 브룩스 교수가 자신의 분야를 명확하게 이해하고, 스스로 이 분야에서 활동할 자격이 있다고 자신했었더라면 그는 아마 오늘날 예일대학교 비교문학과의 학과장이 되지는 못했을 것이다. 브룩스 교수의 설명을 살펴보면, 그는 비교문학이라는 학문에 대해 자신이 가졌던 불안감에 쉽게 안주하지 않았던 것이다. 그는 "'문학을 비교한다(comparing the literature)'는 말과, '비교문학(comparative literature)'이라는 명칭에 붙어 있는 형용사 '비교하는(comparative)'을 더 이상 신경 쓰지 않게 되면서" 그 불안감의 일부를 극복할 수 있었다고 털어놓았다. 브룩스 교수는 예일대 학부과정에서는 '문학 전공'이라는 세부 전공에서 강의를 했기 때문에, 무엇인가를 비교해야 한다는 부담 없이 그냥 '문학적 현상과 문학성'을 연구하고 가르칠 수 있었을 것이다. 그러나 학부과정의 '문학 전공'이 대학원 과정으로 합병되면서 그 짧았던 '해방감'은 안타깝지만 거기서 멈추었다고 브룩스 교수는 말했다. 결국 비교문학이라는, 불안하고 '여전히 막연하게 정의된 학문 분야'로 돌아가야 하는 자신을 다시 한번 발견하게 되었다.

과연 비교라는 것은 정확하게 무엇을 말하는 것일까? 일종의 행위인지, 기능인지, 실행 방식인지, 아니면 이 모든 것을 다 포함하는 것일까? 이 같은 고민은 결국 비교문학이라는 영역은 끊임없이 불안정하고, 변화하고, 안전하지 않으며 또한 자기비판적이라는 사실만 확인해준다. 웰렉 교수가 비교문학의 구체적인 주제와 방법론의 부재에 대해 지적한 지 10년 후, 하버드대 비교문학과 해리 레빈(Harry Levin) 교수는 자신의 동료들이 비교문학과 비교문학의 체계와 방법론에 대한 논의에 지나치게 많은 시간을 허비하고 있다고 비판하면서 "실제로 문학을 비교하려는 에너지는 충분하지 않은 것으로 보인다."[3]라고 덧붙였다. 그러나 이 같은 관점은 마치 우리가 꾸물거리고 불안해하는 것을 멈추기만 한다면, 우리는 앞으로 나아가서 흔들리지 않고 굳건하게 비교를 해나갈 수 있을 것이라는 전제를 가지는 것이며, 또한 우리가 하는 '비교'가 우리를 생산적으로 불안하게 만들고, 흥미로운 질문들을 만들어내고, 전통적인 경계선을 넘어서는 생각들을 탐구하며, 가장 이상적으로는 우리가 엘리트 집단임을 증명해 보일 것이라는 기대치가 내포되어 있다. 그런데 오늘날 문제가 되는 것은 비교의 문제만이 아니다. 연구의 대상으로서의 문학의 정체성도 더 이상 명확하지 않다. 오늘날 많은 학자는 "문학적 현상과 문학성"을 가르칠 수 있다는 브룩스 교수의 확신 자체를 의심스러운 이념적 관점으로 간주하기도 한다.

2차 세계대전 이후로 비교문학의 학문적 초점이 변화해온 과정은 결국 '비교의 불안감'을 치유하고 담아내거나 이용하려는 시도의 연속이었다고 할 수 있다. 1950~60년대에는 하나로 통합하려는 목표를 비교문학자들의 노력에 투영하는 방식으로 '치유'의 가능성을 지켜왔던 것으로 보인다. "비교문학자들의 노력과 이에 대한 보답은 문학 세계를 하나의 근본적인 일치의 차원으로 보는 것이었다."[4]라고 일리노이대 비교문학과 프랑수아 조스트(François Jost) 교수는 말한다. 이 같은 총체성에 대한 갈증은 2차 세계대전 동안 폭력적으로 찢겨나간 유럽 문화에 대한 일종의 응답이었으며, 이 책에 실린 여러 글에서 논의하는 주제이기도 하다. 이 기간 동안 비교문학을 정의하는 방식에는 상대적으로 자신감이 실려 있고, '초국가주의'와 '학제간 연구'의 특성이 항상 강조되고 있었다. 대표적인 예로는 1969년 출판된 『비교문학 : 주제와 방법론(Comparative Literature: Matter and Method)』의 저자인 일리노이대 비교문학과 오언 앨드리지(A. Owen Aldridge) 교수가 서문에서 제시한 정의인데, "간략하게 정의하자면, 비교문학은 둘 이상의 국가 문학의 관점에서, 또는 문학 이외의 다른 학문 영역이나 둘 이상의 다른 학문 영역의 관점에서 문학의 현상을 연구하는 것"[5]이라고 소개

한다. 앨드리지 교수는 자신의 저서를 다섯 개의 장으로 나누어놓았는데, 각각의 장의 제목을 "문학비평과 이론", "문예 운동", "문학적 주제", "문학적 양식", "문학적 관계"(여기에는 문학의 출처와 영향 포함)라고 정리하고 있다. 그 당시 널리 인정받았던 이들 다섯 개의 분류 제목은 하나의 국가 문학의 경계를 뛰어넘는 '문학적' 분류 기준으로서의 연속성과 연결성을 강조하는 역할을 했다. '분류'는 '통합'을 촉진한다. 앨드리지 교수는 저서에서 "문학 방법론보다는 문학 주제가 더욱 중요하다."라고 강조한다. 앨드리지 교수의 주장에 따르면, 주제, 즉 문학 자체가 가장 확실한 기정사실인 반면, 문학 방법론은 기껏해야 모호할 따름이며, 그래서 불안하고, 그렇기 때문에 치유를 필요로 한다.

1969년 나는 하버드대 비교문학과에서 박사과정을 거의 마무리하고 있었다. 베트남 전쟁에 대한 반전(反戰) 운동이 그해 최고조에 이르렀고, 심지어는 하버드대의 무미건조한 비교문학과에도 영향을 끼치고 있었다. 비교문학과의 체계와 목표에 대해 교수들과 학생들이 논의하는 간담회 자리가 열렸는데, 거기서 나는 대학원 필수과목인 '세미나 수업'의 교재로 예일대 비교문학과 르네 웰렉 교수와 미시간대 영문과 오스틴 워런(Austin Warren) 교수가 공저한 1949년 저서『문학의 이론(Theory of Literature)』대신에, 학생들이 보다 근원적인 질문을 할 수 있게 할 뿐만 아니라 문학연구 관련해서 학생들이 기존에 배웠던 전제와 관점에 '혼란감(混亂感)'을 불러일으키기 위해서는 니체와 프로이트, 마르크스 등 20세기 대표 사상가들의 글을 읽어야 한다고 제안을 했다. 결과적으로, 나는 비교의 '불안감(不安感)'을 조장하고 있었다. 그때 간담회 자리의 다른 쪽 끝에 앉아 있던 해리 레빈 교수는 친절한 목소리로, "찰리 학생, '혼란감(disorient)'이 아니라 '방향감(orient)'을 말하는 거지?"라고 나의 표현을 고쳐주면서, 자신의 두 팔을 쭉 벌려 한쪽 손끝으로는 학생을, 또 다른 한쪽 손끝은 '지식 세계'를 가리키며 이 둘 사이의 거리를 강조했다. 레빈 교수는 제대로 된 '방향감(方向感)'이라는 것은 직선 위에 학생을 위치시켜서 앞으로 나아갈수록 더 많은 지식과 더 많은 내용을 배워가게 되는 것이라고 덧붙였다. 레빈 교수의 말에 담긴 함의는 결국 이 같은 방향감을 가지고 앞으로 나아가게 되면 전쟁에 대한 우리의 불안감과 분노를 덜어낼 수 있게 된다는 것이었다. 물론 나는 동의하지 않았다.

어쨌든 레빈 교수의 '방향감'은 결국 다가오는 이론의 시대에 파묻혀버리게 된다. 이론의 시대에는 방법론이 내용보다 더 중요해지고, 불안감은 더 이상 치유의 대상이 아니라 존중하고 분석해야 할 텍스트의 기능으로 간주되었다. 미국 전역에 걸쳐서 대학의 비교문학과는 이론의 온상으로 알려졌고, 이론은 많은 사람 눈에 가장 철저한 방법론으로 비친 해체론과 동일시되었다. 어떤 의미에서는, 비교의 목표가 여전히 "문학 세계를 하나의 근본적인 일치의 차원으로 보는" 가치라는 점에서 전혀 바뀌지 않았다. 예일대 비교문학과의 폴 드 만(Paul de Man) 교수는 1979년 "프루스트 작품에 적용하는 분석이 방법론만 적절하게 변형한다면 밀턴이나 단테, 횔덜린 작품에도 적용하지 못할 이유는 전혀 없다."[6]라고 주장했다. 그러나 폴 드 만 교수가 말하는 문학의 '일치성'은 조스트 교수나 앨드리지 교수, 레빈 교수가 생각했던 것과는 상당히 다른 것을 의미했다. 조스트 교수, 앨드리지 교수, 레빈 교수는 인문주의자였다. 그들에게 문학은, 비록 갈등과 논쟁의 대상이었지만 여전히 중요한 가치의 저장소였고, 갈등과 논쟁의 상호작용 때문에 결국 남녀 모든 사람의 도덕적 교육에도 가장 적절한 수단이었다. 이에 비해, 하버드대 비교문학과에서 박사학위를 받고, 레빈 교수보다 일곱 살 젊었던 폴 드 만 교수는 반(反)인문주의자였다. 폴 드 만 교수의 기법은 어떤 텍스트를 읽든 항상 기만적인 가치로 만들어버리고, 인식은 오류로 만들어버리며, '행위자성(agency)'을 허상으로 만들어버리고, 동기 부여를 일탈로 만들어버린다. 사회적이나 심리적 주제는 수사적 전치(轉置)의 모호한 효과로 드러나게 된다. 폴 드 만 교수에 의하면 텍스트성 자체가 불안을 유발하기 때문에, 문학 세계의 단일성은 그 자체의 해체에 놓이고, 비교문학은 수사적 읽기 프로젝트의 구심점이 된다.

'해체주의(deconstructionism)'의 매력은 그 당시 베트남 전쟁 이후 미국 사회의 지배적인 냉소주의와 불신의 문화를 감안하면 부분적으로나마 이해할 수 있다.

탈신비화의 방법론으로서의 해체는 체계적인 의심을 필요로 한다. 해체주의자들이 가장 즐겨 사용하던 표현 중 하나는 '이런 것, 저런 것은 … 순수하지 않다'라는 주장인데, 그 같은 주장은 특히, 1974년 워터게이트 사건으로 사임한 닉슨 대통령 시절이라는 시대적 배경에서 얼마나 환호받았을지는 충분히 이해가 간다. 물론 이 주장은 무엇이든 무조건 의심의 대상이 된다는 단순한 전제를 의미하는 것이 아니라, 유죄와 순수함 사이의 구분이 결정 불가능하다는 것이다. 이처럼 상당히 고도의 이론적 실천에서의 비교는, 비교의 과정이 근거하고 있는 차이를 무너뜨려버리고, 비교의 대상이 되는 각각의 요소가 다른 요소에 의해 이미 얼마나 오염되었는지를 보여준다. 예를 들어, 냉전 시대의 반대 논리 같은 정치 영역으로 들어오게 되면, 이 같은 전략은 대립하는 양쪽의 도덕적 논지를 모두 약화시키고, 양쪽 모두 기만을 초래하는 폭력에 개입하고 있음을 보여주는 방식으로 매우 강력한 전복(顚覆)적인 효과를 유발한다. 해체주의자들은 이렇게 보여주는 것 자체가 이미 정치적 개입이라고 주장하는데, 나는 지극히 제한적인 의미에서만 그렇다고 생각한다. 개입은 기본적으로 무기력하다. 개입이라는 것은 고작해야 셰익스피어의 『로미오와 줄리엣』에 나오는 대사이기도 한, "둘 다 모두 저주해." 정도에 그치고 만다. 해체적 깊은 심연으로부터 보자면, 어느 한쪽에 관여한다는 것은 신비화와 맹목화(盲目化)를 수반하는 것이다. 깊은 지혜는 이탈(離脫)과 읽기에 근거한다.

그럼 도대체 무엇을 읽어야 할까? 처음 시작하는 학생들을 위해서는 니체, 프로이트, 마르크스 같은 저자들을 하버드대 비교문학과 세미나 수업 강의계획서에 올려놓고 싶었다. 그리고, 헤겔, 하이데거, 루소, 플라톤, 프루스트, 말라르메, 포, 라캉 등은 해체주의의 전성기의 위대한 업적들이라고 할 수 있는데, 문학연구자나 지식인이라면 누구나 동기 부여를 받는 텍스트들로, 특히 폴 드만과 캘리포니아대학(어바인) 인문학 교수인 데리다가 천재적인 재능으로 분석한 이 텍스트들을 더욱 효과적으로 이해하고 싶어서, 번역서가 아니라 원래 쓰인 언어로 읽어보려고 해당 언어를 배우고 싶은 동기 부여까지 생길 정도로 매력적인 텍스트이다. 그 당시 미국의 대표적인 대학원 과정에 개설된 일부 비교문학 전공들은 문학 텍스트보다는 이론에, 주제보다는 방법론에 중요성을 부여하고 있었다. "우리가 비교에 관한 이론을 열심히 비교하는 것만큼 문학을 열심히 비교하지 않는다."라고 1968년 레빈 교수가 안타까워했던 논지는 그 이후로 계속해서 가속화되고 있었다. 불안도 유행을 탄다. 사실상 이론에 대한 일방적인 집착은 어쩔 수 없는 그 당시 대세 유행이었다.[7]

그러나 미국의 레이건-부시 대통령 시대가 자유 진보적인 사회적 어젠다들을 서서히 약화시키면서, 많은 대학의 어문학과 교수들은 냉소적인 무관심과 지적인 소외의 방식으로 대처해야 하는 상황에 점점 더 고통스러워했다. 해체의 결정불가능성의 필연적인 난제(aporia)는 우리가 혐오하는 정치인들의 알아들을 수 없는 허튼소리와도 별반 다르지 않아 보이기 시작했다. 나를 포함해서 한때 해체주의의 큰 영향을 받았던 사람들은 모든 것을 조직적으로 의심하는 경계심에 지쳐가기 시작했고, 우리가 발을 디디고 있는 바닥을 전치(轉置)시키는 해체주의적 연구에 피로감도 커지고 의욕마저 잃어버리기 시작했으며, 극도의 엄격함에 지치고, 항상 냉소적인 무관심 속으로 무너져버리는 비교에도 지치기 시작했다. 이 같은 분위기의 변화는 "폴 드 만의 『글 읽기의 알레고리(Allegories of Reading)』가 출판된 1979년 이후로 문학연구의 구심점이 문학의 '내재적', 수사학적 연구로부터 문학의 '외재적' 관계와 심리학적, 역사적, 사회학적 맥락에 문학을 위치시키는 연구로 크게 이동하게 되었다."[8]라고 캘리포니아대학(어바인) 비교문학과 교수인 힐리스 밀러(Hilllis Miller)가 지적한 현상의 부분적인 원인이 되었다.

위에서 인용한 밀러 교수의 글이 실려 있는, 밀러 교수의 1989년 에세이 「오늘날 문학이론의 기능(The Function of Literary Theory at the Present Time)」에는 학계에서 점점 줄어드는 해체주의의 영향력에 대처하는 해체주의의 대표 옹호론자의 흥미로운 노력이 담겨 있다. 밀러 교수는 자신이 감지한 변화에 대해 조롱하는 듯한 어조를 사용하는데, "마치 온 나라에 걸쳐서 엄청난 안도의 한숨이 올라오는 것과 다를 바 없다. '해체'의 시대는 종말되었다고, 해체주의도 한철이고 이제 다 끝났으니, 우리는 이제 더 이상 혼란스럽지 않은 맑은 정신으로, 좀 더 따뜻하고, 좀 더 인간적인 문학 글쓰기로 다시 돌아가서, 권력, 역사, 이데올로기, 문학연구의 '제도', 계급 투쟁, 여성 차별과 남성들과 여성들이 현실에서 살아가는, 그리고 문학 텍스트를 통해 '재현'되는 진짜 삶 등에 대한 글을 쓸 수 있게 될 것이다"(103쪽). 밀러 교수에 의하면, 의식의 명확화라는 것은 단어가 세상을 있는 그대로 재현해 보일 수 있을 것이라는 투명한 모방성에 대한 순진한 믿음에서 유래한다. 밀러 교수는, 문학연구의 구심점이 문학의 내재적·수사학적 연구로부터 벗어나기 시작한 이유는, "문학이 어떤 식으로 역사와 사회, 그리고 자신과 관계를 맺어가는지에 관심을 가지려는 우리의 바람이 계속해서 기약 없이 미루어지고 연기되는 상황"이 초래하는 불안감 속에서 더 이상 살고 싶지 않다는 거부로부터 시작되었다고 주장한다.(103쪽)

이는 마치 베트남 전쟁에 반대하는 학생들을 비난하던 정부나 대학의 입장과 비슷해 보인다. 즉, 학생들이 참을성이 없고 무책임하다고 지적하면서, 학생들은 이성이 아니라 감정에 근거해서 반대하고 있으며, 엄격한 냉정함이 필요한 상황에서 욕망에만 의존하고 있다는 비난이었다. 밀러 교수는 한 걸음 더 나아가서, 역사, 사회, 젠더, 권력의 문제로 관심을 이동시키는 고귀한 원동력에 대한 자신의 경외심을 표방하면서, 이 같은 원동력은 텍스트가 "가장 깨어 있고 인내심 가득한 수사학적 분석"(104쪽)을 거치기 전까지는 작동되어서는 안 된다고 분명히 말한다. 앞으로 다가오는 시대에 비평의 역할은 이 같은 세밀한 분석과 문학의 외재적 관계에 대한 연구 사이에서의 조율이 될 것이라고 밀러 교수는 강조한다. 그러나 밀러 교수는 '조율'이라는 단어를 사용하자마자 바로 '조율'의 자격을 규정하는데, 문학 텍스트의 특정한 문학성은 "역사적·사회적·심리적 해석의 방법론"(105쪽)만으로는 이해될 수 없기 때문에, '조율'과 같은 비교 분석 과정으로 바로 들어갈 수는 없다고 덧붙인다. 그리고 바로 다음 문장에서 밀러 교수는, 내재적 관계가 조율되어야 할 대상인 외재적 관계는 실제로 그 자체가 이미 내재적이라고 강조하면서, 이 같은 논리의 생생한 증거로서 자신의 에세이 앞부분에서 언급하기도 한, 이 논리를 포기했을 때 발생한 '커다란 안도의 한숨'의 예를 제시한다.

밀러 교수의 설명에 의하면 자신의 에세이 「오늘날 문학이론의 기능」은 폴 드 만 교수의 2차 세계대전 기간 중 나치 부역(附逆) 관련 글의 출판이나 존재를 알기 전에 작성되었다고 한다. 그러나 에세이의 제목이 말해주듯 폴 드 만 교수의 '나치 부역 사건'이 터지기 전 이미 대세는 해체주의에 등을 돌리고 있었는데, '나치 부역 사건'은 대부분 학자에게는 소위 말하는 고급 이론의 그동안 독주에 종지부를 찍는 상징적인 계기였다.[9] 이미 나치 이데올로기에 대한 폴 드 만 교수의 젊은 시절 공감에 대한 사람들의 도덕적 분노만큼이나, 데리다와 다른 해체주의자들이 무죄를 증명하는 용도로 구축했던, 고문받는 것처럼 고통스러운 해체주의적 '글 읽기' 훈련방식에 대한 혐오가 큰 이유가 되었다. 순수성의 결핍은 해체주의의 대표적인 지지자에게도 똑같은 잣대로 적용해본다면 결국 텍스트의 특성으로서의 신뢰를 잃어버린 것으로 보였다. 특히 텍스트성에는 그 어떤 외적인 요소도 없다는 그들 주장의 동기가 결국 전략적으로 자기 합리화의 명분이었다고 판단되는 상황에서는, 불안은 비교가 붕괴되는 공간에 더 이상 머물 수 없는 것으로 보였다.

확실한 것은 비교문학과는 해체주의가 절정에 이르렀을 때도 해체주의 이론에 완전히 잠식된 적은 없었다는 사실이다. 비록 많은 페미니즘 비평가들이 해체주의 관점을 자신들의 연구에 통합시켜왔고, 사실 제대로 문학연구를 하는 학자라면 해체주의적 관점의 큰 영향력을 무시하기는 불가능했지만, 그럼에도 불구하고, 페미니즘 비평의 가장 큰 영향력은 사회 실천의 영역에서 도덕적 분석의 가치를 다시 살려낸 역할에 있다. 텍스트 분석 자체를 문학을 생산하고 수용하는 물리적 환경과 사회적·역사적·정치적 맥락으로부터 분리하려는 움직임에 대항해서 1970~80년대 페미니즘은 점점 더 정교하고 다양하고 강력한 도전장을 내미는 역할을 했다. 더 많은 여성이 직업 전선으로 진출하게 되면서,

서사적 재현이나, 사회적 관계성, 출판 시장의 현실, 대학의 제도 등 다양한 맥락에서 여성의 목소리가 소외되거나 억압되는 문제에 대한 여성들의 염려와 불안은, 문학과 경험의 관계, 미학과 이데올로기의 관계, 젠더와 권력의 관계 등에 대한 복잡다단한 물음을 만들어냈으며, 이 같은 질문들은 그동안 고급 이론에서 내세웠던 수사학적 미학의 전통에 대한 문제 제기를 가져왔다.

이 질문들은 몇 가지 연관된 관점에서 나오는 질문들과 유의미한 교차점을 만들어냈다. 푸코의 영향 속에서 권력의 통제적인 메커니즘과 연계된 담화 분석은 자기만족적인 특징이 두드러지게 느껴지는 기존의 수사학 연구를 대체해버렸다. 그리고 20세기 러시아 문예학자 미하일 바흐친(Mikhail Bakhtin)의 영향 속에서 언어는 기존 소쉬르(Ferdinand de Saussure)식의 독자적이고 자율성을 갖춘 구조로서의 가치가 약해지고, 대신 사회적 차별성과 갈등적 상호작용을 초래하면서 그 속에서 만들어지는 담론의 매우 다양한 집합으로 보이기 시작했다. 그리고 프랑크프루트 학파, 특히 바흐친의 영향 속에서, 물리적 사회 활동은 복잡한 심리미학적 역동성을 표출하는 것으로 인식되었다. 이후의 신진 비평가들은 어떤 식으로 문학적 형식이 집단적 역사와 이데올로기 구조 안에 장착되는지를 보여줌으로써 바흐친의 지대한 영향력을 실천해 보였는데, 그중 대표적인 학자들 몇 명을 예로 든다면, 둘 다 컬럼비아대 비교문학과 교수인 에드워드 사이드(Edward Said)와 가야트리 스피박(Gayatri Spivak)은 오늘날 빠르게 발전하고 있는 '식민주의'와 '탈식민주의' 연구에 대한 학문적 관심을 만들어내는 데 큰 기여를 했으며, 듀크대 비교문학과 교수인 프레드릭 제임슨(Frederic Jameson)은 마르크스주의 분석이 문학비평과 문화비평에서 후기구조주의적 통찰력을 매우 생산적으로 활용할 수 있음을 보여주었으며, '신역사주의'의 창시자라고 할 수 있는 하버드대 인문학 교수 스티븐 그린블랫(Stephen Greenblatt)은 문학 텍스트를 읽는 데 있어서 놀라울 만큼 새로운 역사적 맥락을 제공해줄 수 있는 자료들을 학생들이 아카이브 활용을 통해 찾을 수 있도록 큰 역할을 했다.

눈 깜빡할 짧은 시간에 간략하게나마 다양한 비평가들의 관점을 살펴보다 보니 현재로 돌아오게 되었는데, 오늘날 비평 영역은 상당히 다양하고 상이한 이론적 관점들로 파편화되어 있다. 그러나 오늘날 '맥락화'라는 표현은 문학에 접근하는 가장 영향력 있는 좌우명이 되어버린 것처럼 보인다. 새로운 방식의 '글 읽기'는 역사, 문화, 정치, 장소, 성적 지향, 계급, 인종 등의 요소들을 최대한 많이 고려해야 한다. 그러나 여기서 나타나는 속임수는, 이 같은 고려에서, 앞서 논의한 밀러 교수의 비평의 대상이 되는 것은 피하고, 문학작품이 이들 다양한 요소를 그 어떤 중재도 없이 반영하는 것으로 설명할 수 있다는 점을 군이 제시하지 않는 데 있다. 이처럼 매우 새로운 실증적 글쓰기에 등장하는 사례들의 구체적인 증거의 회피나 기피는, 결국 구체화가 배제된 채 맥락화하는 술수는 제대로 펼치기가 얼마나 어려운지를 증명하고 있다.

다문화의 정치학 역시 이 같은 방향성에 큰 도움은 되지 않았다. 기존의 다문화 정전에 대한 수정을 요구하는 지지자들은 그동안 소외된 문화 집단과 그들의 표현 전통도 이제는 인정하자는 윤리적 요구를 확장하려고 한다. 이 같은 움직임은 미국뿐만 아니라 전 세계 비서구 문화권에서 소수민족 문화를 포함한 인권운동과 여성운동이 함께 시작되었다. 이 같은 윤리적 요구의 근본적인 핵심은 두 가지 단계에서 작동하는 재현에 대한 진보적 개념이다. 즉, 첫째, '정전'은 유럽의 고급문화뿐만 아니라 전 세계에 걸쳐 문학작품의 다양성을 대표할 수 있어야 한다. 둘째, 이같이 수정된 정전에 포함되는 작품들은 작품들이 만들어진 배경의 문화를 대표할 수 있어야 한다. 그런데 이 두 가지 측면은 문학과 문학이 만들어지는 문화적 공간의 상호 관계에 대한 '반영론(reflectionism)'자들의 관점을 전제로 한다. 문학작품의 가치는 주로 문학작품이 정치적 · 모방적으로 재현하고자 하는 문화를 전달하는 이미지의 '진본성(眞本性)'에 놓여 있다는 관점이다.

그런데 여기에는 몇 가지 문제가 대두된다. 예를 들어, '진본성'은 어떻게 평가할 수 있을까? 이 책의 11장에서 듀크대 문학과 교수인 레이 초우(Rey Chow)가 제기한 것처럼, 그렇다면 유럽의 대표적인 작품들이 차지한 정전 지위를 비유럽 문학작품의 정전들이 대체하는 과정에서 우리는 어떻게 실수를 피할 수 있을까? 더욱이 비유럽 문학작품 역시 어쩌면 이 작품들의 지정학적인 맥락 안에서는 이미 헤게모니를 획득한 주류 문화의 전통을 대표하는 작품일 가능성도 크다는 점을 고려해야 한다. 또한, 다문화주의자들의 전체 모델 역시, 결국 그 문화가 실제로 가지고 있는 것 이상의 과도한 통일성과 규칙성, 안정성을 부여하면서 해당 문화를 본질적으로 중요시하려는 경향으로 인해 자기 모순적인 결함을 드러내는 것은 아닐까? 그래서, '반영'의 모델은 아무리 그 의도가 좋다고 하더라도 오류에 직면하는 것은 아닐까? 한 편의 문학작품은 결코 자신이 속한 문화를 거울처럼 똑같이 반영할 수는 없다. 왜냐하면 그 문화는 문화 자체로서 하나가 아닐 뿐만 아니라, 문학작품은 '문학적' 재현일 뿐이라서 투명하게 재현하는 수단이 아니라 형식적인 구조이기 때문이다. 더욱이, '진본성'의 기준은 모든 문화를 상대적으로 흐릿한 안개 속에서 동일하게 만들어놓기 때문에 그 어떤 다른 판단이나 비교의 가능성까지 말살시킬 수 있기 때문이다.

비교는… 나는 '비교'라는 단어로, 그리고 오늘날 우리의 다문화주의 시대에서 '비교'라는 단어가 불러일으키는 불안감으로 다시 돌아온다. 있는 그대로 보자면, 본질적으로 다원론적인 다문화주의는 자연스럽게 비교를 향해 가는 경향이 있는 것 같다. 그러나 이 경향은 '본질주의적' 정치학의 모방적 책무의 견제를 받아왔다. 하버드대 영문과 교수인 헨리 루이스 게이츠 주니어(Henry Louis Gates, Jr.)는, "문화주의자의 모델은 일반적으로 모델의 구성 요소들을 서로 충돌할 수 있는 '문화적 버블(cultural bubble)'로 상정하는데, 그러나 원칙적으로는 이 버블들은 서로로부터 근사하게 분리되어 존재한다."라고 말한다.[10] 이 같은 분리를 깨뜨려서 버블 일부의 충돌을 유발하고자 하는 비교문학자의 불안은 여러 가지이다. 무엇보다도 자격 문제가 대두한다. 우리는 우리가 속하지 않은 문화에 대해 말할 자격이 있을까? 비록 우리가 아프리카 문학에 심취해 있다고 하더라도 만약 우리가 백인이라면 과연 대학 강의실에서 아프리카 문학을 가르치는 기회를 가질 수 있을까? 우리는 소위 말하는 외국 문학이나 소수문화 텍스트의 읽기를 통해 특별히 효과적인 맥락으로서 우리 자신의 주관성 구축을 제시하는 것이 오늘날에는 바람직하지 않은 것일까? 오늘날 비교문학자들은 이제 여러 가지의 언어를 구사하는 것만으로는 더 이상 충분해 보이지 않는 것 같다. 어쩌면 그들은 여러 가지 피부색까지도 갖추고 있어야 할지 모른다.

정체성의 정치는 유럽 중심의 무대를 벗어나거나 자신의 나라에서 소수자 문화를 다루고자 하는 비교문학자들에게는 특히 불안을 유발한다. 문화라는 것은 아무리 오랜 시간을 공부한다고 하더라도 태어날 때부터 자신의 뼛속에 들어가 있는 것이 아니라면 항상 어떤 부분에서는 '진본성'의 자질 부족 문제에 직면할 수 있다. 더 많은 문학을 비교하다 보면 우리 자신이 점점 더 식민 지배의 제국주의자처럼 보일 수 있다. 이들 문학이 주제적으로나 도덕적으로, 정치적으로 어떤 공통점을 가지고 있는지를 우리가 강조하다 보면 오히려 이들 문학이 가지고 있는 구체적인 차별성을 억누르는 보편주의적 모델을 강요하는 사람으로 비난받을 수도 있다. 마치 전 세계 모든 인간을 이어주는 유사성 같은 것을 꿈꾸는 낡은 인문주의자의 꿈을 조장하는 것처럼 말이다. 그러나 또 다른 한편으로, 우리가 차별성을 강조한다면 비교의 근거가 문제시되면서, 특정한 문화 형태의 고유성에 대한 우리의 존중이 마치 서로 다른 문화들 사이에는 그 어떤 의미 있는 관계도 불가능하다는 것을 암시하는 것처럼 보일 수도 있다.

물론 내가 이 같은 딜레마를 지나치게 단순화시킨다는 것도 알고 있는데, 이렇게 단순화시키는 이유는 오늘날 비교문학이 직면한 가장 시급한 몇 가지 문제들이 형성되고 있는 윤리적·정치적 맥락을 강조하기 위해서이다. 이들 맥락은 사실 우리 현대사의 우여곡절을 대변하고 있다. 한편으로는, 베를린 장벽 붕괴, 냉전 시대 종말, 러시아와 동유럽의 공산주의 몰락, 그리고 남아프리카의 민주적인 선거 등을 통해 전 세계는 세계화, 민주화, 탈식민지화의 과정을 향해 나아가고 있는데, 이 책에 실린 5장 글의 저자인 뉴욕대 비교문학과 메리 루이스 프랫(Mary Louise Pratt) 교수는 이 과정이 비교문학을 위해 "다국어주의, 다중언어, 문화 중재 예술, 문화상호적 깊은 이해, 그리고 진정한 전 지구적 인식 구축을 위한 환대의 공간을" 만들어준다는 맥락에서 환영하고 있다. 그러나 또 다른 한편으로, 이 책 17장의 저자인 남가주대(USC) 비교문학과 마조리 펄로프(Marjorie Perloff) 교수는 소수민족들의 독립을 향한 민족적 열망은 전 세계 모든 대륙에서 격렬한 갈등을 유발하면서 세상을 더욱 대립과 분열의 장소로 만들고 있다고 염려한다. 문화 간의 이해와 관련해서 이 책의 마지막 19장의 저자인 토빈 시버스(Tobin Siebers) 미시간대 비교문학과 교수는 오랜 기간의 학습을 통해 분명 친숙해진 것 같은 프랑스 문화도 근본적으로는 여전히 낯선 존재로 남게 된다고 말한다. 이와 관련해서는 40대에 프랑스로 이민을 간 이후의 프랑스 생활에 대해 타자로서의 문화적 기억을 담은 영국 출신 사업가 피터 메일(Peter Mayle)의 1989년 베스트셀러 『나의 프로방스(A Year in Provence)』에 담긴 통찰력은 충분히 참고할 만한 가치가 있다.

과연 비교문학자는 문학의 본질적인 특성과 기능에 대한 우리의 감각을 문화적 소통의 차원에서 통합시키는 노력을 해야 할까, 아니면 서로 다른 문화에 놓여 있는 문학성의 카테고리의 다양한 구성에 대해 우리의 이해를 촉진하는 노력을 해야 할까? 이 질문에 대해서 이 책에 실린 글의 저자들 입장은 크게 두 가지로 나뉜다. 이 책의 11장 저자인 코넬대 비교문학과 조너선 컬러(Jonathan Culler) 교수는 대학의 국가 단위의 개별 어문학과는 각 국가의 문화연구 학과가 되어야 하며, 그렇게 해서 비교문학과가 "엄밀한 의미의" 문학을 연구하고 가르칠 수 있는 길을 열어줘야 한다고 제안한다. 이런 연구가 어떤 식으로 진행되어야 하는지는 컬러 교수가 설명하지 않았지만, 컬러 교수는 아마 이 같은 연구의 근본은 미학 연구가 되어야 한다는 브룩스 교수의 주장에 동의할 것이다. 이 책에 실린 자신의 글에 대한 보완의 성격을 가지면서 최근 *Critical Inquiry*에 실린 글에서 브룩스 교수는 "미학 영역의 특수성이 실종된 상태로 문학연구를 문화연구의 맥락에 위치시키는 것은 실수가 될 것이다."라고 주장한다.[11] 실러(Friedrich von Schiller)의 예를 들면서 브룩스 교수는 그 특수성을, 누구나 물질성으로부터 자유로워질 수 있다는 환상을 조장하는 데 효과가 있는 실러의 '유희충동(遊戲衝動, Spieltrieb, play-drive)'과 결부시킨다. 그리고 브룩스 교수는 그 같은 자유를 무책임한 엘리트주의와 연결하려는 유물론적 비평가들을 마치 '미덕의 수사학'(AI 514)을 무기처럼 휘두르는 도덕주의적 권력자들이라고 혹평한다. "미학의 영역은 거의 윤리적인 중요성과 필요성에 의해 존중받아야 한다."(AI 522)라고 브룩스 교수는 덧붙인다. 바로 이 '중요성과 필요성'은 컬럼비아대 불문과 교수인 마이클 리파테르(Michael Riffaterre)가 이 책의 6장에서, 텍스트는 해체될 때에만 적절하게 문학적일 수 있으며, 텍스트가 "주제의 소멸과 원인의 실종, 그리고 텍스트가 반응하는 상황의 기억을 극복한다."라는 것을 확인시켜주는 것이 이론의 역할이라고 선언한다.

이들 비평가는 국가 간 교차 맥락에서 비교의 행위는 다른 무엇보다도 문학성의 미학적 현상에 대한 반영을 수반한다는 데 동의한다. 서로 간의 상당한 차이에도 불구하고, 그들의 논쟁은 폴 드 만과 데리다의 더욱 명확한 수사학적 용어를 통해 내세우는 논쟁과 똑같은 전통에 속한다고 할 수 있다. 문학은 문학이라는 카테고리의 역사적 우발성(偶發性, contingency)에 관해서는 염려하지 않으면서, 리파테르 교수의 표현인 "변하지 않는 특성"들을 갖춘, 그리고 브룩스 교수의 말을 빌리자면 "문학으로서" 가르칠 수 있다. 그 염려는 문화연구에 해당하는 것으로, 이들 문화연구 비평가들에게 문화연구는 텍스트를 읽는 이론으로서가 아니라 정치적 비평의 목적으로 미학적 가치를 이데올로기화하는 방식으로 외부로부터 문학에 대해 접근한다. 그래서 그들은 1993년 미국비교문학회 '10년 보고서'를 문학연구의 진정한 형식의 포기라고 보는 것이다. 컬러 교수는 이렇게까지는 말하지 않았지만, 비교문학이 문학연구를 주도할 수 있도록 컬러 교수가 전적으로 문화연구를 제쳐놓은 것 자체가 이미 어떤 무언의 메시지를 전달한다고 볼 수 있다.

그러나 이 같은 견해의 축의 반대편에는 1993년 미국비교문학회 '10년 보고서'의 기본적인 취지에 동의하는 비평가들이 위치하고 있다. 정확하게 말하자면, 여기서 말하는 '동의'는 결국 문학연구의 다양하고 확장된 맥락화를 옹호하는 입장이기 때문에, 시학에 대한 형식주의자들의 옹호보다는 훨씬 집중력이 떨어진다고도 할 수 있다. 이들 비평가는 이 책 16장의 저자이면서 캘리포니아 대(UCLA) 비교문학과 교수인 프랑수아즈 리오네(Françoise Lionnet)가 말한 "상호주관적 행위의 일환으로서 문학이라는 발상을 민주화하는 과정에서 야기될 수 있는 오염의 위험성과 세계화로 인한 혼란"이라는 도전을 받아들인다. 이 같은 행위에서 어수선하다고 여겨지는 것은 미학 이외의 가치에 대한 공공연한 염려인데, 다른 말로 표현하자면, 미학을 가치의 넓은 스펙트럼 속에 위치시키는 것에 대한 염려이다. 브룩스 교수는 문학비평이 결국 비평가의 도덕적 · 정치적 확신에 근거하는 평가의 행위에 관여하는 것을 염려한다기보다는 불편해한다. 브룩스 교수는 18세기 영국 시인 존 키츠(John Keats)와 20세기 미국계 영국 시인 T.S. 엘리엇(T.S. Eliot)의 예를 언급하며 그런 도덕적 · 정치적 확신은 전통에 대한 몰개성화(沒個性化, depersonalizing)적인 호소를 통해 완화되어야 한다고 주장한다. 그래서 비평가의 목소리가 비평가 자신이 물려받은 문화적 유산의 목소리와 함께 반향을 불러일으키도록 해야 한다.

물론, 브룩스 교수는 초월적인 가치를 표방하는 전통적 정전의 보수적인 개념을 옹호하는 것처럼 보이는 것은 원하지 않는다. 그래서 브룩스 교수는 "전통은 진짜 만들어지는 것"(AI 521)으로, 역사적으로는 영향 관계적이고, 정치적으로는 편견에서 벗어나지 못한다고 망설임 없이 강조한다. 그러나 이런 의미에서 전통은 호소의 대상이 될 수가 없으며, 단지 해석의 대상일 뿐이며, 그런 해석은 구체적인 역사적, 문화적, 제도적, 정치적 맥락에 대한 탐구를 이끌어낸다. 이 맥락들이 비평가 자신의 목소리에서 반향을 불러일으키도록 함으로써, 나는 오히려 브룩스 교수와는 달리, 비교문학자는 자신의 주관성(主觀性, subjectivity)이라는 것이 해석을 필요로 하는 구성체라는 것을 인식할 정도로 몰개성화되지는 않았다고 말할 수 있다. 분명 그것은 서로 다른 문제이다.

다문화주의자의 비교는 집에서 자신을 자신에 비교하는 것에서부터 출발한다고 나는 제안한다. 이 비교의 과정은 정체성의 정치가 수반하는 문화적 본질주의(本質主義, essentialism)를 배제하면서, 대신 문화적 차이를 평가하는 극도로 어려운 문제에 대해 비교문학자를 예민하도록 만든다. 리오네 교수가 프랑스 문화와 영국 문화가 아프리카와 인도 전통과 교차하는 섬에서 자라면서 자연스럽게 생겨난 현상을 "생산적인 불편함(productive discomfort)"이라고 묘사한 표현은 비교문학자의 주제의 혼종적 구조를 생생하게 불러온다. 앞서 게이츠 주니어 교수가 언급한 "문화적 버블"은 여기서는 서로로부터 차단되지 않는다. 오히려 이 버블은 우리 안에 공존하고 서로 간에 관통하는 지식과 해석의 시스템일 뿐만 아니라, 교차하는 계급과 가족에 대한 충성, 종족과 종교적 전통, 역사적, 정치적 압박, 물려받은 특성, 무의식적인 동력, 지정학적 현장 등의 자유롭고 유동적인 공간을 만들어낸다.

이처럼 혼종적이고 다문화적인 결합으로서의 주제의 구조는 일부 비평가들을 자서전 영역으로 유도했다. 물론 이 같은 움직임은 부분적으로는 나르시시즘(narcissism)적으로 보일 수 있지만, 글로벌적 시각의 확장이라는 측면에는 적대적이라기보다는 긍정적 보완의 역할을 할 수 있다. 예를 들어, 예일대 불문과 교수 앨리스 캐플런(Alice Kaplan)의『프랑스어의 교훈(French Lessons)』같은 비평가의 자서전은 자신 안에서 발견하는 문화적 타자성의 흔적이자, 자신 밖에서 마주하는 타자성과의 양면적 교차의 흔적을 다루는 전형적인 이야기가 된다. 비록 이 같은 흔적들과 대립이 유럽 문화의 역사의 범주를 넘어서지 않더라도, 특히 이처럼 자신이 비교문학자인 비평가의 자서전은, 캘리포니아대(샌터크루즈) 문화연구 교수인 제임스 클리퍼드(James Clifford)가 최근 설명한 표현처럼 "문화들 사이를 여행하는"[12] 주체를 다루는 경향이 있다. 클리퍼드 교수가 언급하듯이, 그런 주체에게 던지는 질문은 "어디 출신인가요?"보다는 "어디와 어디 사이에 있는 건가요?"(109)가 된다. 나의 경우를 예로 들어보면, 나의 출신은 내 어머니의 아버지, 즉 나의 외할아버지의 고향이면서 엄격한 칼뱅주의의 전통과 억누르는 성적 금욕주의가 두드러진 스위스의 뇌샤텔 지역과 나의 아버지 가족들이 고가구 판매상을 하면서 성공적으로 유대인으로 동화되었던, 반유대주의의 중심이기도 했던 독일 뮌헨 사이가 될 것이다. 나는 각각의 이 장소를, 나의 다른 문화 사이의 여정이 역동적으로, 때로는 정신적 외상을 초래할 만큼 충격적으로 이동하고 간섭하고, 번역하는 사이에 놓인 다른 많은 장소와 결부시킨다. 즉, 클리퍼드 교수의 표현을 빌리자면, "장소들의 역사와 역사들의 장소"인 것이다.

이 책의 8장의 저자인 뉴욕대 비교문학과 에밀리 앱터(Emily Apter) 교수가 주장한 "문화적 탈구(脫臼, dislocation)의 물리적·정신적 유산"인 망명의식은 인문학의 그 어느 분야보다도 비교문학이라는 학문의 구축 과정에 가장 확실한 특징이다. 비교문학의 목소리는 "집의 부재(unhomeliness)"의 특징을 가지며, 타자성으로 인한 일종의 정신적 고통 같은 '빼앗김' 또는 '몰수(沒收, dispossession)'의 바로 그 특성이 비교문학 목소리의 위대한 힘이 된다는 점에서 나는 앱터 교수의 주장에 동의한다. 지금까지 우리의 뇌리를 떠나지 않는 이 정신적 고통은 흡혈귀로 유명한 상상의 트란실바니아로부터 유래된 것같이 대부분 문화적으로 익숙한 유령들에 의해서였다. 지금 우리가 직면하는 도전은 우리가 겪는 이 정신적 고통의 범주를 넓히고, 우리가 서 있는 '사이 공간'들을 확장하는 것이다. 이는 우리 대부분에게 그동안 우리가 물려받은 유럽 전통의 문화적 유산과 우리가 받은 전문 교육의 범주를 뛰어넘는 확장을 수반한다. 이 같은 확장은 우리의 지평을 넓힌다는 점에서 신나는 도전이지만, 동시에 그동안 우리에게 보장되었던 권위의 영역 밖으로 우리가 나간다는 점에서 불안한 도전이기도 하다.

몇몇 실용적 조치들이 전문성에 대한 불안감을 완화하는 데 효과적일 수 있다. 유럽어와 유럽 문학을 공부한 학자들은, 예를 들어 아시아나 아프리카, 인도, 근동의 아랍지역 언어와 문학을 공부한 동료들과 팀티칭을 하는 것도 방법이다. 이렇게 함으로써, 번역으로 읽을 수 있는 텍스트들을 교수들이 수업에서 소개하면서 원어 작품의 구체적인 언어적 특징들을 설명할 수 있게 된다. 그러나 이 같은 협업은 문학 영역을 넘어서, 역사, 인류학, 사회학, 음악, 미술사, 민속학, 미디어학, 철학, 건축, 정치학 등의 전공 학과 교수 중에서도 관심이 있는 동료들과 함께할 수 있다. 오늘날 대부분의 학문 영역에서 활동하는 창의적이고 혁신적인 리더들은 보다 더 범세계주의적이고 트랜스문화적 접근법을 찾으려고 하면서 공통의 이론적 텍스트들을 같이 공유하고 탐구한다. 그러나 이 같은 협업을 장려한다는 것이 반드시 연구 대상으로서의 문학 텍스트를 포기하는 것은 아니며, 리파테르 교수에게는 미안한 이야기지만, 이는 「번하이머 보고서」의 저자들이 옹호하고자 의도한 것도 아니다. 오히려 문학 텍스트를 포함한 다양한 문화적 양식에 대한 근본적으로 상대적이고 역동적인 접근을 제시하는 것이라고 할 수 있다.

전문 지식 문제에 대처하는 또 다른 방법으로는, '전문 지식'이라는 주제에 대해 상당한 압박 질문을 가하는 것이다. 즉, '전문 지식'을 구성하는 것은 무엇인지, 전문가의 자격을 입증하고 부여하는 권위의 주체는 무엇인지, '진본성'에 대한 어떤 종류의 전제가 지역 전문가 개념을 지속시키는지 등의 질문이다. 뉴욕대 비교문학과 교수인 크리스틴 로스(Kristine Ross)의 주장에 의하면, '전문 지식'은 일종의 이데올로기이며, 교육하거나 학문적 자극을 주기보다는 오히려 지배하고 침묵을 요구하는 역할을 한다.[13] 우리가 가르치는 문학작품 안에 내재적으로 구축된 문화적 차이에 관해 우리가 어떤 위치를 잡을지 주의를 기울인다면, 주의를 기울이는 그 행위 자체가 수업에서 학생들이 배우는 중요한 가치의 일부가 될 수 있다. 우리의 연구 대상은 우리가 그 대상을 연구하는 데 사용하는 용어를 중요한 방식으로 만드는 것이다. 그래서 이 용어들과 어느 정도 학문적인 거리를 유지하는 것은 결코 비판할 일이 아니다. 우리가 굳이 아는 척을 하려고 할 것이 아니라면, 그리고 이해를 하고자 하는 우리의 노력이 진심이라면, 우리는 우리가 가르치는 모든 것에 대해서 꼭 전문가가 되어야 할 필요는 없다. 그렇다고 우리가 가보지 않았던 머나먼 지역에 대한 관광안내서 몇 권 정도 읽은 것 같은 여행자처럼 행동해서는 안 된다. 여행자는 자신도 결국 자신의 출신 지역의 '현지성(nativeness)'과 연결되어 있는데도 이를 외면하면서, 방문하는 '현지' 문화에 대한 정보를 별 생각 없이 반복재생하게 된다. 이와는 반대로,

다문화주의 시대의 비교문학자는 자기 자신을 모순과 오염의 공간으로 읽고, 이국적인 타자를 해독하려는 모든 안내서나 지침을 불신하며, 또한 자유로운 영혼처럼 현실과 유리된 지적 역량을 발휘하는 무심한 관찰자가 되는 것도 거부한다.[14] 비교문학자의 관점은 중심과 주변부 구조로 그려낼 수가 없다. 오히려 이 책의 12장에서 하버드대 비교문학과 데이비드 댐로시(David Damrosch) 교수가 제안하듯이, 두 개의 초점에서 만들어지는 타원형 같은 것으로, 각각의 초점은 서로 겹치는 다른 타원들과 맞물린다. 이 같은 역동적인 모델은 항상 중심 지향적인 권위에 문제를 제기하며, 사회적·인종적 지배집단과 저항집단 사이의 대립과 투쟁을 강조한다.

팀티칭 방식은 글로벌한 관점에 대한 책무감을 교육적 맥락으로 널리 알릴 수 있는 수월한 실천 방식을 제공한다. 현재와 같이 기존 학과 체계와 학문 경계를 고수하려는 의지가 확고한 대학과 같은 고등교육기관에서는 구조적인 변화를 이끌어내는 것이 쉽지 않다. 그럼에도 불구하고, 다문화 기반의 비교 연구 형태를 취하는 새로운 학문 분야의 구상을 실천할 수 있는 특정한 학문 집단들이 이미 학계에 등장하고 있다. 이와 관련해서, 시대 연구와 지역학이라는 두 가지 사례를 예로 들고자 한다.

많은 대학에서 교수들이 중세 연구, 르네상스 연구, 18세기 연구 등을 주제로 연구팀을 만들고 있는데, 이런 연구팀에는 보통 4~5개의 문학 학과 소속 교수들이 참여하고, 종종 역사학과나 미술사학과 소속 교수들 몇 명도 함께 합류해 있다. 주로 유럽의 문학 텍스트나 문화 텍스트와 이들 텍스트 공통의 고전 전 문화유산 사이의 상호연관성에 대한 연구를 진행하는 이들 연구팀은, 이 책 4장에서 앤서니 애피아(K. Anthony Appiah) 뉴욕대 철학과 교수가 언급한 서구의 'Geist', 즉 '정신적 생명력'이라고 할 수 있는 것을 찾아 나서는 역할에서 자신들의 일관된 존재 이유를 가지게 된다. 그러나 애피아 교수가 인정하듯이, 이 같은 일관성은 타원형의 두 번째 초점들을 여러 개 가지면서 각 초점의 자율성을 폭발시키는데, 말 그대로 중국에서 유래한 화약의 힘으로 폭발하고, 상징적으로는 이슬람과 아프리카 전통의 영향으로 폭발하고, 경제적으로는 제국의 확대와 국제무역으로 인한 지구 반대편까지의 시장의 확장 등으로 폭발하고 있다. 이들 연구팀이 이 같은 타원형적 접근의 역동성을 폭발시키고 있다면, 그들의 비교 연구는 동일 시기나 비슷한 시기의 비서구 문화권 학자들의 타원형적 접근과 교차할 수도 있을 것이며, 이로 인해 비록 여전히 유럽중심적일 수는 있지만 그래도 문학사와 문화사에 대해서 보다 확장되고 새롭게 활성화될 뿐만 아니라, 결정적으로는 탈중심화된 결과물도 기대할 수 있을 것이다. 이와 같은 초국가적이고 초학제적인 연구팀들은 궁극적으로는 학위 수여 프로그램 단위로도 발전할 수 있을 것이다.

서구와 그 외 나머지 세계 사이의 상호연관성은 19세기와 20세기 동안 너무나도 다양하고 복잡하게 상치(相馳)되었기 때문에, 그리고 지식의 양은 어마하게 증가했기 때문에, 비교 시기 연구의 모델은 이 기간 동안 실현 불가능했다. 지역학 연구 모델은 그나마 적합했지만 그러기 위해서는 그 같은 모델을 과거에 유지해온 전제들은 다시 검토되고 수정되어야만 했다. 어떤 경우에는, 역사학자들과 정치학자들, 경제학자들을 문학 연구자들뿐만 아니라 대중문화를 연구하는 학생들과 하나로 묶어주는 지역학 프로그램들은 국가가 자신들의 적국들을 제대로 파악하는 데 도움을 받으려는 목적으로 만들어낸 냉전 시대의 산물이기도 했다. 또 다른 경우에는, 제3세계 국가들을 아예 하나로 묶어서 이들 국가를 식민지 영역이라는 모델로 연구하는 프로그램으로도 활용되었다.[15] 지역학 중에서 독일학의 경우에 있어서 문제는, 코넬대 독일학 교수인 피터 호헨달(Peter Hohendahl)이 최근 지적한 것처럼, 독일학 프로그램에는 일관된 기반이 부재했고, 재학생들에게 다양한 전공의 수업을 듣도록 권장하다 보니 그 과정에서 문학 과목은 다양한 선택 중에 하나에 불과했다는 사실이다.[16] 그러나, 여전히 지역학 연구 모델은 문학을 전경화(前景化)시키고, 안정된 지역학 연구라는 타원형적 접근의 양 초점을 통해 그 개념을 무효화시키는 방법으로 재개념화할 수 있다. 특히 미국학 연구 프로그램의 경험은, 지역학으로서 미국학 연구

안에서 문학연구의 위치에 대한 갈등이라는 차원과 미국학 연구의 주요 구성 요소인 아메리칸 인디언계, 아프리카계, 아시아계, 멕시코 치카노계, 중남미 히스패닉계 미국인 등 다양한 다문화적 다원화의 차원에서도 좋은 참고가 될 수 있을 것이다.

새롭게 개념화된 비교의 방식에서 문학을 어떻게 '전경화'시킬 수 있을지는 아직 명확하지 않다. 1993년 미국비교문학회의 「번하이머 보고서」가 많은 사람에게는 문학에 대한 공격처럼 느껴졌다는 것은 아마 오늘날 문학 연구자들이 학문 세계에서 얼마나 불안하게 느끼고 있는지를 보여주는 징표일 수 있다. 비록 이 보고서에 쓰인 표현 중에서 일부는 그런 의도가 아니었을 수도 있겠지만, 보고서를 작성한 저자들의 입장에서 말하자면, 저자들은 문화연구로 향하는 발전과정에서 축소되는 문학의 역할을 제시하는 것이 아니라, 오히려 다문화적이고 멀티미디어 세상에서 문학의 확장된 지평을 강조하고자 했다. 이 책의 9장에서 피터 브룩스 교수는 이 보고서에 사용된 다수의 "~ 해야 한다"라는 표현에 대해 언급하면서, 어떤 종류의 당위성을 표현하는 것인지, 그리고 이 당위성이 과연 "학문적·교육적·제도적·윤리적"인지에 대해 문제를 제기한다. 마찬가지로 이 책에 글을 실은 저자인 내 생각에는, 그 같은 차이가 실제로는 상호 관통하는 영역을 분리하고, 그런 분리를 유지하는 역할을 한다는 사실을 비교 연구가 보여주는 것을 우리는 깨닫는다. 학문적 비평 양식으로서의 문학연구는, 교육적 방법론과 학제적 구조라는 두 가지 측면에서 모두 윤리적으로 동기 부여를 받아야 한다고 우리는 제시하고 싶었다.

문학은 다양한 담론 방식 중에 하나라는 우리의 주장은 문학의 특수함을 공격하는 것이 아니라 역사화(歷史化)하는 것이다.[17] 문학을 비문학과 구분시키는 차이이기도 한 문학의 정체성은 절대적 기준에 근거해서 설정될 수는 없다. 만약, 문학적 가치에 대해서 영원한 진리나 인간 본성의 본질에 대한 접근과 같은 어떤 초월적 정당화가 필요하다면, 이 보고서에서 우리가 말하고 있는 문학은 그 같은 역할 수행에 실패한 것이 사실이다. 그러나 문학이 물리적 실천 방식의 네트워크 내부에 장착되어 있고 서로 다른 맥락과 서로 다른 역사적 순간에 따라서 다른 방식으로 구축되어 있다고 말하는 것이, 반드시 그런 맥락과 순간에 구축된 것이 너무나 상대적이기 때문에 일종의 기만적 환상으로 보일 수 있다고 말하는 것은 아니다.

문학은 다른 문화적 지식의 형태보다 기만적인 면에서는 크게 다르지 않지만, 문학은 문학만의 고유한 지식을 독특한 방식으로 구축한다. 「번하이머 보고서」가 주장한 "'문학'이라는 용어가 더 이상 비교문학의 연구 대상을 적절하게 기술하지 못할 수도 있을 것이다."라는 표현은 어떤 비교문학자들에게는 마치 이제 우리는 비교문학의 소중한 독특함을 포기할 준비를 하라는 말처럼 들릴 수 있었다. 이 문장의 표현력이 부족했던 것은 인정하고자 한다. 왜냐하면 이 문장을 사용한 우리의 목적은 '문화' 때문에 '문학'을 버리는 것이 아니라, 우리 문화에서 독특하게 문학적으로 구축된 것의 경계를 오히려 이동시키는 것이기 때문이다. 그러한 변화가 문학이 생산되고 소비되는 다양한 맥락을 포함하도록, 우리가 말하는 '비교의 공간'을 확장시키는 과정에 있어서, 일부 동료들은 혹시라도 텍스트의 모호성을 해결하기 위한 목적으로 맥락의 명료함을 사용하려는 것은 아닌지 우려를 표했다. 그러나 맥락은 텍스트만큼이나 모호할 수 있고, 맥락 역시 텍스트적으로 대부분 조정이 가능하다는 점을 감안하면, 이 둘의 차이는 그렇게까지 명백하지 않을 수 있다.

그러나 맥락은 읽고 해석될 수 있으며, 또 그래야만 한다는 것이 반드시 문학작품과 동일한 종류의 고도의 복합성을 갖추어야 한다는 말은 아니다. 비록 복합성의 강도(強度)는 어쩌면 비슷할 수도 있을지 모르지만 말이다. 우리가 문학을 가르치는 길에 들어서게 된 동력은 아마 다양한 수사적, 서사적, 도덕적, 심리적, 사회적 표현방식을 통해 발견할 수 있는 텍스트의 역동적인 복합성에 대한 우리의 애정일 것이다. 그리고, 이 같은 복합성은 원본 텍스트의 표현을 통해서만 제대로 이해하고 감상할 수 있다는 우리의 확신이 아마 우리 비교문학자들을 외국어 학습의 길에 전념하도록 이끌었을 것이다. 그러나 지식을 수

집하고 분석하고 보고하는 사회과학적 연구방법론의 영향이 점점 커지면서, 완곡이나 역설, 판타지, 열정, 반어, 모순, 극단 등과 같이 문학의 고유한 '앎'과 '알지 못함'의 방법의 가치를 지켜내는 노력이 그 무엇보다도 중요해지고 있다. 오늘날 문학연구자들이 직면하고 있는 중요한 역할 중 하나는, 첫째, 문학의 개인적이고 주관적인 측면과, 둘째, 사회적이고 정치적인 함의와 내적 구조, 이 두 가지 모두를 존중하는 문학의 가치에 대한 새로워진 설명이다. 문학의 개인적이고 주관적인 측면으로는, 언어적 창작이 만들어내는 감각적인 즐거움, 심각하지 않은 즐거움을 주는 현실과 가상 세계의 유희, 시간으로부터의 일시적인 해방, 그리고, 20세기 프랑스 소설가 모리스 블랑쇼(Maurice Blanchot)가 표현한 "자기 자신의 죽음의 공간"으로의 진입 등을 들 수 있을 것이다. 이 두 가지 분류 중에 후자의 방식에 대한 최근의 관심과 강조는, 전자가 지나치게 개인적이고 무책임하며 쾌락주의적이라는 의심만 불러일으킨다. 그래서 개인과 사회에 대한 문학의 가치를 효과적으로 방어하는 방법은 이 두 가지 분류가 불가분적(不可分)이며, 생산적으로 단단히 묶여 있다는 것을 증명해 보이는 것이다.

이 중요한 역할을 가장 근사하게 수행할 수 있는 준비가 되어 있는 사람들이 바로 비교문학자들이다. 서로 다른 문화에서 문학이 구축되는 과정과 수행하는 역할에 대한 비교문학자들의 방대한 지식의 범주가 그런 중요성을 가지기 때문이다. 다문화주의 시대에 비교문학자들의 불안감은 그 불안을 생성하는 문제들에 적합한 영역을 마침내 발견한 것이다.[18]

| 번역 : 이형진 |

주 ————

1) René Wellek, "The Crisis of Comparative Literature," in *Concepts of Criticism*, ed. Stephen Nichols(New Haven: Yale University Press, 1963), p.282.

2) 미국 대학의 비교문학과 학과장 중에서 비교문학과 학과장이 무엇을 하는 역할인지 혼란스러워했던 사람은 예일대 비교문학과 학과장 피터 브룩스 교수만은 아니었다. 캘리포니아대(버클리) 비교문학과 전임 학과장인 토머스 로젠마이어(Thomas Rosenmeyer)도 최근 출판된 자신의 자전적 에세이에서 그는 "비교문학자의 정체성이나 역할이 무엇인지" 잘 몰랐다고 털어놓았다.("Am I a Comparatist?" in *Building a Profession: Autobiographical Perspectives on the Beginning of Comparative Literature in the United States*, ed. Lionel Grossman and Mihai I. Spariosu[Albany: State University of New York Press, 1994], p.49).

3) Harry Levin, "Comparing the Literature," in *Grounds for Comparison*(Cambridge: Harvard University Press, 1972), p.89.

4) François Jost, *Introduction to Comparative Literature*(New York: Bobbs—Merrill, 1974), p.xi.

5) A. Owen Aldridge, *Comparative Literature: Matter and Method*(Urbana: University of Illinois Press, 1969), p.1.

6) Paul de Man, *Allegories of Reading*(New Haven: Yale University Press, 1979), p.16.

7) 뉴욕대 영문과 존 길로리(John Gillori) 교수는 학문적으로 도발적인 자신의 저서 *Cultural Capital: The Problem of Literary Canon Formation*(Chicago: University of Chicago Press, 1993)에서, 과거의 부르주아 자본주의 계급이 문학에 투자했던 문화자본의 시장 가치가 하락하는 상황에서 등장한 강력한 해체주의적 글 읽기는, 대학을 포함해 모든 단계의 지배 체계의 관료주의를 잠식하던 새로운 전문가 관리 계급이 행했던 시도와 유사한 종류의 기술적 접근을 시도했기 때문에 상당한 관심과 성과를 거두었다고 주장했다.

8) J. Hillis Miller, "The Function of Literary Theory at the Present Time," in *The Future of Literary Theory*, ed. Ralph Cohen(New York: Routledge, 1989), p.102.

9) *Responses: On Paul de Man's Wartime Journalism*, ed. Werner Hamacher, Neil Hertz, and Thomas Keenan(Lincoln: University of Nebraska Press, 1989) 참고.

10) Henry Louis Gates, Jr., "Beyond the Culture Wars: Identities in Dialogue," in *Profession 93*, ed. Phyllis Franklin(New York: MLA, 1993), p.6.

11) Peter Brooks, "Aesthetics and Ideology: What Happened to Poetics?" *Critical Inquiry* 20(Spring 1994): p.519. 이후 이 책에 대한 표기는 AI로 약어 표기함.

12) James Clifford, "Travelling Cultures," in *Cultural Studies*, ed. Lawrence Grossberg, Cary Nelson, and Paula Treichler(New York: Routledge, 1992), pp.96~112.

13) Kristin Ross, "The World Literature and Cultural Studies Program," *Critical Inquiry*

19(Summer 1993): pp.666~676.

14) 이 같은 관점에 대한 상세한 설명으로는 Bruce Robins, "Comparative Cosmopolitanism," *Social Text* 31-32(1992): pp.168~186 참고.

15) Rey Chow, *Writing Diaspora: Tactics of Intervention in Contemporary Cultural Studies*(Bloomington: Indiana University Press, 1993), pp.133~134 참고.

16) Peter Uwe Hohendahl, "*Germanistik* Past, Present, and Future," 1994년 5월 6일 스탠퍼드대학교 콜로키움 발표문.

17) 이와 비슷한 관점으로 문학연구에 관한 설득력 있는 주장은 Stephen Greenblatt and Giles Gunn, introduction to *Redrawing the Boundaries: The Transformation of English and American Literary Studies*(New York: MLA, 1992), pp.1~11 참고.

18) 본 원고의 초고를 읽고 유용한 피드백을 공유해준 캘리포니아대(버클리) 영문과 찰리 알티에리(Charlie Altieri) 교수, 피츠버그대 영문과 조너선 아랙(Jonathan Arac) 교수, 예일대 불문과 하워드 블로치(Howard Bloch) 교수, 캘리포니아대(버클리) 슬라브어문학과 올가 마티치(Olga Matich) 교수에게 고마움을 전한다.

1부

미국비교문학회 '10년 보고서'

01

1965년 「레빈 보고서」
— 비교문학의 전문성 기준 보고서

　최근 들어 미국 전역에 걸쳐 대학에서 비교문학 교육과정이 확산되는 현상은 '국가방위교육법(National Defense Education Act)'의 지원을 빼놓고 설명할 수는 없겠지만, 비교문학의 어엿한 성장을 보여주는 한 단면이라고 할 수 있다. 이 같은 성장의 배경으로는 외국어 교육에 대한 관심의 부활과 고전 문학작품을 가르치는 교육과정과 강의의 활성화, 2차 세계대전 이후로 확대되고 있는 문화의 국제적 교차 현상과 문화 교류 등을 손꼽을 수 있을 것이다. 미국비교문학회(ACLA) 조사에 의하면, 현재 미국 대학에서 비교문학 프로그램은 80여 개 대학 요람에 실릴 만큼 성장하고 있고, 매년 그 숫자는 늘어나고 있다. 그리고 이들 80여 개 비교문학 과정 중에서 절반 이상은 최근 5년에서 10년 사이에 신설되어서 아직 자리를 잡아가고 있는 정착 단계라고 할 수 있지만, 이 같은 신설 프로그램이 자리 잡아가는 방향과 형태는 분명 비교문학이라는 학문 영역 전체에 상당한 영향력을 끼치게 된다. 그런 맥락에서 미국비교문학회 회원들은 대략적인 범주에서라도 비교문학 공통의 목적을 설정할 필요성을 강조하고 있다. 비교문학이라는 학문이 지금보다 더 얇고 넓게 양적으로 확산되기 전에 시급하게 필요한 것은, 학문의 최소한의 기준 설정이라고 할 수 있다. 여기서 제기할 수 있는 첫 번째 전제 질문으로는, 과연 비교문학이라는 전공영역이 모든 대학에 개설될 만큼 필요하고 유용한지, 비교문학 전공영역 개설이 어느 정도 수준의 언어 역량과 지식의 기본 소양을 필수조건으로 삼을 것인지, 그래서 모든 학생을 교육 대상으로 할지, 상당한 자격과 역량을 갖춘 소수의 학생만을 위한 교육과정으로 운영할 것인지, 또한 대학 내에서 비교문학 프로그램과 협업할 수 있는 영문과와 다양한 외국어문학과나 우수한 도서관 시설 확보를 얼마나 중요한 전제조건으로 삼을지 등에 관한 고민이다. 이런 전제조건은 사실 웬만한 대학들이 제대로 갖추기가 쉽지 않은 현실적 문제들이다. 그래서 이 시점에서 본 위원회가 제안하는 바는, 비교문학 프로그램을 신설하기 위해서는 이 프로그램을 왜 만들고자 하는지에 대한 대학의 진정한 자기성찰과 함께, 이미 동일한 교육과정을 운영하는 다른 대학들이 갖추고 있는 필수적인 시설과 교육자원에 대한 꼼꼼한 자료조사가 반드시 선행되어야 한다는 점이다.

이 고민은 두 번째 질문으로 이어지는데, 비교문학 프로그램의 성격과 다양한 형태와 관련된 중요한 질문이 된다. 비교문학 프로그램이 단과대 내에서 개별 학과의 형태를 취해야 할지, 기존 학과에 부속된 교육과정이 되어야 할지, 아니면 하나의 개별 프로그램으로 남아도 되는지이다. 사실 이런 차이는 명분상의 문제일 수 있고 실질적으로는 크게 중요한 부분은 아닐 수 있으며, 개별학교 조직이나 인력 운영 방식에 따라서 상당한 다양성과 차이가 존재할 수 있기 때문에 서로 다른 접근법이 필요한 경우가 많다. 중요한 점은, 비교문학 프로그램이나 교과목은 학교에서 영문과나 다양한 외국어문학과와 경쟁하는 관계가 아니라 기존의 관련 학과들과 소통하고 그들의 발전에도 도움이 되는 관계라는 점이며, 그런 이유로 비교문학 프로그램은 일정 수준의 학제적 독립성은 반드시 갖추어야 한다는 점이다. 이런 맥락에서 비교문학은 프로그램의 학제간 성격에 공감하는 영문과나 다른 외국어문학과 소속 전문 연구자들과의 협력에 기반하는 일종의 학제간 학과 형태로 반드시 구현되어야 한다. 그러나 이같은 모형 역시 과도기적인 방식이라는 한계가 있기 때문에, 조금은 덜 임시적이고, 덜 보조적인 형태로 나아갈 필요가 있다. 대학에서 비교문학 프로그램을 새로 시작하는 초기 단계에서는 아무래도 여러 학과 관계자가 참여하는 '학제 간 위원회'로 시작하는 것이 가장 실질적인 대안이 될 것이다. 아직도 영문과 나 다른 외국어문학과와 겸직 발령이 아닌, 온전히 비교문학 학과 소속으로만 임용되는 교수직은 극히 소수인 것이 현실이며, 어쩌면 비교문학 전공으로 채 용되면서 다른 외국어문학과에도 한 발 걸쳐놓고 있는 겸직 발령이 학과와 교 수 본인에게도 유리할 수 있는 상황이다. 전적으로 독립된 개별 학과라는 정체 성은 해당 학과만을 위한 예산을 독자적으로 배정받는 장점이 있지만, 그래도 한 사람의 비교문학 주임교수만 채용하고 연계 외국어문학과 소속 교수들이 옆 에서 지원하는 형태도 행정의 편의성의 측면에서는 유리할 수 있을 것이다. 그 리고, 여기서 우리는 관련 외국어문학과뿐만 아니라 문학 분야 밖의 다양한 영 역들, 즉 언어학·민속학·예술·음악·역사·철학·심리학·사회학·인류 학 등과의 관련성도 고려해볼 필요가 있다. 이처럼 비교문학의 위치와 위상을 우리 스스로 규명하려는 열정을 통해 우리는 비교문학의 학제간 연계성을 보다 명확하게 밝혀낼 수 있을 것이다.

비교문학의 위치와 좌표를 규명하려는 노력은 비교문학 관련 강의 개설과 관련해서도 도움이 될 수 있다. 비교문학의 학제간 가이드라인이 아직 자리 잡 히지 않은 대학에서는 소설이나 시와 같은 장르나, 르네상스나 낭만주의 같은 문예사조를 다루면서 언어적 장벽이 만들어내는 경계선도 뛰어넘는 학제간 성 격의 교과목들은 거의 찾아보기 어려운 것이 현실이다. 그래서 희곡처럼 테크 닉을 중심으로 접근하는 경우나, 계몽주의 관련 수업에서처럼 사상의 역사를 중심으로 접근하는 경우에는, 한 가지 언어로 된 텍스트만 연구하는 것이 아니 라 다양한 언어로 된 텍스트의 번역본으로 접근해야 할 충분한 명분이 생긴다. 학부 학생 중 한 가지 이상의 외국어로 된 텍스트를 원어로 읽을 수 있는 학생 이 있다면 상당히 우수한 학생이라 할 수 있다. 그리고 우리 학자들도 최선을 다해 외국어 능력을 끊임없이 계발해야 할 책임이 있지만, 그럼에도 불구하고, 문학을 가르치는 교수가 본인이 가르치는 모든 종류의 문학에 대해 전문가라고 할 수 없는 상황에서, 자신이 다루는 모든 작품을 어떤 식으로든 원어로 읽을 수 있는 역량을 갖추어야 한다고 요구하는 것이 현실적으로 가능할까? 그래서, 앞서 언급한 교과목들과 비교문학과에서 가르치는 교과목 사이의 차별성을 명확하게 구분할 수 있다면 외국 문학을 번역 텍스트로 읽는 것에 대해 지나치게 걱정할 필요도 사라진다. 또한 비교문학과에서 개설하는 과목들이 원어로 된 텍스트도 상당 부분 강의계획서에 포함하는 식으로 간다면, 굳이 소수 언어로 쓰인 작품들의 번역 텍스트를 아예 배제하려는 것은 지나친 순혈주의적 발상이 될 수 있다. 이 같은 차별성은 학부과정에 개설되는 '인문학', '세계 문학' 또는 '위대한 고전' 같은 제목의 교과목과 대학원 과정의 '비교문학' 교과목 사이에서도 찾을 수 있을 것이다.

비교문학 대학원 과정에서는 졸업을 위해 수강해야 하는 교과목들의 상당 부분을 영문과와 외국어문학과 같은 연계 학과들의 수업으로 채워야 하는 상황이 생기는데, 이 경우에도 문학사의 통시적 흐름과 개별 문학 텍스트 교육 사이에는 상당한 연관성이 형성된다. 그렇기 때문에, 이런 교과목들을 대체하는 방법을 찾기보다는, 비교문학은 이런 교과목들을 기반으로 해서 앞으로 나아가야 한다. 그런 다음, 또 한편으로, 비교문학 교육과정은 다양한 언어권 문학을 공부하는 비교문학 대학원생들을 어느 지점에서는 함께 묶어주면서, 국가의 경계를 뛰어넘는 공통의 문학적 주제들에 집중할 수 있는 세미나 수업을 통해 비교문학 전공 학생들을 통합시키는 교육적 효과를 만들어낼 필요도 있다. 예를 들어, '비평사' 관련 교과목은 학생들로 하여금 자신들이 사용하는 용어들의 정의를 내리고 자신의 지식을 체계적으로 정리하는 데 도움이 될 수 있고, '번역'이나 '비교운율학', '문체 분석' 같은 교과목은 하나의 언어가 다른 언어와 가지는 관계라는 측면에서 상당히 구체적인 학문적 체험을 제공할 수 있다. 비교문학 전공 학생들이 각자의 관심의 다양한 조합에 따라서는 얼마나 다양한 학과의 다양한 교과목들을 폭넓게 수강할 수 있는지를 감안하면, 최소한 이들 모두에게 문학이론이나 텍스트 분석방법론, 또는 전문적인 문학적 주제를 다루는 한두 개 정도의 공통 기초 과목을 제공하는 것은 바람직할 것 같다. 그리고 그런 공통과목들은 굳이 비교문학 전공 대학원생들뿐만 아니라 다른 학문 분야의 적극적인 학생들도 수강할 수 있도록 권장할 필요가 있는데, 수업에서 이들 타전공 학생들의 존재로 인해 비교문학 전공 학생들도 유형무형의 혜택을 얻을 수 있을 것으로 기대된다. 이런 맥락에서 비교문학 전공은 영문과나 다른 외국어문학과에게도 도움이 될 수 있으며, 이들 학과 소속 학생들의 비평적 시각과 관점을 확장시키는 역할을 통해 비교문학이 관련 학과들에 대해 가지는 일종의 잠재적인 부채 의식을 상쇄하는 효과도 기대할 수 있다.

학부과정에서 비교문학 전공의 수준이나 선호하는 방식과 관련해서는 그 어느 전공 분야보다도 큰 격차를 발견할 수 있다. 이 같은 고민이 이미 비교문학 과정이 개설된 20여 개 대학에서 나오는 것을 보면 어느 정도는 대세로 받아들여지고 있다고 볼 수 있다. 비교문학 과정은 영문과나 다른 외국어문학과 과정에 비하면 상대적으로 어려울 수밖에 없어서, 비록 숫자는 적더라도 자격이 되는 입학생들만 받아들여야 한다는 전반적인 공감대는 있는 것으로 보인다. 지금까지 가장 반대하는 부분은 학부과정에서 언어적 제약에 관한 것이었다. 그러나 좀 더 전문적인 수준에서 '비교문학'이라는 이름이 사용되는 곳이라면 전공 자체는 특정 전공에 국한하기보다는 개방적인 경우를 종종 볼 수 있는데, 예를 들어, '고전학' 분야에서는 서로 다른 두 가지 언어의 역량을 갖추거나, 아니면 언어 하나와 다른 연관 분야 전공 지식을 요구하기도 한다. 오늘날 점점 더 많은 비교문학 대학원 과정은, 입학 지원자가 번역을 통해 다양한 언어권의 문학 정전 작품들을 읽거나 아니면 문학사에 대해 피상적인 지식을 갖추고 있는 것보다는, 차라리 여러 개의 언어에 충분한 능력을 갖추고 있는 것을 선호한다. 현재 비교문학 박사과정에 입학하기 위한 필수조건으로 비교문학이 아닌 단일 학문 영역의 석사학위를 요구하는 곳은 한두 곳밖에 없다. 이런 상황은 비교문학을 학부과정에 개설하는 가능성을 더욱 어둡게 하고 있으며, 지원자가 처음에는 한두 개의 언어 역량을 가지고 시작했다가 대학원 과정에서 서너 개의 언어 역량으로 발전할 가능성도 어렵게 만든다. 그러나 이와는 반대로, '비교문학'이라는 이름의 석사과정을 개설해서 성공적으로 잘 발전시켜가는 학교들도 조금씩 늘어나고 있는 점은 주목할 만하다.

박사과정에 관해서는 보고서 집필위원 대부분, 모든 지원자가 비교 관점에서 자신의 관심사를 발전시켜 나갈 수 있는 튼튼한 전공영역을 반드시 한 가지씩 확보하고 있어야 한다는 데 동의하는 것 같다. '비교문학' 전공영역에서 교수를 채용하는 기회가 많지 않은 대학 현실에서 지원자는, 예를 들어 스페인어나 러시아어 과목이나 자신의 전공 분야 어문학과에서 개설되는 그 어떤 교과목이든 가르칠 수 있는 역량을 갖출 것을 권장한다. 다시 말해, 지원자는 해당 어문학과의 문학사를 통시적 관점에서 가르칠 수 있어야 하고, 해당 언어의 발달사와 해당 언어의 중세나 근대 텍스트도 읽을 수 있는 깊이 있는 철학적 지식도 갖추고 있어야 한다. 그런 다음 지원자는 자신의 전문분야 외에 한두 가지 다른 연계 분야에서도 최소한 자신이 전공하는 시기나 특정 주제와 관련해서는 비슷한 수준의 지식을 갖추어야 한다. 또한 지원자가 자신의 지적 · 학문적 관심 때문에라도 그 외 한두 가지 정도 다른 분야에 대해서도 비록 전문가 수준까지는 아니더라도 지식을 갖추고 있기를 기대하며, 그 외에도 비평과 연구방법론에 대해서도 학자로서 충분히 이해하기를 기대한다. 오늘날 큰 관심을 받고 있는 비평적 접근의 가치와 현대 시기 문학의 매력 때문에 오히려 문학사에 대한 역사적 접근과 연구의 중요성을 간과해서는 안 된다. 사실 진정한 비교방법론은 현대문학만큼이나 결국 고전문학 연구에서도 의미 있는 시사점을 많이 발견할 수 있기 때문이다. 그리고 프랑스어와 독일어 같은 몇몇 외국어는 비록 해당 어문학을 전공하지 않더라도 알아둔다면 분명 비교문학 전공 대학원생들에게 도움이 되며, 그리스어와 라틴어는 서구 문화와 관련된 거의 모든 분야에 걸쳐서 관련 학생들에게 고유한 가치와 도움을 제공할 수 있을 것이다. 이에 비해 산스크리트어나 기타 몇몇 고전어의 경우는, 서양과 동양 문학 사이의 간극을 극복하려는 시도를 점점 더 많은 대학의 비교문학 과정에서 하면서 상대적으로 다른 외국어로 대체되고 있는 상황이다.

비교문학처럼 사고의 다양성에 기반하는 학문 분야에서는 특정한 단일 국가의 문학 전통을 지원자에게 자격조건으로 요구하는 방식이 되어서는 안 된다. 그리고 이상적으로는 지원자가 높은 수준의 언어적 역량과 비평적 관점을 갖추고 있어야겠지만, 현실에서는 어쩔 수 없이 종종 어느 한쪽이 다른 쪽보다 더 큰 무게감을 가지는 것이 사실이다. 그렇기 때문에, 우리는 문학연구에서 마치 넓이와 깊이를 두고 서로 맞서는 주장 사이에서 균형을 찾으려는 노력처럼, 언어적 역량과 비평적 역량 사이에서도 균형을 찾는 노력을 아끼지 말아야 한다. 비교문학 전공으로 박사학위를 받는 것은 다른 단일 외국어문학 전공으로 박사학위를 받는 것보다 시간이 더 걸릴 수 있다는 점은 솔직하게 인정할 필요가 있기 때문에, 만약에 지원자가 단일 외국어문학 전공과 비교문학 전공 사이에서 혹시라도 일말의 고민을 하는 경우라면, 그냥 전통적인 방향을 선택하는 것을 권장하는 편이다. 비교문학이라는 전공이 단일 외국어문학 전공보다 더 넓은 영역을 다룬다고 주장하려면 비교문학 연구자들은 지금보다 더 열심히 노력해야 한다는 점도 솔직하게 인정할 필요가 있으며, 단일 외국어문학 전공자들 눈에 비교문학이 마치 뭔가 지름길을 보여줄 수 있을 것 같은 오해를 초래하지 않도록 유의해야 한다. 그리고 새삼 강조할 필요는 없지만, 비교문학 전공 학생들은 어떤 식으로든 단기나 장기로 해외에서 공부해보는 기회를 만들어야 한다. 그리고 앞으로는 미국의 많은 대학에 개설된 다양한 비교문학 프로그램 사이에서 학생들이 더욱 자유롭게 이동하면서 학술적으로 교류하는 것의 중요성과 가치를 깨닫게 되는 그런 발전의 시간도 기대해본다.

그동안 비교문학의 '미국 학파'에 대한 논의들이 많이 있었는데, 비교문학의 세계주의에 대한 우리의 믿음도 재확인해야 할 필요가 있다. 우리가 존중해야 하는 여러 가지 역사적인 이유에 근거해서, 비교문학 분야에서 특정 시기나 특정 영향 관계와 관련한 연구에서 이미 선구자 같은 눈부신 역할을 해온 국가들이 있다. 연구의 범주를 넓히고 새로운 해석의 방법론을 확장한다고 해서 반드시 유럽의 비교문학 선배, 동료 연구자들이 이미 유의미하게 이루어놓은 학문적 가치와 전통을 외면할 이유는 전혀 없어야 한다. 오히려 반대로, 2차 세계대전이 끝난 이후로 미국이 비교문학 연구의 중심이 된 교육기관들을 발전시킬 수 있었던 원동력은, 특히 유럽의 학문적 사상과 전통을 적극적으로 수용할 수 있는 기반을 만들었던 미국의 문화적 다원성에서 나왔다고 할 수 있다. 10년 전 같았으면 비교문학은 자국의 문학적 전통과 역사에 일종의 별책부록 같은 존재처럼 무시를 받으며, 대부분 대학에서 배부른 사치라는 취급을 받았을지도 모른다. 그러나 기존의 어문학 학문 분야가 자신들의 기준을 재검토하고 교육과정도 재정비하는 과정에서 비교문학은 그동안의 주변부 위치에서 좀 더 중심적인 역할로 나아가게 되었다. 비교문학과 밀접하게 연계되어 있는 영문과나 다른 외국어문학과와의 관계는 결코 경쟁 관계가 아니라 긴밀한 협력 관계가 되어야 한다는 사실은 여러 번 강조해도 지나치지 않다. 그래서 비교문학은 비교문학의 기준에만 부합하는 것으로는 충분하지 않고, 다른 어문학과로부터의 기대치도 충족해야 할 책무감을 가지고 있다. 그렇게 함으로써 비교문학은 인문학의 넓고 깊은 가능성을 함께 실현해 나갈 수 있을 것이다.

별첨 : 학부과정 비교문학 전공 운영 지침서

미국 내 대학의 비교문학 학위과정은 대부분 대학원 과정으로 개설되어 있지만, 대학의 학부과정에 개설되는 비교문학 프로그램 숫자도 꾸준히 증가하고 있음을 확인할 수 있다. 학부과정에 개설되는 비교문학 학위과정도 대학원 학위과정과 비교해보면 최소한의 필수 기준은 크게 다르지 않지만, 그래도 여러 가지 상황과 직면한 문제들은 기본적으로 차이가 나기 때문에 대학원 과정과는 조금 다른 고려가 필요하다. 적절하게 개념이 정립되고 실행될 수만 있다면 학부과정에 개설된 비교문학 전공도 학생들의 교육적 경험과 성장에 유용하게 기여할 수 있을 뿐만 아니라, 비교문학 대학원 과정에도 튼튼한 기반을 제공할 수 있을 것으로 본 위원회는 믿는다. 그러나 물론, 모든 대학이 학부과정에 비교문학 프로그램을 개설하고 싶어 하는 것은 아니라는 점을 염두에 둬야 하며, 대학원 과정에 비교문학 프로그램을 설치하는 것 역시 모든 대학이 원하는 바는 아니라는 현실도 고려가 필요하다. 또한, 현 시점에서는 학과나 개별 전공 단위가 아니라 기존 교과과정에 하나의 교과목으로 비교문학을 담아내는 것을 선호하는 대학들도 있을 것이다. 그래서 본 위원회는 비교문학을 학부과정에 개설하는 가능성을 고려 중이거나 이미 개설한 대학에서는 다음과 같은 최소한의 기준은 충족시킬 수 있어야 한다고 믿는다.

I. 대학

1. 대학은 고전 어문학과 현대 어문학 관련 학과들의 역량을 충분히 발전시켜놓아야 한다. 이들 전공 분야의 다양성과 조화로움은 특히 중요하다.
2. 학과는 비교문학 박사학위를 소지하거나 비교문학과 관련된 상응한 수준의 교육을 받은 1인 이상의 학과 소속 교수를 확보해야 한다.
3. 해당 대학의 도서관은 다양한 언어권의 어문학 관련 도서를 충분히 갖추고 있어야 한다.

II. 교육과정

1. 학부과정 비교문학 전공은 대학원 비교문학 전공 과정에 진학하려는 학생들과 문학연구에 관심 있는 타 전공 학생들의 교육적 수요를 충족시킬 수 있어야 한다.
2. 체계적으로 운영하는 비교문학 전공에서 개설하는 커리큘럼은 주요 시대별, 문예사조별, 장르별, 특정 주제별 과목을 포함해야 한다. 그리고, 특정 주제의 경우에는, 필요에 따라 학생과의 1:1 개별 수업으로 진행하는 것도 추천한다.

III. 학부과정 비교문학 전공의 최소 필수조건

1. 최소한 두 가지 언어의(이 중 하나는 영어도 가능함) 3~4학년 단위의 고전 또는 현대문학 과목을 이수해야 한다.(비영어권 문학의 경우, 해당 원어로 진행하는 수업이어야 함)

2. 최소한 하나의 언어권 문학에 대해 깊이 있는 이해와 지식을 습득해야 한다.

3. 두 가지 언어권 문학 중 하나가 영문학인 경우, 특히 대학원 진학을 고려하는 학생이라면 나머지 하나의 외국어는 충분한 텍스트 독해 역량을 갖추고 있어야 한다.

4. 비교문학 전공 3~4학년 단위 과목은 외국 문학 텍스트를 상당한 수준의 해당 원어로 읽을 수 있는 외국어 역량을 필수조건으로 한다. 이들 수업은 국제적 관점에서 문학 텍스트에 접근하고 분석하는 학습 경험을 제공해야 하며, 비교문학 학위를 소지한 교수가 담당하는 것을 원칙으로 한다.

5. 고전부터 현대에 걸쳐 서구 문학의 대표 작품들에 대한 기본적인 이해와 지식을 갖추고 있어야 한다.

IV. 비전공자를 위한 비교문학 교과목

1. 교양선택 교과목의 성격을 가지는 비교문학 학부과정 과목은 대학에서 교양교육의 중요하고 가치 있는 한 축을 차지한다.

2. 비교문학 교과목 담당 교수는 비교문학이나 이에 상응하는 분야의 박사 학위 소지자여야 하며, 수업에서 다루는 모든 텍스트를 해당 원어로 이해할 수 있는 역량을 갖추어야 하고, 수업 시간에 원어 텍스트를 인용하거나 활용하는 시도를 적극적으로 보여주어야 한다.

3. 개설하는 수업들은 '비교'라는 고유한 특성을 가지고 있어야 한다. 전적으로 단일 언어권 문학만을 다루는 수업은 비교문학 교과목으로 지정되

어서는 안 된다.

4. 교육 환경만 허락한다면, 해당 텍스트를 원어로 읽는 비교문학 전공 학생들은 오로지 번역 텍스트로만 읽는 비전공 학생들과는 교육적 목적에서라도 분리될 필요가 있다. 그 같은 분리가 현실적으로 어려운 경우에는, 비교문학 전공 학생들은 번역 텍스트가 아니라 해당 원어 텍스트를 읽도록 하는 조치가 취해져야 한다. 그러므로 담당 교수는 외국어 역량이 전혀 없는 비전공 학생들과 원어 텍스트를 읽어야 하는 비교문학 전공 학생들이 같은 교실에서 함께 수업을 듣는 환경이 자칫 교육의 질적 기준을 낮추는 상황을 초래하지 않도록 학생들에게 이를 주지시키면서 각별한 주의를 기울일 필요가 있다.

적절한 환경만 갖추어진다면 학부과정에서 비교문학 전공 개설은 분명 대학원 과정으로의 연결고리로서 튼튼한 기초를 마련해줄 수 있을 것으로 믿어 의심치 않는다. 특히 학부과정에서 비교문학 전공의 특별한 가치는, 학생들이 비교 관점의 방법론을 일찍부터 습득할 수 있게 된다는 점과 비교문학이 강조하는 학문적 넓이와 깊이의 중요성이 학부과정 학생들의 교육에도 도움이 된다는 데서 확인할 수 있다. 일반적으로, 학생들이 비교문학에 관심을 가지게 되는 시점은 대부분 상대적으로 조금 늦은 경우가 많은데, 그렇기 때문에, 학부과정에서 탄탄하게 짜여진 비교문학 전공은 비교문학의 대학원 교육을 더욱 강화하고 발전시키는 데도 도움이 된다. 그럼에도 불구하고, 비교문학 연구는 학부과정에서든 대학원 과정에서든, 반드시 단일 외국어문학 학과와 상당한 수준에서 협업 관계를 만들어나가야 한다는 당위성은 아무리 강조해도 지나치지 않다.

| 번역 : 이형진 |

- 1965년 '보고서' 위원회 명단

위원장 해리 레빈(Harry Levin, 하버드대학교 비교문학과)*

A. 오언 앨드리지(A. Owen Aldridge, 일리노이대학교 불문과 및 비교문학과)

챈들러 B. 벨(Chandler B. Beall, 오리건대학교 이탈리아문학과 및 비교문학과)

해스켈 블록(Haskell Block, 뉴욕주립대학교(빙엄턴) 비교문학과)

랠프 프리드먼(Ralph Freedman, 프린스턴대학교 비교문학과)

호르스트 프렌츠(Horst Frenz, 인디애나대학교 영문과 및 비교문학과)

J. C. 라 드리에(J. C. La Drière, 미국가톨릭대학교 비교문학과)

알랭 르누아르(Alain Renoir, 캘리포니아대학교(버클리) 비교문학과)

르네 웰렉(René Wellek, 예일대학교 비교문학과)

---

* 미국비교문학회는 1978년부터 학회 회원들이 출판한 생애 첫 번째 연구서 중에 가장 우수한 비교문학 관련 연구서를 선정하여 해리레빈상(The Harry Levin Prize)을 수여하고 있음 — 역주

02

1975년 「그린 보고서」
— 비교문학 기준 보고서

I. 2차 세계대전이 끝난 후 20여 년간 미국에서 비교문학 운동이 영향력을 키워가면서 설정했던 높은 수준의 목표들이 있었다. 비교문학은 새로운 국제주의를 내세우고, 작가와 작품들에 대해 보다 폭넓은 관점을 적용하고, 역사적 발전에 대한 유럽중심주의적 관점을 강화하고, 작품의 모티브, 주제, 형태를 연구하는 데 더 넓은 맥락을 적용하고, 작품의 장르와 양식에 대한 더 넓은 이해를 시도하고자 했고, 실제로도 부분적이나마 그 같은 가치를 대변했다고 할 수 있다. 또한 비교문학은 문학비평의 위대한 이론적 논쟁들을 범세계주의적인 관점에서 명확하게 밝혀내려는 목표도 설정했다. 그리고 대학 내에서는 각각의 유럽어문학과들을 새로운 협력 관계 속에서 하나로 모으려는 시도도 했는데, 이미 대부분의 학과가 해오고 있는 노력이 사실은 서로 공통적이고 일치한다는 사실을 학과에 일깨워주는 역할을 하면서, 그 일치성을 기존의 방식뿐만 아니라 새로운 방식을 활용해서 담아내려고 애쓰는 노력은, 학문들 사이의 경계선에 걸쳐서 학생들과 교수들이 서로 교류하고 섞일 수 있도록 하는 데 효과적이었다. 그리고 비교문학은 더 나아가서 이 경계선마저 뛰어넘어, 다른 예술 영역과 인문학 분야와 문학의 관계뿐만 아니라, 철학, 역사, 사상사, 언어학, 음악, 예술, 그리고 특히 민속학 등과 문학과의 관계도 탐구하고자 했다. 비교문학은

이 같은 확장성의 열망을 쉽게 내려놓지 않았다. 또한 비교문학은 모든 학생이나 모든 대학에 기회가 열려 있다고도 생각하지 않았다. 비교문학은 뛰어난 도서관이 갖추어져 있고, 외국어 관련 학과들이 튼튼하게 자리 잡고 있으며, 언어적 재능과 문학적 감각을 겸비한 우수한 학생들이 재학 중인 그런 교육기관에만 적합한 교육과정이라고 스스로 정의하고 있었다. 이처럼 중심부를 장악하는 새로운 학문 분야의 등장과 학문적 비전은 그 숭고함과 고상함에 있어서 자부심으로 가득했다. 이는 우리가 물려받은 비교문학 공통의 유산으로 남게 되었다.

  '비교문학'의 이 같은 핵심적인 개념화는 1965년 하버드대 비교문학과 해리 레빈(Harry Levin) 교수가 위원장을 맡은 위원회가 작성해서 미국비교문학회 (ACLA)에 제출한 '비교문학 전문성 기준 보고서'에서 완벽에 가깝게 구현되었다. 1965년 「레빈 보고서」의 가장 두드러진 특징은 보고서 내용의 균형감과 판단력, 그리고 고상함이라고 할 수 있는데, 그럼에도 불구하고, 「레빈 보고서」를 작성한 보고서 위원들은 자신들이 다루고 있는 '비교문학'이라는 주제에 내재되어 있다고 믿는 엘리트주의를 옹호하는 데 망설임이 없었다. 이들 저자는 학부과정에 개설되는 비교문학 전공은 "상대적으로 어려울 수밖에 없어서 비록 숫자는 적더라도 자격이 되는 입학생들만 받아들여야 한다."라고 주장했다. 그리고, 비교문학 프로그램이 지나치게 빠른 속도나 지나치게 넓게 확장되는 것에 대해서도 반대 입장을 권고했다.

> 여기서 제기할 수 있는 첫 번째 전제 질문으로는, 과연 비교문학이라는 전공영역이 모든 대학에 개설될 만큼 필요하고 유용한지, 비교문학 전공영역 개설이 어느 정도 수준의 언어 역량과 지식의 기본 소양을 필수조건으로 삼을 것인지, 그래서 모든 학생을 교육 대상으로 할지, 상당한 자격과 역량을 갖춘 소수의 학생만을 위한 교육과정으로 운영할 것인지, 또한 대학 내에서 비교문학 프로그램과 협업할 수 있는 영문과와 다양한 외국어문학과나 우수한 도서관 시설 확보를 얼마나 중요한 전제조건으로 삼을지 등에 관한 고민

이다. 이런 전제조건은 사실 웬만한 대학들이 제대로 갖추기가 쉽지 않은 현실적 문제들이다. 그래서 이 시점에서 본 위원회가 제안하는 바는, 비교문학 프로그램을 신설하기 위해서는 이 프로그램을 왜 만들고자 하는지에 대한 대학의 진정한 자기성찰과 함께, 이미 동일한 교육과정을 운영하는 다른 대학들이 갖추고 있는 필수적인 시설과 교육자원에 대한 꼼꼼한 자료조사가 반드시 선행되어야 한다는 점이다.

— 1965년 「레빈 보고서」

1970년대 와서 더욱 두드러진 현상이지만, 「레빈 보고서」에서 '비교문학' 교과목과 '번역문학' 교과목을 구분했다는 점은 특히 주목할 만하다.

그래서, 앞서 언급한 교과목들과 비교문학과에서 가르치는 교과목 사이의 차별성을 명확하게 구분할 수 있다면 외국 문학을 번역 텍스트로 읽는 것에 대해 지나치게 걱정할 필요도 사라진다. 또한, 비교문학과에서 개설하는 과목들이 원어로 된 텍스트도 상당 부분 강의계획서에 포함하는 식으로 간다면, 굳이 소수 언어로 쓰인 작품들의 번역 텍스트를 아예 배제하려는 것은 지나친 순혈주의적 발상이 될 수 있다. 이 같은 차별성은 학부과정에 개설되는 '인문학', '세계문학' 또는 '위대한 고전' 같은 제목의 교과목과 대학원 과정의 '비교문학' 교과목 사이에서도 찾을 수 있을 것이다.

— 1965년 「레빈 보고서」

「레빈 보고서」는 비교문학 박사과정에서 외국어 교육 역량을 키워야 할 필요성을 강조하는데, 이 외에도 비교문학 박사과정은 영문과나 다른 외국어문학과 박사과정보다 수료 과정이 더 어렵고 더 오랜 시간이 걸리도록 설정되어야 한다고 요구하면서, 비교문학 과정이 대학 내에서 더욱 중심적인 역할을 수행할 것을 기대하고 있었다. 물론 이 '보고서'는 미국 내 몇몇 대형 규모의 종합대학교의 대학원 과정에 뿌리를 두고 발전해온 비교문학의 역사를 반영하는 것이며, 그 이후로도 비교문학의 위치와 위상은 본질적으로 이와 크게 다르지 않을 것이라는 기대가 전제되어 있다. 그러나, 그 이후로 현실은 이 같은 기대와 달라졌다. 소수의 학생을 중심으로 가장 높은 수준의 학문적 기준을 탐구하는 '엘리트주의' 교육을 꿈꾸었던 비교문학과의 기대치는 아마 10년 전만 해도 매우 바람직하고 실현 가능해 보였겠지만, 그 이후 급속도로 빠른 역사적 변화를 겪으면서 이 같은 이상적인 목표는 좋은 의미이든 안 좋은 의미에서든 상당한 도전에 직면하게 되었다. 그래서 오늘날 비교문학 운동은 비교문학 초기의 학문적 이상과 비전을 얼마만큼이나 계속해서 지키고 싶은지, 어떤 종류의 변화를 끝까지 거부하고 싶은지, 그리고 어느 정도까지 여전히 제약적이고 폐쇄적인 분야로 남고 싶은지를 스스로 반드시 자문해야 할 시간이 되었다. 이런 질문들이 결국 본 위원회가 지금 집필하고 있는 '비교문학 기준 보고서'를 작성하는 계기가 되었다.

Ⅱ. 이미 변화의 증거는 우리 주변에 넘쳐나고 있는데, 몇 가지 명확한 사실부터 점검해보도록 하자. 첫째, 비교문학의 급속한 성장이다. 현재 미국에서 비교문학을 학과 단위나, 프로그램, 또는 위원회 형태로 개설해서 운영하는 대학은 150여 군데가 넘는데, 「레빈 보고서」가 발간된 1965년 무렵과 비교해보면 이 숫자는 이미 두 배가 넘었을 뿐만 아니라 지금도 매년 그 숫자가 증가하고 있다는 사실이다. 둘째, 비교문학 프로그램이 대학원이 아니라 학부 교육과정으로 상당히 쏠리고 있을 뿐만 아니라 대학원 과정이 아예 없는 학부 중심 대학에서도 비교문학 프로그램이 활발하게 개설되고 있다는 사실이다. 셋째, 비교문학의 교육적 목적을 제대로 수행할 여건이 마련되지 않은 대학들에서도 비교문학 프로그램이 개설되고 있다는 사실이다. 비교문학 박사가 없는 교수진으로 구성된 비교문학 프로그램이 신설되고, 그냥 평범한 수준의 도서관을 갖춘 대학에도 비교문학 프로그램이 신설되고, 비교 연구를 수행할 만한 준비나 역량이 부족한 외국어문학과들밖에 없는 대학에도 비교문학 프로그램이 신설되고 있다. 넷째, 대형 강의로 진행되는 번역문학 교과목이 확대되고 있다. 이들 수업은 학부 학생들에게 원문을 읽을 수 있는 외국어 역량을 전혀 요구하지 않을

뿐만 아니라, '세계문학'과 '비교문학'의 차이점을 굳이 구분하려고 하지 않는다. 다섯째, 예전보다 대학원 비교문학 전공의 신입생 숫자가 많이 늘어나고 있는데, 점점 열악해지는 취업 상황에도 불구하고 대학원 입학생 증가 추세는 지금도 여전히 유효해 보인다. 이미 대학원 비교문학 과정에 재학생 숫자가 백 명이 넘는 대학들도 한두 군데가 아니다. 여섯째, 입학이나 졸업 때 적용되는 외국어 필수 제도가 사라지면서, 외국어 학과들의 존재감이 급락까지는 아니더라도 분명 쇠퇴하고 있다. 그리고 일부 대학에서 볼 수 있는 외국어문학과 쇠퇴의 원인 중 하나는 실제로 비교문학 교과목의 커져가는 인기에 기인하는 측면도 있다. 이 같은 현상은 역설적이기도 한데, 사실 비교문학의 성장과 발전은 관련 외국어문학과의 협력과 지원을 받을 때만 가능하기 때문에 외국어문학과들과 긴밀한 관계를 계속해서 유지하는 것은 매우 중요하다.

일곱째이면서 마지막 증거는, 앞의 여섯 가지 증거와는 성격이 조금 다른데, 미국학(American Studies), 중세학(Medieval Studies) 같은 학제간 프로그램의 성장이다. 이들 학제간 프로그램은 비교문학과 마찬가지로, 하나 이상의 전통적인 학문 영역들을 하나로 묶으려고 시도하는데 비교문학과는 달리 한 가지 중심적인 관점에서 접근한다는 차이가 있다. 그리고 중국어나 일본어, 산스크리트어, 아랍어, 그 외에 잘 알려지지 않은 비유럽권 언어들뿐만 아니라, 문자 자체를 아직 모르거나 문자가 없는 소수민족들의 구전문학에 대한 관심도 점점 커지고 있는데, 사실 '문학'이라는 표현이 이에 대한 적절한 용어가 될 수 있을지 모르겠지만 지금으로서는 마땅한 다른 표현은 없을 것 같다. 글로벌 문학이라는 새로운 비전이 등장하면서 그동안 인류 역사에 함께해온 모든 언어 활동을 포괄하고 있는데, 이러다 보면 우리가 그동안 자연스럽게 받아들였던 유럽 중심적인 사고방식은 조만간에 편협한 지역주의로 전락하게 될 것이다. 아마 이 같은 비교문학 지평의 급속한 확장이 가져올 어지러울 정도로 정신없는 변화에 대처할 준비가 되어 있는 비교문학자들은 사실 별로 없을 것 같은데, 그렇다고 이 같은 변화를 간과하거나 무시할 수 있는 상황은 결코 아니라는 점이 중요하다.

불안할 정도로 도전적인 변화의 움직임에 대해 대부분의 비교문학 연구자는 여전히 자부심 가득한 비교문학의 전통과 계승을 앞에 내세울 수도 있다. 재능 있는 젊은 학자들이 비교문학에 대한 우수한 교육을 받고, 비교문학 관련 뛰어난 학술서들이 출간되고, 최고 수준의 비교문학 학과들이 역량을 키우면서, 자연스럽게 미국 학계의 문학연구 전반에 걸친 스펙트럼도 훨씬 범세계주의적인 지향점을 가지게 되었다. 비교문학 운동이 불러온 변화는 그런 점에서 비교문학 자신의 근원적인 출발점을 결코 배신한 것이 아니다. 그럼에도 불구하고, 비교문학이라는 학문의 비전을 변형시키는 변화의 흐름이 하나씩 쌓이다 보면, 혹시라도 그동안 비교문학이 뿌리를 두고 있었던 가치들이 자칫 훼손될 수도 있다는 염려에는 근거가 있어 보인다. 한때는 큰 지지를 받았던 비교문학의 기준이 만약 어느 한순간 하락하기 시작하면 멈추기는 쉽지 않을 것이다. 물론 이같은 변화의 원인이 모두 우리에게만 있는 것은 아니지만, 변화가 초래할 위협에 대해서는 비교문학 연구자 개인으로든, 비교문학 공동체로든 정확하게 인지하고 점검하고 반성해야 하는 갈림길에 이르렀음은 분명해 보인다.

미국 대학 내 비교문학 학부과정 커리큘럼을 총체적으로 점검하는 것을 목적으로, 위스콘신대 불문과 교수인 스티븐 니콜스(Stephen G. Nichols)가 집필한 「니콜스 보고서」가 1975년 출판 예정인데, 이 '보고서'는, 대학에 개설된 '거의 모든' 비교문학 과목의 수강생 중에서 비교문학 전공 학생 숫자와 비전공 학생 숫자 사이의 극단적으로 큰 편차의 문제를 언급하고 있다. 이 '보고서'에서 예시로 제시한 비율을 보면 1~10부터 1~90까지 비율의 범위가 상당히 넓다. 이같은 상황은 아마 가까운 미래에도 지속될 것으로 보이는데, 이 현상을 해석하는 방법은 다양할 수 있다. 첫 번째로 가능한 해석은 비교문학 전공의 수준 높은 엄격함을 들 수 있지만, 또 한편으로는 비교문학 전공에 별로 열정이 없는 비전공 학생들을 교육하는 과정에서 비교문학 전공의 엄격함에 대한 절충을 보여주는 것이기도 하다. 예를 들어, 여섯 명의 비교문학 전공 학생과 500명의 비전공 수강생이 등록한 비교문학 개설 과목 상황을 보면서 우리는 오늘날 비교문학 전공의 두 얼굴을 발견하게 된다. 한편으로는 전공으로 선택하기에는 상당히 기대 수준이 높고 힘든 엘리트 프로그램이라는 점과, 또 한편으로는 개설된 대학에서 더 많은 학생의 눈높이에 최대한 맞춤으로써 대학 구성원들의 관심을 받으려고 하는 프로그램이라는 이중성이다. 미국 전역의 많은 비교문학자들은 이 같은 일종의 거래를 조용히 받아들이고 있는 것으로 보이는데, 그 거래는 바로 비교문학 과정의 엄격한 필수요건은 최소화하면서 학문의 대중화를 통해 수강생 숫자를 늘리려는 선택으로, 궁극적으로는 소수의 엘리트 학생들을 대상으로 하는 수준 높은 교육을 제공하는 권리를 지키기 위한 명분이기도 하다. 특히 최근 학부과정에서 볼 수 있는 비교문학 전공의 성장과 확대의 대부분은 질적 기준과 양적 기준 사이의 불편한 타협에 기반하고 있는 것으로 보인다. 이 같은 타협 과정에서 결국 균형추는, 더 많은 수강생과 상대적으로 더 낮은 교육 비용이라는 양적 논리로 점점 기울고 있다. 심지어 일부 대학에서는 비교문학 전공이 마치 저렴한 가격에 다양한 음식을 내놓는 '뷔페' 식당 같은 방식으로 제공되고 있는 것처럼 보인다.

대학에서 비교문학 프로그램의 급성장은 우리 비교문학 연구자들에게는 어쩌면 만족스러운 발전 과정이라고도 할 수 있다. 또한, 비교문학 박사들의 취업 문제를 완화하는 효과도 기대할 수 있다. 그렇지만 비교문학 학부과정의 발전은 분명 감당할 수 없을 정도의 큰 책임감을 요구하는 것도 사실이다. 번역을 통해 문학을 공부하는 과목들은 학생들에게 분명 유의미한 가치를 제공하겠지만, 만약 이 수업의 강의실에 앉아 있는 학생이나 교수 그 누구도 원문을 원어로 제대로 읽을 수 있는 사람이 없다면 이 수업의 학습 과정에서 뭔가 소중한 것이 빠진 것이며, 아마 우리 비교문학자들의 정체성마저 실종된 것임에 틀림없을 것이다. 몇몇 대학의 요람에 나와 있는 비교문학 교과목 개요를 살펴보니, 최소한 한 군데 이상의 대학에서는 비교문학 교과목의 제목이 마치 문화센터의 아마추어 취미 수준이나 일시적인 유행을 따라가거나 학문적으로 심히 경박한 수준에 머물고 있는 것을 여전히 확인할 수 있었다.

비교문학의 무게 중심 이동은 오늘날 우리의 학문적 · 경제적 세계의 논리에서 볼 때 비교문학의 태생 때부터 의심 없이 내재되고 예상된 것이었다. 그러므로, 이제 우리의 노력은 비교문학 전통의 최고의 유산에 대한 우리의 책무감을 약화시키지 않으면서도 이 같은 무게 중심의 이동을 인정하고 수용하는 방식이 되어야 한다. 우리가 직면하는 이 모든 변화는 가장 넓은 의미에서의 '기준'에 대한 문제 제기를 이끌어낼 수 있다. 즉, 우리가 지금 하고 있는, 그리고 해야 하는 일의 가치에 대한, 그리고 학문 세계와 그보다 더 광범위한 지식 공동체에서 우리가 할 수 있는 역할에 대한, 또한 학생들과 동료, 우리 자신을 향한 우리의 책임감에 대한 질문에 직면하게 된다. 사실 '기준'이라는 것은 정의하기가 쉽지 않다. 왜냐하면 '기준'이라는 것은 계량화하기 어려울 뿐만 아니라, 궁극적으로는 학자들 각자의 주관적인 판단에 의존하게 되기 때문이다. 학자들은 주로 자신의 대학원 교육과정 동안 자신의 '기준'의 수준을 설정하게 된다. 당연한 말이지만 학부과정의 위기는 대학원 과정의 위기로 직결될 수밖에 없다. 이 '보고서'의 집필위원들인 우리는 오늘날 비교문학이라는 학문이 직면하고 있는 그 어떤 문제도 직접 해결할 수 있을 것이라고 기대하지는 않지만, 그래도 우리가 위험하다고 생각되는 부분들을 동료들에게 일깨우는 역할은 할 수 있을 것으로 기대한다. 본 위원회가 생각하기에 비교문학 관련해서 과거의 가장 뛰어난 유산들을 분명 오늘날에도 계속 이어갈 수 있는 그런 학문적 규범과 목표는 제안할 수 있을 것이다. 그리고 미국비교문학회가 앞으로의 비교문학의 '기준'의 방향 설정에 영향을 미칠 수 있는 방법도 제시할 수 있을 것으로 기대한다.

Ⅲ. 대학에서 튼튼하고 건강한 비교문학 학과와 프로그램을 위한 첫 번째 필수조건은 바로 유능한 교원 확보이며, 첫 번째 조건을 전제로 하는 두 번째 필수조건은 영문과나 다른 외국어문학과와의 관계 설정이다. 모든 비교문학 학과와 프로그램은 비교문학을 전공한 교원을 최소 한두 명 확보해야 하는데, 가능하면 결정권이나 책임을 질 수 있는 정년과정 교원이 바람직하다. 비교문학 학

과나 전공의 교원 규모는 이웃하는 외국어문학과의 규모와 역량의 도움을 받아서 확장할 수 있다. 비교문학 학과의 이웃 같은 영문과나 외국어문학과의 협력 관계를 촉진하는 효과적인 수단 중 하나는 양쪽 학과에 겸직 발령을 하는 것으로, 겸직 발령은 협력의 정신에 구조적인 토대를 적절하게 제공하고 양쪽 학과 사이의 효율적인 소통을 촉진하는 역할을 할 수 있다.

그 같은 협력의 정신은 실제로도 매우 중요하다. 모든 비교문학 학과와 프로그램은 같은 대학에서 이웃하는 영문과나 외국어문학과, 인문학 관련 학과에 절대적으로 의존할 수밖에 없다. 소속 대학의 영문과나 외국어문학과가 뛰어나지 않다면 비교문학 학과 혼자서 우수한 역량을 갖추기는 어렵다. 그래서 오늘날 대학에서 대부분의 외국어문학 전공의 대학원 과정이 직면하고 있는 지원 부족과 열악한 환경은 결국 비교문학 학과와 프로그램에도 큰 부담으로 다가와 심각한 결과를 초래할 수 있다. 비교문학 학과와 프로그램의 확장이 외국어문학과의 쇠퇴를 상쇄하고 그동안 외국어문학과가 수행해온 특별한 역할을 대체할 수 있을 것이라는 기대는 결코 현실적이지 않다. 외국어문학과의 쇠퇴는 비교문학의 '기준'에도 영향을 줄 수밖에 없기 때문에, 비교문학 학과와 외국어문학과의 관계는 반드시 공생적이어야 한다. 비교문학 학과와 외국어문학과의 협력 관계는 특정 영역에만 그칠 것이 아니라, 전공과 부전공 영역과, 학과의 크고 작은 거의 모든 활동에 걸쳐서 광범위하게 이루어져야 하는데, 두 가지 방향성이 필요하다. 프로그램의 활력을 확보하기 위해서는 비교문학 학과와 외국어문학과 사이의 과목 교차 수강이 가능하도록 하는 장치는 굳이 강조할 필요가 없을 만큼 중요하다. 그 외에 다른 조건들로는, 개설 과목 양쪽에서 서로의 전공학점으로 인정해주는 학사제도가 필요하고, 교수들도 양쪽 학과의 과목들을 교차로 가르칠 수 있도록 지원할 필요가 있고, 대학원 과정에서 종합시험 전에 시행하는 예비평가 심사에도 양쪽 학과의 교수들이 상대 학과의 심사위원으로 참여할 수 있도록 하고, 대학원 학생의 논문 지도도 공동으로 같이 할 수 있도록 하며, 대학원 과정에서 종합시험 전에 시행하는 외국어 역량 시험 준비에도 도움을 줄 수 있으며, 학술 콜로키엄이나 패널토론, 학술대회 같은 서로의 학술 행사에도 함께 참여하는 노력이 필요하다. 이런 사례들은 정말 몇 가지 예시일 뿐이며, 진짜 중요한 것은 '대학(大學, university/college)'이라는 명칭 자체에 본질적으로 담겨 있는 협력 관계의 큰 정신이라고 할 수 있다. 인간의 가장 공통적인 사회적 노력이라고 할 수 있는 동료애에 기반한 협력 정신이 없다면, 비교문학은 살아남을 수가 없으며, 지금의 역동적인 학문 영역으로도 존재할 수 없을 것이다.

비교문학 대학원 과정의 가장 큰 책임감은, 현실적으로는 대학원 과정을 통해 진정으로 교육의 가치를 구현할 수 있는 가장 역량이 뛰어난 학생들만 선발해서 입학시키는 것인데, 이들을 통해 비교문학의 학문적 기대치를 충족시킬 수 있으며, 또한 비교문학 프로그램에서 제공할 수 있는 제한된 장학금 규모를 고려해서 소수의 엘리트 교육의 필요성을 실현하는 것이다. 장학금도 제대로 줄 수 없는 상황에서 학과가 무책임하게 대규모의 대학원생에게 입학허가서를 남발하는 것은 지탄받아야 마땅한 일이다. 1960년대에는 모든 비교문학 학과 석박사 대학원생에게 4년 전액 장학금을 제공하기도 했지만 1970년대에 들어서는 그렇게 하는 대학들은 거의 없어졌다. 그러나 재정적인 도움이 절실히 필요한 학생들이나 정말 뛰어난 학생들에게 제공되는 장학금 지원은 실제로 길고 힘든 대학원 과정을 버티는 데 도움이 된다. 그러므로 효과적으로 배분할 수 있는 장학금 규모에 근거해서 현실적으로 가능한 숫자의 신입생만 입학시키는 것이 훨씬 현명한 선택이 될 것이다. 지나치게 학생 숫자에만 집착해서 규모만 커지게 되면 학생들 사이의 공동체 의식이나 소속감도 사라지게 되고, 학업 과정 자체가 빈곤에 빠져버릴 수 있다.

비교문학 대학원 과정에 몰리는 인구 과밀 현상은 우리가 입학 심사에서 지원자의 서류를 좀 더 꼼꼼하게 검증한다면 어느 정도는 해소될 수 있다. 특히 지원자의 준비 역량에 대한 심사의 중요한 기준은 지원자의 외국어 역량이다. 일반적으로 지원자는 비교문학 대학원 과정에 도전하기 위해서 최소한 두 가지 언어에 대한 상당한 역량을 증명해 보여야 한다. 그리고 입학 후 1, 2년이 지나면 한 가지 외국어가 더 추가되어야 한다. 그리고 이들 언어 중에서 하나는 고전어나 중세어여야 한다. 그래서 학생이 박사 논문 준비를 시작할 무렵에는 영미권 문학을 포함해서 최소한 네 가지 언어권 문학의 텍스트를 해당 외국어로 읽고 분석할 수 있는 역량을 갖추어야 한다. 이 같은 외국어 요구조건은 그 어떤 타협 없이 지켜져야 하지만, 이 외에도 언어학적 역량을 강화하는 훈련도 매우 필요하다. 대부분의 비교문학 대학원 과정은 지금까지 계속 재학생에게 주요 단일 언어권의 언어와 문학 지식을 필수조건으로 요구하는데 오늘날 취업시장의 관점에서 보면 이 같은 필수조건은 논리적으로 충분히 설득력이 있다. 대학원을 졸업한 후 대부분은 비교문학 학과보다는 단일 어문학과의 강사나 교수 자리에 지원하는 경향이 크기 때문에 해당 언어의 초급반 정도는 가르칠 수 있는 역량을 갖추어야 하고, 그래서 탄탄한 언어학적 역량을 키우는 것이 중요하다.

비교문학 대학원 과정에 입학하기 위해서 지원자는 언어적 역량 외에도 다음 두 가지 역량을 갖추어야 한다. 지원자는 학부 전공에서 최소한 한두 가지 이상의 언어권 문학에 대한 폭넓은 교육을 이수해야 한다. 그 교육과정에는 문학 텍스트뿐만 아니라 형식, 운율, 전통, 장르 등 지원자가 선택한 해당 문학의 특정한 언어 사용 방식과 고유한 특징에 대한 분석도 포함되어야 한다. 이 필수조건은 자연스럽게 그다음 필수조건으로 연결되는데, 지난 역사에 대한 적극적인 학습과 이해이다. 최근 들어 현대문학만을 집중적으로 다루는 일부 비교문학 프로그램의 추세에도 불구하고, 하나의 학문체계로서 비교문학은 역사적 지식에 기반한다는 불변의 사실을 간과해서는 안 된다. 20세기 문학을 전공하고자 하는 대학원생이라 하더라도 자신이 선택한 현대 시기의 문학을 제대로 이해하기 위해서는 최소한 자신의 동료 학생들만큼은 20세기 이전의 문학에 대해서도 알고 있어야 한다. 다시 한번 강조하지만, 20세기 문학을 전공하고자 한다면 알아야 할 것은, 20세기가 과거로부터 물려받은 문화적 유산은 20세기 이전의 그 어느 과거 시점에서 물려받은 문화적 유산보다 훨씬 더 풍부하고 다양하다는 사실이다.

이 같은 꼼꼼한 조건들은 비교문학 학과와 프로그램에서 개설하는 실제 교과목 목록에도 당연히 적용되어야 한다. 물론 개설 교과목은 실제로 강의를 담당하는 교수진의 관심과 역량에 필연적으로 의존할 수밖에 없을 것이다. 그러나, 재능이 뛰어난 학생들은 자신의 대학원 과정에서 최소한 몇몇 특정 과목들은 꼭 수강할 권리가 있는데, 예를 들어, 비교문학 방법론과 이론에 관한 과목들, 고대와 근대를 포함해서 시대를 주제로 하는 과목들, 중요한 학술연구 결과물들을 분석하는 과목들, 다양한 문학 장르와 세부 장르를 다루는 과목들, 언어학과 문헌학, 미학 등을 배울 수 있는 과목 등을 들 수 있다. 특히 비교문학 학과 과목뿐만 아니라 인접한 외국어문학과의 과목도 수강하는 것을 권장하는 상황에서, 위의 모든 과목을 다 수강할 수는 없겠지만 위와 같이 구체적인 확장성을 가지는 다양한 과목들을 학생들에게 제공하는 것은 대학원 박사과정생들이 3년 차에 통과해야 하는 종합시험이나 그 이후에 시작되는 학위논문 작성 준비에도 큰 도움이 될 것이다.

대학원생들은 재학 중 자신의 학업 진도의 중간 점검 차원에서뿐만 아니라 졸업 후의 취업 역량을 확보하기 위해서도 주기적으로 평가받아야 할 필요성이 있다. 역량이 부족하거나 실력이 평범한 재학생들이 많다는 것은, 학생에게도, 학과에게도, 그리고 결국 취업이 안 되는 분야라는 편견에 시달리게 될 전공에게도 매우 불리한 현실이 될 것이다. 뛰어난 학생들을 잘 지키고 수준이 떨어지는 학생들을 제대로 관리하는 문제에 관해서는 무엇보다도 대학원 비교문학 과정을 담당하는 학과장과 교수들이 주기적으로 꼼꼼하게 상황을 살펴보면서 학생 수준 관리에 최선을 다할 것을 본 위원회는 강조한다. 대부분의 재학생의 수준이 평범해져버리는 현상은 시간이 지나면 결국 학부와 대학원 과정 모두의 수준 저하로 이어질 수밖에 없다. 만약 박사학위 논문 기준을 여전히 졸업 필수 요건으로 삼아서 깐깐한 수준으로 유지하고, 학위논문을 대학원생 연구의 범주와 핵심 내용, 독창성의 명확한 기준으로 고수한다면, 아마 역량이 떨어지는 대학원생들은 학위논문이라는 것이 자신이 할 수 있는 영역 밖의 도전이라는 사실을 입학하고 3~4년이 지난 후 너무 뒤늦게 깨닫게 될 가능성이 크다. 만약 평범한 학생이 이 단계까지 가게 되면, 결국 논문은 객관적이고 엄격한 기준 대신에 학생의 현실적인 역량에 맞추어서 작성할 수밖에 없는 위험에 놓이는데, 이런 상황이 빈번하게 발생한다는 것이 문제다. 그래서 필요하다면, 원본에 대한 번역 텍스트도 학위논문 대체로 받아들일 수 있다고 본 위원회는 생각하는데, 다만 이 경우에는 반드시 상당한 분량(최소 75쪽 이상)과 내용의 해설이 수반되어야 한다.* 그리고, 수준이 떨어지는 학위논문을 통과시켜서 박사학위를 수여하게 된다면 그것은 당사자 학생이나 학위를 수여하는 대학, 그리고 학생들을 가르치는 교육이라는 직업 자체에도 전혀 도움이 안 될 것이다. 이런 상황이 발생하지 않도록 비교문학 학과와 연계되는 외국어문학과 동료 교수들의 판단을 구하는 것이 특히 도움이 될 것이다.

학부과정에서 오늘날 가장 불편한 현상은 '비교문학'을 '번역문학'과 연관시키는 것이다. 오늘날 비교문학이라는 큰 틀 안에서 개설되는 교과목들의 제목이 적절하지 않은 경우가 많다. 대학에서 비교문학 관련 교과목을 강의하는 교수라면 자신이 가르치는 텍스트를 번역 텍스트가 아니라 최소한 원어로 미리 읽어보는 것은 필수적이며, 이 경험을 수업에서도 최대한 강조하고 활용해야 한다. 그래서 수업에서 번역 텍스트밖에 접근할 수 없는 학생들의 이해와 통찰력을 더욱 키워줄 수 있어야 한다. 교수가 수업에서 원본에 대해 자주 언급하고 소개함으로써 학생들로 하여금 번역 텍스트를 읽는 것이 완벽한 독서 경험

---

* 이미 1970년대 중반부터 미국 대학 박사과정에서 번역을 박사학위 논문으로 인정하는 움직임이 제한적이나마 진행되고 있었는데, 대체로 독창적인 연구 역량이 부족한 학생들에게 마지막 수단으로 논문 대체 번역을 인정했던 경향이 두드러짐. Royal L. Tinseley, Jr., and Harry Zohn, "Translation: American Doctoral Dissertations, 1970~1974" *The Modern Language Journal* 61.3(Mar. 1977), pp.101~109 참조 - 역주.

은 아니라는 점을 인식하게 해주어야 한다. 그런데 비교문학 수업의 강의실을 벗어나면 현실에서는 더 큰 문제에 직면하게 된다. 그것은 바로 학부과정의 비교문학 전공에 대해 점점 더 많은 단과대 학장과 학과장, 강사 그리고 학생들이 공유하게 되는 비교문학에 대한 좁은 전제이다. 이 상황과 관련해서는 1965년 「레빈 보고서」의 별첨으로 명시된 "학부과정 비교문학 전공 운영 지침서"에 대한 본 위원회의 전폭적인 지지를 재확인하는 것보다 더 효과적인 대응은 없을 것으로 본다. 「레빈 보고서」가 제출된 당시보다 오늘날 더욱 시기적절한 자료라고 할 수 있는 이 지침서는 '비교문학'과 '번역문학' 교육의 매우 중요한 차이점을 지적하고 있다.

> 교육 환경만 허락한다면, 해당 텍스트를 원어로 읽는 비교문학 전공 학생들은 오로지 번역 텍스트로만 읽는 비전공 학생들과는 교육적 목적에서라도 분리될 필요가 있다. 그 같은 분리가 현실적으로 어려운 경우에는, 비교문학 전공 학생들은 번역 텍스트가 아니라 해당 원어 텍스트를 읽도록 하는 조치가 취해져야 한다.
> — 1965년 「레빈 보고서」 '별첨 : 학부과정 비교문학 전공 운영 지침서', IV-4

본 위원회는 「레빈 보고서」의 별첨 지침서를 미국비교문학회와 미국 현대어문학회(Modern Language Association : MLA)의 '뉴스레터'에 게재하는 방안을 포함해서 모든 가용 방법을 활용해서 학계에 널리 알릴 것을 권고한다. 특히 이 자료는 비교문학 교육과정을 신설하거나 기존의 과정을 개편하려는 대학들에 유용할 것으로 믿는다. 왜냐하면 비교문학 학부과정이 아무리 교양교육이나 기초교육 용도로 효과적이라 할지라도 결국은 대학원 과정 진학을 위한 최고의 준비단계라는 사실을, 모든 비교문학 박사과정 프로그램의 학과장들이 확신하고 있는 것은 아니기 때문이다.

학제간 프로그램의 급속한 성장과 관련해서는 비교문학 연구자들이 적극적으로 환영하는 자세가 필요하다고 우리는 믿는다. 이들 학제간 프로그램은 학문의 패턴을 재구성하는 데 유용한 역할을 하고 있기 때문에 이들 프로그램으로부터 우리가 배울 점이 많으며, 우리 또한 우리의 관점을 그들과 공유하면서 기여해야 한다. 그러나 우리는 학문의 교차가 오히려 학문적 정체성의 느슨함을 초래하지 않도록 명심해야 한다. 모호한 구성, 보이지 않는 비교, 쓸모없는 독창성, 불안정한 역사연구방법론 등은 모든 인문학 분야의 발목을 잡는 문제인데 비교문학도 예외는 아니며, 대부분의 학제간 연구 분야도 이런 문제로부터 자유롭지 않다. 비교문학에 참여하고 있는 우리로서는 비교문학의 특별한 교육과정이 허락하는 범위 내에서 이론적 정교함과 방법론적 엄격함, 역사적 복합성에 대한 고유한 이해의 역량을 키워야 한다.

비유럽 문학에 대해 점점 커져가는 관심은 비교문학이 환영할 만한 또 다른 변화인데, 비교문학의 기존의 전통에 이 같은 관심을 효율적으로 접목하는 방법을 조심스럽게 찾을 필요가 있다. 유럽과 접촉하고 유럽을 경험해본 사람들이 만들어내는 문학들의 경우 이 같은 접목이 어렵지 않다. 많은 비교문학 학과가 외국어 필수조건으로 라틴어나 그리스어 대신 히브리어도 허용하고 있고, 스페인과 중남미 문학과 관련된 연구를 하는 사람들에게는 아랍어가 외국어 대체어가 되는 것도 논리적이라고 할 수 있다. 그러나 유럽과 중남미로부터 멀리 떨어진 문학을 다룬다면, 오늘날 가장 합리적인 방법은 결국 기존의 방법론적 엄격함과 신중함을 조금 내려놓고 유연성을 적극적으로 받아들이고 활용하는 것이다. 우리는 진정한 의미로 전 지구적 수준에서 문학을 연구하는 개념과 방법에 대해 여전히 결핍을 느끼고 있다. 이 개념과 방법은 시간이 가면서 좀 더 구체화될 수 있는데, 그 시간이 올 때까지 기다리는 동안 우리는 우리가 계승한 자랑스러운 자국 문학 유산을 '세계문학'과 혼돈하지 않도록 반드시 유의해야 한다. 반대로, 세계적인 관점을 향해 가는 노력을 하더라도 우리가 계승한 자국 문화가 우리에게 가르쳐준 정밀함과 완결성의 장점을 여전히 필요로 한다. 우리가 우리의 것을 단단하게 갖추고 있지 않으면, 이국적인 타 문학의 자산을 받아들이는 시도는 시작조차 할 수 없다는 것은 당연한 진리이다.

Ⅳ. 비교문학은 본질적으로 험난한 학문 분야인 데다, 비교문학을 위협하는 일부 움직임들은 앞으로도 그 세력을 계속 키워나갈 가능성이 크고, 미국비교문학회 역시 비교문학의 우수성이 계속 희석되는 위험성을 수수방관할 수만은 없기 때문에, 본 위원회는 '상설 평가위원회' 신설을 권고하는 바이다. 상설 평가위원회는 학계에서 존경받는 연륜 있는 학자가 위원장을 맡고, 뛰어난 역량과 판단력, 공정성, 그리고 미국 전역에 걸친 지역 안배를 고려해서 최대 15명의 비교문학자를 위원으로 포함하도록 한다. 각 위원은 3년 임기로 임명하고, 연임도 가능하도록 한다. 또한 평가위원회의 활동을 미국비교문학회와 미국 현대어문학회의 뉴스레터와, 미국비교문학회 사무국에서 각 대학의 비교문학 학과장과 프로그램 위원장에게 편지를 통해 알리는 등 다양한 소통의 노력도 필요하다. 그리고 직접 방문할 필요가 있는 비교문학 학과와 프로그램이 소속된 대학으로부터는 어떤 식으로든 초청받는 기회를 만들어서 평가위원회 위원 2~3명이 한 팀이 되어 방문하는 것도 좋은 방법이 될 수 있다. 방문단은 보통 이틀 정도 초청 대학에 머물면서 학과의 비교문학 커리큘럼과 교수진 운영, 학부 전공 과정과 대학원 과정 체계, 학생 등록 현황, 동일 대학 내의 유관 외국어문학과와의 관계와 기타 관심사를 논의하도록 한다. 방문 점검이 끝난 후, 방문단은 해당 학과의 학과장이나 학장에게 상당히 구체적인 평가보고서를 제출하고, 동일한 보고서 한 부는 평가위원회 위원장이 보관하도록 한다. 위원장은 위원회의 정기 활동 내역을 미국비교문학회 뉴스레터에 게재하기 위해 학회 사무국에 제출한다. 평가위원회 운영경비는 미국 국립인문재단(National Endowment for the Humanities)으로부터도 지원받을 수 있는데, 그렇지 않다면 방문단의 경비는 초청 대학에서 부담하는 것도 또 하나의 대안이 될 수 있다. 미국의 대부분 주립대와 사립대는 운영의 절차상 이 같은 외부 기관의 공적인 평가를 주기적으로 받을 필요나 의무가 있다는 점을 염두에 둘 필요가 있다. 그렇기 때문에, 본 위원회가 신설을 권고하는 표준화된 평가위원회가 그 역할을 인정받으면 앞으로 더 많은 대학으로부터 방문단 초청을 유도할 수 있을 것으로 기대된다. 이

를 통해 방문단의 전문적 역량을 보장할 수 있게 되고, 방문한 비교문학 학과와 프로그램 관련 정보를 미국비교문학회 사무국에 제공할 수 있을 것이다. 특히 비교문학 관련 새로운 프로그램을 개설하고자 하는 대학들을 지원하는 데 매우 유용하게 사용될 수 있을 것으로 기대되는데, 매년 적지 않은 숫자의 신설 비교문학 프로그램이 개설되고 있는 것을 미국비교문학회 사무국에서도 확인하고 있다.

비교문학의 '기준'을 지켜내는 또 다른 방법은 결국 미국비교문학회 회원들의 어깨 위에 놓여 있을 것이다. 그 기준이 아무리 미묘하거나 엄격하더라도 그 기준의 궁극적인 목적은 비교문학의 학문적 우수성을 지키기 위해 대학과 비교문학 학과, 개별 학자들을 지원하는 역할을 하기 위해 존재한다고 본 위원회는 감히 제안한다. 비록 그 같은 목표가 현실에서는 제대로 구현되지 못하고 있다 할지라도 거의 모든 비교문학 관련 영역에서는 여전히 공유되고 있을 것이다. 비교문학 분야에서 활동하는 개별 학자나 교수에게는 여러 가지 측면에서 어려운 책임감이 필수적으로 요구되는 현실이다. 연구하고 가르치는 자신의 전문역량에 대한 책임감, 그리고 자신을 채용한 대학과 학과에 대한 책임감, 가르치고 있는 학생들에 대한 책임감, 비교문학 역사에 대한 책임감, 자신에게 맡겨진 문학 텍스트에 대한 책임감, 그리고 자기 자신에 대한 책임감 등이 어깨를 짓누르고 있다. 이처럼 끝없는 책임감과 가끔씩 이에 대한 반발심까지 마주하면서 자신의 인간적인 역량의 한계도 느끼게 될 수 있다. 그래서 미국비교문학회와 같은 전문분야 학회는 개별 학자와 학교의 행정 책임자가 비록 현실의 냉혹함이나 야만성에도 불구하고 좀 더 인간적인 교수법을 추구할 수 있도록 지원하기를 기대한다. 궁극적으로 우리 학문 세계는 학자들 자신보다 앞선 시대를 거쳐 간 선대 학자들과 그들의 학문적 이상을 오늘날 끊임없이 창의적으로 재평가해야 하면서, 그들의 업적과 역할에 대해 학자들이 가지는 존경심에 의지해야 할 것이기 때문이다.

• 미국비교문학회에 제출된 1975년 '비교문학 기준 보고서' 집필위원회 명단

위원장 토머스 그린(Thomas Greene, 예일대학교 비교문학과)

해스켈 블록(Haskell Block, 뉴욕주립대학교(빙엄턴) 비교문학과)

낸 카펜터(Nan Carpenter, 조지아대학교 비교문학과)

프레드릭 가버(Frederic Garber, 뉴욕주립대학교(빙엄턴) 비교문학과)

프랑수아 조스트(François Jost, 일리노이대학교 불문과 및 비교문학과)

월터 카이저(Walter Kaiser, 하버드대학교 영문과 및 비교문학과)

엘리자베스 트라한(Elizabeth Trahan, 앰허스트대학 독문과)

허버트 와이징어(Herbert Weisinger, 미시간주립대학교 영문과 및 비교문학과)

| 번역 : 이형진 |

1993년 「번하이머 보고서」
― 비교문학 기준 보고서 : 세기적 전환기의 비교문학

비교문학의 기준과 교육

이 보고서는 미국비교문학회(ACLA) 내규에 준거해서 작성하고 공개하는 세 번째 '비교문학 기준 보고서'이다. 첫 번째 보고서는 하버드대 비교문학과 해리 레빈 교수가 보고서 집필위원장을 맡아 1965년에 완성했으며, 두 번째 보고서 는 예일대 비교문학과 토머스 그린 교수가 위원장을 맡아 1975년에 완성한 결과물이다. 이 두 보고서에 담겨 있는 비교문학의 관점과 전망은 놀라울 정도로 유사하다. 실제로, 1975년 「그린 보고서」는 비교문학이 직면하는 도전에 대해 1965년 「레빈 보고서」에서 제시한 기준들을 계속해서 옹호하고 있을 뿐, 비교 문학의 새로운 목표나 가능성에 대한 깊이 있는 논의는 두드러지지 않아 보인 다. 「레빈 보고서」와 「그린 보고서」 모두 1950년대부터 1970년대까지 지배적이 었던 비교문학의 개념과 정체성을 명확하게 정리하는 역할을 한다. 지금의 미 국비교문학회 회장단 임원들 대부분은 이 두 보고서에서 정의하고 있는 비교문 학 기준을 충실히 따랐던 대학에서 비교문학 박사학위를 받은 세대일 것이다. 그러나, 바로 이들 비교문학자가 지금 연구하고 있는 다양한 역사적 · 문화적 · 정치적 맥락과 이들이 제기하고 있는 대부분의 연구 주제는 자신이 대학에서 박사학위를 받던 그 시절에 비해 현저하게 많이 바뀌었기 때문에 실제 연구 현장에서 보게 되는 이 같은 변화는 결국 비교문학의 성격과 특성 또한 변화시켜 왔다고 할 수 있다. 본 위원회가 작성하는 이 보고서는 이 같은 근본적인 변화의 맥락에서 비교문학의 기준에 대한 본질적인 문제들을 논의하고자 한다.

비교문학의 학문적 발전의 방향성에 대한 본 위원회의 인식을 명확히 밝히기 위해서 지난 두 권의 '보고서'에 대한 간략한 분석으로부터 출발하고자 한다. 두 권의 보고서는 2차 세계대전 이후 미국에서 비교문학의 급속한 성장의 이유를 새로운 국제적 관점의 등장에 기인하는 것으로 보고 있다. 「그린 보고서」에 의하면, 이 국제적 관점은 "작품의 모티브, 주제, 형태를 연구하는 데 더 넓은 맥락을 적용하고, 작품의 장르와 양식에 대한 더 넓은 이해를 시도하는" 것을 목적으로 한다. 문학연구의 지평을 확장하고자 하는 이 동기 부여는 아마도 최근에 전 세계에 걸쳐 일어나고 있는 심각한 분열을 지켜보면서 유럽 문화의 본질적인 일체성을 증명하고자 하는 의도에 기인했을 것으로 생각된다. 그러나, 그 같은 관점의 확장성은 무엇보다도 유럽의 경계선이나, 그리스·로마 문화의 고전성으로 그 기원을 거슬러 올라가는 유럽의 고급문화의 전통 계보 밖으로는 결코 넘어가지 않았다. 실제로 비교문학 연구는 오히려 '상상된 공동체'로서의 민족국가의 정체성을 자신들의 기득권 기반인 민족 언어와 동일시하는 시도를 강화하는 결과를 초래하는 경향이 있었다.

민족적·언어적 정체성에 초점을 맞추는 시도는 「레빈 보고서」와 「그린 보고서」가 '기준'의 개념에 접근하는 방식에서 두드러진다. 두 보고서 모두 비교문학의 엘리트주의를 지키기 위해서는 학문적으로 높은 기준이 필요하다고 강조한다. 이와 관련해서 「레빈 보고서」는 비교문학을 "상당한 자격과 역량을 갖춘 소수의 학생만을 위한" 교육과정으로 만들어야 하며, 뛰어난 수준의 어문학과가 개설되어 있고 우수한 도서관을 갖추고 있는 큰 규모의 연구 중심 대학들에만 개설되어야 한다고 제안한다. 「그린 보고서」는 "'엘리트주의' 교육을 꿈꾸었던 비교문학과의 이 같은 기대치는 아마 10년 전만 해도 매우 바람직하고 실현

가능해 보였겠지만, 그 이후 급속도로 빠른 역사적 변화를 겪으면서 이 같은 이상적인 목표는 좋은 의미이든 안 좋은 의미에서든 상당한 도전에 직면하게 되었다."라고 지적한다. 여기서 한 발 더 나아가, 「그린 보고서」는 이 같은 변화에 저항하는 사례에 대한 논쟁을 언급하며 "비교문학이라는 학문의 비전을 변형시키는 변화의 흐름이 하나씩 쌓이다 보면, 혹시라도 그동안 비교문학이 뿌리를 두고 있었던 가치들이 자칫 훼손될 수도 있다는 염려에는 근거가 있어 보인다. 한때는 큰 지지를 받았던 비교문학의 기준이 만약 어느 한순간 하락하기 시작하면 멈추기는 쉽지 않을 것이다."라고 덧붙인다.

그런 맥락에서, 가장 큰 위협은 비교문학의 근간을 이루는 엘리트 이미지 중 하나이기도 한, 외국 문학 텍스트는 번역이 아니라 반드시 원어로 읽고 가르칠 수 있어야 한다는 전제조건이다. 해당 원어를 모르는 교수가 세계문학 수업에서 번역 텍스트를 사용하는 추세가 점점 늘어나고 있다고 「그린 보고서」는 비판하고 있다. 번역 텍스트 사용은 「레빈 보고서」와 「그린 보고서」 모두 비난하고 있는데, 그나마 「레빈 보고서」는 "비교문학 학과에서 개설하는 과목들이 원어로 된 텍스트도 상당 부분 강의계획서에 포함하는 식으로 간다면, 굳이 소수 언어로 쓰인 작품들의 번역 텍스트를 아예 배제하려는 것은 지나친 순혈주의적 발상이 될 수 있다."라고 여지를 남긴다. 「레빈 보고서」의 관점은 오히려 비교문학의 전통적인 국제주의 개념이 역설적으로 특정 몇몇 유럽 국가의 문학의 위상을 공고하게 만드는 역할을 하고 있음을 드러내고 있다. 유럽은 정전화된 고전 작품들이 태어난 고향인데, 이들 유럽의 고전 작품들은 비교문학 연구의 이상적인 대상이기도 하다. 그러므로 소위 말하는 유럽의 중심 문화가 아닌 멀리 떨어진 외진 지역의 문화는 비교문학에서 주변부에 속하며, 이들 주변부 문학은 해당 원어가 아니라 번역 텍스트로 접근해도 된다는 논리가 합리화될 여지가 크다.

「그린 보고서」에 따르면, 비교문학에 대한 두 번째 위협은 학제간 프로그램의 발전이다. 비록 「그린 보고서」는 이 같은 학제간 프로그램의 발전을 비교문학이 환영해야 한다고 말하고 있지만, 「그린 보고서」의 논지는 다음과 같은 표현에서처럼 신중함도 드러내고 있다. "그러나 우리는 학문의 교차가 오히려 학문적 정체성의 느슨함을 초래하지 않도록 명심해야 한다."라고 덧붙이고 있다. 여기서 '교차'라는 개념은, 학문적 엄격함의 관점에서 본다면 마치 언어적 순수함에 대한 '번역'의 오염의 역할처럼 순수함에 대한 훼손 가능성의 맥락이 숨겨져 있다. 비교문학 연구를 단일 학문 분야 내로 국한하면서, 하나의 학문과 또 다른 학문 사이에 혹시라도 발생할 수 있는 지저분한 이동이나 전이를 막으려는 움직임이 있다. 그러나 비교문학이 한 나라의 민족문학을 다른 나라의 문학과의 관계성에 놓는 방식으로 해당 민족문학의 구체적 실체를 정의하는 것처럼, 결과적으로 비교문학은 경계를 넘어감으로써 오히려 학문적 경계선의 실체를 더욱 명확하게 하는 역할을 할 수도 있다는 점에 주목할 필요가 있다.

비교문학의 기초가 되는 중요한 가치에 대한 세 번째 위협은 「그린 보고서」의 행간 사이에 숨어 있는 것 같다. 즉, 1970년대 문학이론 연구의 장으로서 비교문학 학과의 두드러진 존재감이다. 이론의 대유행은 이미 영문과 불문과에서 시작된 현상이지만, 비교문학자들은 자신이 가지고 있는 외국어 지식 덕분에 영향력 있는 유럽 이론가들의 텍스트뿐만 아니라, 당시 비교문학자들이 분석하던 철학, 역사, 문학 텍스트도 모두 원어로 읽을 수 있었다. 전통적인 비교문학의 관점에서 볼 때 이 같은 변화가 일으키는 문제점은, 그동안 문학의 역사성을 중시하던 통시적 접근이 이제 대부분 이론에 대한 공시적 접근의 부수적인 영역으로 전락하고 있다는 사실이었다. "하나의 학문체계로서 비교문학은 역사적 지식에 기반한다는 불변의 사실을 간과해서는 안 된다."라고 강조하는 「그린 보고서」는 이론이 비교문학의 주류가 되는 오늘날의 현실에 대해 따끔한 일침을 암시적으로 던지고 있다.

「그린 보고서」에서 언급하고 있는 변화에 대한 염려를 통해서 본 위원회는 「그린 보고서」가 작성되던 1975년 무렵, 비교문학이라는 학문 영역이 이미 이 분야 최고의 권위자들에게 불편할 정도로 낯설게 보이기 시작했다는 것을 알 수 있었다. 이들 기존의 권위자들은 비교문학 '기준'의 정의와 실천을 비교문학의 필수요건으로 간주해왔었다. 그런 방식으로 구축되면서 비교문학의 학문적 정체성을 위협하던 위험들은 1975년 「그린 보고서」가 나온 이후로 17년이 지난 오늘날 더욱 심화되었기에, 이번 보고서 집필위원들의 관점에서 볼 때 그 당시의 학문적 정체성은 지금의 비교문학 영역을 정의하는 실제적인 방식에 더 이상 부합하지 않을 정도로까지 온 것으로 판단된다. 그래서 비교문학 '기준'에 대해 우리가 책임 있는 논의를 하는 방식은 결국 비교문학의 목표와 방법론을 재정립하는 선택밖에는 없다고 생각하게 되었다. 그래서 본 위원회는 이 같은 개념 재정립의 시도를 비교문학의 미래에 대한 추상적인 관점에서가 아니라, 현재 미국의 많은 비교문학 학과와 프로그램이 따르고 있는 실질적인 방향성에 기반하고자 한다.

비교문학의 부활

2차 세계대전 이후 더욱 두드러진 국제주의가 계속해서 고수해온 제한적이고 배타적인 '유럽중심주의'는 오늘날 다양한 관점에서 도전을 받고 있다. 특히, 비교문학의 '기준'을 선포하면 학문적 정체성을 정립할 수 있을 것이라는 고전적인 기대는 오늘날 하나의 학문이 다른 학문에 점점 더 연결되고 투과되는 상황에 직면하면서 여지없이 무너지고 있다. 물론 전통적인 비교 방법들을 활용하는 의미 있는 연구들도 계속 시도되고는 있지만, 이 같은 전통적인 모형들이 속해 있던 비교문학은 1975년 「그린 보고서」가 나오던 그 당시 이미 상당히 수세에 놓이면서 구석으로 몰린 상태였다. 오늘날 비교의 공간은 서로 다른 학문에서 연구하는 예술작품 사이나, 다양한 학문 영역의 문화적 구축물 사이, 대중문화와 고급문화를 포함하는 '서구'의 문화적 전통과 '비서구'의 문화 사이, 피식민지 경험을 한 민족들의 식민지 경험 전후의 문화적 결과물 사이, '여성적'과 '남성적'으로 각각 정의되는 젠더 구축물 사이, '이성'과 '동성'으로 정의되는 성적 지향 사이, 의미화 체계의 '인종적'이고 '민족적'인 다양한 방식들 사이, 의미의 '해석학적' 설명과 의미의 생산과 유통 방식의 '물질주의적' 분석 사이 등 다양한 '사이' 공간에서 찾아볼 수 있다. 이처럼 문학 텍스트를 넘어서 담론, 문화, 이데올로기, 인종, 젠더 등 확장된 다양한 영역에서 문학을 맥락화하는 방식은, 그동안 작가, 국가, 시대, 장르를 기준으로 접근하던 예전 문학연구의 낡은 방식과는 크게 다르기 때문에, 어쩌면 '문학'이라는 용어가 더 이상 비교문학의 연구 대상을 적절하게 기술하지 못할 수도 있을 것이다.

오늘날 불안정하고 급속하게 빨리 변하는 사회문화적 환경에서, 비교의 영역을 다시 생각하게 되는 학자들은, 소위 말하는 '비교문학'의 방식에 대해 점점 불안감을 가지게 되었다. 학자들은 교육현장에서 그들이 활용하는 실질적인 연구방법론과 학문적 이해관계의 관점에서 볼 때, 이제 실체를 알아보기조차 어려운 비교문학의 전통적인 '기준'을 계속해서 학문과 교육현장에 연결시키는 상황에 소외감을 느끼고 있다. 이 같은 불만과 불안의 신호 중에 하나로는, 비교문학의 확장된 영역이나 주제와 관련한 연구를 진행 중인 많은 동료 연구자들이 실제로는 대학에서 비교문학 학과와 관련이 없거나, 미국비교문학회 회원도 아닌 현상을 들 수 있다. 또 다른 신호는, '비교문학'이라는 낡은 이름이 더 이상 적절하지 않다는 문제를 제기하는 차원에서, 많은 대학이 학과와 프로그램 이름에 '~ 와/과 문화연구학과', '~ 와/과 문화비평학과', '~ 와/과 문화이론학과'라는 표현을 추가하는 가능성을 고려하고 있다는 점이다. 그러나 이와 같은 학과 이름의 변경은 현실에서 그리 적극적으로 받아들여지지 않고 있는데, 그 이유는 이처럼 비교문학을 새로운 방식으로 읽고 재맥락화시키는 방식들도 독자적으로 운영되기보다 여전히 비교문학의 결 안으로 수용되어야 한다는 전반적인 믿음이 있기 때문이다. 이 보고서의 나머지 부분에서는, 이 같은 포괄적인 수용을 통해 비교문학이 인문학에서 좀 더 진보된 연구의 생산적인 중심지로서 어떻게 자리매김할 수 있을지 논의하고자 한다.

대학원 교육과정

1. 문학의 경이로운 현상은 더 이상 비교문학의 독점적인 초점이 아니다. 오히려 오늘날 문학 텍스트는 복잡하고 변화무쌍하며, 종종 상충하는 문화적 산물의 영역에서 다양한 담론 방식 중 하나라는 전제로 접근하고 있다. 역사적으로 그동안 지식의 영역을 자신들이 감당할 수 있는 범주의 학문적 전문성 영역으로 포장하는 방식으로 만들어진 '학제간' 연구라는 기존 개념에 대해서, 바로 이 '상충하는 문화적 산물'이라는 영역이 도전장을 던진다. 서로 다른 학문 분야 사이를 넘나드는 특성으로 잘 알려진 비교문학 연구자들은 이제 자신들이 넘나드는 경계선의 본질을 이론화하면서 이 같은 새로운 재배열 시도에 참여하는 기회를 적극적으로 확장해왔다. 여러 가지 중요한 변화 중에서도 특히 이 같은 새로운 시도는, 그동안 대학의 비교문학 학과가 '고급문학' 담론에 맞추어온 초점을 이제는 완화하고, 그 대신 텍스트가 만들어지고 '고급'의 높이가 구축되는 전체 담론의 맥락을 검토해야 한다는 것을 암시한다. 연구의 대상으로서의 '문학'이라는 산물은, 이제 음악, 철학, 역사, 법 등 이와 유사한 여러 담론체계의 산물과도 비교할 수 있게 되었다.

일부 대학의 비교문학 학과나 비교문학 프로그램에서 이미 실천하고 있는 것처럼, 비교문학 연구의 영역을 확장할 것을 권장하는 우리 보고서가, 그렇다고 해서 비교문학 연구가 문학 텍스트의 수사학적 특징이나 운율 등 텍스트의 다양한 형식적 특징을 꼼꼼하게 분석하는 시도마저도 포기하라고 주장하는 것은 결코 아니다. 다만, 텍스트에 대한 정밀한 읽기는 텍스트의 의미가 생성되는 이데올로기적, 문화적, 제도적 맥락도 충분히 고려해야 한다는 것을 강조하는 것이다. 비슷한 이야기이지만, 인접한 예술 영역 사이를 비교하는 연구처럼 전통적인 방식의 학제간 연구는, 학문 분야의 내적인 이론적 논쟁뿐만 아니라 학문 분야가 그것을 표출하는 수단의 구체적인 방법 등을 포함해서 각각의 학문 분야에서 의미를 생성하는 특권적인 전략에 대한 성찰이 담긴 맥락에서 이루어져야만 한다.

2. 외국어 지식은 비교문학의 존재 이유의 근본적인 전제조건으로 여전히 남아 있다. 그동안 비교문학 연구자들은 항상 외국어에 엄청난 관심을 보여왔고, 외국어를 배우는 뛰어난 역량을 가지고 있을 뿐만 아니라 외국어 사용을 일상생활에서도 즐길 수 있는 생동감 넘치는 역량을 갖춘 사람들이었다. 이 같은 외국어 역량은 학생들도 계속해서 계발하고 발전시켜 나갈 수 있어야 한다. 더욱이 학생들이 자신들의 언어적 지평을 한층 더 넓히는 차원에서 최소한 비유럽권 언어도 하나 정도 배우도록 교수들이 적극적으로 장려해야 한다.

구체적으로 어떤 언어를 지정할 것인지는 학과마다 다를 것이다. 본 위원회의 생각에 최소한의 기준은 두 가지 서로 다른 언어의 문학 텍스트를 각각 연구할 수 있어야 한다는 것인데, 유럽이나 아랍권, 아시아 문화권의 고전문학을 연구하는 학생들이라면 전통적인 '고전어' 습득도 최소한의 기준에 포함될 수 있을 것이다. 몇몇 비교문학 학과는 여전히 최대 세 가지 외국어와, 여기에 덧붙여서 고전어 하나까지 요구하는 경우도 있고, 상당히 많은 비교문학 학과는 세 가지 언어권의 문학에 대한 지원자의 지식을 요구하고 있다. 어쨌든 이 같은 필수조건의 맥락은 단순히 문학 텍스트의 의미를 분석하는 가치에만 머물지 않고, 주체성을 생성하고, 인식론적 패턴을 만들고, 공동체의 구조를 상상해내고, 국민성의 개념을 구축하고, 정치적·문화적 헤게모니에 대한 저항과 순응을 설명하는 이 모든 과정에서의 모국어의 역할을 이해하는 가치로도 확장되어야 한다. 더욱이, 비교문학자들은 단일한 민족문화 내에서의 유의미한 차이에 대해서도 깨어 있어야 하는데, 이 같은 차이점이 비교하고 분석하고 이론적으로 비평하는 학문적 출발점이 된다. 특히 지역, 민족, 종교, 젠더, 신분, 식민지 또는 탈식민지 상황 등에 따른 차이들과 갈등들을 예로 들 수 있다. 비교문학 연구는 이상적으로는, 이 같은 차이들이 언어나 방언, 또는 전문용어나 속어 같은 사용역(使用域, register)의 차이와 이중언어, 다중언어 사용과 혼종의 문제와 결합되는 방식을 연구하는 데 적합하다.

3. 외국어에 대한 깊이 있는 지식의 필요성과 고유한 장점은 계속해서 강조해야 하지만, 번역에 대한 오래된 적대감은 이제 내려놓아야 한다. 사실 번역은 서로 다른 담론의 전통을 가로지르는 이해와 해석의 더 중요한 문제에 접근하는 하나의 패러다임으로도 충분히 볼 수 있다. 그런 의미에서 비교문학은 서로 다른 문화와 미디어, 학문의 고유한 가치 체계 사이에서 번역을 통해 잃어버리는 것과 얻는 것 모두를 설명하는 것을 목적으로 한다고 할 수 있다. 더욱이 비교문학자는 자신이 이 같은 연구 방법을 공부하는 특정한 장소와 시간적 맥락을 찾아내야 하는 책임도 부여받는다. 다시 말해, 자신이 이야기를 하는 출발점은 어디인지, 어떤 '전통'으로부터, 그리고 어떤 '반(反)전통'으로부터 이야기를 하는지, 어떤 식으로 유럽이나 남미, 아프리카를 북미의 문화적 현실 속으로 번역하고 있는지, 또는 어떤 식으로 북미를 다른 나라의 문화적 맥락으로 번역하고 있는지 등에 대한 자아 탐구도 필요하다.

4. 비교문학은 문학의 정전 구축에 대한 비교 연구와 정전의 재개념화에 적극적으로 참여해야 한다. 그리고 기존의 정전 텍스트에 대한 비(非)정전 방식의 읽기, 특히 도발적이고 주변부적이고 종속적인 관점에서의 접근에 대해서도 관심을 기울여야 한다. 예를 들어, 특히 최근 들어 페미니즘이나 탈식민주의 이론에서 두드러지는 이 같은 텍스트 읽기의 노력은, 특정 문화권에서 문학적 가치가 어떻게 형성되고 유지되는지와 같이 정전의 구축 과정에 대한 비평적 연구를 보완하고 정전의 범주를 확장하는 시도에 힘을 실어주는 역할을 한다.

5. 대학의 비교문학 학과는 영미권과 유럽권 관점의 다문화적 재맥락화를 촉진하는 데 적극적인 역할을 해야 한다. 이 같은 역할은 그들의 관점을 포기하는 것을 의미하는 것은 아니라, 기존의 기득권에 대한 문제 제기와 저항을

의미한다. 이는 학자로서 우리 스스로에 대한 정의와 비교문학 연구의 기준에 대한 중요한 반성과 재평가를 필요로 한다. 예를 들면, 원문 텍스트를 읽을 수 없더라도 어쩌면 번역 텍스트로라도 가르치는 것이, 오히려 번역은 인위적으로 중재된 결과물이라는 핑계를 내세우며 주변부의 소외된 목소리를 무조건 외면하는 것보다는 더 나을 수 있다. 그러므로 우리는 「레빈 보고서」에 나온 표현인 "비교문학 학과 수업의 모든 작품은 원어로 읽도록 요구하는 것은 지나친 '순혈주의적' 발상이 될 것"이라는 문제 제기를 지지할 뿐만 아니라, 마찬가지로 소수 문학 관련해서 대부분 작품을 번역으로만 읽도록 하는 수업조차도 용인할 수 있을 것이다. 여기서 우리는 '소수 문학'이라는 것은 유럽 내에도 존재한다는 점을 인정해야 한다. 예를 들어, 문학연구의 현장에서 발생하는 '유럽 중심주의'는 주로 영문학, 불문학, 독문학, 스페인 문학에만 관심을 초래하는 경향이 있는데, 이 과정에서, 예를 들어 단테만 제외하면 사실 이탈리아 문학도 소수 문학으로 전락하게 된다. 비슷한 맥락에서 문화의 비교 연구 대상으로의 인류학적·민족지학적 모형들은 문학비평과 이론에서 나오는 모형을 연구하는 그런 교과목에 적합할 수 있다. 비교문학 학과와 프로그램 학과장들은 비유럽권 문학 전공 학과나, 비교문학 학과와 연계되는 학과 출신의 교수진을 적극적으로 확보해서 강의도 하고 공동연구도 할 수 있도록 함으로써 비교문학 성과의 문화적 범주를 확장할 필요가 있다. 비교문학 실천의 모든 측면에 있어서, 우리가 실제로는 별로 알고 싶지 않은 타자들에 관해 적당히 보기 좋은 정보를 획득하는, 소위 말해서 '정치적 올바름'을 염두에 둔 그런 방법이 아니라, 문화적 관계와 번역, 대화, 논쟁에 대한 유의미한 성찰을 발전시키는 도구로 접근해야 한다.

이렇게 보면 비교문학은 문화연구 영역에서 진행되고 있는 연구와 유사성을 가지고 있다. 그러나 우리는 비교문학 연구를, 단일 언어 맥락에서 특정 현대 대중문화의 이슈에 초점을 맞추는 경향이 있는 문화연구와 동일시하지 않도록 경계해야 한다.

6. 비교문학은 역사가 오래된 종이 텍스트부터 TV, 하이퍼텍스트 등의 미디어와 가상현실 사이의 비교 연구도 포함해야 한다. 역사적으로 오랜 기간 비교문학의 연구 대상이 되어온 책이라는 물질적 형태는 오늘날 컴퓨터 기술과 커뮤니케이션 혁명을 통해 새로운 변신을 하는 중이다. 문화 간 교차를 고찰하는 특권적인 공간으로서의 비교문학은 서로 다른 인식론적 · 경제적 · 정치적 맥락에서, 현상이자 담론으로서 다양한 문화적 표현의 주목할 만한 가능성을 분석해야 한다. 이렇게 확장된 초점은 단순히 책을 생산하는 문학이라는 산업만 연구하는 것이 아니라, 글을 읽고 쓰는 문화적 공간과 기능, 그리고 새로운 커뮤니케이션 미디어의 물리적 특성도 다루어야 한다.

7. 앞서 설명한 내용의 교육적 함의는 교과목과 콜로키움, 비교문학 학과와 프로그램에서 후원하는 다양한 형태의 포럼이나 세미나 등을 통해 구현해볼 수 있다. 다른 전공 교수들도 비교문학 교수진에 합류해 자신의 전공 분야나 연구방법론과 비교문학 사이의 접점을 탐구할 수 있는 교과목을 비교문학 교수들과도 함께 팀티칭으로 가르치도록 적극적으로 설득하고 장려해야 한다. 그런 맥락에서, 비교문학 학생들과 교수진의 문화적 다양성은 유의미한 고려 대상이 될 수 있으며, 문화적 다양성의 중요성과 관련해서 점점 커져가는 사회적 민감성을 발전시키는 동력이 될 수 있을 것이다.

8. 지금까지의 모든 논의는 결국 하나의 학문 영역으로서의 비교문학에 있어서 이론적으로 깊이 있는 고찰의 중요성을 보여준다고 할 수 있다. 그리고, 비교문학 연구자들을 위한 교육은 이 같은 고찰에 대한 역사적 맥락과 배경을 제공해야 하기 때문에, 비교문학 전공 대학원생들은 입학 후 첫 1년 동안은 문학비평과 이론의 역사에 관한 수업 하나를 반드시 전공 필수과목으로 듣도록 해야 한다. 그래서 이 수업의 구성은 문학비평과 이론의 역사에서 중요한 주제들이 오랜 시간에 걸쳐 어떻게 발전해왔으며 어떻게 변형되어왔는지를 보여주

고, 이 주제들의 역사적 맥락에 근거해서 현대의 문학적 주제와 논쟁들을 평가하는 데 필요한 배경지식을 학생들에게 제공할 수 있도록 준비되어야 한다.

학부 교육과정

1. 대학원 과정에서 학문 영역으로서 비교문학이 진화하는 가운데, 많은 비교문학 학부 교과과정도 이 같은 변화의 흐름을 자연스럽게 반영하고 있다. 예를 들어, 학부과정에서 비교문학 교과목은 '위대한 작품들'을 가르치는 것뿐만 아니라, 특정 문화권에서 특정한 작품이 어떤 방식으로 '위대한' 작품으로 자리매김하게 되었는지, 그리고 이 같은 작품 위상을 지키기 위해 어떤 종류의 관심이 예전부터 지금까지 계속 작동해왔는지도 가르쳐야 한다. 그리고 3~4학년 교과목은 '유럽중심주의', 정전 구축, 본질주의, 식민주의, 젠더 연구 등과 같이 현재 논란이 되는 주제들도 가끔씩 수업 토론의 대상으로 삼을 수 있다. 오늘날 다양한 문화와 인종 출신의 학생들로 채워지는 새로운 강의실 환경도 이 같은 주제들을 강의실에서 토론하는 데 유의미한 교육적 동기 부여가 되도록 적극적으로 활용해야 한다.

2. 학부과정에서 비교문학 전공필수는 유연성을 가져야 한다. 오늘날 많은 대학에서 채택하고 있는 전공필수 방식 중 하나는, ① 두 가지 외국어와 두 가지 외국 문학을 필수로 하거나, ② 두 가지 문학을 대상으로 하되, 그중 하나는 영어권 문학으로 하거나, ③ 비영어권 문학 하나와 다른 학문 영역 하나를 대상으로 하는 방식이다. 유럽 중심의 문화적 기반을 벗어나서 번역 문제를 제대로 탐구하는 준비 차원에서, 학생들에게 아랍어나 힌디어, 일본어, 중국어, 스와힐리어 같은 외국어 학습을 장려할 필요도 있다. 대학의 비교문학 학과와 프로그램은 이들 언어로 가르치는 문학 수업의 필요성을 주장할 필요가 있으며, 이들 언어의 문학도 비교문학 학부 교과과정에 포함하는 방법을 찾으려고 노력해야

한다.

3. 비교문학 학부과정은 서구와 비서구 문화 사이의 관계를 연구하는 다양한 수업들을 개설해야 하며, 비교문학 외의 다른 모든 전공 학생들도 이런 수업 중에서 몇 과목을 필수적으로 수강하도록 해야 한다. 이 과목들과 비교문학 과목들은 비교 연구를 할 수 있는 방법론에 대해서도 학생들이 이론적 탐구를 하도록 만들어야 한다. 또한, 현대 문학이론에 관한 과목도 학부과정에 개설할 필요가 있다.

4. 비교문학 수업을 담당하는 교수들이 수업에서 번역 텍스트를 사용하는 경우에도, 만약 자신이 번역 텍스트의 원어를 알고 있다면 수업에서 원문 텍스트를 자주 인용하거나 적극적으로 활용해야 하며, 더 나아가 번역 이론과 실습에 대한 토론을 비교문학 수업의 필수적인 요소로 만들어야 한다.

5. 비교문학 교수들은 자신뿐만 아니라 학생들도 학교 내에서 비교문학 영역 밖의 관련 주제들, 특히 언어학, 철학, 역사학, 미디어 연구, 필름 연구, 예술사, 문화연구 등에도 관심을 가지고 적극적으로 서로 다른 학문을 초월하면서 이동하고 경계를 뛰어넘는 도전을 하도록 적극적으로 장려할 필요가 있다.

나가는 말

비교문학의 역사에서 비교문학은 지금 위기에 처해 있다고 우리는 생각한다. 비교문학 연구의 목표는 국가의 경계나 사용하는 언어에 의해서 정해지는 그런 종류의 고정성과는 관련 없기 때문에, 비교문학은 스스로를 재정의하는 역할의 필요성을 너무나도 잘 알고 있다. 특히 지금 시점은 그 같은 분석과 고민을 하기에 매우 적절한 상황이다. 왜냐하면, 문학연구에서 진행되고 있는 다문화적이고, 글로벌하고, 학제간 커리큘럼을 지향하는 방향성은 그 속성상 이미 비교에 기반하기 때문이다. 외국어 지식을 가지고 있고, 문화번역의 역량을 키우면서, 학제간 소통의 전문성을 확보하고, 이론적인 깊이까지 갖춘 비교문학 전공 학생들은 오늘날 문학연구의 확장된 범주를 잘 활용할 수 있는 위치에 제대로 서 있다. 우리의 '보고서'는 학생들의 관점을 확장하고 학생들이 문화적 다양성의 방식으로 생각할 수 있는 힘을 키우기 위해서 비교문학 커리큘럼이 어떻게 구성되어야 할지에 대한 방향성과 방법을 제시하고 있다.

그러나 유의할 부분도 있다. 비록 이 '보고서'에서 우리가 정의하는 '비교'라는 방법론이 미래지향적이라고 믿지만, 많은 대학 현장에서는 오늘날 경제적 불확실성이 이 같은 미래지향적 움직임의 발목을 잡고 있다. 대학의 예산 감축으로 인해 문학 관련 학과들은 학과 운영을 보수적으로 설정해야 하는 상황에 처하면서, 비교문학 전공 학생들은 자신의 1순위 국가 문학에 대해 더욱 탄탄한 실력을 쌓도록 하는 것이 그 어느 것보다 중요해졌다. 오늘날 예측하기 어렵고 불확실한 대학의 교수 채용 현실까지 감안하면, 학생들이 졸업 후 채용시장에서 제출할 자신들의 전공 이력서를 앞으로 어떻게 만들어갈지에 대해서 가능하면 대학원 입학 후 일찍부터 고민하도록 하는 것이 매우 중요하다. 또한 지도교수들은 학생들의 대학원 과정 중간에도 졸업 후 어떤 전공 역량을 극대화해서 채용시장에 뛰어들 것인지에 대해 주기적으로 적절한 조언과 안내를 하는 것 역시 매우 필요하다. 이 같은 우리의 조언은 시장 논리에 냉소적으로 굴복하라는 메시지가 아니라, 현재 우리가 일종의 전환기를 겪고 있다는 현실을 인정하는 것이며, 우리 비교문학 연구자들도 결국, 우리가 발을 디디고 활동하는 현실의 경제적·사회정치적 지평이 지금 어떻게 바뀌고 있는지에 대해 계속해서 주목해야 한다는 사실을 인식하고자 하는 것이다.

그래서 우리가 여기서 제안하는 비교문학의 새로운 방향성이 궁극적으로는 비교문학을 인문학 연구의 가장 선봉에 자리매김하게 할 것이라 믿으며, 우리는 미래의 변화와 발전이 가져올 새로운 도전을 맞이할 준비를 할 것이다.

| 번역 : 이형진 |

• 보고서 위원회 명단

위원장 찰스 번하이머(Charles Bernheimer, 펜실베이니아대학교 비교문학과)[*]

조너선 아랙(Jonathan Arac, 피츠버그대학교 영문과)

메리앤 허시(Marianne Hirsch, 컬럼비아대학교 영문과 및 비교문학과)

앤 로절린드 존스(Ann Rosalind Jones, 스미스대학 비교문학과)

로널드 주디(Ronald Judy, 피츠버그대학교 영문과)

아널드 크루팟(Arnold Krupat, 사라로렌스대학 문학과)

도미닉 라카프라(Dominick LaCapra, 코넬대학교 인문학)

실비아 몰로이(Sylvia Molloy, 뉴욕대학교 인문학)

스티븐 니콜스(Stephen Nichols, 존스홉킨스대학교 불문과)

사라 술레리 굿이어(Sara Suleri Goodyear, 예일대학교 영문과)

1993년 5월 제출

---

[*]　미국비교문학회는 2002년부터 비교문학 관련 박사학위 논문을 대학의 비교문학 학과
　　와 프로그램으로부터 추천받아 가장 우수한 박사학위 논문 저자를 선정해서 '번하이머
　　상(The Bernheimer Prize)'을 수여하고 있음 – 역주

2부

「번하이머 보고서」에 대하여

1993년 미국 현대어문학회 학술대회

04   'GEIST' 이야기

앤서니 애피아

내가 미국에 처음 와서 주로 시간을 보내던 예일대 아프리카계−미국학(Afro-American Studies)과의 과사무실이 있던 건물에는 르네 웰렉 명예교수의 연구실도 있었다. 그래서 나는 종종 그분과 마주치곤 했는데 물론 내가 그분을 알아볼 수 있었던 것은 그때마다 내 동료들이 가리켜 알려준 덕이었다. 그분을 가리키던 동료들의 목소리에는 경외심이 가득 차 있었기 때문에 거기에 자극받은 나도 결국은 웰렉 교수의 학술논문집 한 권을 구해서 그 기념비적 문학비평사를 섭렵하게 되었다. 그러던 어느 날 예일대 스털링 홀에서 웰렉 교수의 강연이 열린다는 소식이 들려왔다. 아마 수업이 있었거나 다른 급한 일이 있어서였는지 나는 그날 강연에 시간 맞춰 갈 수 없었던 상황이었기에, 일이 끝나자마자 정신없이 강연장으로 달려갔다. 그리고 강연장 맨 뒤에 있는 문을 조심스레 밀고 들어서는 순간 내 귀에 들려온 것은, 아니, 최소한 내가 들었다고 생각하는 것은, 10여 개의 중부유럽(Mittel Europäisch) 독일어 단어로 강연을 끝맺고 있는 목소리였다. 시간이 너무 지나 그때 내가 그 단어들을 정말로 들었는지는 확신할 수 없지만, 그때 이후 그 단어들은 줄곧 내 머릿속에 각인되어 남아 있다. 바로 "이성의 생명력, 그것은 곧 정신의 생명력(the life of reason, which is the life of the spirit)"이라는 말이 내가 들었다고 생각하는 그 말인데, 그리고 그게 다였다. 그 마지막 단어들로 웰렉 교수의 일장 연설은 끝났고, 곧 우레와 같은 박수 소리가 이어졌다. 그리고 내가 직접 들을 수 있었던 웰렉 교수의 강연은 그때가 마지막이었다.

지금도 기억하지만, 바로 그때, 그 특강에 늦어 불편하던 마음이 가라앉으면서 들었던 생각은, 독일어 'Geist'[spirit, life, vitality]라는 말의 정확한 뜻을 표현하기에 영어의 'the spirit(정신)'이라는 단어가 딱 맞는 말은 아니라는 것이었다. 그럼에도 불구하고, 즉, 내 생각과는 달랐더라도, 나는 'Geist의 생명력'을 그런 식으로 특징지어 규정한 웰렉 교수의 자신감을 존경했다. 비록 내가 특강에 많이 늦어 그런 결론에 이르게 된 웰렉 교수의 핵심 논점을 듣지는 못했지만 말이다.

사실, 사전적 의미에서 'Geist의 생명력'이라고 하면 거의 자동적으로 '이성의 생명력'이라는 의미가 될 것이다. 아마도 그래서 웰렉 교수에게도 문학과 문학비평은 'Geist의 생명력'을 표출하는 것이었을 것이다. 하지만 우리가 요즘 문학이라고 부르는 것의 생명력은 사실상 '이성(reason)'이라는 것과는 거의 상관이 없다는 것이 내 생각이다. 마치 우리 삶의 대부분이 이성(理性)과 별 상관이 없는 것처럼 말이다. 과거에는 문학비평이라 하면 곧 이성을 다루는 작업이라고 여기기도 했었지만, 나는 더 이상 이성에 대한 고찰이 비평의 핵심 역할이라고 생각하지 않는다. 이런 점에서 나는 내가 우리 학문세대의 전형적인 시각을 가졌다고 생각한다.

"이성의 생명력, 그것은 곧 정신의 생명력"(the life of reason, which is the life of the spirit)이라고 말했던 웰렉 교수의 열한 마디 표현에 집착하는 나를 심각하게 받아들이는 사람은 없길 바라지만, 그때 웰렉 교수가 말한 'Geist'는 어딘지 헤겔의 'Geist'와 닮아 있었다. 그것은 독보적인 것이었는데, 그리스에서 출발해 로마를 거쳐 북부 산림지대로 갔다가 종국에는 소위 색슨족(Saxon)과 로마족(Roman)의 심장부라고 불리는 중서부 유럽지역에 자리 잡은 바로 그것을 가리키고 있었다. 그리고 이 'Geist'는 그 지역의 시인들과 철학자들을 통해 자신의 모습을 구체적으로 드러냈기 때문에, 그 시인들과 철학자들을 따라가기 위해서 우리는, 특히 지혜의 여신인 "미네르바의 부엉이는 저녁 무렵 황혼이 저물어야 날 개를 펼친다."라고 한 헤겔의 말처럼 해석적 황혼의 때를 기다리는 우리는, 이 상적으로 그리스어, 라틴어, 독일어, 프랑스어 등을 알아야 할 필요가 있는 것 이다. 라틴어와 프랑스어를 알면 이탈리아어를 배우는 것은 충분히 쉬우니 문 제가 될 것이 없고, 'Geist'가 스페인과 포르투갈이 위치한 이베리아반도 쪽으 로 내려간 적은 별로 없으니 스페인어를 배울 필요는 크지 않으며, 포르투갈어 는 아예 몰라도 상관이 없을 것이다. 하지만 히브리어, 산스크리트어, 아랍어 는 그 지역의 문학과 철학의 전통이 여러 지점에서 유럽의 전통과 연결되기 때 문에 관심의 대상이 될 수도 있다. 마찬가지 방식으로 'Geist'와 비슷한 다른 어 떤 사상이 중국의 오랜 문예 역사를 거쳐서 중국 문화의 계승자라고도 할 수 있 는 일본과 한국의 후예들에게도 전달되었다. 하지만, 소위 "유사(類似)-Geist(- shadow-Geist)"라 할 수 있는 동아시아의 'Geist' 정신(精神)은 유럽과는 별개로 자 신들만의 고유한 생명력을 유지해 나갔기 때문에, 서구의 학자로서 거기까지는 신경 쓸 필요 없이 오직 서구의 'Geist'만 따라가면 되는 것이다.

이런 점에서 서구의 'Geist'를 따르는 것은 그 자체로 이미 꽤나 버거운 소명 (召命)이었던 셈이다. 실제로, 1965년 웰렉 교수는 미국비교문학회(ACLA)의 첫 번째 '전문성 기준 보고서'인 「레빈 보고서」를 승인했는데, 그 보고서는 'Geist' 를 따라가는 일이 얼마나 어려운 '작업'이고, 그 일을 수행하는 사람들은 얼마 나 특별한 존재이며, 그리고 그 '작업'을 수행하기 위해서는 얼마나 높은 수준 의 지식이 필요한지를 강조하는 그런 보고서였다.("비교문학 전공으로 박사학위를 받는 것은 다른 단일 외국어문학 전공으로 박사학위를 받는 것보다 시간이 더 걸릴 수 있다 는 점은 솔직하게 인정할 필요가 있기 때문에, 만약에 지원자가 단일 외국어문학 전공과 비 교문학 전공 사이에서 혹시라도 일말의 고민을 하는 경우라면, 그냥 전통적인 방향을 선택 하는 것을 권장하는 편이다."라고 1965년 「레빈 보고서」는 제시한다.) 하지만, 여전히 그 '작업'이 구체적으로 무엇인지는 분명치 않았다.

일단 웰렉 교수가 말하는 비교문학에는 고대어 학습이 포함되어 있었다. 특히, 웰렉 교수가 「레빈 보고서」에서 말한 것처럼 "서구 문화와 관련된 거의 모든 분야에 걸쳐서 관련 학생들에게 고유한 가치와 도움을 제공하는" 그리스어와 라틴어가 중요했고, 서양과 동양 사이의 다양성을 포괄하는 시도에 관심 있는 연구자들에게는 산스크리트어도 필요하다고 했지만, 히브리어에 대한 언급은 어디에도 없었다. 영어권 학자에게는 영어 외에 몇몇 다른 현대어에 대한 지식도 강조했는데, 프랑스어와 독일어에 더하여 "스페인어나 러시아어 과목이나 자신의 전공 분야 어문학과에서 개설되는 그 어떤 교과목도 가르칠 수 있는 역량을 갖추어야 하며" 단순히 그 언어권 문학사 혹은 문화사에 대한 지식뿐 아니라 그 언어로 학문연구를 할 수 있을 만한 수준의 어학적 지식이 요구되었다. 여기서 주목할 것은, 이상적인 비교문학자는 이러한 다언어적 다재다능함에 더하여 단일 언어권 문학에 대한 전문 지식 역시 갖추어야 한다는 점이다. 그리고 '그' 특정 언어의 문학을 공부하는 데 적합한 지식이란, 「레빈 보고서」에서 강조하듯이, "해당 어문학과의 문학사를 통시적 관점에서 가르칠 수 있어야 하고, … 깊이 있는 철학적 지식도" 필요로 한다. 이에 더하여, 비교문학은 영문학과 외국어문학 관련 학과들은 물론, "언어학, 민속학, 예술, 음악, 역사, 철학, 그리고 가능하면 심리학, 사회학, 인류학" 분야의 학문과의 교류도 포함하고 있었다.

이렇게 다양한 언어적·학문적 도구들이 비교문학 연구에 필요하다는 점은 비교문학 학자들과, 하나의 언어권 내에서만 비교 가능한 원천의 범주 안에서 문학을 가르치는 여타의 학자들을 구분 짓는 기준이 되었다. 비교문학자들은 상대적으로 '훨씬 멀리 떨어진' 문화권 작품의 경우를 제외하고는 어떤 문학이든 텍스트를 원어로 읽고, 그 작가들을 그들의 문화사적 맥락에서 이해하는 사람들이어서, 자신들이 원어로 읽지 않은 텍스트를 번역으로 가르치는 일은 거의 없기 때문이다. 학생이 원어로 작품을 읽지 못한다고 하더라도, 최소한 작품의 내용만큼은 원어 텍스트에 나온 그대로 가르쳐야 한다는 것도 그 이유 중의 하나였다. 다른 말로 풀어서 설명하거나 번역된 내용으로 공부하는 것은 결코 충분할 수 없기 때문이다.

나아가 대학원 과정에서는, 한편으로는 비평사와 문학이론을 공부하고, 또한편으로는 번역, 운율비교학, 혹은 문체 분석 등 언어 사이의 관계를 다루는 학습활동을 통해, 비교문학 연구에 공통적으로 필요한 핵심지식과 학문적 언어를 습득하도록 하고 있다.

이런 점에서 첫 번째 '비교문학 기준 보고서'인 1965년 「레빈 보고서」는 추상적이긴 하지만 그래도 규명 가능한 범주의 프로젝트를 명확히 설정하고 있다. 일단 그것은 사상의 역사는 아니다. 왜냐하면, 그 프로젝트는 텍스트의 '문학성'에 초점을 두고 있기 때문인데, 이때 '문학성'이란 예일대 비교문학과 교수인 폴 드 만(Paul de Man)이 자신의 1986년 저서 『이론에 대한 저항(*The Resistance to Theory*)』에서 주장한 텍스트의 "문학성", 즉 "문법적 혹은 논리적 기능을 넘어 수사적 기능에 바탕을 둔"(14쪽) 읽기에서 생성되어 나오는 본질적인 속성으로서의 텍스트의 "문학성"을 의미한다. 또한, 그 프로젝트는 영어나 스페인어, 러시아어, 혹은 그 어떤 다른 단일 언어를 중심으로 한 문학연구도 아니다. 단순히 다중언어주의를 허용한 것일 뿐이긴 하지만, 여러 다른 언어들로 쓰인 문학작품의 맥락을 함께 고려하기를 요구하기 때문이다. 그렇다고 그것이 폴 드 만 교수가 자신의 유명한 이론화 과정에서 '이론 프로젝트'라고 불렀던 것과 같은 문학성 그 자체에 대한 연구는 아니다. 물론 그것이 가능할지는 알 수 없으나, 애초에 문학성이라는 것이 밝혀질 수 있다면 그것은 최소한 이론적으로는, 단일 언어만을 대상으로 해도 충분히 연구할 수 있기 때문이다. 문학성 연구는 보편적 특성의 프로젝트인 만큼 그 어떤 텍스트를 대상으로도 해도 진행 가능하며, 따라서 그것은 본질적으로 비교 프로젝트가 아니다. 이론은 비교문학 연구에 유용하긴 하지만, 최종 목표는 아니다.

가장 최근에 나온 세 번째 '기준 보고서'인 1993년 「번하이머 보고서」가 지적하였듯이, 두 번째 보고서인 1975년 「그린 보고서」 역시 비교문학의 임무에 대해서는 기본적으로 첫 번째 보고서인 1965년 「레빈 보고서」와 그 입장을 같이한다. 단지, 보고서 저자들이 비서구권 세계로부터 나오는 압박을 좀 더 의식하고 있는 것처럼 보인다는 차이가 있을 뿐이다. 1965년 첫 번째 보고서가 산스크리트어와 동양에 관심을 보이면서 내세웠던 국제주의는 사실은 유럽 경제공동체 설립을 위해 1957년 프랑스, 서독, 이탈리아, 벨기에, 네덜란드, 룩셈부르크 등이 체결한 '로마 조약(Treaty of Rome)'의 국제주의와 다를 바 없었다. 즉, 관심의 대상이 되는 국가들은 주로 서유럽의 국가들이고, 가끔 주변으로 시선을 돌린다 해도 러시아 문학 정도였는데, 그러나 러시아 문학마저도 당시 서유럽의 부르주아 지성인들이라면 이미 번역을 통해서 접했을 법한, 그리 낯설지 않은 문학이었다. 하지만 두 번째 보고서는, 70년대 중반에 이르러 "글로벌 문학이라는 새로운 비전이 등장하면서 그동안 인류 역사에 함께해온 모든 언어 활동을 포괄하고 있는데, 이러다 보면 우리가 그동안 자연스럽게 받아들였던 유럽 중심적인 사고방식은 조만간에 편협한 지역주의로 전락하게 될 것이다."라고 지적하고 있다. 그럼에도 불구하고, 「그린 보고서」 저자들은 "이제 우리의 노력은 비교문학 전통의 최고의 유산에 대한 우리의 책무감을 약화시키지 않으면서도 이 같은 무게중심의 이동을 인정하고 수용하는 방식이 되어야 한다."라고 계속해서 강조한다.

여기서 문제의 그 유산을 지키는 '우리'라는 대상은 당연히 서구 문명의 모든 후예를 지칭한다. 그런데 이러한 시각이 생긴 것은, 가장 최근에 나온 1993년 「번하이머 보고서」에 따르면, 과거의 비교문학이 '국가들 사이의 관계(inter-nation-alism)'를 강조하다 보니 "역설적으로 특정 몇몇 유럽 국가의 문학의 위상을 오히려 공고하게 만드는 역할을 하고 있음을 드러내고 있기" 때문이다. 하지만 여기서 내가 보기에 더 역설적인 것은 유럽의 문학들이 지배적 위치를 차지하게 되었다는 사실보다, 오히려 그 덕분에 유럽의 문학들이 개별 "국가문학"으로서의 위상을 유지하고 있다는 사실이다. 셰익스피어의 문화적 배경은 물론 영국적이지만, 그 문학적 배경은 그리스 고전문학과 이탈리아 르네상스 문학을 포함한다는 것은 주지의 사실이다. 괴테의 세계는 하이네의 세계뿐만 아니라 뉴턴의 세계와도 맞닿아 있다. 예전 방식의 비교문학을 가능하게 하는 유럽 문학 간의 관계는 바로 이런 종류의 상호연결성을 바탕으로 이루어져 있으며, 바로 이러한 상호연결의 공간을 통해 'Geist'가 서서히 이동해 가고 있다는 사실에 근거하고 있다. 이런 면에서 괴테의『색채론(*Farbenlehre*)』의 한 맥락으로서 뉴턴의『광학(*Optiks*)』을 강조하는 것은 서로 다른 두 가지를 비교하는 것이 아니라, 오히려 이 둘이 이미 서로 연결되어 있는 세계 속으로 들어가는 것이라고 할 수 있다.

그렇다면 우리는 어떻게 해야만 이렇게 상호연결된 집합체로서의 텍스트의 후예가 될 수 있을까? 기존의 과거 방식이 주장했을 법한 것과 같은, 유럽 인종 그 자체가 되는 방식은 결코 아니고, 이 같은 상호연결된 집합체로서의 텍스트들을 연구하고 그 텍스트들을 유지하게 하는 문화와 역사를 제대로 공부하는 방식으로 가능해질 수 있다. 내 생각에, 현재의 유럽 문명은 자신들 스스로가 유럽 문명의 후예들이라고 자부하는 많은 유럽인과 미국인들의 소유인 것이상으로, 엄청나게 확장된 텍스트성의 그물망의 일부분을 이미 숙달한 나이지리아, 인도, 일본 학자들의 소유이기도 하다. 20세기 미국의 대표적인 흑인 인권운동가인 듀보이스(W. E. B. Du Bois)는 "셰익스피어 곁에 내가 앉는다. 그래도 셰익스피어는 얼굴을 찡그리지 않는다(I sit with Shakespeare and he wineth not)."[*]라고 말했다. 셰익스피어를 두고 듀보이스가 한 이 말은 우리가 'Geist'를 연구하는 데도 해당되는 말이다.

이제 비로소 1993년「번하이머 보고서」에 대한 나의 입장을 밝히려고 하는데, 한마디로, 나는 기존의 비교문학은 유럽중심주의가 문제라는 시각에 동의하지 않는다. 서로 밀접하게 연결된 유럽 문학들을 한번 연구해보자. 일단 이들 유럽 문학들은 서로 같이 있어야 말이 된다. 왜냐하면, 이 유럽 문학들은 서로를 위해 존재하기 때문이다. 마찬가지 방식으로, 앞서 언급했던 아시아의 '유

---

[*] '셰익스피어는 내가 흑인이라고 무시하지 않는다' 즉, '셰익스피어의 작품을 읽고 이해하는 데 피부색은 상관이 없다'라는 인권운동 차원의 표현임 — 역주

사—Giest'가 이동한 길을 따라, 일정하게 서로 연결되면서 등장한 다른 지역의 작품들을 연구할 수도 있을 것이다.

수천 개의 언어가 공존하는 요즘 같은 세상에, 비교문학을 논의함에 있어서 부조리한 것은, 단언하건대 '비교문학'이라는 이름에 붙어 있는 오만함과 당돌함, 뻔뻔함 같은 것이다. 차라리 "서구 문명의 문학"이라고 좀 더 솔직하게 이름을 붙였더라면 그간 비교문학에서 실제로 이루어진 많은 것들을 좀 더 명확히 표명할 수 있었을 것이다. 그런 이름으로 진행하는 연구라면, 그리고 그 연구가 최소한 계몽주의 시대까지의 시기를 다룬다면, 그런 연구를 계속하는 것을 두고 내가 문제 삼을 일은 없을 것이다.

그런데 여기서 약간의 부연 설명이 필요하다. 다시 말해, 내가 앞서 언급한 내용은 결코 이 같은 인류의 지적 문화유산이 형성되는 과정에 기여한 서구권 밖의 사람들의 오랜 노력과 그 결과물을 무시해서 하는 말이 아니다. 굳이 극보수적인 아프리카 민족주의자들의 의견에 동조하지 않아도, 서양이 자신의 뿌리를 찾아 늘 돌아가는 그리스가 북아프리카와 중동·서아시아 사이의 문화적 교차점에 위치하고 있었다는 사실을 우리는 잘 알고 있다. 신세계 정복의 선두주자가 된 스페인은 이슬람으로부터 큰 영향을 받았고, 유럽의 긴 암흑시기를 거치는 시기 동안 고대 지식의 전통을 지켜낸 아랍인들이 아니었다면 그 고대 지식은 유럽 르네상스를 통해 재탄생하지 못했을 것이다. 그리고 현대 자본주의의 경제적 근간은 아프리카인들의 노동력과 신대륙 인디언들의 금과 은, 그리고 아시아 시장을 통해서 마련될 수 있었다.

서양은 또한 현대 유럽 국가의 핵심 군사력이 된 총의 화약을 중국으로부터 얻었고, 과학의 혁명은 고대 중동·서아시아의 천문학 데이터를 바탕으로 시작되었다. 그 외에도, 내가 최근에 캘리포니아대(UCLA) 음대 교수인 수전 매클래리(Susan McClary)의 학회발표 논문을 통해서 알게 된 사례인데, 음악학자들 사이에서는 16세기 이탈리아 작곡가인 클라우디오 몬테베르디(Claudio Monteverdi)가 작곡한 바로크 시대의 대표적인 느린 리듬 변주곡인 '차코나(ciaconna)'의 리듬 구조가 페루 인디언 음악, 아니면 아프리카에서 유래되었을 가능성이 제기되고 있다고 한다. 만일 후자의 추정이 맞다면, 최초로 아프리카 리듬이 유럽으로 유입되어 댄스 열풍을 일으키게 된 기원은 지금껏 우리가 알고 있던 것보다 최소 몇 세기는 더 시간을 거슬러 올라가야 하는 셈이다.

이런 사실들은 매우 중요하다. 왜냐하면 이는 '서양'의 경계 자체가 뚜렷하지 않음을 뜻하기 때문이다. 물론 그렇다고 해서 서양 그 자체의 역사가 없다는 말은 결코 아니다. 『성경』이라든가 플라톤의 『대화편』, 아리스토텔레스의 『윤리학』 같은 고대 텍스트들을 지속적으로 고찰하다 보면, 페르시아의 수피 시(Sufi poetry)는 결코 해당되지 않는 서구 문명의 핵심이 드러나기 때문이다.

19세기와 20세기에 관한 한, 제국이나 식민지, 탈식민지 등의 문제를 다루지 않고 서유럽 언어로 쓰인 문학을 연구하는 것은, 괴테의 『색채론』을 연구하는 과정에서 뉴턴은 라틴어와 영어로 쓰인 문학에 이바지한 것일 뿐 독일 문학과는 상관이 없다는 이유로 뉴턴 읽기를 거부하는 것만큼이나 예민한 문제이다. 이런 점에서, 서양 문명을 세계 문명과 분리하는 것 역시 쉽지 않은데, 그 이유는 서구 문명이 곧 세계 문화이기 때문이 아니라, '문학의 문화'라는 범주에서 볼 때 '서구라는 것'은 마치 유럽의 계몽주의에서 '국가'라는 단위의 구분이 별다른 의미가 없었던 것만큼이나 의미 없는 기준이기 때문이다. 마찬가지로, 현대 미국문학을 마치 앞서 논의한 서구 문명 이야기의 끝자락 어디쯤 해당하는 것으로 보는 것 또한 심각한 지성적 오류이다.

1993년 「번하이머 보고서」는 비교문학이 특정적이면서도 연구할 만한 가치가 있고, 인간적으로도 흥미로우면서, 중요한 고급문화 텍스트를 다루는 연구 분야라는 주장을 통해 그간 비교문학의 이름으로 실제로 이루어졌던 것들이 무엇이었는지에 대해 그럴듯하게 설명하려 하기보다는, 문학을 시학적 관점에서만 연구하지 말고 문학의 시선을 보편적인 방향으로 확장해서 "음악, 철학, 역사, 법"은 물론 "TV, 하이퍼텍스트 등의 미디어와 가상현실"까지도 문학과 같은 "담론체계"를 가진 상징 문화로 받아들여 함께 연구하자고 제안한다. 그런데 이런 인접한 예술 영역들은 이미 오랫동안 우리 연구에 있어 합당한 비교 대상이었기 때문에, 사실 이렇게 보면 비교문학 연구에서 제외할 만한 대상은 거의 없다고도 할 수 있다. 그리고 이런 식으로 우리의 연구 분야를 계속 확장하다 보면, 결국 우리에게 최고의 가치로 남는 것은 '비교(comparative)'라는 단어 그 자체가 된다.

> 오늘날 비교의 공간은 서로 다른 학문에서 연구하는 예술작품 사이나, … 대중문화와 고급문화를 포함하는 '서구'의 문화적 전통과 '비서구'의 문화 사이, 피식민지 경험을 한 민족들의 식민지 경험 전후의 문화적 결과물 사이, '여성적'과 '남성적'으로 각각 정의되는 젠더 구축물 사이, '이성'과 '동성'으로 정의되는 성적 지향 사이, 의미화 체계의 '인종적'이고 '민족적'인 다양한 방식들 사이, 의미의 '해석학적' 설명과 의미의 생산과 유통 방식의 '물질주의적' 분석 사이 등 다양한 '사이' 공간에서 찾아볼 수 있다.

여기에는 그동안의 세 편의 비교문학 '10년 보고서'들을 단순히 모아놓은 것보다 더 많은 내용이 담겨 있다. 그리고 실제로 이런 논의들은 이미 비교문학과와 영문과에서 진행되고 있다. 하지만 이제 여기서 '비교'라는 관점을 떼어놓는다면, 과연 무엇이 이 논의들을 하나로 연결하고 통합할 수 있을까? 일단 이 논의들을 하나의 범주로 통합해본다는 시도 차원에서, 다음 두 가지의 통합 방법을 생각해볼 수 있다. 하나는 이론에 대한 논의에서 공통적인 요소들을 찾아가는 방식이고, 또 하나는 문학 텍스트 읽기를 통해 그 안에 숨겨진 문화적 산물의 모델을 찾아내는 방식이다. 그렇지만, 여기서 더 나아가 TV '그리고' 만화에 대해서도 연구하고, 심지어 '힙합 댄스' 스타일과 '길거리 시(signifyin)'라고도 하는 미국 흑인 사회 특유의 언어유희 문화에 대한 연구까지 가능해진다면, 우리에게 가장 흥미로운 분야가 굳이 낭만주의 시와 소설을 논의하기 위해 발전한 언어로 표현된 것에만 국한될 필요가 있을까?

한꺼번에 모든 것을 다 하려는 것은 아무 의미가 없다는 것이 내 생각이다.

좁은 의미에서든 넓은 의미에서든, 어느 특정 전통의 기록문학 텍스트에 초점을 맞춘다고 해서 나쁠 것은 없다. 고급문학 정전의 범주에서 상대적으로 소외되어온 영화나 음악, 춤, 레게 음악 같은 것에 관심을 기울이는 것도 또한 나쁘지 않다. 이런 분야에서 이루어진 흥미로운 작품들은 다른 분야의 작품에 대한 관심으로 이어질 수 있다. 하지만 우리 스스로 '비교'라는 고유한 훈련 방식에 대한 믿음을 포기한다면, '학제간' 연구는 더 이상 우리에게 남아 있지 않을 것이고, 비교문학 학문 자체도 사라질 것이며, 그래서 결국은 구조화되지 않은 포스트모더니즘적 잡동사니밖에는 남지 않을 것이다.

1993년 「번하이머 보고서」에는 이런 염려가 다음과 같이 담겨 있다 : "역사적으로 그동안 지식의 영역을 자신들이 감당할 수 있는 범주의 학문적 전문성 영역으로 포장하는 방식으로 만들어진 '학제간' 연구라는 기존 개념에 대해서, 바로 이 '상충하는 문화적 산물'이라는 영역이 도전장을 던진다". 하지만 이런 주장이 문제의 핵심을 제대로 짚어내고 있다고는 생각하지 않는다. '비교문학'은 지식인들이 지식의 장 안에서 "감당할 수 있는 범주의 학문적 전문성 영역"이 아닐 뿐만 아니라, 낭만주의라든가 18세기 영문학, 혹은 스코틀랜드 계몽주의처럼 우리가 인지하고 있는 그 어떤 하위 분야도 아니기 때문이다. 또한, 역으로 '비교문학'은 시의 장르인 소네트나, 소설처럼 문학 장르들의 연결체도 아니고, 단지 전문성과 학문 분야 사이의 경쟁이 만들어낸 인위적 결과물이기도 한 '낭만주의' 같은 문예운동의 유형도 아니다. 다루는 학문적 주제와 다양한 차원에서 문학과 문화의 영향을 깊숙이 받는 인간의 관심사, 그리고 담론 분야의 역사적 형성 과정에 관여하는 전문 학술기관들 사이에는 복잡한 변증법적 관계가 존재한다. 예전의 비교문학은 언어에 대한 관심 이상의 것에 대응한 결과로서, 고급문화의 주축이 되었던 유럽의 텍스트들이 역사적으로 어떻게 서로 연결되어 있는가를 밝히고자 한 데에서 비롯된 분야였다. 나는 대학 내에서의 비교문학 연구가 다양한 형태의 비교 연구뿐만 아니라, 텍스트로 된 문학과 소리로 이루어진 구전문학 분야에서도 활발해질 수 있도록 다양한 언어에 대한 연구도 함께 발전해 나갈 수 있기를 바란다. 그래서 르네 웰렉이 연구했던 역사도 우리가 넓은 의미에서 문명이라고 부르는 다중언어적 문화사의 한 부분으로 받아들여졌으면 좋겠다.

'Geist'가 서양의 문명을 하나로 묶는 정신이라면, 서양 밖의 세계에는 다른 '정신'들도 있을 것이다. 그리고 이 다양한 '정신'들을 함께 들여다보며 탐구하는 것도 충분히 훌륭한 비교문학 연구의 한 영역이 될 수 있을 것이다.

| 번역 : 조성원 |

05 비교문학과 세계시민 의식

메리 루이스 프랫

공교롭게도 나는 캐나다 토론토에서 약 150km 정도 떨어진 퍼스 카운티(Perth County)에 있는 어느 농장에서 자랐다. 아마 여러분들 중에도 휴런 호수로 가는 길에 이 동네를 지나간 적이 있는 사람도 있을 것이다. 그런데, 이곳 퍼스 카운티 사람들에게 울타리를 치는 일은 매우 중요한 문제이다. 울타리는 자신의 가축들은 잘 가두어두면서 이웃집의 가축들은 끼어들어 오지 못하게 하고, 닭들은 안전하게 지키면서도 여우들은 못 들어오게 하고, 수소들은 암소들로부터, 또 수퇘지는 암퇘지로부터 떼어놓을 뿐만 아니라, 심지어 다른 사람들이 건초 더미에 접근하는 것도 막아주기 때문이다. 그래서 울타리에 대한 지속적인 감시와 관리는 매우 필요하다.

미국비교문학회(ACLA)의 1965년 「레빈 보고서」와 1975년 「그린 보고서」를 읽었을 때, 나는 이런 '울타리 치기' 작업이 떠올랐다. 비교문학을 한다는 건 마치 농장 주인이 끊임없이 울타리 주변을 돌며 감시하고 망가진 울타리를 고치면서, 울타리 밖의 야생동물들이 넘어오지 않도록 하고, 또 농장 주인의 소중한 가축들이 도망가지 않도록, 그리고 자기 가축들끼리 우발적으로 짝짓기를 해서 원하지 않는 잡종이 태어나지 않도록 관리하는 것과 같다는 인상을 받았기 때문이다. 1993년의 「번하이머 보고서」에서도 느낄 수 있듯이, 그간 미국의 비교문학은 냉전 시대와 관련이 있는 '감시체제의 수사학(a rhetoric of vigilance)'에 기반을 두고 있었던 것처럼 보인다.

여기서 또 다른 이미지 하나를 제안해보려고 한다. 우리 비교문학자들이 닭장과 울타리에 갇힌 농장 동물들이라고 상상해보는 것이다. 이제 우리를 지켜주던 농장 주인은 더 이상 없다. 그는 은퇴해서 플로리다로 내려갔는데, 떠나기 전 울타리의 모든 문과 출입구를 다 열어놓고 가버렸다. 자, 이제 우리는 무엇을 하고 싶을까? 여우들은 이제 암탉의 집에 마음대로 드나들 수 있고, 암탉들 역시 자유롭게 어디든지 갈 수 있다. 동물들은 들판 여기저기, 그리고 가축우리 사이사이를 맘대로 옮겨 다닐 것이고, 그래서 낯선 대상과의 짝짓기를 통해 새로운 생명체들이 태어날 것이다. 아무나 건초 더미에 접근할 수 있고 이를 가져다 겨울 땔감으로 사용할 수도 있다. 그리고 새로운 질서가 자리 잡고 새로운 지도자가 등장하기까지는 시간도 꽤나 오래 걸릴 것이다. 그럼에도 불구하고, 농장 주인은 돌아오지 않을 것이다.

세계화, 민주화, 탈식민화

1993년 「번하이머 보고서」가 증명하고 있듯이, 최근 비교문학의 새로운 동향은, 문학과 문화를 이해하고 연구하는 방식과 관련해서 학계에 변화를 일으키고 있는 다음의 세 가지 역사적 흐름과 관련되어 있다. 세계화(globalization), 민주화(democritization), 탈식민화(decolonization) 현상이 바로 그것인데, 이에 대해 간단히 설명하면 다음과 같다.

1. 세계화 : 세계가 하나의 지구공동체로 확장되어 연결되면서, 사람들 사이의 교류나 정보의 교환, 자본, 상품, 문화 산물 등의 이동이 빠르게 이루어지고, 그로 인해 사람들의 의식에도 변화가 생기는 현상.

2. 민주화 : 비교문학 분야에서 일어나고 있는 변화의 맥락에서, 주로 여성이나 유색인들처럼 미국 내에서 오랫동안 소외되었던 집단의 사람들에게 고등교육과 전문직 분야로의 진출기회가 열리는 현상을 의미함. 그에 따라 인재 채용과 학문 영역에서도 다양성이 확보되고, 예전에는 당연시되었던 사회적 배제 구조와 관행에 대한 도전이 발생하는 현상.

3. 탈식민화 : 이 같은 변화와 관련해서 다음의 두 가지 현상이 있다. 첫째, 제3세계가 제1세계와 대화적 관계를 맺게 되고, 이에 따라 국경을 넘어 이루어지는 접촉 관계 속에서 자신의 존재가 형성된다는 것을 제1세계가 인식하게 되는 현상. 둘째, 문화의 영역에서, 미국이 유럽의 영향력으로부터 벗어나고 그에 따라 미국이 자신의 정체성을 재정립하려는 움직임.

이러한 움직임들을 고려할 때, 이번 「번하이머 보고서」의 저자들이 당면한 화두는 "비교문학은 '세계화'와 '민주화', '탈식민화'를 원하는가?"라는 질문일 것이다. 이에 대하여 "아니오"라고 대답할 동료들도 분명히 있겠지만, 내 입장에서는 이 질문에 대해 "아니오"라고 대답한들 그것이 더 이상 무슨 의미가 있을지 모르겠다. 왜냐하면, 내게 그 대답은 ① '이미 상황은 진행되고 있다'와 ② '당연히 그래야지', 두 가지뿐이기 때문이다. 이런 점에서 1993년의 미국비교문학회 「번하이머 보고서」는, 논란 속에 작성되기는 했지만, 이미 진행되고 있는 이 세 가지 현상들이 불러일으킨 변화들을 일정 부분 수용하고 있다고 볼 수 있다. 정말 환영할 만한 움직임이 아닐 수 없다. 앞서 얘기한 농장 울타리 비유를 활용해 말하자면, 이 보고서는 어떤 사람들에게는 좀 더 많은 공간을 제공하고, 또 다른 사람들에게는 실제로 사람들이 있는 곳으로 옮겨갈 수 있도록 울타리를 옮기고자 하는 여러 환영할 만한 제안들을 담고 있기 때문이다. 「번하이머 보고서」는 비교문학의 초석을 닦은 유럽의 고급문화 전통을 결코 경시하지 않으면서도, 그 전통이 그동안 누려온 독점적 위상과 구심적 역할은 거부한다. 그중에서도 특히 다음과 같은 주장은 진심으로 환영할 만하다 : 문학작품에 대한 지식은 "단순히 문학 텍스트의 의미를 분석하는 가치에만 머물지 않고, 주체성을 생성하고, 인식론적 패턴을 만들고, 공동체의 구조를 상상해내고, 국민성의 개념을 구축하고, 정치적 · 문화적 헤게모니에 대한 저항과 순응을 설명하는 이 모든 과정에서의 모국어의 역할을 이해하는 가치로도 확장되어야 한다." 아울러, "외국어에 대한 깊이 있는 지식의 필요성과 고유한 장점은 계속해서 강조해야 하지만, 번역에 대한 오래된 적대감은 이제 내려놓아야 한다."라는 주장은 환영할 뿐만 아니라 지극히 타당하다. 비교하는 대상을 매체 간의 비교나, 자국 문화 내의 비교로까지 확장해야 한다는 제안은 비교문학 최고의 전통과 가치를 더욱 발전시키는 것이며, 또한 비교문학의 학부 전공생들에게 '서구와 비서구 문화들' 사이의 관계를 다루는 과목들을 필수과목으로 수강하도록 한 것 역시 매우 고무적이다.

하지만 동시에, 「번하이머 보고서」는 그전의 보고서들을 떠올리게 하거나, 바로 위에서 언급한 고무적인 예들의 정신에 배치되는 "울타리 치기"식 주장들도 포함하고 있다. 한 예로, "원문 텍스트를 읽을 수 없더라도 어쩌면 번역 텍스트라도 가르치는 것이, 오히려 번역은 인위적으로 중재된 결과물이라는 핑계를 내세우며 주변부의 소외된 목소리를 무조건 외면하는 것보다는 더 나을 수 있다. … (따라서) 소수 문학 관련해서 대부분 작품을 번역으로만 읽도록 하는 수업조차도 '용인할 수 있을 것이다.'"라고 강조하는 부분이 있는데, 이 제안의 얼버무리기식 표현이 놀랍다. 도대체 누가 '어떤 작품을 번역 텍스트로 가르치는 것보다는 주변부의 소외된 목소리를 외면하는 것이 나을 수도 있다'라고 말할 수 있겠는가? 마찬가지로, 대부분의 작품을 번역으로 읽는 수업은 아예 '용인해서는 안 되는' 경우도 과연 있을 수 있다는 말인가? 이에 못지않게 흥미로운 것은, 여기서 번역을 '소수', '주변부'라는 말과 암묵적으로 거의 동일시하고 있다는 사실이다. 그렇다면, 이러한 입장을 중동의 현대 아랍 소설이나 동유럽 현대

소설을 가르치는 수업에도 똑같이 적용해도 되겠는가?

이런 점에서, 「번하이머 보고서」가 혁신에 대한 포용과 예전의 '울타리 치기' 사이에서 적당히 타협하고 있다는 사실은 그리 놀랍지 않다. 이러한 타협들은 대학이라는 제도 속에 있는 우리 삶의 일부이자 우리의 고용 유지를 위한 방편이기 때문이다. 하지만 지금 이 자리의 나는 그 누구와도 타협해야 할 필요가 없으므로, 나의 의지대로 혁신을 반기고 '울타리 치기'에는 반대하는 입장을 자유로이 피력할 수 있다. 한 예로, 학부 전공과 관련해서 이 보고서가 제안한 내용에 대해 얘기해보자. 「번하이머 보고서」는 학부과정에서 비교문학 교과목이 '위대한 작품들'을 가르치는 것뿐만 아니라, "특정 문화권에서 특정한 작품이 어떤 방식으로 '위대한' 작품으로 자리매김하게 되었는지도 가르쳐야 한다."라고 강조한다. 그런데, 그럴듯해 보이는 이 제안 뒤에는 다음과 같은 말이 따라 나온다 : "3~4학년 교과목은 유럽중심주의, 정전 구축, 본질주의, 식민주의, 젠더 연구 등과 같이 현재 논란이 되는 주제들도 가끔씩 수업 토론의 대상으로 삼을 수 있다." 고백하건대, 이 같은 주장은 그 내용 자체도 놀랍지만, 이런 견해가 보고서 집필위원들이 실제로 가지고 있는 생각이라는 사실이 더더욱 믿기지 않는다. 물론 이 보고서의 집필위원들도 유럽중심주의, 정전 구축, 본질주의, 식민주의, 젠더 연구와 같은 문제들은 비교문학 전공 학생들이 고학년으로 올라가기 전까지는 '배워서는 안 되며' 그 이후 3~4학년 과정에 이르러야 비로소 배울 수 있는데, 그나마도 여기저기서 적당히 분산해서 배워야 한다고 생각하지는 않을 것이다. 그렇다면, 도대체 무슨 이유로 저학년의 비교문학 전공 학생들은 우리 시대 가장 강력한 사고적 통찰력을 키우는 이 수업들로부터 '보호되어야' 한다는 말인가? 또한, 이러한 사고의 도구를 활용하는 교수들은 오직 어쩌다 한 번씩, 그나마 3~4학년 고학년 학생들에게만 비교문학을 가르치라는 말인가? 「번하이머 보고서」 위원회가 의도한 바가 분명 이런 뜻은 아닐 텐데, 그렇다면 도대체 이 얼버무리는 표현은 어디서 온 것이란 말인가? 이 주장이 지닌 '비현실성'에 나는 정말 놀라지 않을 수 없다. 만약 내가 동료들과 다른 세상에 살고 있는 것이 아니라면, 학부 문학 수업에서 다루는 내용과 관련해서 위에서 언급한 주제들은 이미 '어쩌다 한 번씩' 가르쳐도 되는 수준을 넘어섰다는 것이 내가 받은 인상이다. 그렇다면, 앞서 제기한 질문의 반복이지만, '왜 그런 걸 가르치면 안 되는 것일까?'

비교문학자의 할 일 : 우선순위와 책무감

비교문학이 지구화, 민주화, 그리고 탈식민화의 세 가지 흐름에 동참함에 따라, 그 효과는 변화를 요구하는 주제의 확장으로 나타나고 있는데, 특히 우선적으로 해야 할 일과 책무를 수행하는 방식 등의 문제에서 그렇다. 예를 들어, 몇몇 유럽어의 범주를 넘어서는 텍스트들을 연구하는 경우, 번역이냐 원문이냐의 문제는 결국 또 다른 종류의 '우선순위'의 문제로 귀결된다. 즉, 번역의 도움 없이는 수행할 수가 없는데, 번역 텍스트를 사용해야 한다는 이유 때문에 진행하지 않기에는 너무도 귀하고 소중한 가치를 지니는 그런 경우들이 있다. 2년 전 미국 사회과학연구위원회(Social Science Research Council : SSRC)가 주관한 '동남아시아문학 여름학교' 같은 경우가 그런 예인데, 실제 그 프로그램은 태국, 말레이시아, 베트남, 필리핀 문학의 전문가이자 동시에 다양한 영역에서 비교문학을 연구해온 학자들이 기획하고 강의자로 참여했다. 그리고 이런 종류의 여름학교 프로그램이 가능하려면 모든 과정을 영어로 번역된 자료로 읽고 가르쳐야 한다는 점은 처음부터 명확했다. 그럼에도 불구하고, 위의 여름학교 프로그램에서는 아무리 보수적인 잣대로 보더라도 비교문학자들이 번역 때문에 염려하는 그런 '악몽'은 발생하지 않았다. 해당 국가의 문학을 가르친 교수들은 모두 작품들을 원어로 읽었고, 모두가 이중언어 사용자였을 뿐만 아니라 대다수는 다중언어 사용자였으며, 여름학교 프로그램은 그 자체로 공동작업이자 협업의 결과물이었다. 그런데도, 혹여 이러한 프로젝트의 정당성을 인정하지 않는 비교문학 관계자들이 있다면 이는 정말 비극일 것이다. 그리고 「번하이머 보고서」집필위원들도 이 점에 있어서는 나와 동의하리라 생각한다. 그럼에도 불구하고, 비록 이 프로그램이 미국 국립인문재단(National Endowment for the Humanities : NEH)에서 재정적인 지원을 받구는 했지만, 실제로 이 여름학교를 기획하고 실행한 주체는 미국 사회과학연구위원회(SSRC)였다는 사실이 시사하는 바는 여전히 크다.

그뿐만이 아니다. 연구자 네트워크를 중심으로 빠르게 진행되고 있는 학술적 세계화의 영향으로 최근 아시아, 아프리카, 라틴아메리카의 훌륭한 문학들이 많이 소개되고 있음에도 불구하고, 비교문학에서 위와 비슷한 시도를 하는 경우는 찾아보기 어렵다. 소위 말하는 '서양문화 논쟁'이 정점에 달하면서 극심한 두려움으로 구석에 몰린 교수가 "아니야! 난 안 할 거야! 더 이상 내게 새로운 작품들을 읽으라고 강요하지 말라고!"라고 비명을 지르던 그 망령이 여전히 남아 있기 때문이다. 새로운 활력을 불어넣고자 하는 「번하이머 보고서」에서 "조심해야 한다", "어쩌면 용인할 수도 있다"와 같은 표현들을 마주할 때마다, '도대체 원래 우리의 목적의식은 어디로 간 거지?'라는 의구심이 든다. 도대체 우리가 기대했던 설렘과 호기심, 열정은 모두 어디로 간 걸까? 따라서, 또한 '환영한다', '기쁘다', '놀라운 가능성을 본다', '정말 기대된다'와 같은 우리의 반응들이 나오지 못하도록 가로막고 있는 것은 무엇일까?

이제, 환영과 기쁨의 반응을 기대하는 마음으로, 경계심이나 두려움, 울타리 감시와 같은 반작용적 자세는 내려놓고, 오늘날 비교문학이 수행할 수 있는 대안적이고 발전적인 리더십에 대해 피력하고자 한다. 내가 주장하고 싶은 오늘날의 비교문학 개념은, 문학과 문화연구 분야에서 강력한 지식의 재탄생이 이루어지도록 새로운 학문의 장을 여는 그런 개념의 비교문학이다. 구체적으로는 이를 여섯 가지 영역으로 나누어 논의를 진행하고자 하는데, 우선 이들을 하나로 통합하는 큰 그림을 제시하면, 그것은 모든 것을 환대하는 공간으로서의 비교문학, 즉 다국어주의, 다중언어, 문화 중재 예술, 문화상호적 깊은 이해, 그리고 진정한 전 지구적 인식 구축을 위한 환대의 공간으로서의 비교문학을 말한다. 비교문학은 이러한 가치들을 학문적 결과물로서뿐만 아니라, 지구화된 세계 속에서 새로운 형태의 문화적 시민의식으로서 발전시킬 수 있다. 비교문학은 가장 최고의 모습이었을 때 항상 이런 역할을 수행해왔다. 이제 우리는 이 같은 역할을 수행하는 방식을 더욱 확장하고 풍부하게 할 수 있는 기회를 마주하고 있으며, 1993년 「번하이머 보고서」는 여러 면에서 그 길로 나아가는 방향을 가리키고 있다. 이에 대한 나의 제안을 여섯 가지로 정리하면 다음과 같다.

1. 비교문학은 다양한 언어들의 터전이 되어야 한다. 다국어주의와 다중언어주의가 비교문학의 대표적인 특징이어야 한다는 뜻이다. 그리고, 이에 대해서는 최근 상황에 맞춰 기준을 상향조정하는 것도 필요할 것이다. 단순히 '외국어를 할 줄 아는' 학생들을 배출하는 수준을 넘어, 이중언어와 이중문화 소통역량을 갖추었거나, 더 나아가 다언어·다문화적 소통능력을 지닌 학생들을 육성하는 문제에 대한 논의도 시작해야 하기 때문이다. 이는 출중한 지식과 뛰어난 문화적 소양을 갖춘 인재들을 발굴하는 데 우리가 더 많은 노력을 기울여야 함을 의미한다. 단일언어주의에 맹목적으로 집착함으로써 '세계화'의 영역을 영어라는 언어 하나에만 할당하려고 하는 미국의 자세를 바꾸어놓기에 지금이 매우 적절한 시기이다. 단일언어주의를 신봉하는 영어 사용자들에게는 이 시대의 모든 사람이 영어를 배우고 있는 것처럼 보이겠지만, 지금 우리가 서 있는 이곳에서 바라보았을 때 보다 확실한 사실은 세계가 놀라울 정도로 빠르게 다중언어적 환경으로 변화하고 있다는 사실이다. 오늘날 많은 사람이 영어를 국제적 소통을 위한 공용어로서 배우고 있다. 그런데 정작 영어를 모국어로 사용하는 사람들이 영어에만 의존해 영어권 밖의 전 세계 나머지 사람들과 소통하려 한다면, 이는 스스로 자신들의 손발을 묶어버리는 매우 불리한 선택이 될 것이다.

비교문학자들은 지금은 단일언어주의를 고집할 때가 아니라는 것을 알리는 데에 앞장서야 한다. 그토록 고집스럽게 단일언어주의를 내세우는 이 나라 미국 사람들과, 그리고 특히 비용이 덜 든다는 이유로 단일언어주의를 주장하는 대학의 학장과 총장들을 설득해야 한다. 이는 정말로 실질적인 문제일 뿐만 아니라 투쟁해서 쟁취할 만한 가치가 있는 일이다. 하지만, 우리가 언어 교육에 보다 심혈을 기울여야 한다고 강조할 때는 무조건 '원어 읽기'만 강조하기보다는, 세계시민의식의 함양과, 한 가지 이상의 언어와 문학, 문화에 상당한 역량을 갖춘 인재들의 필요성을 강조하는 것이 도움이 된다. 이런 다중언어와 다문화 기조를 바탕으로 할 때, 비교문학은 학부와 대학원 과정 모두에서 풍성하게 열매 맺으며 성장할 수 있을 것이다.

2. 비교문학의 근원적 터전을 설명하는 표현으로 '표현적 문화(expressive culture)'라는 용어를 사용하는 것도 고려할 만하다. 이 용어를 사용함으로써 기존의 엘리트 문학 위주의 학제를 넘어서 새로운 탐구영역을 확장할 수도 있고, 비교문학 연구의 영역이 문화연구와 겹치는 문제도 해결할 수 있다. 이러한 확장은 그저 생각 없이 영역만 넓히는 작업이 아니라,『문화와 제국주의(Culture and Imperialism)』에서 에드워드 사이드(Edward Said)가 주장한 것처럼, '대위법적으로(contrapuntally) 연구하기 위해' 필요한 확장이다. 즉, 문학과 문화의 형성 과정을 서로 연결지어 연구하고, '제국주의적 편가르기를 횡단하여' 읽기 작업을 수행하고, 헤게모니적 표현방식과 반-헤게모니적 표현방식 사이의 상호작용이나, 다양한 매체들 사이의 상호 영향을 연구하는 그런 학제적 확장을 의미하는 것이다. 이러한 범주의 확장은 어떤 면에서는 정전이 그간 누려왔던 특권을 빼앗아가지만, 또 다른 면에서는 새로운 특권을 부여하기도 한다. 왜냐하면, 그런 확장 과정에서 문학이 가지고 있는 독보적인 표현력을 상실할 일은 결코 없기 때문이다. 지난 20년간 이러한 패러다임의 변화가 없었더라면 문학연구는 지금처럼 발전할 수 없었을 것이다.

3. 비교문학자는 세계화, 민주화, 탈식민화와 관련해 논의의 대상과 방법론을 재구성하는 과정에서 불거지는 '책무감'과 '전문성'의 위기에 대해서 피하지

말고 당당히 얘기해야 한다. 그리고, 이것이야말로 비교문학의 진정한 리더십이다. 1992년 미국 현대어문학회(MLA) 대회에서 버클리대 비교문학과 교수인 프랜신 마시엘로(Francine Masiello)는 이 문제를 거론하면서, 중남미문학 전문가이자 비교문학자로서 자신이 수행하는 이 두 가지 역할 때문에 직면하는 갈등 상황에 대해서 다음처럼 토로했다. "보수적인 시선에서 보자면, 누군가는 중남미문학과 비교문학 두 분야 모두의 최전선을 뛰어다니는 나에게 학문적 전문성과 신뢰성을 문제 삼으면서 학자로서의 자격을 따져 물을 수도 있을 것이다. 하지만 진보적인 시선에서는, 누군가가 어떤 문화에 대해 어느 정도의 권위가 있는지를 판단하는 데 있어서, 그동안 그 사람이 가르쳐온 강의 주제의 일관성이라든지, 그동안 활동해온 학문 분야에 얼마나 지속적으로 헌신해왔는지 등을 살펴보는 것보다 과연 더 적합한 판단 기준이 있겠느냐고 반문할 수도 있다". 학문연구의 책무 수행을 둘러싼 이러한 문제가 중남미문학 전문가에 의해 제기된 것은 결코 우연이 아닌데, 왜냐하면 이처럼 학문적 책무와 관련된 문제는 '거대담론' 중심의 학문 풍토에서 '군소담론적'이고 '비지배적' 전통의 텍스트들을 다룰 때 가장 첨예하게 대두되는 문제이기 때문이다. 그렇기 때문에, 예를 들어, '탈식민화'와 '비판적 신식민주의(neocolonialism)'를 구분하는 것은 그 어느 때보다 중요하다. 이런 면에서, '책무감'과 '전문성'의 위기를 직면하는 경험이, 문학연구에 있어서 '협동 작업'이 얼마나 중요하고 필요한지를 깨닫게 되는 긍정적인 결과로 이어지면 좋겠다. 국제적 안목을 함양하는 것이 사람들 각자가 반드시 전 세계를 다 알아야만 한다는 의미는 아니기 때문이다.

4. '비교주의(comparativism)'라는 용어에는 A 경우와 B 경우를 비교하는 익숙한 방식의 '수평적' 작업과, 전 지구적인 것과 지역적인 것을 비교하는 '수직적' 작업이 모두 포함된다는 것을 인지할 필요가 있다. 내가 생각하기에, 장래가 보장되는 비교문학 학위과정이라고 하면, 특정 지역에 대해 깊은 전문성과 책무감을 갖추도록 요구하고, 그에 더하여 번역 능력과 국제적 안목을 함양할 수 있

도록 교육하고 훈련하는 그런 프로그램이 되어야 한다. 이런 맥락에서, 세계적인 것과 지역적인 것의 이분법적 조합을 이론과 텍스트, 혹은 보편성과 구체성의 이항적 대립 개념과 동일시하지 않는 것이 매우 중요하다. 예를 들어, 소위 말하는 '보편성'이라는 것도 '거대담론 중심의 학문 풍토'에서는 결국 유럽의 지역적 담론의 독점이었는데, 오늘날 비유럽 지역의 이론가들은 '보편성'이라는 카테고리에서 유럽 독점의 구조를 깨뜨리기 위해 곳곳에서 수많은 노력을 기울이고 있다. 앞서 인용한 글에서 마시엘로 교수가 강조한 것처럼, 비헤게모니적 맥락에서, 이론화 작업이나 이론 자체는 그 특성상, 보편성보다는 지역성에 기반할 가능성이 크며, 종종 특정한 사회역사적 환경이나 위기 상황과 연관되어 구축되기도 한다.

5. 비교문학자라면 영어가 아닌 다른 언어들을 지칭할 때 '외국의' 또는 '이질적인'이라는 용어를 더 이상 사용하지 않는 캠페인이라도 시작하기를 강력히 제안한다. 미국에서 업무상 스페인어를 사용하는 사람들한테 스페인어를 가리켜 '외국어'라고 지칭하는 것을 목격하는 것보다 더 불쾌한 일은 아마 없을 것이다. 사실, 미국에서 스페인어 사용의 역사는 영어 사용의 역사보다 앞선다. '외래성 혹은 이질성(foreignness)'의 측면에서 보자면, 아메리카 원주민어인 라코타어(Lakota), 나바호어(Navajo), 크리어(Cree)는 말할 것도 없고, 프랑스어, 중국 광둥어, 이탈리아어, 심지어는 일본어에 대해서까지도 이 개념은 잘못 사용되고 있다. 미국 현대어문학회(MLA)의 전통을 따라서라도, 이제 앞으로 우리는 '현대어(Modern Languages)'라는 용어로 이 모든 언어를 통일해 지칭함으로써 냉전 시대의 어휘적 산물인 '외국어'라는 용어로부터 벗어나기를 제안한다.

6. 나의 마지막 관심은 1993년 「번하이머 보고서」가 마지막에 덧붙인 '유의사항'에 대한 것이다. 여기서 보고서 집필위원들은 현재 미국 고등교육 예산이 감축되는 위기 상황에 대해서 우려하고 있다. "대학의 예산 감축으로 인해 문학

관련 학과들은 학과 운영을 보수적으로 설정해야 하는 상황에 처하면서," 그로 인해 많은 대학에서 미래를 향한 변화의 흐름이 막혀버리는 상황이 발생하고 있다. 이에 따라, 졸업 후 대학의 교수직이나 강의 기회를 생각한다면 박사과정 졸업생들은 좀 더 전통적인 전공 이력서를 준비해야 하고, 지도교수들도 졸업생들이 그런 현실을 인식하도록 지도해야 한다고 보고서는 제안하고 있다.

이 점에서 「번하이머 보고서」는 이미 만연한 사회적 통념을 투영하고 있다. 이 문제의 심각성에 대해서는 나도 올해 들어 부쩍 깨닫고 있는데, 왜냐하면 점점 더 많은 비교문학과 학생들이 혼란과 절망에 빠져 면담하러 찾아오고 있기 때문이다. 취업하기를 원한다면 애당초 비교문학과에 지원하게 된 계기가 되었던 자신의 관심 분야를 계속 공부해서는 안 될지도 모른다는 이야기를 이미 학생들도 듣고 있는 것이다. 하지만 그렇다면, 도대체 이 학생들은 왜 비교문학과에 왔단 말인가? 이 지점에서 우리는 「번하이머 보고서」가 제시하는 마지막 제안에 담긴 논리와 함의를 좀 더 심각하게 생각해볼 필요가 있다. 예산이 부족하다는 이유만으로 학과가 자동적으로 보수적 입장을 택해야 할 이유는 그 어디에도 없다. 오히려 이러한 조언을 학생들에게 함으로써 오히려 학생들의 선택과 미래를 제약하기에 앞서서, 그것이 정말 올바른 조언인지 먼저 꼼꼼하게 따져볼 필요가 있다. 왜냐하면 학과의 열악한 재정상황으로 인해, 오히려 기존의 전통적인 분야를 포기하면서 새로 부상하는 학문 분야에 투자하는 선택을 내리는 학과들도 그리 어렵지 않게 발견할 수 있기 때문이다. 예산의 위기 국면에서도, 학문 분야 단위이든 학과 단위이든 지식적으로 발전하고 쇄신하는 노력을 멈추어서는 안 된다. 재정적 위기와 학과의 발전 사이에 단순한 인과관계는 존재하지 않는다. 그리고 학생들 또한 이러한 진화와 혁신을 이끄는 한 축을 담당하는 존재라는 것도 깨달아야 한다. 취업시장에서 학생들 본인은 수동적으로 끌려가는 존재라고 생각할 수 있겠지만, 학생들이야말로 취업시장에서 주도적이고 실질적인 역할을 수행할 수 있는 존재이다. 우수한 스펙을 갖춘 대학원 졸업생들이 대학교수 임용시장에 뛰어든 첫해에는 실패했지만 그 다음 해에는 성공하는 경우를 우리는 얼마나 여러 번 보아왔던가? 그들이 두 번째 도전에서 성공할 수 있었던 이유는, 졸업생들이 자신을 더 나은 모습으로 잘 '포장'하고 제시했을 뿐만 아니라 채용시장 역시 졸업생들의 방향으로 움직였던 이유도 있지 않을까? 어쩌면 우리는 비교문학자인 우리 자신과 우리의 비교문학 분야가 지닌 '학문적 진실성', 즉, 훌륭한 작품과 학문적 가능성을 알아보는 역량과 우리 안에 그런 역량을 함양하겠다는 헌신의 약속을 잊고 있는지도 모른다. 이러한 역량과 책무감이야말로 우리 앞에 놓여 있는 학문적 의제들이 예산 문제에 떠밀려 사라지지 않도록 우리가 최우선적으로 고려해야 할 가치이다.

| 번역 : 조성원 |

06

비교문학과 문화연구의
상호보완성에 대한 소고

마이클 리파테르

「번하이머 보고서」가 제시한 세 가지 입장에 대해서는 좀 더 특별한 분석이 필요해 보이는데, 이는 세 가지 입장의 서로 다른 대상의 중요성 때문이 아니라, 세 가지 입장의 공통적인 동기 부여 때문이다. 그 '공통성'은 바로, 세 가지 입장이 각각 다른 방식으로 드러내는 동일한 정신의 이념적 틀에 있다. 구체적인 기술적 방법론을 옹호하는 것에서부터 기본적인 해석적 상정(上程)의 정의나, 비교주의를 위한 새로운 영역의 구상에 이르기까지 이 세 가지 입장은, 사실상 점점 더 중요해지는 문화연구와 문화연구의 비교문학 영역 잠식, 그리고 기존 방식에 대한 수정주의적 해결 방안을 요구하는 대안적 접근법과 대안적 기준에 대한 반응이라고 할 수 있다.

비교문학이 오랫동안 지켜온 방식을 뒤집어버리는 기술적 입장에서는, 첫째, 문화연구의 방법론을 채택할 뿐만 아니라, 비교를 위한 목적으로 번역 텍스트 사용을 일반화할 것을 주장한다. 둘째, 문화연구의 사례를 본받아서, 새로운 '비교주의'를 반드시 뒷받침해야 한다는 전제로서 '맥락화'를 제안한다. 그리고, 세 가지 입장 중에서 마지막 입장은 소위 말하는 '고급문학'의 기득권을 격하시켜서 상황을 '대중문학'에게 유리하도록 만든다. 「번하이머 보고서」가 제시하는 해결책은 비교문학의 영역 일부와 비교문학의 상당 부분의 방법론을 문화연구와 병합시킴으로써 비교문학을 문화연구 쪽으로 좀 더 가까이 위치시키고 있음이 분명하다. 그러다 보니, 결과적으로는 '비교문학'에 학문적 명칭을 부여한 '문학'으로부터 비교문학이 멀어지기에 이르렀다.

본 소고는 위의 세 가지 입장에 대한 것으로만 국한하고자 하는데, 그 이유는 이 세 가지 입장이 시대적 흐름을 정확하게 반영하거나, 어떤 면에서는 시류에 편승하고자 하는 섣부른 바람을 드러내고 있기 때문이기도 하지만, 그보다는 세 가지 입장이 각각 제기하는 문제들에 대해 상당히 서로 다른 해결책을 내놓고 있기 때문이다.

여기서 한 가지 강조하고자 하는 바는, 진짜 실제적인 이념적 갈등이 영구화될 것이라고 가정하는 것은 비생산적이라는 점이다. 그동안 비교문학이 어떤 면에서는 문화연구에 대해 못마땅해하는 입장을 제도적으로 만들어왔는데, 이 같은 자세는 연구와 교육 사이, 그리고 비교 접근법과 그 같은 접근 과정에서 고전적 미학과 규범적 해석학의 구축 과정 사이의 혼란에서 유래한다. 그러나 그 같은 혼란의 위험성은, 특히 문학을 민족적·집단적 정체성의 측면에서만 가르칠 때, 즉 정치적 의도나 목적과 연관될 때 발생하게 된다. 하지만 비교문학이 '비교'에 충실하면서 일반적이고 일관된 원칙을 고수하고, 문화연구는 해당 사회의 구성과 그 차이를 표현하는 언어적 방식의 고유한 혼합인 정체성과 차이에 초점을 맞춘다면 그런 혼란을 두려워할 이유가 없다.

이 같은 맥락에서 나는 비교문학의 미래는, 부분적이든 전체적이든, 문화연구와의 병합(倂合)에 있는 것이 아니라, 비교문학과 문화연구 각각의 임무를 재정립하는 데 있으며, 이 두 가지 접근법이 완전히 상반되는 것이 아니라 상호보완적이라는 점을 확인하는 데 있다고 제안한다.

이 제안의 실행 가능성은 비교문학의 연구방법의 기술적인 측면인 번역의 사례에서 명확하게 확인할 수 있다. 전통적으로 비교문학자는 두 가지 이상의 외국어에 능숙해야만 한다는 믿음이 오랫동안 기정사실로 받아들여졌는데, 이 같은 믿음이나 원칙은 오늘날 엘리트주의의 잔재로 의심의 대상이 되었다. 이처럼 오랫동안 논란의 여지 없이 이어 내려온 이 기준을 저버리지는 않으면서 「번하이머 보고서」는 이에 대해 일종의 립서비스만 제공하고 있다. 이제는 그 누구도 문학을 원어로 공부하는 것이 지금까지 입증된 가장 진정한 방법이자 유일한 방법이라고 주장하지 않으며, 그 적절성도 문학적 사실로부터 전이(轉移)되어서 그 기원으로 돌아간다. 즉, 다중언어 사용자가 된다는 것은 해당 문학 텍스트가 유래한 문화를 더욱 깊이 이해할 수 있게 한다는 것이다. 이와는 대조적으로 「번하이머 보고서」는 번역을 유용하면서도 상징적인 것으로 높이 평가한다. '유용한' 점으로는, 번역은 그동안 비교문학이 외면해왔다고 비판을 받는 뛰어난 다양한 문화들에 대해서 최근 들어 큰 학술적 관심을 두게 되면서 번역의 필요성도 대두된 점을 들 수 있다. 「번하이머 보고서」가 강조하듯이 학생들은 "유럽 중심의 문화적 기반을 벗어나는" 기회를 반드시 만들어야 한다. 그리고 '상징적인' 점으로는, 「번하이머 보고서」에서 강조한 바와 같이 "번역은 서로 다른 담론의 전통을 가로지르는 이해와 해석의 더 중요한 문제에 접근하는 하나의 패러다임으로도 충분히 볼 수 있다. … 비교문학은 서로 다른 문화와 미디어, 학문의 고유한 가치 체계 사이에서 번역을 통해 잃어버리는 것과 얻는 것 모두를 설명하는 것을 목적으로 한다고 할 수 있다."(「번하이머 보고서」 44)라는 점을 들 수 있을 것이다. 분명 좋은 이야기이긴 하지만, 과연 그 어떤 문학번역도 이런 목적을 달성할 수 있을지는 상당히 의문이다. 우리가 알다시피 아무리 성공적인 번역을 만들어낸다고 하더라도, 번역이 도착어에 큰 혼란을 초래하지 않으면서 원작에 깊숙이 내재된 문체적 특징을 그대로 살려낸다는 것은 사실 불가능하다. 그러다 보니 원본이 직역으로 번역되면 횡설수설하는 번역 텍스트를 만나게 되고, 번역이 유사성에만 의존하게 되면 번역인 줄도 모르고 읽게 되는 번역의 소거(消去)에 직면하게 된다. '소거'는 번역의 존재를 지워버리기 때문에 문제가 된다. 그래서 번역자뿐만 아니라 비교문학자도 원본 언어에 웬만큼 능숙하지 않고서는 원본과 번역 텍스트 사이의 차이를 알아채지 못하게 되는데, 일종의 악순환 같은 것이라고도 할 수 있다.

이러다 보면, 기껏해야 원본 텍스트의 내용만 번역을 통해 경계를 넘어가게 되는데, 결과적으로는 정확하게 전달하지 못하는 오류의 앙상한 뼈대만 우리에게 남겨놓는다. 그래서 이런 번역 텍스트를 읽게 되는 불운한 독자에게는, 「번하이머 보고서」에서 언급하는 "자신이 이야기를 하는 출발점은 어디인지, 어떤 '전통'으로부터, 그리고 어떤 '반(反)전통'으로부터 이야기를 하는지" 등과 같이 문화적 차이에 대해 서광을 던져줄 수 있는 그런 기본적인 질문에도 제대로 대답할 수 없을 만큼 불충분하게 된다. 이 질문은 정확하게는 원본 텍스트의 작가 목소리가 아니라면 결국 번역 텍스트의 화자 목소리로 물어보는 질문이 될 것이다. 그리고 이 목소리는 반드시 첫째, 작가의 문체와, 둘째, 이 문체가 차별성과, 차별성 안의 또 다른 차별성을 가지면서 두드러져 보이게 만드는 배경에서 나온 사회적 방언(方言)이라는 두 가지 요소의 측면에서 분석해야 한다고 생각된다. 비록 번역이 위의 첫 번째 요소인 작가의 문체를, 현실적으로는 거의 불가능하겠지만, 성공적으로 반영한다고 가정하더라도, 분석은 마치 연구 대상이 번역이 아니라 자신들의 모국어로 쓰여 있는 원본 텍스트인 경우와 마찬가지로 여전히 '의도적 오류'에 의해 좌절될 것이다. 그래서 오히려, 외국어의 특정 사회적 방언을 그 방언의 '이데올로기소(ideologemes)'와 고정관념을 가지고 재구축하는 시도가 성공 가능성이 훨씬 더 크겠지만, 이 작업은 번역만으로는 실현하기 어려울 것이다. 여기서 내가 제안하는 해결책은 '주석 번역'인데, 그 이유로는, 첫째, 다른 전통의 특성을 보여줄 수 있는 방법이며, 그 특성을 도착어로는 표현할 이름이 없어서 결국 번역은 그 흔적을 지워버리기 때문이며, 둘째, 번역 경계 양쪽에 있는 원본과 번역어 단어들이 의미가 유사한 '동의어(synonym)'가 아니라 발음이나 철자는 비슷하지만 의미가 다른 '동음이의어(homonym)'라는 것을 보여줄 수 있기 때문이다. 그래서, '주석 번역'은 그 같은 특징을 단순한 직역으로 번역하다 보면 결과적으로 번역 독자들을 잘못된 방향으로 유도하는 경우들에 집중해야 한다. 번역된 단어와 그 단어가 번역에서 가리키는 것이 동일한 지시 대상이기 때문에 어쩌면 번역은 단순하고 명확할 수 있을 것 같지만, 사실 이런 번역은 눈에 잘 띄지 않는 식으로 결국 실패하게 되는데, 그 이유는 지시대상의 정체성이 이 지시어가 가지는 함의와 연관성, 상징성의 차원까지는 확장되지 않기 때문이다. 그래서 지시어에 담겨 있는 함의(含意)를 번역 독자들이 접근할 수 있도록 하는 역할은 결국 주석의 몫으로 남는다. 그래서 나는 기존의 해석적 또는 비평적 주석 대신에, 예를 들어 제임스 조이스(James Joyce)의 1939년 소설『피네간의 경야(Finnegans Wake)』의 경우처럼 우리가 사용하는 동일한 언어적 코드 안에 훨씬 더 깊숙하고 촘촘하게 코드화된 텍스트를 읽어내기 위해 다양한 암시와 상징을 모아서 정리해놓는 '참고 개요서(compendium)' 작업이나, 고전문학 텍스트를 읽기 위해 참고하는 '신화 사전' 같은 참고 주석 작업을 제안한다. 다행히도 '하이퍼텍스트성(hypertextuality)'의 기술이 상당히 빨리 발전하고 있기 때문에 이 같은 맥락화 유형들의 데이터베이스도 그 규모가 엄청나게 커지고 확장되고 있다.

그런데 우리는 맥락적으로 적절한 연관 관계와 적절하지 않은 연관 관계를 어떻게 구분할 수 있을까? 결국, 그 책임과 부담을 번역으로부터 주석에게 넘기는 것이다. 원문에서 가장 중요한 핵심을 번역 텍스트에서 가장 중요한 핵심으로 옮기려는 시도는 문학 번역에서 본질적으로 실패할 수밖에 없기 때문에, 그 같은 시도 대신에 우리는 최소한으로만 번역하면서 결과적으로는 원문에 덜 충실한 번역을 시도할 수 있을 것이다. 그래서, 그런 어색한 번역에서 발견하게 되는 결핍성은, 비록 보기에는 어색하겠지만, 둘러서 표현하거나 다른 말로 바꾸어 표현하는 식으로 주석을 첨가하면서 채워나갈 수 있을 것이다.

여기서 나는 기존의 문학 번역 방식은 무시해도 좋다고 제안하는 것은 아니다. 문학번역은 그 자체로 하나의 장르가 되었고, 이미 비평과 이론의 엄연한 연구 대상이 되고 있다. 그러나 문학 번역은 문화적 차이를 보여주는 신뢰할 수 있는 지표는 아니다. 오히려 내가 제안하듯이 문학적이지도 않고 투박하게 있는 그대로 옮겨놓는 방식이, 비록 하나의 독립된 장르도 아니고 비평의 대상도 되지 못하지만, 우리에게 필요한 문화적 차이의 지표로서의 분석적 도구는 될 수 있다. 이 번역 방식은 원본의 언어적 예술성을 번역하려고 하는 것이 아니라, 원본의 문화적 상황과 조건을 재창조하는 것이며, 다른 말로 표현하자면 '맥락화'하는 것이다.

이 부분에서 이론도 할 말이 많을 것이다. 이론은 이미 문학성에 대한 우리의 이해를 상당히 발전시키는 역할을 해왔는데, 그 예로는 '해체주의'나 '해석공동체' 모델 등을 들 수 있을 것이다. 이제 이들 이론적 모델이 '비교' 행위에 어떤 역할을 할 수 있을지를 결정해야 하는 더할 나위 없이 적절한 때가 되었다.

그런 맥락에서, 「번하이머 보고서」가 문학이론에 대해서는 주목할 만한 관심을 보이지 않았다는 사실이 놀라울 따름이다. 틀림없는 사실은, 보고서에서 문학이론은 여러 차례 언급은 되었지만 사실 구체적인 내용은 없으며, 마치 위원회가 자신들의 체크리스트를 점검하면서 빠진 것은 하나도 없다는 것만 확인하는 차원처럼 보인다. 비록 연구와 강의의 수단으로서의 번역을 우리가 이해하는 데 있어서 이론이 기여하는 부분은 비교문학자들의 기술적 영역에만 국한되지만, 이론은 비교문학 영역 전체를 재정의하는 데 있어서도 매우 강력하다.

예를 들어, 이론은 모든 비교가 상정하는 '불변'적 특징들을 찾아내고 분류하는 데 훨씬 신속하다. 이 접근법은 비교문학에 핵심적인데, 이론은 문화적 다양성을 위협하거나 무시할 필요가 없다는 것을 보여준다. 다양한 변수들은 논리적으로나 기호적으로나 '불변체(不變體)'로부터 분리될 수 없다. 더욱이, 이들 불변체는 그 특징들의 더 작은 집합체가 아니기 때문에 상대적으로 파악하기도 더 쉽다. 이들 불변체는 변형을 이해하거나 인식하는 데 결정적으로 필요한 유한(有限)의 유형을 구성한다. 그리고, 각각의 유형은 그 유형으로부터 나오는 차이의 종류를 설명해준다.

지금까지 비교문학은 변화의 불변적 특징들의 정의를 구하기 위해 문학 역사에 의지해왔는데, 각각 불변과 변화가 '시간'의 영역에 부착된 가치에 의해 오염되어온 결과와 함께했다. 또한, 이는 관찰자의 관심이나 윤리적 인식이 불변체 특징들로 하여금 전통이나 진화를 선호하게 만들지, 아니면 진화를 혁명으로 승화시킬지 등에 달려 있었다. 예를 들어, 근원에 대한 탐구의 유혹이 학자들로 하여금 마치 세계에서 가장 오래된 도시인 수메르 문명의 우르(Ur) 수준의 참조를 만들어냄으로써 하나의 전형이 밝게 빛날 수 있도록 할 때, 문학의 주제나 사상의 '토포스(topos)'에서 시작해서 주제, 모티브로 점점 줄어들다가 그 일정한 단계적 감소의 차이가 뒤엎어지는 범주의 척도를 생각해본다. 아니면 조금 다른 방식으로, 계보 유형의 개념을 사용해서 사실적 또는 반(反)사실적 서사를 만들어내면서, 예를 들어, 모방을 양면의 '겸용법(兼用法, syllepsis)'으로 축소하거나, 또는 만들어내거나 불태워버리는 것만 허용하는 상징적 연결 통로로 축소해버린다. 오늘날 이론은 추상적인 모형에서 시작한다는 점에서 역사보다 귀중한 장점을 가진다. 이 추상적인 모형들은 요인들의 부류의 그 어떤 조합이라 할지라도 논리적이고 최소한의 구성 요소만 반영한다. 이 모형들은 그 부류들 안에서 엄청난 양의 실제 징표와는 무관하게 부류의 단계에서만 유효하게 남는다. 실제로 이 모형들은 용어의 아리스토텔레스적인 의미에서 보편성에 근접한다. 그 용어의 '방언적' 의미는 문화연구 지지자들에게는 커다란 경종을 울리는 것일 수도 있다. 그러나 이런 상황은 굳이 발생할 일이 없을 것이다, 왜냐하면 '보편성'이 되기 위한 첫 번째 원칙은 부류의 가설을 설정하는 이론가를 정당화시키는 불변체의 모든 변수를 다 포함해야 하기 때문이다.

이론은 문화연구와 비교문학의 관계를 더욱 객관화시킨다고 나는 감히 주장하고자 한다. 지난 과거의 헤게모니에 대한 정당한 분노는 문화연구의 '메타언어'에 그 흔적을 남겨놓았다. 그리고 '이념적' 양극화와, 모든 기호의 개념에 근본적이라 할 수 있는 정당한 '기호적' 양극성 사이의 구분이 종종 흐려지기도 한다. 여기서 나는 차이를 보여주는 데 있어서 사용되는 수사법을 암시하는데, 자기 확신을 향한 몸부림으로부터 남겨진 그런 수사법이다. 객관적 차이를 가치 판단의 척도로 바꾸어놓는 짜증이 여전히 남아 있음을 느낄 수 있다. 그래서 우리는 헤게모니적인 것으로 이해되는 규범에서 벗어나는 그 어떤 시도도 긍정적인 표징이 되는 것을 알 수 있다. 그리고 이 같은 행위는 이론을 통해 해결될 수 있다.

　예를 들어, '맥락화'는 문화연구에서 긍정적인 가치를 가지는 개념으로, 「번하이머 보고서」는 충실하게 비교문학자들에게 '맥락화'의 차용(借用)을 장려하고 있다. 그러나, 만약 개념 자체에 대한 강조가 결핍된다면 결국 문화연구로부터 분리될 것을 촉구하는 메시지가 되거나, 아니면 모든 것에는 맥락이 있고, 모든 것은 맥락으로 설명 가능하다는 논리에 대한 어설픈 이해에 그치기 쉽다. 그리고, '맥락화'가 있다면 이론적으로는 '탈(脫)맥락화(decontextualizing)'도 반드시 뒤따르기 마련이다. 이 같은 개념의 적절성은 문학 텍스트의 사례를 보면 쉽게 확인할 수 있는데, 텍스트는 주제의 소멸(消滅)과 원인의 실종(失踪), 그리고 텍스트가 반응하는 상황의 기억을 극복할 수 있을 때 문학 텍스트가 될 수 있다고 하기 때문이다.

　이 같은 논의의 맥락에서 '탈맥락화'의 가장 완벽한 사례로는 비(非)문학 텍스트의 문학 합류를 들 수 있을 것이다. 문학 현상을 그 현상의 문화적 중요성으로부터 강등(降等)시키는, 좀 더 노골적으로 말하자면, 비교문학이라는 학문의 명칭에서 아예 '문학'을 지워버리는 것을 강조하는 듯한 「번하이머 보고서」는 "연구의 대상으로서의 문학 텍스트라는 산물은 … 이제 음악, 철학, 역사, 법 등 이와 유사한 여러 담론체계의 산물과도 비교할 수 있게 되었다."라고 제시한다. 그런데 이 목록에는 담론 생산물의 가장 중요한 요소가 빠졌는데, 생략된 것은 바로, 독자들이 결국 역사나 철학, 심지어는 법 관련 텍스트에 담긴 '문학성'을 인식하게 될 때 발생하는 일종의 문학적 산물이다. 사실, 빈번하게 생기는 이런 상황이 실제로 발생하면 처음에는 텍스트의 인식론적 '목적인(目的因)'에 초점을 맞추던 수용과 해석의 유형은 더 이상 적용되지 않게 된다. 텍스트는 텍스트 밖에 있는 변화를 거쳐 가게 된다. 이제 텍스트의 수용은 텍스트 맥락에 대한 두 배의 부인(否認)으로 인해 동기를 부여받게 되는데, 이 '부인'은 두 가지로 구성되어 있다. 첫째, 작가의 의도를 특권화시키는 것을 부인하는데, 이는 학습 대상을 유효하게 만들거나 이 같은 학습 대상에 대한 접근을 설명하거나 사례로 만들려는 데서 공통적으로 명확하게 드러난다. 둘째, 부인 자체는 인식적 논지로서의 텍스트의 효력에 기반한 가치 판단으로부터 텍스트의 미학적 특징에 기반한 가치 판단으로의 '해석학적' 이동을 통해 자신을 드러낸다. 우리가 프랑스 계몽주의 철학자 몽테스키외(Montesquieu)나 영국 휘그주의(Whiggism) 역사 해석의 창시자 토머스 매콜리(Thomas Macaulay), 프랑스 역사학자 쥘 미슐레(Jules Michelet)를 더 이상 역사학자로서 읽지 않고 지난 과거의 시인이자, 서사시나 도덕적 에세이 같은 장르를 이어받은 계승자로 읽게 되는 그런 시간이 찾아올 것이다. 그들의 작품은 사상사를 연구하는 일부 전문가들을 제외하면 그런 식으로 '탈맥락화'되고 앞으로도 그렇게 남을 것이다. 비록 과거 문명과 사회, 사건에 대한 그들의 서사가 이제 더 이상 모방이라는 '미메시스(mimesis)'로는 적합하지 않은 것으로 드러났음에도 불구하고 그 텍스트들은 끝까지 버텨낼 것이다. 오늘날 우리는 이 텍스트들을 희곡이나 픽션과 동등한 상징적 체계로서 읽는다.

'맥락화'는 역사와 불가분의 관계이다. 여기서 '역사'는 이번에는 하나의 장르로서가 아니라 하나의 학문 분야로서의 역사이다. 여기서 역사는 문학에 대한 적절한 접근 방법이 아니라는 것을 암시하는 것은 아니다. 단지, 역사는 문학적 산물의 환경, 즉 예술작품의 기원과 이에 대한 수용에 대해서만 적절하다는 말을 하고자 한다. 그러나 제대로 된 문학은 작품의 기원과 혼동해서는 절대 안 되며, 작품의 작가가 세상을 떠나고 더 이상 작품에 그 어떤 변형도 가할 수 없게 되면 해당 텍스트는 '탈역사적'이 되고, 텍스트의 의의는 모든 맥락 위에 놓이게 된다.

그래서 이에 대한 엘리트적인 아우라와, 이를 권위의 상징으로 만드는 기념비적인 장대함, 그리고 왕년의 전통적인 교육 공동체의 행위, 즉 소위 말하는 '정전(正傳)'의 배포. 이 글에서 '정전' 문제를 논의할 시간은 없어 보이지만, 간략하게 언급하자면, '정전'은 텍스트의 문화적 노두(露頭), 즉 주어진 사회적 맥락에서 숭배 행위의 특정한 유형에 대한 뼈대이다. 그래서 그 정전은 문화연구의 독점적인 영역이 되어야 한다.

그러나 문화연구 지지자들로부터의 압박에 대한 「번하이머 보고서」 위원회의 반응이나 과잉반응은 결국 이 같은 권위에 대한 당혹스러운 자각(自覺)으로부터 기인하는 것으로 보인다. 보고서 위원회는 문학이라는 개념 자체를 저버리거나 하찮아 보이게 하려는 의도를 무심코 드러냈다. 예를 들어, 「번하이머 보고서」의 표현을 한번 살펴보자. "문학의 경이로운 현상은 더 이상 비교문학의 독점적인 초점이 아니다." 이것만으로도 충분히 문제가 된다고 생각하지 않는 듯, "고급문학 담론에 맞추어온 초점을 이제는 완화"하라고 대학의 비교문학 학과들에게 경고를 보낸다. 그 충고를 충분히 이해하려고 하더라도, 나는 도대체 고급문학에 무슨 문제가 있는지, 왜 다른 형태의 문학을 위해 고급문학이 굳이 양보해야 하고, 격하되어야 하는지 진정 알고 싶다. 내가 너무 과도하게 해석하고 있는 것이 아니길 바라지만, 이 같은 문제 제기는 「번하이머 보고서」에서, 우리가 우러러본 대상처럼 역설적으로 "고급의 높이"를 넌지시 암시하고, 고급문학이든 대중문학이든 상관없이 결국 "문학"이라는 용어에도 인용부호를 붙이면서 더욱 명확해진다.

고급문학과 대중문학이 모두 기존 형식의 복잡성과 정형(定型)의 사용, 운문의 기교, 장르의 연결성 등의 다양한 공유를 보여주는 수많은 증거 앞에서 나는 당혹감을 감출 수 없다. 우화(寓話)의 구조는 에밀리 디킨슨(Emily Dickinson)의 작품에서만큼이나 통속소설에서도 동일하게 확인할 수 있는데, 바로 그 문학 개념이 이렇게 위협을 받는 것을 보면서 우리의 당혹감과 우려는 더욱 심각해진다.

「번하이머 보고서」에서 발견할 수 있는 가장 두드러진 점은 '문학'이라는 용어에 대한 강박적인 집착이다. 우리가 학문적 미래를 구상하는 '비교문학'이라는 학문의 명칭으로서의 '문학'이라는 용어를 지키려는 노력에 맞서는 몇 가지 논지들을 분석해보도록 하자. 첫 번째 논지는, '비교의 공간'이 문학적 대상의 범주를 훨씬 넘어서, 문학 이외의 예술적 대상과 예술 그 자체와 서구 문화, 젠더 사이의 경계, 성적 지향, 인종 집단 등을 넘어서 엄청나게 확장되어왔다는 사실이다. 이 같은 경계 '횡단'의 축적은, '문학'만이 「번하이머 보고서」가 강조하는 "하나의 학문이 다른 학문에 점점 더 연결되고 투과되는 상황"으로부터 혜택은 고사하고, 여기에 적응조차 하지 못하는 유일한 개념이라는 것을 명확하게 암시할 수밖에 없다. 이 같은 낯선 배제의 논리는 「번하이머 보고서」에서 다음과 같이 설명되고 있다. "문학 텍스트를 넘어서 담론, 문화, 이데올로기, 인종, 젠더 등 확장된 다양한 영역에서 문학을 맥락화하는 방식은 그동안 작가, 국가, 시대, 장르를 기준으로 접근하던 예전 문학연구의 낡은 방식과는 크게 다르기 때문에, 어쩌면 '문학'이라는 용어가 더 이상 비교문학의 연구 대상을 적절하게 기술하지 못할 수도 있을 것이다".

물론, 이런 방식들이 기존의 방식들보다 새롭고 다르지만, 그렇다고 해서 왜 기존의 "낡은 모델"은 새로운 방식들과 양립될 수 없는지는 이해하기 어렵다. 담론과 문화, 이데올로기, 인종, 젠더 등을 구현하고 상징적으로 의인화시키고 있는 사람은 바로 '작가'인데 왜 '작가'에 대한 고려가 부적절한 것이어야만 할까? 나는 문학연구에 대한 '작가' 개념의 적절성에 반대하는 '의도의 오류 (intentional fallacy)'와 '영향론의 오류(affective fallacy)' 같은 논의들 몇 가지를 여기서 늘어놓을 수 있는데, 이들 오류는 '신비평'이 낡은 '모자'라고 하는 대세적인 관점에 전혀 영향을 받지 않는다. 이 같은 논의의 입장에서, 나 역시 작가를 배제하고 앞으로 나아갈 준비는 되어 있지만, '텍스트'는 이 '상징적' 대리인을 반드시 '실제적' 현실로 대체해야만 하는데, 그것은 담론과 문화, 이데올로기 등에 기반한 접근법의 가장 완벽한 시험대로서 말이다. 여기서는 불쾌한 용어이기도 한 '국가'의 개념도 이와 마찬가지인데, '국가'는 이데올로기의 형태를 가리키는 또 다른 용어이기 때문이다. 이 같은 반박을 여기서 계속해서 추구하는 것은 아마 의미가 없을 것이다. 왜냐하면 추상적 관념을 이해하지 않으려고 하는 그런 의지의 '비(非)자발성'이 아니고서는, '문학'이라는 용어에 대한 이 같은 신랄한 비판을 설명할 수 있는 것은 없기 때문이다. 나는 '비교'라는 용어를 붙이지 않고 비교에 대한 가장 뛰어난 접근을 제시하는 학문을 구체적으로 명시하지도 않는 방식으로, 오히려 문학 그 자체, 즉 기호 체계로서, 기호적 네트워크로서의 문학은, 앞서 언급한 「번하이머 보고서」의 유감스러운 주장에 등장한 모든 영역에 자동적으로 적절하게 연관된다고 주장하고자 하는데, 그것은 문학의 본질적인 기능과 바로 그 특성 때문이다. 한편으로, 당신은 우주와 우주의 모든 부분과 우주를 바라보는 모든 관점을 다 가지고 있다. 그러나 또 한편으로는, 대상의 무한성(無限性)을 직시하면서 문학을 가지고 있는데, 문학만이 순수한 재현이며, 모든 담론 중에서 문학만이, 나머지 담론을 포함해서 그 밖의 모든 것을 안으로 품고 모방할 수 있는 것이다. '존재'와 '재현'의 바로 그 '상호 보완성'은 '문학'이 담론과 문화, 이데올로기 등에 중심으로 남아야 하는 절대적 시급성(時急性)을 만들어낸다. 왜냐하면 문학은 이 모든 것을 아우를 뿐만 아니라, 그것들을 조망하는 시점, 즉 소위 '구식(passé)'이라는 또 다른 용어로 일컬어지는 그것들의 장르와 관습을 단지 이동시키는 것만으로도 이 모든 것에 문제 제기를 할 수 있기 때문이다.

| 번역 : 이형진 |

3부

비교문학의 현재와 미래

오늘날 문학비평의 기능
— 비교문학의 희망

에드워드 에이헌 · 아널드 와인스타인

　지난 30년 넘게 비교문학의 저명한 교수들이 내놓은 여러 편의 비교문학 발전 방향 보고서를 살펴보다 보면, 서로 다른 점만큼이나 닮은 점에 놀라움을 금치 못한다. 확실한 것은, 「레빈 보고서」로부터 시작해서 「그린 보고서」와 「번하이머 보고서」, 그리고 이 책에도 실린 「번하이머 보고서」에 대한 학술대회 토론문까지, 비교문학이 걸어온 과정은 초기에는 이론 연구와 학제간 연구의 급부상으로 흔들리고, 그리고 오늘날에는 다문화주의라는 화두와 문화연구의 무서운 도전에 위협받는 비교문학의 엘리트주의와 언어와 관련된 위기의식을 보여준다. 각각의 '비교문학 기준 보고서'는 해당 '보고서'가 작성되던 시대를 반영하고 있으며, 각각의 '보고서'는 어떤 측면에서는 오늘날에도 여전히 유효해 보인다. 왜냐하면 비교문학의 정체성은 쉽게 변하는 것이 아니기 때문이다. 세 편의 '기준 보고서'는 문학연구의 의미 있는 문제 제기와 활력을 표방하고 있는데, 그 어떤 한 가지 방식이나 정의로 비교문학의 원칙을 설정하기는 쉽지 않아보인다. 그러나 이들 보고서가 의도하지는 않았지만 분명 함께 공유하고 보여주고자 하는 것은 미국 대학의 교육환경에서 차지하는 비교문학의 주변부적 위상이다.

　이것이 왜 문제인지를 이해하는 것은 어렵지 않다. 서로 다른 몇 가지 문학 전통을 해당 언어로 완전히 익히고, 지난 몇십 년 동안 이루어진 문학이론 발전의 방법론과 원칙을 숙지하고자 하는 이 두 가지 쌍둥이 목표는 미국 학계에서 교수들부터 학생들에 이르기까지 그 어느 단계에서도 달성하기 쉽지 않다. 특히, 비교문학의 어려운 교육과정을 감안하면, 엘리트주의라는 오점은 충분히 이해가 된다. 그러나 우리가 깨닫고 논의해야 할 점은 비교문학이 우리 사회에서 문학연구에 중요하고 핵심적인 역할을 할 수 있다는 사실이다. 또한 비교문학은 비교문학의 교육적·지적 사명감을 진지하게 받아들임으로써 그런 중요한 역할을 할 수 있을 것이다. 좁게는 문학연구와 넓게는 문화연구는, 우리 비교문학자들의 노력에 대한 생생한 맥락과 체계를 구성해주는 심도 있는 사회적·교육적 책임과 관점을 수반한다. 아마 우리가 문학을 읽고, 가르치고, 문학에 대한 글을 쓰는 이유는, 비록 학술 논문이나 책에서는 항상 드러나는 것은 아니지만 근본적으로는 우리가 개인적으로 문학을 사랑하기 때문일 것이다. 그러나 우리가 가르치는 학생들에게 이 같은 우리의 목적이나 관점을 제대로 설명하는 데는 그동안 우리가 서툴렀던 것도 사실이다. 학생들은 단순히 우리 수업의 관객이 아니다. 문화와 예술을 통해 표현되는 학생들의 생활방식은, 바로 우리가 연구하는 대상이라고 할 수 있는 더 큰 사회이며, 우리가 설명하고 영향을 주기 위해 찾아내고자 하는 학생들의 행동과 가치의 더 큰 사회라고 할 수 있다. 우리를 위해서 청탁이라도 하거나 요란을 떨어야 한다는 이야기는 아니다. 강조하고자 하는 것은, 비록 갈등을 통해 다양한 목소리가 나오는 비교문학이라 할지라도 분명 태생적인 큰 장점들을 가지고 있다는 것과 이 장점들이 오늘날 교육현장에서 이루어지는 논의 속에서 상당히 실종되어 있다는 점이다. 그렇다고 무조건 대중들의 눈높이에 맞추거나 쉽고 단순하게 가야 한다는 것을 의미하는 것은 아니다. 그렇다고 우리의 학문연구에 동력을 제공하는 가장 열정적이고 급진적인 인식이, 만약 세미나 강의실이나 우리가 발표하는 논문이나 책 안에만 머문다면 결국 심각할 정도로 절충되어버리는 것으로 끝날 수 있다. 우리의 주제는 크고 넓지만, 우리의 관객은 적을 따름이다. 우리의 재능은 중심부에 놓여 있는데, 우리가 주변부에 위치하게 된다면 안타까울 따름이다.

　우리가 서로 동의하는 것이 이렇게도 없는 오늘날의 비교문학을 특징 짓는 이 장점들과 재능들은 도대체 무엇일까? 가장 분명한 대답은 바로 세계주의, 즉, 비교문학의 국제주의이다. 사회적 산물로서의 국가성, 민족국가주의, 식민주의 잔재가 남아 있는 글로벌 경제 시스템, 전 세계를 연결하는 전자 전송 및 검색 시스템의 영향력 등에 대한 오늘날의 논의는 공격적으로 다문화주의 시각의 중요성을 강조한다. 이는 우리가 학생들을 교육하는 목표가 학생들의 다국적기업 취업에 있다는 의미는 아니다. 물론 이 같은 세속적인 목표가 결코 부끄러운 일은 아니다. 여기서 말하고자 하는 것은, 우리가 살아가고 있는 오늘날 지정학적으로 일어나는 일들, 갈등, 딜레마 등의 문제는 결국 다른 민족들의 역사와 꿈, 복잡한 현실에 관해 조금이라도 알고 이해하는 시민정신을 필요로 한다는 점이다. 그래서 문학이나 다른 예술 영역을 공부하는 것은 이러한 문제들로 들어갈 수 있는 특권을 얻을 기회 역할을 한다. 그러나 영문과나 다른 외국어문학과, 하다못해 문화연구 프로그램과도 달리, 비교문학은 태생적으로 다원주의적이다. 비교문학은 언어, 종교, 인종, 계급, 젠더 등의 모든 강력한 형태에서의 차이점은 인식하면서도, 이 차이점에 의해 비교문학이 정의되지 않도록 할 필요가 있다. 물론 '다원주의자'라는 용어는 우리의 복합적인 도전에 대한 최선의 용어는 아닐 것이다. 왜냐하면 '다원주의자'가 암시하는 바는 자칫 무기력하고 기계적인 분류가 될 수 있기 때문이다. 이에 비해 우리가 하고 있는 비교문학의 심오한 에너지는, 개념적이고 도덕적이고 정치적인 기반과 함께하면서도, 동기 부여와 중요함, 놀라움으로 가득한 '발견'과 대조, 비교, 병치와 모두 밀접한 관련이 있기 때문이다. 종종 사람들이 오해하는 것과는 달리, 우리는 여러 개의 여권과 이중국적을 가지고 있으면서, 자기 나라에서는 여러 군데 소속되어 있지만 실상 그 어느 것에도 중심적이지 않은 그런 문학연구의 무슨 수집가 같은 존재가 아니다. 반대로, 우리의 '국제적'인 관점은 전체 판을 재정립하고, 개별 문학 텍스트뿐만 아니라 한 나라의 전체 '글 뭉치(corpus)'를 새로운 방식으로 다시 생각하게 만들고, 어떤 나라 출신이든 상관없이 하나의 국가 문학만 다루는 연구자들에게는 보이지 않는 그런 연대감과 강력한 결속감, 유형들을 파악할 수 있게 한다.

여기서 우리는 비교문학의 두 번째 본질적 특성에 대해 언급하고자 하는데, 비교문학의 학문적 행위에 대한 근본적 정의라고 할 수 있는 '비교'의 문제이다. 비교문학에 대한 여러 글 중에서, 마치 비교문학자가 '비교하는 것'은 당연하다는 듯이 정작 '비교'에 대해 논의하는 글이 없다는 상황은 상당히 낯설 따름이다. 이 같은 상황은 오늘날 그 어느 때보다도 우리에게 '비교'의 의미와 특성에 대해 돌아보게 한다. '비교'에 관해서는 아주 두꺼운 철학서 한 권을 쓸 수 있을 만큼 '비교'의 주제는 무게감이 있고, 비교문학의 역사에 있어서도 적절한 '비교'와 적절하지 않은 '비교'에 대해서 그동안 상당히 많은 책과 논문이 발표되었다. 그러나 우리의 관심은 비교의 행위가 언제, 어떻게 발생하는지를 정하는 것보다는 비교의 에너지를 회복하고 강조하는 것에 있는데, 왜냐하면 이 같은 학문적 행위는 오늘날 우리에게 문제의 본질이기 때문이다. 비교 비평에서 고유하게 중요한 것과 고유하게 창의적인 것은 모두 이 같은 본질적인 과정에서 나온다. 이 같은 맥락의 중요성은 자명하다. 즉, 비교문학자는 단일 텍스트와 단일 문화 연구에 다른 텍스트들과 문화들에 대한 이해를 불러오면서, 예술적 결과물을 단일 영역에서보다 훨씬 더 풍부하고, 더 다양하고, 더 대조적으로 보여줄 수 있다. 아주 자연스러운 것처럼 보이는 우리 문화가 사실은 인위적으로 만들어진 것이라는 사실을 우리는 계속해서 깨달아왔다. 한편으로는, 사실 대학의 단일 문학 학과만큼 인위적으로 구성된 것도 없을 것이다. 왜냐하면 '국가성'이라는 것은 가공적이고 인위적인 측면이 있으며, 받아들이는 목소리보다는 내뱉는 목소리가 훨씬 더 많을 뿐만 아니라, 문학이라는 것 자체가 억누를 수 없을 만큼 혼합적이고, 입체적이며, 크고 작은 다양한 구멍으로 구성되어 있어서 끊임없는 교류와 영향의 결과물이며, 국제적인 산물이기 때문이다. 영향 관계가 크지 않다고 생각되는 아프리카 관련 연구의 중요성에 대한 고전주의자들 사이의 논쟁은 예외적이라기보다는 상징적인 것으로 볼 수 있다. 사실 예술적 창작물의 시기나 위치에 있어서 다른 문화와 섞이지 않거나, 하나 이상의 문화를 가로질러 가지 않거나, 하나 이상의 문화와 연결되지 않은 것은 없다. 마치 사람의 발이 닿지 않은 땅처럼 그 어느 것과도 영향 관계가 전혀 없는 '순백'의 문학이라는 것은 그냥 허구일 따름이다. 이 같은 비평적인 깨달음을 우리에게 가져다줄 수 있는 훈련을 받은 사람들이 바로 비교문학자이다.

우리의 논의와 관련해서 명확하게 설명하기 쉽지 않으면서도 결코 그 중요성을 간과해서는 안 되는 것이 바로 창의성이고, 비교의 자유다. 근본적이면서도 복합적인 방식으로 비교는 일종의 '해방'의 행위이며, 비교의 재료와 대상을 끊임없이 재정립하고 그동안 별개로만 존재했던 것을 패턴과 게슈탈트(gestalt, 조각이나 부분으로 존재하는 것을 전체나 형태로 인식하는 심리학 용어)로 제공하는 시도이다. 이 시도는 분석의 비평적 과정으로서 생산적인 통합의 힘에 크게 기반하며, 독특함이나 차이의 가치를 중요시하는 이 같은 시도는 비교문학의 현 상황과 초국가적 편성과 분류에 대한 헌신적인 책무감과도 일맥상통한다. 그러나 우리가 사용하는 산만한 용어들의 암묵적인 이분법과 양극성은 결국 오해를 유발할 소지가 크다. 왜냐하면 우리가 하는 방식을 부추기는 전제에는, 기라성 같은 작가와 작품을 새롭게 조합하는 방식이 필연적으로 단일 작품이나 작가를 재조명하게 한다는 전제가 깔려 있기 때문이다. 발자크와 도스토옙스키의 맥락에서 조명을 받으면 새로운 디킨스가 등장하고, 블레이크와 랭보의 계보는 소설가 버로스(Edgar R. Burroughs)를 밝게 비춰주고, 17세기 일본 시인 이하라 사이카쿠(井原西鶴)의 카니발적인 상품화를 다루는 작품은 『로빈슨 크루소』의 저자인 18세기 대니얼 디포의 방식을 보여준다. 보다 통시적으로 접근하면, 오비디우스나 두보(杜甫)의 작품에 등장하는 '망명'의 시학은, 20세기 러시아 혁명가이며 시인인 빅토르 세르주(Victor Serge), 1966년 노벨문학상 수상자인 이스라엘 시인 넬리 작스(Nelly Sachs), 1987년 노벨문학상 수상자인 러시아 출신의 유대계 미국 시인 조지프 브로드스키(Joseph Brodsky) 등과 같은 우리 시대의 서정시인들에 대한 새로운 시각을 제공하는데, 이러한 사례들은 무수히 많다.

위의 분류는 개별 문화의 고유성에 기반하면서 동시에 문화 간 교류의 특성을 가진다. 그리고 이 분류는, 특정 영역의 '측면'만 탐구하는 '신역사주의자'들 뿐만 아니라, 비교 비평과 주제 비평을 통해 가능해진 보다 자유로운 대조와 병치까지도 모두 수용한다. 무엇보다도 이 분류는 지금 우리 역사의 시점에서 미국 내 학생들에게 적극적으로 추천할 수 있는 지식적인 방향성을 구현한다. 오늘날 다문화주의와 새로운 정전 구축에 대한 우리의 염려와 관련해서, 오히려 우리가 미국의 '단일언어주의', 그리고 미국 국경만 벗어나면 지리적으로 미국과 가깝든지 멀리 떨어져 있든지 상관없이 미국 밖의 문화에 대한 무지 현상, 세계 질서 속에서 암묵적으로 우월성을 가지는 미국의 위상 등과 같은 미국 문화의 심각한 사각지대를 외면하고 있다는 것이 역설적일 따름이다. 바로 이런 문제들과 사고방식에 오늘날 더 많은 관심이 필요한데, 아마 비교문학은 이 같은 교육적·이데올로기적 도전에 대응할 준비가 되어 있는 거의 유일한 인문학 전공 분야라고도 할 수 있다.

이 같은 비교문학의 '참여 지향적' 모델은 사실상 거의 모든 종류의 문학 분석에 적절하다는 점을 강조할 필요가 있다. 한편으로는, '신비평주의'가 강조하는 텍스트 고유의 유기적 특수성과 함축성, 그리고 '상호텍스트성'과 심지어는 '정신분석'부터, 또 다른 한편으로는 마르크스주의자들과 페미니스트들, 신역사주의자들, 다양한 인종적·민족적·성적 지향의 학생들이 제시하는 통찰력과 변화가 만들어내는 새로운 전망에 이르기까지, 이 모든 접근법은 비교문학자들의 정체성의 핵심인 '국제주의'와 '비교주의', 두 가지 쌍둥이 가치와도 양립 가능해진다. 그러므로, 비교문학 대학원 과정은 영문학, 문화연구, 개별 국가 어문학 분야와도 계속해서 많은 공통적 특징을 공유해 나가야 하며, 서로 다른 문화를 경험하도록 짜여 있는 비교문학 교육과정은, 유럽중심주의, 정전 구축, 동양과 서양 및 북반구와 남반구의 관계, 식민주의 등의 주제들이 앞으로 치고 나가면서 확실한 중심 역할을 할 수 있도록 지원해야 한다.

비교문학의 중요한 전제에 대해 앞에서 많이 논의한 내용을 감안하면, 결국 학부과정에 개설된 비교문학 프로그램은 대학 교육과정에서 문학연구의 핵심적인 위치에 놓여야 한다는 것을 확인할 수 있다. 비교문학 교수의 타 학과 겸직 제도와 모든 '문화' 관련 연구의 밑바탕이 되는 공통 기반을 공유하는 것은 이곳 브라운대학교에서 매우 중요하며, 학계에서는 누구나 알고 있는 전공 '영역 지키기 다툼'의 정치, 또는 학과 간의 경쟁의식, 학교 행정의 간섭 등은 대학 내에서 비교문학의 주도적인 역할을 이끌어내기도 하고, 때로는 방해하기도 한다. 여기서 강조할 만한 가치가 있는 핵심은, 바로 비교문학이 주도적인 위치에 놓여 있다는 '논리적인 주장'이다. 비교문학의 혼합적인 구성은 모든 구체적인 개별 문학 프로그램과도 소통할 뿐만 아니라, 비교문학의 구성원들은 이와 같은 공통의 명분과 공통의 기반에 대한 인식을 반영할 수 있어야 한다. 그러나 더욱 중요한 것은, 결국 오늘날 대학을 다니는 학생들을 어떻게 교육할지에 대해 우리 비교문학이 기여해야 하는 가치이다. 비교문학은 국제관계에 있어서 인문학 영역을 담당하는 실질적인 주체이다. 이 역할을 수행하는 비교문학은 우리 삶의 중요한 사실을 증명해 보인다. 즉, 우리를 둘러싼 세상은 점점 더 상호의존적으로 바뀌고 있으며, 문화와 사회, 국가가 분리되지 않고 혼재된 상태로 비즈니스와 무역, 정보, 환경 및 그 외 다양한 영역과도 밀접하게 연결되고 있다. 국제관계는 보통 문서로 남길 수 있는 방식으로 국가 간의 경제적·정치적 연결과 갈등에 초점을 맞추는 반면, 비교문학은 우리 사회 안과 밖에 동시에 존재하는 유사성과 차이를 예술적·문화적 패턴으로 담아내는 것을 보여준다. 이를 통해 비교문학은 사회적 가치와 믿음의 소중하고 뚜렷한 자화상과 사회의 미학적·문학적 전통을 우리에게 제시한다. 좀 더 근본적인 의미에서, 비교문학을 공부한다는 것은 시민적·문화적 읽기와 쓰기 역량을 부여하는 것인데, 1987년 저서 『문화적 소양(*Cultural Literacy*)』으로 유명한 미국 교육학자이며 문학평론가인 버지니아대 에릭 D. 허시(E. D. Hirch) 교수가 주장한 '인식' 형태로서의 '리터러시' 역량이 아니라, 실질적이고 비평적인 종류의 역량으로서 다양한 문화적 전통에 대한 지식을 수반하는 특성을 가진다. 여기서 '지식'은 섬세하고, 모순을 인식할 수 있고, 중심과 주변부 모두의 담론에 귀를 기울이는 그런 조건을 이상적으로 갖추어야 한다. 우리가 꿈꾸는 지식의 종류는 학과에서 제시하는 소위 말하는 '필수도서 목록' 같은 것과는 거의 상관없으며, 오히려 특별한 종류의 학문적 자세, 즉 세상을 바라보면서 자신까지 바라보는 방식과 더 큰 관련이 있다.

이곳 브라운대에는 그런 종류의 학부와 대학원 비교문학 프로그램이 갖추어져 있다고 생각한다. 오늘날 비교문학이 미국의 많은 대학에서 위기에 처해 있는 상황에서도 이곳 브라운대에서는 번창하고 있는데, 우리가 프로그램을 운영하는 방식을 여기서 간략하게 소개하는 것은 유용하리라 생각된다. 우리 대학에서 구체적으로 실천하고 있는 방식에 기반한 비교문학 교육 프로그램의 야심 찬 큰 그림을 보여줌으로써, 우리가 이론적 근거에만 머물지 않고 보다 실증적인 사례 중심으로 나아갈 수 있도록 하고자 한다.

첫째, 영향력이 큰 서구 어문학 연구에 강점을 가지면서도, 브라운대 비교문학과는 동아시아와 유대교 문화권, 스칸디나비아 지역뿐만 아니라, 아랍어권의 표준어와 지역어, 해당 문학까지도 포함해서 오랜 기간 연구 대상으로 다루어 왔다.

둘째, 브라운대 교육과정의 학제간 개방성 덕분에, 문화연구에 두각을 보이는 영역과 지난 10여 년 이상 매우 생산적인 상호작용을 계속 이어왔는데, 특히 이런 노력은 "문학과 사회", "현대 문화와 미디어", "펨브로크 여성 교육과 연구센터", "아프리카계 미국학", "라틴아메리카학", "포르투갈계 브라질학" 등의 다양한 프로그램을 통해 이루어졌다. 이 같은 상호작용에는 역사학과와 철학과 겸직 교수 발령도 한몫했다고 볼 수 있다.

셋째, 브라운대 비교문학 프로그램은 학부과정에서 하나의 실험으로 시작되었다. 현재 박사과정은 상당히 높은 수준의 소수의 학생으로 이루어져 있지만,

학부과정은 매년 40~60명의 졸업생이 나올 만큼 상당한 규모를 유지한다. 그러나 비교문학 학부 전공을 본격적인 전문가 과정으로 간주하지는 않기 때문에, 학생들은 한 가지 외국어로 3, 4학년 과정 과목만 이수하면 졸업장을 받을 수 있게 되어 있다. 그렇지만 많은 학생이 하나 이상의 외국어를 공부하고 있고, 많은 학생이 교환학생 프로그램을 통해 한 학기나 1년을 해외 대학에서 보내고 있으며, 모든 학생이 각각 시대, 장르, 이론 영역에서 필수과목을 제대로 이수하고 있다. 또한 학생들 각자의 뛰어난 역량과 결과 외에도, 브라운대 비교문학 프로그램의 규모를 보면 비교문학이 브라운대 학부 교육과정에서 얼마나 중심 역할을 하고 있는지 가늠할 수 있다. 매년 비교문학 교과목을 수강하는 학생 숫자가 1,200명이 넘고, 다른 대학에서는 주로 영문과나 역사학과 급에서 가지는 영향력을 브라운대에서는 비교문학 프로그램이 발휘하고 있다. 이 같은 방식이 다른 대학에서는 비슷하게 성공하지 못할 것이라고 부정적으로 생각할 이유는 전혀 없다. 이는 우리의 '비교문학'을 고객에게 판매하는 차원의 문제가 아니라, 어떤 방식으로 구현할지의 문제이며, 비교문학의 관점을 필요로 하는 관중들에게 어떻게 그 관점을 전달할지의 문제이다.

아마 가장 놀라운 것은, 브라운대 비교문학 프로그램은 미국 내 대학의 비교문학 프로그램 중에서 가장 독특하고 유일하게 중고등 교육에도 관심을 불러일으키고 지속적으로 추진해왔다는 사실인데, 오늘날 교육 수요를 감안하면 이 같은 비교 연구의 특별한 적절성을 증명해 보인다고 할 수 있다. 점점 더 많은 교육학 이론가들이 고등학생들과 대학생들의 시기를 하나로 묶는, 더 크고 넓은 사회적 관점을 내세우는데, 비교문학이 우리나라의 청소년기 고등학생들과 20대 초반 대학생들에게 매우 중요한 개념과 역량을 제공할 수 있다는 우리만의 굳은 믿음을 기반으로 이 같은 시도를 한다. 브라운대 비교문학 프로그램의 사회공헌 노력은 아마 미국 대학의 대부분의 비교문학 프로그램의 울타리를 넘어서는 시도이겠지만, 그 같은 중요한 시도가 진작 이루어졌어야 했다는 것을 깨닫는 것만으로도 가치가 있을 것이다. 사회과학과 이공계 분야의 대표 학자들과 이야기를 나누다 보니, 대학의 많은 전공 분야나, 대학 내에서 외부와 단절된 상아탑 집단들에게도, 이제 교육의 진정한 가치를 깨닫는 시간이 무르익었음을 확신할 수 있게 되었다. 즉, 대학의 지식적·학문적 역할이 상아탑 내에만 머물지 말고 우리 시대가 전반적으로 필요로 하는 교육의 역할을 새삼 다시 짊어져야 한다는 인식이다.

이 역할은 처음에는 브라운대에서 다양한 교내 연구소 설치로 구현되고, 고등학교 교사들과 학생들을 위한 세미나 형태로 진행되었는데, 이후에 이 노력은 학교 밖에서도 국가적 중요성을 인정받아서 1988년부터는 연속으로 브라운대가 미국 국립인문재단(National Endowment for the Humanities : NEH) 지원대학으로 선정되기도 했다. 제목부터 상당히 도발적이었던 교육 프로그램 시리즈인 "위대한 고전들 : 과거와 지금"이나 지금 운영되고 있는 "텍스트와 교사" 같은 프로그램 시리즈는 여러 명의 강사가 함께 가르치는 팀티칭 제도를 도입해서 점점 더 학제간 성격이 두드러진 과목들로 개설했는데, "위대한 고전들 : 과거와 지금" 시리즈에서 개설된 과목으로는, "통과의례"라는 제목으로 계급과 젠더 관련 주제에 초점을 맞추면서 '성장'이라는 모티브를 가진 그리스, 중국, 서구의 중세와 현대 텍스트들을 대조 분석하는 수업이 있고, "신성스럽고 세속적인 글 읽기"라는 제목의 수업은 사도 바울, 파스칼, 키에르케고르, 카프카, 진실의 문제, 그리고 역사적으로 서로 다른 지점에서 각각 종교와 철학, 문학에서 다루는 신(神), 수사학, 재현의 문제를 다루고 있다. 그리고 "망명과 글쓰기 조건"이라는 수업은 '망명'의 정치적·심리적 차원 사이에서의 상호작용, 그리고 추방된 작가가 쓴 텍스트에서 원어의 중추적 역할에 초점을 맞추면서 오비디우스, 두보, 현대 서구 시인들의 작품을 다룬다. 또한, "두 도시의 이야기"라는 수업에서는 17세기부터 19세기에 이르기까지 파리와 런던을 다룬 문학적·시각적 텍스트들을 중심으로 도시 발전이 반영되는 방식과 도시 발전이 만들어내는 것, 그리고 예술적 행위들에 초점을 맞춘다. "욕망과 시장" 수업에서는 18세기 대니얼 디포의 소설 『몰 플랜더스』와 귀스타브 플로베르의 『보바리 부인』뿐만 아니라, 17세기 출판된 일본의 이하라 사이카쿠의 『호색일대녀(好色一代女)』, 아프리카 여성 작가들의 현대 작품 중에 세네갈 출신의 마리아마 바(Mariama Bâ)의 1980년 프랑스어 작품 『이토록 긴 편지(Une si longue lettre)』, 나이지리아 출신의 부치 에메체타(Buchi Emecheta)의 1979년 작품 『어머니의 꿈(The Joys of Motherhood)』, 18세기 영국의 풍자화가이며 판화가인 윌리엄 호가스(William Hogarth)의 판화 작품들과 17세기 일본의 목판화, 그리고 화폐, 가치, 상품, 소비 등을 주제로 하는 『국부론』 저자인 18세기 영국의 애덤 스미스, 『자본론』의 저자인 19세기 카를 마르크스, 『유한계급론』의 저자인 20세기 초 미국의 사회사상가 소스타인 베블런, 그리고 현대 페미니즘 이론가들의 글도 모두 함께 다룬다.

두 번째 단계인 "텍스트와 교사"라는 팀티칭 프로그램 시리즈에서는 완전히 학제간 성격의 과목들을 개설하고 있는데, 하나는 문학과 의학을 주제로 예술적 텍스트와 환자 치료의 성격이 두드러진 임상 텍스트들을 다루고, 또 다른 과목은 문학과 정치학의 관점에서 현대 도시의 삶과 경험에 관한 텍스트들을 다루고 있다. 실험적인 이 두 과목은 어떤 측면에서, 이곳 브라운대 비교문학 프로그램이 시도할 수 있는 가장 도전적인 탐험이라고 할 수 있다. 이 실험적인 교과목에서는 전문성이나 방법론, 가설 등이 기존의 교과목과는 매우 다르고 독특하기 때문에, 교과목 운영 과정에서 어떻게 연합하고 통합하느냐에 상당한 노력과 정성이 필요하다. 다시 한번 비교문학자들은 이 같은 지식적 활동을 가장 잘 수행할 수 있고, 그런 역할에 큰 관심이 있는 사람들일 뿐만 아니라, 예술과 문화에 관해서도 과학과 기술뿐만 아니라 그 외 우리가 살고 있는 사회의 다양한 영역에서 이루어지고 있는 발전과 떼어놓을 수 없을 만큼 궤적을 같이 공유하는 열린 관점을 학생들에게 전해줄 수 있는 사람들이라는 것을 보여준다. 이 같은 브라운대의 학제간 교육 프로그램 교과목들은 우리가 가용할 수 있는 인적·물적 자원들의 효율적 활용을 가능하게 하고, 문학 교수들의 전문성도 확장할 수 있으며, 이를 통해 기대되는 비용 절감의 효과도 결코 간과할 수 없을 것이다. 그러나 모든 이득에는 위험도 수반되는데, 여기서 이득에 해당하는 것으로는, 문학 텍스트는 학생들뿐만 아니라 교수들에게도 오늘날 우리 사회의 가장 까다로운 문제들의 많은 부분에 고유한 영향력을 가진다는 점을 들 수 있다.

이곳 브라운대에서 우리는 비교문학 교과목으로 이미 상당한 성과를 거두었는데, 전 세계 다양한 지역의 문학적 주제들을 다루면서 우리가 말하는 '위대한 책'의 의미를 다시 한번 되새기는 수업들도 있고, 중요한 문학적 주제들을 학제간 연구 방법으로 접근하는 수업들도 있다. 또한 학교 간, 지역 간, 그리고 학문 간 경계선을 뛰어넘으면서 비교문학의 비전을 더욱 폭넓은 관객들에게 소개하는 역할도 해왔다. 이를 위해 브라운대 중고등교육연구소(Institute for Secondary Education)가 미국의 전국 교육개혁 운동의 대표 개혁자인 시어도어 사이저(Theodore Sizer) 교수의 '핵심 학교 연합(Coalition for Essential Schools)'과 협력해서, 우리 지역 고등학교 선생님들로부터 중요한 피드백과 제안을 받아서 반영한 교과목으로 구상해서, 브라운대가 위치한 로드아일랜드주뿐만 아니라 인근의 매사추세츠주의 많은 고등학교 학생들도 수강할 수 있도록 했다. 그리고 일부 고등학교에서는 이 교과목들을 학교의 엘리트반 과목이나 대학예비반(AP) 과목으로도 인정했다. 고등학교 학생들이 브라운대 수업 교재로 공부하고, 브라운대 강의실에서 수업 일부도 직접 수강하고, 브라운대 팀티칭 프로그램의 최대 교수 4명과 학부생 및 대학원생 조교들이 한 팀을 만들어 고등학교를 직접 방문해서 수업하기도 한다.

또한 이런 기회를 통해 브라운대의 뛰어난 학부생들도 수업 진행에 참여할 수 있는 기회를 가지고, 다양한 학과 출신의 대학원생들에게는 학제간 교육 방법론과 중고등학교 교육과 대학 교육 사이의 연결고리에도 관심을 가질 수 있는 계기를 제공한다. 고등학교의 교사들과 학생들에게 돌아가는 혜택으로는, 일반적인 고등학교 교육과정에서 예상할 수 있는 것보다 훨씬 더 깊은 수준의 새롭고 어려운 텍스트를 읽을 수 있는 기회라고 할 수 있다. 더욱이 비교문학의 국제적인 관점은 기존의 전통적인 고등학교 교육과정에 도전장을 내고 다양성을 확장할 수 있는 기회를 제공하는데, 아마 브라운대의 프로그램이 미국의 영예로운 국립인문재단(NEH) 지원대상으로 선정된 것도 이 같은 역할 때문이었을 것이다. 이 프로그램 시리즈의 결과로 만들어진 교과목들은 신중하게 선택된 서로 다른 이질적인 자료들과 텍스트들 사이에 '대화'를 유도하면서, 오늘날 고등학교 교육과정에 여전히 주류라고 할 수 있는 전통적인 '개론 수업' 모델에 대한 바람직한 대안이 될 수 있을 것이다.

팀티칭 프로그램 시리즈인 "텍스트와 교사"는 그 이름에서 볼 수 있듯이 중고등학교부터 대학 교육에 이르는 다양한 교육 수준에서 학생들과 교수들 사이에 강의와 학습 공동체 정신을 강조하는 것을 목적으로 한다. 따라서, 이 프로그램은 미국 내 다양한 지역 출신의 대학교수들과 고등학교 교사들을 초대해서 하나로 묶어주는 여름 집중 세미나 과정도 개설하고 있는데, 지난 몇 년 동안의 실적을 보면 1993년에는 보스턴, 시카고, 세인트루이스, 캘리포니아 쪽 교수와 교사들을 대상으로 했고, 1994년에는 볼티모어, 뉴햄프셔, 뉴욕 쪽을 대상으로 했다. 정규 수업의 미니 모델 형태로 2주간 함께 모이는 이 프로그램에서 참가자들은 텍스트에 완전히 빠져들면서 고등학교와 대학 환경에서 필요한 교수법 관련 이슈들에 대한 폭넓은 토론에도 참여하게 되는데, 프로그램 이수로만 끝나는 것이 아니라 참가자들은 이 프로그램을 이수한 다음 해에는 자신이 소속된 학교에서 이와 비슷한 실험적인 교과목을 개설하는 것을 준비해야 한다. 이 프로그램의 목적은 궁극적으로 비교문학의 방법론을 널리 전파하는 것으로, 구체적으로는 학생들과 함께 읽을 도서 목록의 범주도 더욱 확대하고, 텍스트 읽기의 깊이도 더욱 심화하고, 미국 전역에 걸쳐서 여러 군데에서 고등학교와 대학의 협업 모델을 개발하는 데 있다.

여기서 그 어느 것도 위에서 결정해서 아래로 전달하는 상명하달식인 것은 없다. 그래서 대학생들과 교수들, 그리고 대학의 교과과정에 주어지는 혜택은, 고등학생들과 교사들, 고등학교 교과과정에도 마찬가지일 가능성이 크다. 그리고, 여기서 그 어느 것도 다양한 외국어 역량을 배양하고 문학이론과 문화연구의 날카로운 통찰력을 습득하는 것의 중요성을 간과하지 않으며, 오히려 그 반대라고 할 수 있다. 여기서 강조하는 것은, 정교하고 유연하며 참여적인 학문 분야로서 고등학교-대학교의 다양하고 넓은 교육 스펙트럼에서 새로운 지식과 새로운 시야를 만들어낼 수 있는 역량을 갖추고 있는 비교문학이, 자신의 최대한의 가능성과 가치를 효과적으로 구현하는 구체적 방식이다.

위 프로그램의 각각의 교과목은 학문으로서 비교문학을 뒷받침하는 비교의 원칙의 모범적인 사례라고도 할 수 있다. 이런 과목들이 대학에서는 비록 충격적으로 새롭고 신선하지는 않을 수 있겠지만, 고등학교 교육과정에서는 분명 혁명적이라고도 할 수 있을 것이다. 이들 교과목을 공통적으로 엮어주는 것은 결국 중요한 주제나 화두인데, 이를 중심으로 서로 다른 다양한 문화적 배경과 학문적 배경, 그리고 다양한 역사적 순간에서 나온 선별된 텍스트들이 잘 조합될 수 있다. 그러나 이 교과목들이 직면한 도전은, 결국 비교문학에서 차이와 독특함을 탐구할 수 있는 공통의 주제를 선택함으로써 설득력을 충분히 확보하는 것이다. 학생들이 이 수업을 수강하러 오는 시점에는 아마 대부분 성장과 사랑, 결혼, 망명 등과 같은 보편적인 개념들만 갖추고 있겠지만, 한 학기 수업이 끝나는 무렵에는 역사성에 대해서도 높아진 인식뿐만 아니라 이런 주제들이 어떤 방식으로 이데올로기의 사실과 허상, 인종, 계층, 젠더 등에 의해 고도화되는지를 이해하게 될 것이다. 고등학교 학생들에게 이런 교과목들은 아마 태어나서 처음으로 진지하게 경험하는 비(非)서구의 문학 텍스트 자료들이자, 비영미권, 비유럽권 텍스트 자료들일 것이다. 이 경험을 통해 비교 모델에 대한 기본적인 이해와 세상을 구성하고 있는 다양성을 배우게 된다. 그리고 학생들은 '비교'라는 방법을 통해 다양한 텍스트에서 패턴과 동일성을 구분할 수 있는 역량과 하나의 문화에서 기정사실로 받아들여지는 것이 다른 문화의 렌즈로 보면 아주 이상하게 보일 수 있다는 것을 깨달을 수 있는 역량, 그리고 자신들의 삶이 자신들의 과거의 삶이나 세상의 다른 곳에서 살아가는 사람들의 삶과 유사하면서도 상이하다는 것을 깨닫는 역량을 키울 수 있게 된다. 비록 이런 목표는 책상에 앉아 논문을 쓰는 학자들 관점에서는 단순한 것으로 보일 수 있지만, 이 목표들이 우리 사회 전반에 걸쳐서 여전히 명확하지 않다는 주장이나, 이 목표들은 학습하기가 매우 힘들다는 주장이나, 이 목표들이 비교문학이 태어난 언어적, 도덕적, 인식론적, 정치적 기반을 구성하고 있다는 주장은 논란의 여지가 있다. 그리고 우리 연구자들을 흠뻑 사로잡는 이데올로기와 이론에 관한 격렬한 논쟁으로부터 종종 벗어난 채 대부분의 고등학교 현장에서 구축되고 있는, 여전히 유럽 중심적이고, 영미 백인 중심적인 고등학교 영어 교과목 커리큘럼의 구축 방식을 구체적으로 인식할 수 있을 때, 우리는 비로소 이 문제의 이해관계를 제대로 파악하게 될 것이다.

| 번역 : 이형진 |

08

비교의 망명
— 비교문학사에서 대립하는 주변부들

에밀리 앱터

비교문학이라는 학문은, 많은 사람이 지적하듯, '망명'이라는 역사적 환경을 빼놓고는 생각하기 어렵다. 이 논의에서 나의 고민은 '다문화시대' 비교문학의 미래는 이러한 문화적 '탈구(dislocation)'의 물리적·정신적 유산을 과거와 미래 세대가 어떻게 규정하고 주장할 것인가에 달려 있다는 것을 보여주는 것이다. 전후 인문학의 정치가 급격히 변화를 겪는 동안에도 이후로 이어지는 세대와 구성원들에 의해 재정의된 '망명 의식'은, 비교문학이라는 학문의 존재론에 대한 중요한 패러다임을 설정하고, 포괄적인 역사적 패러다임을 제공하면서 비교문학 불변의 본질적 요소로서 깊이 뿌리내린 듯하다.

오늘날 비교문학 영역에서 발생하고 있는 많은 영토분쟁은, 어떻게 보면 유럽 문학과 비평이 그들만을 위해 남겨둔 학문적 공간을 '탈식민주의' 이론이 찬탈하려는 상황과 무관하지 않다. 전후 비평의 특징이기도 한, 불행한 의식이라는 이 담론적 기제를 정치화된 다문화주의 비평 용어로 번역하면, '탈식민주의'는 많은 측면에서 전기(傳記), 영향 연구, 국가 문학사, 형식주의, 수사 분석 등과 같은 기존의 그 어떤 방법론적 동향이나 접근법들보다도 비교문학의 본질적인 특성에 충실하다. 문화적 주체성에 대한 탐구뿐만 아니라 정체성과 민족 언어 간의 미약한 연결고리에 대해 관심을 가지는 '탈식민주의'는 꽤 자연스럽게 비교문학의 역사적 유산의 법통을 물려받은 것이다.

물론 오랜 역사에 걸쳐서 친유럽적이었을 뿐만 아니라, 해체주의적 훈련을 받고, 대부분 백인으로 이루어진 비교문학 비평가들은 이러한 관점에 동의하지 않을 것이다. 예상컨대 이들 대부분은 새로 등장해 풋내 나는 제3세계 학자들 무리에게 비교문학을 넘겨주려고는 하지 않을 것이다. 그런데 만약, 진정성 없는 형식주의에 머물러서는 안 된다는 압박이 작동한다면(그러한 압박은 당연히 있다), 그리고 그러한 원칙이 비교문학의 세계에서 새로운 회원 모집에 적용된다면 어떻게 될까? 비교문학이 프랑스학, 독일학, 슬라브학, 또는 포르투갈학을 약간 가미한 아시아학, 중동학, 아프리카학, 중남미학이 되어, 더 넓은 전 지구적 또는 역사적 관점을 제공하게 되는 것을 과연 무엇이 막을 수 있겠느냐는 주장도 있을 것이다. 이런 주장이, 현실이 되는 것을 막는 방법은 없을 것이라는 것이 위의 질문에 대한 나의 답이다. 이미 현실은 분명히 그렇게 진행되고 있다. 그리고 이 상황에서 역사적으로 비교문학의 중심을 차지해왔던 유럽은 비교문학의 학문적 정체성 상실을 비난하고 있다.

그러나 나는 묻고 싶다. 도대체 그 정체성이라는 것이 언제는 확실한 적이 있었던가? 비교문학의 시초에 대해 간략하게만 살펴보아도 우리는 이 학문이 미국 학계 안에서 항상 지식의 최전선과, 스스로 문화적 주변부로 느끼는 지점 사이에 놓여 있다는 날카로운 인식을 발견할 수 있다. 이 '소외'의 감각은 꺼지지 않는 불꽃처럼 세대를 거쳐 계속 전해 내려왔고, 냉정한 '거리 두기'에 기반한 비판의식이라는 일관된 특징을 비교문학이라는 학문 분야에 부여해왔다. 전통적인 비교문학자의 최악의 직무 유기는, 아마도 '제3세계' 문학과 '탈식민주의' 이론을 원어로 된 문학 텍스트에는 전혀 관심을 두지 않는 '문화연구' 방식이라고 경멸하고 무시하면서 '타자화'해버리고 거부하는 것이다. 그런데 '문화연구'를 '비교문학'의 나쁜 대상으로 구조화하는 것, 다시 말해, 문화연구를 문학성에 대한 가상적 '안티테제', 즉 적으로 간주하는 것은 마치 동네에 가장 최근에 이사 온 사람들을 소외시키려는 속내와 같은 전략에 불과하다. 이는 이민자 2, 3세대가 새로운 이민자의 유입을 우려하며 이민에 적대적인 입장을 가지려는 것과 꽤 비슷하다. 아마 비교문학의 초기 역사를 거슬러 올라가다 보면 비교문학이라는 좁은 영역 안으로 문화연구가 침범하는 것에 대한 최근의 경고와 경종에 뿌리 깊게 박혀 있는 위선들을 좀 더 잘 이해할 수 있을 것이다.[1]

비교문학의 초기 역사에는, 물론 이후에도 비교적 자주 반복되어왔지만, 망명을 특권화했던 기록들이 남아 있다. 비교문학의 창시자이면서도 자신들 역시 고국을 떠난 망명자인 레오 스피처(Leo Spitzer), 에리히 아우어바흐(Erich Auerbach), 르네 웰렉(René Wellek), 볼프강 카이저(Wolfgang Kayser) 등이 미국 대학에 도착했을 무렵, 그들은 이미 '소외'와 주체적 '소격(estragement)'의 이론화에 집착하던 세기말 문화에 크게 영향을 받은 상태였다. 그리고 이보다 앞서 유럽의 망명 정신에 깊이 기여한 자들 중에는 마르크스(Marx), 프로이트(Freud), 뒤르켐(Durkheim), 루카치(Lukacs), 크라카우어(Kracauer), 짐멜(Simmel), 벤야민(Benjamin), 아도르노(Adorno)도 있었다. 또한 이데올로기에 찌든 과거로부터 탈피하려던 초기 비교문학자들은, 전 인류적이면서 이론적인 문학성의 교육방법론을 발전시켰다. 뉴욕대 불문학 교수인 데니스 올리에(Denis Hollier)는 「죽은 언어로 간주되는 문학에 대하여」라는 글에서 "입국비자가 필요없다"[2]라는 표현으로 문학의 '전 인류성(panhumanism)'을 강조한 바 있다. 이렇게 탈국가화된 문학비평이 탄생하게 된 배경은 사실 매우 긴박한 개인적 상황에 의해 결정된 경우가 많았다. 파국적 상황의 나치 유럽을 탈출했던 그 많은 이들은, 어디에 있는지도 모르고 생사마저 불확실한 그런 상대방에게, 제대로 도달할지도 모를 편지를 띄우는 것과 같은 마음으로 비평문을 쓰곤 했다. 그래서 펜실베이니아주립대와 예일대 유럽 문학 교수를 역임한 독일계 문학비평가 에리히 아우어바흐의 표현이 아직도 마음을 울리는데, 그는 『미메시스(*Mimesis*)』의 에필로그에서 그 책의 '고독한 소명'은 바로 '독자 찾기'라고 밝혔다.

또 이 책이 유럽 연구의 자료가 잘 갖추어져 있지 않은 이스탄불의 도서관에서 전쟁 중에 쓰였다는 사실도 말하는 것이 좋겠다. … 다른 한편으로 이 책이 존재하게 된 것은 바로 풍부하고 전문적인 도서관이 없었던 때문이라고 할 수도 있다. 이 많은 문제에 대한 다른 연구들을 다 탐독할 수 있었다면, 정작 집필하는 단계에는 결코 이르지 못했을지도 모를 일이다.

이것으로 나는 독자가 나에게 설명을 기대했을 법한 것을 다 말하였다. 이제 남은 일은 그를, 즉 독자를 찾는 일이다. 내 연구가 독자에게, 아직도 살아 있다면 내 옛 친구들과 내가 목표로 한 다른 독자들에게 당도하기를 희망한다. 서양사에 대한 사랑이 그들을 평온 속에 부추겨 준 사람들을 함께 만나게 하는 데 이 책이 일익을 맡아줄 것을 나는 기원하고 있다.[3] *

유럽을 벗어나 북미 해안에 정착하게 된, 문학과 문학성을 연구하는 비교문학은 미국의 '신비평(New Criticism)'의 국가 중립적 텍스트성과 비교적 잘 어울리는 것으로 드러났다. 하지만 국가(민족)주의에 대한 거부감이 '신비평'과 '비교문학'의 공통분모였다면, 이 급성장하는 학문 분야의 국제어는 처음에 미국에서 사회학이나 미술사학이 시작될 때처럼 대부분 독일어였다. 프린스턴대 미술사 교수 에르빈 파노프스키(Erwin Panofsky)가 1953년 출간한 『문화적 이주 : 미국에서 활동하는 유럽 학자(The Cultural Migration: The European Scholar in America)』라는 제목의 학술서에 실린 미술사 관련 글에서 지적했던 것처럼, 독일 '문화(Kultur)'는 2차 대전 후 인문학의 변신에 결정적이었다.

비록 이탈리아 르네상스, 그리고 그 너머 그리스, 로마 시대까지 거슬러 올라가는 전통에 뿌리를 두고 있지만, 한편으로는 미학, 비평, 감정(鑑定), '감상' 등에 반대하고, 또 다른 한편으로는 순수 골동품 연구에도 반대하며, 우리가 실용적 가치 그 이상을 부여하는, 인류가 창조한 모든 사물에 대한 역사적 분석과 해석을 시도하는 미술사는, 학문 분야 가계도에 비교적 최근에 추가된 학문이다. 그리고 어느 미국학자의 표현대로 '그 학문의 모태 언어

---

* 에리히 아우어바흐, 『미메시스』, 김우창 역, 민음사, 2012 참고.

는 독일어'였던 것이다.[4]

여기서 주목할 만한 것은, 비교문학이라는 신생 학문 분야가 기꺼이 포기해도 되는 개별 민족 유산에 오히려 역설적으로 빚을 지고 있다는 사실이 아니라, 학문적 모태 언어가 영어가 아니었던 미국의 비교문학이라는 학문의 변칙적이고 이례적인 전망이 그것이었다. "그럼 얼마나 독일적인 걸까요?"라는 파노프스키의 미국인 동료의 질문은, 유럽에서 도착한 비교문학이라는 문화적 '신상품'을 맞이하는 미국 비평가들의 불편함과 경외감의 묘한 혼재를 드러내고 있다.

세계적인 단테 전문가인 뉴욕대 존 프레체로(John Freccero) 교수가 1950년대 자신의 학문적 스승이었던 존스홉킨스대 언어문화학 교수 레오 스피처(Leo Spitzer)를 기억하는 모습에서도 초기 비교문학이 지닌 타자성은 분명히 드러난다.

> 우리는 종종, 스피처 교수가 자기 동료에게는 항상 논쟁적인 태도인 것과는 대조적으로, 유럽 전통에 대해 마치 효심과 같은 공경심을 보이는 것을, 그저 다른 이들로부터 스스로 거리를 두는 한 방법 그 이상의 무엇이 아닐까 궁금해하곤 했다. 마치 그가 비가 올 때면 입던 오페라 망토나 숱이 무성한 백발에 비스듬히 눌러 쓴 중절모처럼 말이다. 그 시절 아이비리그를 대표하던 짧은 남성 커트 머리와 옥스퍼드 신발들 사이에서, 대륙의 대가의 모습으로 그는 남성 차림새의 모든 규범에 도전했다. (⋯)
> 그의 의상 스타일과는 달리, 그의 미학은 당시 지배적인 분위기에 훨씬 순조롭게 어울렸다; 당시 영문과의 지배적인 정통파로부터 벗어나고자 했던 미국 비평가들에게 그는 큰 영향을 주었다.[5]

스피처의 오페라 망토와 중절모자는, 50년대 이론의 '차이'의 상징물과 같이, 미국으로 넘어온 유럽 비교문학자들의 여전히 심오한 유럽 선망에 대한 환유적 표현으로 작동한다. 그러다 보니 캘리포니아대(어바인) 비교문학 교수인 J. 힐리스 밀러(J. Hillis Miller)나 듀크대 비교문학 교수인 프레드릭 제임슨(Fredric Jameson), 존스홉킨스대 문학비평 교수인 닐 헤르츠(Neil Hertz)같이 '외국' 태생이 아닌 비평가들도 비교문학 활동 안에서 거의 반강제적으로 비영어권 유럽의 아우라를 흡수하고 투사하였던 것이다.[6] 이런 맥락에서, 비교문학 최고의 전제 조건 중 하나는 마치 '언어적 낯섦'이라는 원칙이었던 것처럼 보인다. 심지어는 비교 연구의 대상이 미국 대중문화인 상황에서조차, 언어적으로 거리를 둠으로써 미국 주류 문화로부터 벗어나려는 움직임이 엿보였다.

프레드릭 제임슨이 발터 벤야민(Walter Benjamin)에 대한 글에서 강조한 알레고리적인 우울함은 "개인적 우울감, 직업적 좌절, 주류 밖 아웃사이더의 낙담, 그리고, 정치적, 역사적 악몽 앞에서의 괴로움" 등으로 이루어지는데, 이는 지난 수십 년간 비교문학을 유령처럼 괴롭혀왔다.[7] 레오 스피처는 "나는 순수와 단일 가치를 추구하는 미학적 형식들의 세계로부터 잔인하게 추방되었다."라고 하며, 당시 오스트리아 빈대학에서 20세기 초 최고의 서유럽어 학자였던 빌헬름 마이어-뤼브케(Wilhelm Meyer-Lübke)의 지도를 받으면서 '언어학과 문학사'로 빠져들었던 때를 회상했다(LS 426). 텍스트 본질주의를 포기한 것은 분명히 일종의 유배 경험에 해당될 수 있을 것이다. 여기서 개인의 학문적 궤적이 마치 인간의 타락 이전의 '에덴동산의 낙원'으로부터 추방되는 서사시를 닮았다면, 다음 세대의 해체론자들과 '예일 학파(Yale School)'에 소속된 비평가들에게는, 성경에서 이스라엘 민족이 이집트를 떠나는 '출애굽'의 트라우마로부터 이론이 등장하는 것같이 훨씬 더 풍부하고 복잡한 이야기로 발전한다. 예일대 문학비평 교수인 해럴드 블룸(Harold Bloom)은 '미국 유대인의 어두운 문화적 전망'을 프로이트의 원초적 불안 개념과 결합시켜 놀랄 만한 비평적 전환점을 구축해냈는데, 그 예로 '영향에의 불안(anxiety of influence)', '시적 경시(poetic misprision)', '논쟁을 위한 논쟁(agonism)', '정제된 인식(purified Gnosis)' 등을 들 수 있다.[8] 유대인들의 인식론적 '장소 부재(placelessness)' 의식의 또 다른 양식은, 예일대 비교문학과 교수이면서 '예일 해체학파'로 분류되기도 하는 제프리 하트먼(Geoffrey Hartman)의 19세기 영국 비평가 매튜 아널드(Matthew Arnold)의 영향을 받은 "황무지에서의 비평"과도 공명한다. 여기서 '황무지'란, 비평가들이 죽어가는 "시나이

(Sinai)" 땅과, "새롭고 생명력 넘치는 문학이 그 비평가의 작업을 구원하기 위해 등장할" '약속의 땅(Promised Land)' 사이 어디쯤을 가리킬 것이다.[9]

오늘날 세대의 '망명' 비평가들은, 충분히 예상할 수 있듯이, 특히 '비(非)독일어권의', '비메트로폴리탄적인', '비백인의', '반(反)가부장적' 등과 같은 그들의 유럽중심주의의 대응체에 대해 현저하게 반대되는 입장을 취하는 경우가 많으며, 그리고 다양한 수준에서, '엘리트주의적' 문학성에도 적대적일 것이다. 그런데 아마 누군가는, 새로운 흐름으로 등장한 '탈식민주의' 문학성이 그 유럽의 선조들과도 분명히 닮았다고 말할 수 있을 것이다. 그들은 자주 우울, '유배(Heimlosigkeit)', 문화적 양가성, 언어적 상실의 인식, '세계화'나 전 지구적 전이에 이끌린 혼란, 기원의 망각, 부서진 주체성, 경계선 트라우마, '대리 국가(substitute nation)'로서의 '서술(narration)'에 속하고자 하는 욕망, 언어적·문화적 반란의 정치적 경험들과 같은 반향으로 가득 차 있는 것이다.

오늘날 '탈식민주의' 이론과 유럽의 '비교주의' 사이의 관계에 대한 불편함의 일부는, 아마도 양쪽 모두 문화적으로 양가적(兩價的)인 자신들의 자세가 서로 두드러지게 닮았다는 것을 부정하고 싶어하는 데서 기인할지도 모른다. 유럽의 '비교주의'가 현대성의 '포스트휴머니즘적'이고, 최근 자본주의 기술 발전의 맥락에서 '하이데거적' 주체 삭제를 선호하는 반면, '탈식민주의'는 식민주의적 모방에 따른 특정한 소외 효과를 전경화하려 들지만, 둘 다 어떤 의미에서는 주체의 문화적 '자기 오인'에 대해서는 '동의'하고 있다. '탈식민주의'는 궁극적으로 유색인종의 정체성 회복과 자율성 및 권리 강화를 위해 애쓰고 있다고 말할 수 있는데, 유럽의 '비교주의'는 기호학적 결정불가능성, 수행적 정체성, 그래서 결국은 백인들이 선호하듯 인종적 구분을 비판하는 '인종불문주의'를 지향하는 냉소적 이성에 기꺼이 안주하려는 듯하다. 그럼에도 불구하고, 이들은 주체를 뒤얽힌 것으로 만들어내는 경향에 있어서는 공통적이다. 즉, 전형화된 이미지나 확정적인 이미지로부터 빠져나와서, 국가횡단적이고, 언어횡단적이며, 성전환적이고, 기술적 횡단의 공간 안에서 지연되고 연기되는 복잡성의 주체를 만들어낸다.

마지막으로, 경계 넘기의 언어를 문자 그대로의 뜻으로부터 해체하는 공통된 경향이 있는데, 이는 문화적 해석학이 궁극적으로는 '읽기 불가능'하다는 것을 강조하기 위한 것이다. 예를 들어, 데리다와 20세기 모로코의 비평가·작가인 압델케비르 카티비(Abdelkebir Khatibi)를 비교해보자. 데리다에게 경계의 트라우마는 '아포리아(aporia)'라는 상당히 다루기 힘든 '문제'의 이론화를 예고하고 있다:

> '경계 넘기'는 항상 일종의 발걸음 옮기기─그리고 어떤 선을 넘는 발걸음─에 의해 등장한다. 이 선은 하나의 '분할불가능'한 선이다. 또한, 우리는 항상 더 이상 나누어지지 않는 '분할불가능한' 경계를 기준으로 제도를 전제한다. 세관, 경찰, 비자나 여권, 승객의 증명서 등 이 모든 것들이 '분할불가능한' 것들의 제도 위에 형성되어 있다. … 이 '최전─선'(the edge-line)이 위협받는 순간, '문제'가 발생한다. 사실 위협은 처음으로 선을 긋는 순간부터 시작되었다. 이 줄긋기는 본질적으로 두 면으로 나누는 행위의 결과인 선을 제도화할 뿐이다. 이같이 제도에 내재하는 분할은 경계가 자기 자신과 가지는 관계조차 분할시키는 순간 '문제'가 된다. 무엇이든 '하나의─자기─되기'(the being-one-self)에 분할선을 그어버리기 때문이다.[10]

'하나의─자기─되기(being-one-self)'라는 동명사를 만드는 하이픈으로 가시화되는 존재론적 망명성, 또는 분리된 존재와 자기로부터의 '하나─되기'는 압델케비르 카티비의 탈식민주의적 난독증이라는 생생한 결과물로 두드러진다. 1983년 작품인 『두 언어 안의 사랑(Amour bilingue)』에서 카티비는 공항을 '방향성 상실'의 장소로 만들었고, 결과적으로 허구적이지 않은 방식으로 '낯선 형상화'를 이루게 된다.[11]

> 영구적으로 치환되는 순열관계. 그는 어느 날 파리 오를리 공항에서 탑승 방송을 기다리며 느꼈던 짧은 방향감각 상실의 경험 덕분에 이를 잘 이해했

다; 그는 창문에 반대로 비친 '남쪽(South)'이라는 단어를 읽을 수 없다는 것을 깨달았다. 돌아서서 그는, 그가 처음 배웠던 문자인 아랍 글자들처럼 오른쪽에서 왼쪽으로 읽고 있었다는 것을 알아차렸던 것이다. 그는 자신의 모국어인 아랍어를 읽는 방식으로만 영어 단어를 배치할 수 있었다.[12]

여기서, 좋든 싫든 간에 '경계 지나기'와 공항의 탑승 안내 방송의 사례에서 볼 수 있는 은유성은, 우리가 거부할 수 없이 위치의 정치학이 텍스트화되는 방향으로 이동하고 있다는 것을 승인하며, 텍스트적으로 공명한다.

카티비와 데리다는 각각 분명히 다른 비판적 경향을 대표하고 있지만, 비교문학적 주체의 방랑을 '쓰기(écriture)'로 포착하는 데 집중하고 있다는 점에서 쉽게 조우한다.[13] 이 비교문학의 주체는, 사실 호미 바바(Homi Bhabha)가 "심오한 재정의(再定義) 과정 속"에 있다고 제기한 비교문학의 "새로운 국제주의"에 대한 논쟁 안에서 위기를 맞이한 그 주체이다. 바바는 마르크스주의의 경제적이면서 계급결정적인 정치적 정체성에다, 정체성 정치학의 정서적이면서 초국가적 유대감을 부착한 '비판적 비교주의'의 근거를 마련하려고 시도한다.

> 비판적 비교주의, 또는 미학적 판단이 일반적으로 사용하는 것은 더 이상 베네딕트 앤더슨(Benedict Anderson)이 진보와 현대성이라는 "동종의 비어 있는 시간"에 뿌리를 두고 있는 것으로 주장한 "상상의 공동체"처럼 민족국가 문화의 주권이 아니다. 또한, 자본주의와 계급을 연결하는 대서사는 사회적 재생산의 엔진을 구동하지만, 그 자체로 문화적 동일시와 정치적 감응의 방식들을 만드는 근본적인 프레임을 제공하지 않는다. 문화적 동일시와 정치적 감성은 섹슈얼리티, 인종, 페미니즘, 난민과 이민자들의 삶, 또는 후천성 면역결핍증(AIDS)의 죽음과도 같은 사회적 운명이라는 이슈들을 중심으로 형성된다.[14]

뉴욕대 비교문학 교수인 메리 루이스 프랫(Mary Louise Pratt)은 "다국어주의, 다중언어, 문화 중재 예술, 문화상호적 깊은 이해, 그리고 진정한 전 지구적 인식 구축을 위한 환대의 공간"으로서 '좀 더 친절하고, 좀 더 부드러운' 희망적 비교문학을 제시하고 있지만,[15] 바바의 '세계화된(worlded)' 문학의 공간은 덜 친화적이고, 잘 매개되지 않으며, 더욱 파벌적이다. 바바의 표현으로 이 공간은 "소속에 대한 비합의의 조건들이 역사적 트라우마라는 바탕 위에서 형성된 문화적 불화와 타자성의 형상"에 관심을 두고 있다(LC 12). 나딘 고디머(Nadine Gordimer)와 토니 모리슨(Toni Morrison)의 '고향을 떠난 듯 낯선 이야기'들을 가리키며, 바바는 "남아프리카공화국의 유색인종인 주인공이 '사이 공간'의 현실이라는 범위 안에 상주하는 주체로서 그 '안(within)'의 차이이기도 한 '혼종성(hybridity)'을 대변하는 것과 같이, 양날의 경계를 지닌 서사를 제공하는 미학적 차이의 순간" 안에서 새로운 '국제주의(internationalism)'를 발견한다(LC 13).

바바가 '불화하는' '트라우마적인' 비교주의라는 특정한 방법론적 구성을 거부해버리고, 대신 '혼종성'과 '사이−존재(in−betweenness)'에 대한 소설적 환기에 주목하는 것은 놀랍지 않다. 분열되고 내면화된 망명 존재론의 미묘한 양상을 교과과정이라는 권한으로 번역하는 작업은, 기껏해야 환원적이고 최소한의 특징만 두루뭉술하게 그려내는 것처럼 보일 것이다. 그렇다면 바바의 텍스트로의 전환은 일종의 이론이다. 왜냐하면, 바바는 소설을 새로운 이론적 공간에 도달하는 방법으로 다루고 있기 때문인데, 그 장소는 이론만으로는 닿을 수 없는 그런 곳이다. 바바는 '망명' 의식의 문학에 이론적 장치와 정치적 긴급성을 부여하는데, 어떤 의미에서 이 같은 장치와 긴급성은 2차 세계대전 직후 이래 비교문학이 제대로 가져본 적이 없는 것이었다. 초기 비교문학과 탈식민주의 사이의 유사성을 확인하는 방식으로, 나는 호미 바바의 탈식민주의 이론의 '대표적인' 용어들과 레오 스피처가 '썬키스트(Sunkist)'라는 유명 상표를 "집 잃고", "제거된", "혼종적 양식"으로 분석했던 것 사이의 뜻밖의 유사성을 지적하고자 한다. 스피처는 1949년에 이 '썬키스트'라는 단어로 미국 대중문화에 대한 단독 공격을 감행했는데, 스피처는 미국 캘리포니아 '썬키스트' 오렌지를 일종의 '방랑'의 비유로 전환해버렸다.

'썬키스트'라는 특정 표현에 대해 말하자면, 우리는 아마도 '썬키스트'라는 용어, 즉, '태양의 키스를 받은(kissed by the sun)'이라는 의미의 시적인 성격 때문에 이 용어를 만들어낸 창작자에게서 정당하게 '시적' 의도를 추측할 수 있을 것이다. 그러나 동시에, 이 창작자는 그 단어의 부수적인 '맛'인 '광고적' 특성도 분명히 인식하고 있었을 것이다; 그는 두 종류의 소비자에 호소할 수 있는, 즉, 두 개의 장기판을 굴릴 수 있었다는 것이다 : 다시 말해, 간결하고, 효율적이고, 업무중심적 스타일을 좋아하는 사람들과, "호메로스의 태양은, 아직도 우리를 비추고 있다(the sun of Homer, it shineth still on us)"라는 시적 표현을 떠올릴 수 있는 사람들 모두를 말이다. 그래서 일상적인 언어 사용에 뿌리를 두고 있지 않은 '썬키스트'라는 혼종적 단어는, 집을 잃은 존재의 운명에 직면한다. '썬키스트'는, 산문은 사람들로부터 기피되지만 그렇다고 시적인 것도 진지하게 받아들여지지는 않는, 누구의 땅도 아닌 중간지대에서만 가능해지기 때문이다.(LS 342)

호미 바바와 스피처를 한데 묶는 것은 피상적으로는 마치 「사드를 칸트와 함께(Kant avec Sade)」라는 제목의 자크 라캉(Jacques Lacan)의 에세이처럼, 탈식민주의 모더니스트와 보수적인 유럽향수주의자의 어울리지 않는 만남처럼 보일지 모른다. 하지만 이 두 사람은 각자의 방식으로 문학적, 존재론적 분석의 원동력으로서 문화적 차이와 문화적 '유산 박탈'을 가동시켰다. 두 경우 모두 문학적 실천, 즉 '읽기'라는 의례를 통해 바로 비교문학 연구의 전부이기도 한 본질에 딱 들어맞는 '장소 부재'라는 이론적 사상이나 주제(topoi : 토포스)를 발생시킨 것이다. 이런 의미에서, 비평의 양식으로서 '집 부재(Heimlosigkeit, homelessness)'의 이론화는 역설적이게도 비교문학의 '모국'으로 등장한다. 낯섦 속에서 익숙함을 느끼는 '장소 없음'의 장소이면서, '고향'의 대체물로서의 비교문학은 '거기-있지-않음'의 제도와 교육의 공간이 된다.

만약 오늘날 비교문학이 여전히 추방과 강제이민의 반복되는 이야기로 점철된다면, 비교문학의 초기 역사는 또 다른 종류의 망명 이야기를 보여주는데, 이는 마치 어느 오지에서 서구 문명의 이상을 용감하게 대변하는 식민지 공무원의 망명 같은 이야기로, 원주민 문화에 대한 '철거용역반'과도 같은 비교문학자의 모습이다. 내가 이런 비교문학의 '흑역사'를 언급하는 이유는, 망명의 비교문학자들이 이론적으로 협상하는 상황을 가정할 때, 많은 대학과 학과들에서 소수자 담론을 지배하는 여전히 유럽 중심의 국제주의에 대한 확신 속에 명백히 드러나는 비교문학의 식민지적 유산이 그냥 조용히 덮여버릴까 봐 우려하기 때문이다. 이 책 4장에 실린 「'Geist' 이야기」에서 앤서니 애피아가 그리스어, 유대인 언어인 이디시어, 영국식 영어라는 세 가지 다리를 걸친 '글로벌한' 표현으로 지적하듯, 비교문학이라는 명칭을 스스로 처음 붙였을 때를 되돌아보면, 서구라는 프레임 안에서 "수천 개의 언어"를 포괄한다는 라벨로서의 초기의 그 "오만함과 당돌함, 뻔뻔함"은 정말 믿기 어려울 정도다.

컬럼비아대 영문과와 비교문학과 교수인 고리 비스와나탄(Gauri Viswanathan)은 인도 내 영국 제국이라는 맥락에서 교육과정과 교육방법론으로서 영문학이 발명되었다고 주장하면서 비교문학의 식민주의적 기원을 강조한다. 적어도 영문학과 비교문학은 역사적으로 얽혀 있는 것이다.[16] 영문학처럼 비교문학도 수출용으로 포장된 영국 교육의 관료적 장치로부터 그 학제적 기원을 두고 있다. 르네 웰렉의 설명에 따르면, 『비교문학(*Comparative Literature*)』이라는 제목으로 처음 나온 책은, 1886년 아일랜드 더블린 출신의 변호사로서 뉴질랜드 오클랜드에 주재하다 거기서 영문학과 고전문학 교수가 된 사람이 쓴 것이었다. 허치슨 매콜리 포스넷(Hutcheson Macaulay Posnett)이라는 이름의 저자는 스펜서와 다윈의 영향을 받아서 비교문학을 대영제국과 세계의 큰 판 위에서 거창하게 인식했다. 그는 "오늘날 역사과학을 문학에 적용하는 데 있어 일반 대중의 허락을 받아야 할까?"라는 질문을 던지며, "영국, 미국, 그리고 호주 식민국의 주요 대학들에서 비교문학 학과장 자리를 신설하는 것은 이 방대한 연구의 안정적 진보를 확보하는 데 크게 기여할 것"이라고 주장했다.[17] 포스넷의 '세계문학' 비전은 서구의 문학들을 인도와 중국의 문학과 대조하려는 계획이었는데, 이는 식민주의 이데올로기의 도구로서 '세계문학'과, 비교문학의 유럽중심적 파벌주의에 대한 '탈'식민주의적 대응으로서의 '세계문학' 사이의 아이러니한 접속 지점을 부각한다. 이런 맥락에서 보면, 우리는 오늘날 다시 포스넷의 원래의 근원적인 계획으로 다시 돌아온 것 같다. 물론 그때와는 다른 완전히 새로운 형태의 정치적 원칙과 해석적 이해관계를 품고 있지만 말이다.

만약, 비교문학이 앞으로 대학 내에서 적어도 이론적으로 '수천 개의 언어'를 수용하는 마치 '국제관 기숙사' 같은 위상으로 나아간다면, 비교문학은 디아스포라 담론과 비평의 가장 흥미로운 조합들을 키워가게 될 것이다. 앞으로 반드시 해야 할 것 중 하나는, 세계문학을 계속해서 재창조해가는 과정에서 이론과 관련된 문화를 창고에만 처박아두지 않도록 하는 것이다. 제1세계와 제3세계 사이의 비판적 시각들의 불협화음의 혼란과도 같은 이론 문화는 여전히 계속해서 고수해야 할 가치가 있는데, 문화와 언어의 배타적인 개별주의라는 바다에서 녹아내려버리는 위험이 있는 분야에 응집력을 부여하기 때문만은 아니다. 그보다 더 중요하게는, 이론의 '망명적' 우울함이 비교문학과 비교문화의 서사적 움직임과 심오하게 일치하기 때문인 것이다.

호미 바바, 가야트리 스피박, 에드워드 사이드, 앤서니 애피아, 사라 술레리, V.Y. 무딤베, 레이 초우 등과 같은 탈식민주의 후계자들과 비교하며 그들의 선조인 비교문학 '창시자들'을 다시 읽으면서, 나는 '비교문학'을 비교 행위의 '망명'으로 간주하게 되었다. 스피처로부터 바바에 이르기까지, 비록 그들이 살던 세상이 지리적으로, 시기적으로 떨어져 있음에도 불구하고, 그들의 비평적 목소리에 담긴 저항적인 '집 부재'를 알아챌 수 있다. 집 없이 떠도는 이 낯선 목소리는, 비교문학의 이론과 방법들에 등장하는 들뜨고 이주하는 사유의 패턴들과 함께, 비교문학의 학제적 특성 자체가 바로 '망명' 의식이었고, 앞으로도 계속해서 '망명' 의식일 것임을 강조하고 있다. "세기적 전환기의 비교문학(Comparative Literature at the Turn of the Century)"이라는 부제의 1993년 「번하이머 보고서」에 대한 여러 입장에서 지금 부각되고 있는 것은, '유럽중심주의'에 대한 세대 간 또는 문화 간 어설픈 전쟁이 아니라, 비교문학의 독보적인 과거로부터 이어온 망명적 아우라의 소유권을 과연 누가 주장할 것인가에 대한 보다 보편적이고 보다 진지한 경쟁이다. 번하이머는 이를 '불안감' 유발 현상이라 특징 짓고 있는데, 나는 이 문제를 '불법체류 노동자', '밀입국자', 그리고 '영주권자'의 시위를 두고 벌어지는 법적 분쟁이나 정치적 논쟁의 학문적 버전으로서의 경계 전쟁으로 설정하고자 한다. 아무리 국경 순찰을 강화한다고 하더라도 경계를 넘는 새로운 밀입국자들을 '막아낼 수' 없다는 것이 상식이다. 해체주의, 페미니즘, 게이 · 레즈비언 성소수자 연구, 영화와 대중문화 연구들에서처럼, 이전에 넘어왔던 자들이 그러했듯이 새로 도착한 자들도 자신들이 머물 자리를 결국 찾을 것이다. 결국, '탈식민주의'는 유럽 비교문학 연구가 좋아하든 말든 자신의 자리를 주장하고 지킬 것이다. 하지만 이 학문 분야는 다문화주의의 미래를 위해서는, 안락한 '호텔'이 되기보다 다양성의 '국제관'이 될 수 있을 때 지금보다 훨씬 더 흥미로운 학문으로 발전할 것이다.

| 번역 : 남수영 |

주 ——————

1) 그러한 경고들은, 예를 들면, 최근에 나온 에세이 모음집에 수록된 다수의 글에서 증명되고 있다 : *Building a Profession: Autobiographical Perspectives on the History of Comparative Literature in the United States*, ed. Lionel Gossman and Mihai I. Spariosu(Albany: State Univ. of New York Press, 1994). 이 책을 알려준 캘리포니아대(UCLA) 비교문학과 프랑수아즈 리오네(Françoise Lionnet)교수에게 감사를 표한다.

2) Denis Hollier, "On Literature Considered as a Dead Language," *Modern Language Quarterly* 54, no. 1(1993): p.22.

3) Erich Auerbach, *Mimesis: The Representation of Reality in Western Literature*, trans. Willard R. Trask(Princeton: Princeton Univ. Press, 1953), p.557.

4) Erwin Panofsky, "The History of Art," in *The Cultural Migration: The European Scholar in America*(Philadelphia: Univ. of Pennsylvania Press, 1995), pp.83~84. 이 논문은 나중에 「미국 미술사의 30년 : 이식된 유럽인의 인상들」이라는 제목으로 "Three Decades of Art

History in the United States: Impressions of a Transplanted European" in *Meaning in the Visual Arts*(Chicago: Univ. of Chicago Press, 1955), pp.321~346쪽에 재수록되었다.

5) Foreword by John Freccero to Leo Spitzer, *Representative Essays*, ed. Alban K. Forcione, Herbert Lindenberger, and Madeline Sutherland(Stanford: Stanford Univ. Press, 1988), xii. 이 작업에 대한 이후 참조는 LS로 약기된 텍스트에서 등장한다.

6) 여기서 나는 이 책에서 매리 루이스 프랫이 제기하는 문제의식에 동의한다는 의미로, '외국'이라는 단어를 인용부호로 표기한다.

7) Frederic Jameson, "Versions of a Marxist Hermeneutic: Walter Benjamin; or Nostalgia," in *Marxism and Form: Twentieth-Century Dialectical Theories of Literature*(Princeton: Princeton Univ. Press, 1971), p.60.

8) Harold Bloom, *Agon: Towards a Theory of Revisionism*(Oxford: Oxford Univ. Press, 1982), ix.

9) Geoffrey Hartman, *Criticism in the Wilderness: The Study of Literature Today*(New Haven: Yale Univ. Press, 1980), p.15.

10) Jacques Derrida, *Aporias*, trans. Thomas Dutoit(Stanford Univ. Press, 1993), p.11.

11) 여기서 나는 『이방인의 형상들(*Figures de l'étranger*)』(Paris: Denoel, 1987)을 참조하고 있다.

12) Abdelkebir Khatibi, *Love in Two Languages*, trans. Richard Howard(Minneapolis: Univ. of Minnesota Press, 1990), p.20.

13) 데리다와 카티비는 아마도 그렇게 다르지 않을 것이다. 스피박은 데리다를 "동화된 탈–식민성"으로 불렀는데, 이 명칭은 카티비에게도 똑같이 적용될 수 있다. Gayatri Chakravorty Spivak, *Thinking Academic Freedom in Gendered Post-coloniality*(Cape Town: Univ. of Cape Town Press, 1992), p.13. 이 책은 현대 서구 문화 안에서 "젠더화된 서브알턴성"에 대해서도 중요한 논의를 펼치고 있는데, 이는 다양한 층위에서 비교문학의 다문화성에 대한 논쟁에 관련된다.

14) Homi K. Bhabha, *The Location of Culture*(London: Routledge, 1994), pp.5~6. 이후 이 책에 대한 표기는 LC로 약기하기로 한다.

15) 이 책에 실린 메리 루이스 프랫의 「비교문학과 세계시민 의식」 참조.

16) Gauri* Viswanathan, *Masks of Conquest: Literary Studies and British Rule in India*(New York: Columbia Univ. Press, 1989).

17) Hutcheson Macaulay Posnett, *Comparative Literature*(New York: Appleton and Co., 1892), pp.vi~vii.

---

* 원서의 *Vauri*를 *Gauri*로 정정함—역주

09 비교문학자의 사과

피터 브룩스

　비록 비교문학 박사학위가 있음에도 불구하고 나는 내게 그럴 만한 자격이 있다고 확신한 적이 없다. 왜냐하면, 나는 비교문학이라는 학문이나 이 분야가 무엇인지, 그리고 비교문학을 가르치거나 그 분야에 몸담고 있다고 말할 수 있는지도 잘 모르기 때문이다. 나는 소르본대 학자들이 오랫동안 믿어왔던, 문헌과 영향 관계, 문학의 특정 학파, 그리고 '문예운동'에 관한 연구의 열기가 식어가던 시절에 비교문학 교육을 받았다. 당시 소르본대의 이상적인 비교문학 학위논문으로는, 「루마니아에서의 스탈 부인(Madame de Staël) 연구」와 같은 프랑스 작가의 해외 진출에 대한 연구로 희화화되는 사례를 들 수 있는데, 「프랑스에서의 괴테 연구」 같은 학문적 시도도 용인되던 분위기였다. 1960년대 당시 미국의 비교문학과 교수와 학생들은 문화적 고립이나 광범위한 맥락화, 유럽적인 시적 감성을 열망하던 영문학이나 불문학, 미국학과는 달리, 비교문학은 뭔가 훨씬 거대한 문학적 세계주의의 장이라는 것 외에는 비교문학이 정확하게 무엇인지 알지 못했다.

　1960년대 초, 하버드대 대학원생들 사이에서는 비교문학 전공 대학원생이 구술시험 전날에 꾼 꿈 이야기가 오랫동안 전해져 내려왔다. 초인종이 울리고 학생이 비틀거리며 침대에서 나와 문을 열자, 배관공 복장을 하고 배관 스패너와 가스 용접기를 든 하버드대 비교문학과 해리 레빈 교수와 레나토 포지올리(Renato Poggioli) 교수가 문 앞에 서 있는데, 이윽고 두 사람이 이렇게 말한다. "문학을 비교하러 왔습니다." 이 꿈은 '문학을 비교'한다는 것의 개념과 의미가 무엇인지에 대한 불안감을 불러일으켜서인지 금방 유명해졌다. 내가 그랬던 것처럼 많은 비교문학자는 평범한 사람들로부터 이런 질문을 받는 것을 상상해본다. "그러면 무엇을 비교한다는 건가요?" 내 기억으로는, 그럴 때마다 나는 '아무것도 비교하지 않는다.'라고 우물거리며 고개를 끄덕였던 것 같다. 나는 그저 한 가지 이상의 문학을 연구했고, 국가의 경계선이나 어떤 개념의 정의 같은 것은 생각하지 않고 그냥 문학만 연구했을 뿐이었다.[1]

나는 '문학을 비교한다(comparing the literature)'는 말과, '비교문학(comparative literature)'이라는 명칭에 붙어 있는 형용사 '비교의(comparative)'를 더 이상 신경 쓰지 않게 되면서 비로소, 체계도 갖추어지지 않은 이 학문에 대한 불안감이 사라지기 시작한 것 같다. '비교해부학'이나 '비교언어학'과 마찬가지로 '비교문학'이라는 명칭은 다른 19세기적 용례를 모델로 삼은 것으로 보인다. 즉, 문학연구에 보편적으로 적용 가능한 비교방법론이 있다는 일종의 유사과학적 주장을 설득력 있는 형태로 만들었다는 것이다. 물론 이는 틀린 모델이었다. 우리는 '문학 비교'를 하지 않기 때문이다. 그렇다면, 그동안 우리는 과연 무엇을 하고 있었던 것일까?

1970년대 초, 예일대에서 기존의 대학원 비교문학 전공(당시에는 비교문학 학부과정 개설에는 관심이 없었음)과는 별개로, 아마 유럽 구조주의의 영향을 부분적으로 받아서 학부과정에 '문학 전공'이 개설된 이후로 나의 불안감은 계속해서 치료되면서 나아지고 있었다. '비교'라는 형용사가 붙지 않은 '문학'이라는 순수한 이름을 자랑스럽게 내세우면서, 우리는 폭넓은 문학과 문학적 현상을 연구하고 가르친다고 주장했다. 전공의 입문과목은 '인간과 소설(Man and His Fictions, 성차별 없는 용법이 나오기 전의 표현임)'이라는 과목명이었는데, 이 과목은 '픽션(fiction)'이라는 단어의 어원인 'fingere'가 가진 의미처럼, 동사형으로 '만들다

(to make)'라는 뜻과 '~인 척하다'라는 뜻의 '꾸미다(to make up)'라는 두 가지 관점을 설정했다. 우리는 러시아 형식주의자들이 그 중요성을 일깨워준 방식대로, 텍스트를 만들어내는 과정뿐만 아니라, 몽상, 수수께끼, 민담, 탐정소설, 광고, 시에 이르는 모든 종류의 픽션이 가지고 있는 의도성에도 관심을 가졌다. 그리고 우리는 초기 프랑스 구조주의의 유사인류학적 정신과도 동맹을 맺었다. 고급예술부터 대중문화까지 픽션의 사례들을 분석하면서 우리는 그러한 것들이 어떤 인간적인 목적을 가졌는지, 그리고 감각을 가진 기호 체계의 창조자인 인간의 위치를 어떻게 규정했는지, 그리고 픽션을 만든다는 것이 어떻게 인간의 본질적인 특징인지를 묻고자 했다.[2]

　'비교문학'이라는 용어에서 '비교'라는 형용사를 없애버림으로써 나는 해방감을 느꼈고, 비교문학 관련 학과나 관련 기관에서 진행되는 일들을 대부분 애써 외면할 수 있게 되었다. 고백하건대, 미국비교문학회(ACLA)에서의 나의 활동 기간은 매우 짧았는데, 당시 학회의 운영이나 방향성이 상대적으로 문제가 많다고 생각했었다. 그러나 해방감은 잠시뿐이었다. 결국, 비교문학 대학원 과정에 참여를 제의받았는데, 이후에 해당 대학의 비교문학 과정은 학부의 문학 전공과 합쳐져 학부와 대학원 과정을 모두 갖춘 비교문학 학과가 되었다. 그러나 학생들과 대학의 학장들이나 학과장들의 마음속에도, 그리고 비교문학 과목을 소개하는 팸플릿에도 비교문학은 여전히 막연하게 정의된 학문 분야로 남아 있었고, 나는 그런 학문을 하면서 학교로부터 월급을 받고 있었다. 특히, 폴 드 만 교수가 1970년대 후반부터 1980년대 초 예일대 비교문학과 학과장으로 재직하던 때를 나는 기억하는데, 자신이 선호하던 교과과정으로 개편하려는 그의 계획에 동료 교수들이 반대하자, 분노를 참지 못한 폴 드 만 교수는 차라리 '비교문학과'를 폐지하고 '시학과 수사학, 문학사'라는 학과를 신설해야 한다고까지 파격적인 제안을 했다. 물론, 폴 드 만에게 있어서 문학연구를 묶어주는 중심축은 바로 '이론'이었다.[3] 그렇지만 '이론'이라는 개념은 '읽기'와의 미묘하고 어려운 관계 때문에 폴 드 만에게는 복잡한 문제였다. 만약 문학 담론의 대상이

'문학성'이라면, 러시아 형식주의자들이 믿었던 것처럼 '문학성'은 결코 언어의 시적 '기능'에 내재하는 것이 아니라, 항상 대항하는 이론을 구축하고 허물어내기도 하는 '읽기' 행위를 통해서 비로소 정의되는 것이기 때문이다.

비록 여러 가지 의문과 논란을 남기기는 했지만, 내 생각에는 '시학과 수사학, 문학사'라는 학과 명칭은 우리 비교문학과가 무엇을 가르치는지를 쉽게 떠올릴 수 있을 만큼 그 특징을 잘 잡은 것 같다. 하지만, 이는 "세기적 전환기의 비교문학"이라는 부제가 붙은 1993년 미국비교문학회 「번하이머 보고서」를 보고 내가 느낀 편안함과 불편함의 근거가 되었다. 나는 비교문학이 기존의 문학 연구에 보다 광범위한 해석적 맥락을 열어놓아야 하며, 전통적인 유럽 중심적 의미에서도 벗어나야 한다고 주장하는 '보고서'의 관점을 환영한다. 사실 여기서 제기하는 것들 대부분은 이미 많은 학과에서 진행되고 있다. 유럽어 이외의 언어를 받아들이고, '인류학', '사회사', '철학', '정신분석학'의 경계를 넘는 학문적 시도가 일회성이 아니라 체계화되었고, '페미니즘', '영화연구', '퀴어 이론' 등은 치열하게 투쟁하면서 '정전'의 범주를 확장해나갔다. 내가 몸담고 있는 예일대 비교문학과에서 현재 진행 중인 박사학위 논문의 주제를 보면, 한때 해체적 다양성에 기반한 수사학적 읽기 시도는 상당히 협소해졌으며, 그 자리를 광범위한 절충주의가 대체하고 있는 것은 분명해 보인다.

그러나 「번하이머 보고서」를 읽은 다음 내가 느끼는 불편함 역시 현실이었다. '보고서'가 문학 교육에 관한 논의를 할 때 내가 느끼는, 마치 비굴하게 사과하는 듯한 어조는 고통스러웠다. 말하자면, 문학은 "많은 담론적 실천 중에 하나"일 뿐이며, "비교문학 학과는 그동안 '고급문학' 담론에 맞추어온 초점을 이제는 완화하고, 그 대신 텍스트가 만들어지고 '고급'의 높이가 구축되는 전체 담론의 맥락을 검토해야 한다."면서, "연구의 대상으로서의 문학 텍스트라는 산물은 이제 음악, 철학, 역사, 법 등 이와 유사한 여러 담론체계의 산물과도 비교할 수 있게 되었다."라고 강조하는 것은, 문학연구가 마치 과거의 영광에 사로잡힌, 낡고 철 지난 담론에 불과하며, 차라리 문화연구의 최신 유행을 따라잡으려고 시도하는 것이 더 낫다는 인상을 준다. 그런 느낌은 '보고서'의 다음 문단인 "텍스트에 대한 정밀한 읽기는 텍스트의 의미가 생성되는 이데올로기적, 문화적, 제도적 맥락도 충분히 고려해야 한다."에서도 확인할 수 있다.[4]

 그러나, 무엇보다도 「번하이머 보고서」에 빈번하게 사용된 '해야 한다'라는 그 많은 표현이 어디에서 왔는지 사람들은 궁금해한다. 우리는 어떤 근거와 명분으로 문학을 "많은 담론적 실천 중에 하나"로 간주하고, "'고급문학' 담론에 맞추어온 초점을 완화해야 한다."는 요구를 받는 것일까? 한편으로, 이런 권고 사항은 분명 더 이상의 효과가 없다는 것은 확실할까?(사실, 몇몇 프로그램에서는 확실히 그렇다) 다른 한편으로, 이 같은 권고 사항의 제시는 과연 설득력 있는 근거에 바탕을 두고 있는 것이 확실할까? 그런데, 문제는 '보고서'에는 권고 사항을 뒷받침할 만한 이론이 결여되어 있다는 점이다. 만약 '보고서'가 어떤 형태이든 지금 하고 있는 문학 교육 방식을 비교문학이 포기하고, 대신 이념적·문화적 맥락화와 문학 창작 연구를 선택하기를 원한다면, 적어도 이 같은 목적을 어떤 방식으로 달성할 수 있을지에 대한 근거를 언급해야만 했다. 여기서 문제는, '문화연구'가 아직 일관된 이론체계를 만들어내지 못했다는 것일 수 있다. 이것이 아마도 '보고서'에서 힘을 실어주는 개념 정의가 필요한 곳에 오히려 지루하고 상투적인 내용만 남발되고 있는 이유일 것이다. '보고서'에서는 우리가 "각각의 학문 분야에서 의미를 생성하는 특권적인 전략에 대한 성찰"을 "해야 한다"면서, "정전화 구축에 대한 비교 연구와 정전의 재개념화에 적극적으로 참여함으로써" 우리 비교문학 학과가 "영미권과 유럽권 관점의 다문화적 재맥락화를 촉진하는 데 적극적인 역할을 해야 한다."라고 주장은 하지만, 실제로 우리에게 주어진 목록은 지난 10년 동안 미국 현대어문학회(MLA) 연례학술대회에서 논의된 공통적인 주제들뿐이다. 이것들은 도대체 무엇을 의미할까? 과연 어떤 텍스트성의 구축과 어떤 대학의 구축과 어떤 세계의 구축 속에서 우리는 이 같은 당위성에 반응'해야 하는' 것일까? 과연 이것들은 학문적, 교육적, 제도적, 윤리적 당위성 중에서 어디에 해당할까? 그리고, 그러한 당위성에 내포된 장점의 미사여구는 '보고서'가 설교하고 있는 문화적 상대주의, 분석적 관점의 내재성과 상당히 상충하는 것은 아닐까?

「번하이머 보고서」는 결국 "지금까지의 모든 논의는 결국 하나의 학문 영역으로서의 비교문학에 있어서 이론적으로 깊이 있는 고찰의 중요성을 보여준다."라고 강조하지만, '보고서'는 사실상 이론에는 큰 도움이 되지 않는다는 것을 알 수 있으며, 진보적 이념과 '보고서'가 추천하는 실천 방식이 구축해놓은 결과물만 전적으로 신뢰하고 있음을 보여준다. 문학연구뿐만 아니라, 그동안 전통적으로 중요하게 여겨진 수사학이나 시학 등의 학문적 관심과 지식의 형태의 중요성은 낮게 보면서, 오히려 문화연구처럼 정의도 불분명하고 제대로 입증되지 않은 분야를 선호하는 것은 내가 보기에 아슬아슬한 자살 구상처럼 충격적이다. 이런 시도는 자칫 문학연구를 아마추어 수준의 사회사나 사회학 연구, 개인적인 이념으로 대체해버리는 위험을 초래한다.

나는 (비교)문학 교수들이 뭔가 가르칠 것이 있다고 주장하는 입장을 그동안 취해왔다. 캐나다 토론토대 영문학 교수인 노스롭 프라이(Northrop Frye)는 자신의 대표 저서 『비평의 해부학(*Anatomy of Criticism*)』(1957)의 서문인 「논쟁적 서설」에서 문학 연구자라면 문학비평의 요소들에 대한 입문서를 쓸 수 있어야 하며, 문학연구에 수반되는 정신적 사고 과정이 "과학연구만큼이나 일관되고 진보적"임을 입증할 수 있어야 한다고 주장했다.[5] 이 주장은 분명 지나친 감이 있는데, 나는 35년이 지난 지금도 아직 입문서를 쓰지 못하고 있다. 하지만 그의 지적은 보편적 타당성을 담고 있다. 문학을 가르치는 우리는 학생들이 문학 텍스트를 더욱 능숙하게 읽을 수 있도록 학생들을 도제식으로 훈련시키기 위해 전통적인 지식과 방식을 필요로 한다. 문학연구는 텍스트의 정보 습득 그 자체가 목적이 아니라, 시학, 수사학, 문학사에 의해 함축된 정보까지도 포함한다. 특히, 시학은 장르에 대한 이해이자 글쓰기 방식에 대한 이해이며, 소네트의 줄거리를 만드는 방식 등에 대한 이해이고, 신고전주의 비극이 갖추어야 하는 '규칙'에 대한 이해이기도 한데, 이는 특정 텍스트의 의미를 어떻게 이해하느냐가 아니라, 마치 의미가 만들어지는 과정과 의미를 해석하는 근거에 대한 이해처럼 필수불가결한 종류의 지식과 방식의 이해를 의미한다.

　장인의 작업대 앞에 서서 일을 배우는 것처럼 고전적이고 비과학적이며 세월이 많이 걸리는 도제식 교육방식의 관점에서 본다면, 내가 보기에 '문학을 배운다는 것'은 여전히 가능해 보인다. 그러나 문학은 그저 하나의 물건을 만드는 법만을 배우는 것은 아니다. 특히, 시학의 전통적 지식을 예로 들자면, 창작 과정에는 일반화할 수 있는 특성이 있다. 나는 최근 다른 발표 기회를 통해, 신비평에서 해체주의에 이르기까지의 영미문학 연구가 주해와 개별 텍스트 해석에만 지나치게 신경을 썼다고 주장했다.[6] 주해는 여러 가지 방법으로 맥락화될 수 있지만, 가장 중요한 맥락은 시학의 맥락이다. 문학을 공부하는 학생들이 고려할 부분은, 예를 들어 귀스타브 플로베르의 1856년 소설『보바리 부인』은 히스테리를 주제로 하는 19세기 프랑스 의사 폴 브리케(Paul Briquet)나 20세기 초 벨기에 생화학자인 장—루이 브라셰(Jean—Louis Brachet)의 의학 논문과의 비교 연구를 통해 그 빛을 발하는데, 소설은 소설만의 특별한 관례와 의미 창조의 하위 규칙에 따라 진행되기 때문에 소설을 읽는 것은 의학 논문을 읽는 것과는 상당히 다르다는 점이다. 이렇게 명확한 사실에도 불구하고, 장르와 담론의 차이를 무시하는 학문들이 있다.

　'이념적, 문화적, 제도적 맥락'으로 문학을 맥락화하자는 요구가 있지만, 문학 자체가 이미 하나의 제도임을 명심할 필요도 있다.[7] 역사적으로 문학이 늘 하나의 제도로 작동했는데, 르네상스 시기의 유럽에서야 비로소 문학은 스스로 제도로서의 인식을 확실히 가지게 되었다. 그리고 이는 무엇보다 작가들이 이념적, 문화적 맥락뿐만 아니라 그들 스스로 참여하려 했던 문학의 역사와 상황에 항상 대응해왔음을 의미한다. 어느 시인 지망생이 시인 지망생이 되는 것은 단순히 이념적, 문화적 '시대정신(Zeitgeist)'에 응답하기 위해서가 아니라, 다른 사람이 쓴 시를 읽었기 때문이다. 사실 나는 과거의 시를 읽지 않고는 그 누구도 시인이 될 수 없다고 생각하는데, 왜냐하면 그렇게 시인이 될 수 있다는 것은 말이 되지 않기 때문이다. 그리고 소설이나 에세이의 경우 글의 형식적 제약이 다소 느슨할 수 있지만, 그래도 이전의 작품들을 흡수하지 않은 상태에서 그 어떤 장르라도 글을 쓰려는 열망을 가진다는 것은 상상조차 되지 않는다. 프랑스 사상가 몽테뉴의 1580년 『수상록』이 고전 작가들의 작품으로부터 나온 인용문들에 기원을 두고 있다는 사실은, 패러디를 비롯한 모든 종류의 모작과 마찬가지로 문학적 도제 훈련의 예시라고 할 수 있다.

예일대 문학비평 교수인 해럴드 블룸의 1973년 역작 『영향에 대한 불안(*Anxiety of Influence*)』[8]이 잘 보여주듯이, 문학의 제도적 역사는 창조적인 변화를 민감하게 받아들이는 문학창작의 실제적인 맥락이다. 이 같은 문학의 제도적 맥락을 무시하고 명백하게 이념적이고 정치적인 다른 배타적 맥락에 끼워 맞추는 것은 문학의 중요한 중재 과정을 실패로 만들 것이다. 로만 야콥슨(Roman Jakobson) 등이 주장한 것처럼 '문학성'이 언어의 '문학적' 용법의 본질과는 거리가 멀다고 해도, 이것조차 오늘날 세상에 엄연히 존재하는 문학의 자세의 일부이며, 그 계획의 일부분이자 문학의 제도적 주장의 일부분이다. 문학적 패러디가 저작권 침해와는 동일하지 않다고 최근 판결을 내린 미국 대법원 역시 이 같은 특징을 이해하고 있음을 보여준다.[9]

학생들이 '문학을 배우도록' 우리가 훈련을 시킨다고 한다면, "많은 담론적 실천 중 하나"와 같은 다른 무엇으로서가 아니라, 그냥 문학을 문학으로 가르치는 것이 여전히 필요하다는 것이 나의 주장이다. 그리고 그것이 교육을 전문적인 직업으로 가지고 있는 우리가 알고 있는 교육방법이다. 그런데 이 주장은, 영역을 제한하는 경계를 뛰어넘어 잠재적으로 깨우침을 불러일으키는 어떤 영역으로든 넘나들어서는 안 된다는 것을 의미하는 것이 아니다(내가 하고 있는 정신분석 연구에서는 그렇게 하려고 노력해왔다). 오히려 관심의 한 형태로서, 그리고 글 읽기 역량으로서 문학을 연구하는 것은 여전히 핵심으로 남아야 한다는 것이다. 이 지점에서 대학의 행정 책임자인 단과대 학장들이 자주 선전하듯이 내세우는 무미건조한 '학제간 연구'에 대해 과감한 경고장을 던질 필요가 있다. 진정한 '학제간 연구'는 철학, 형벌학과 문학 등 이런저런 학문을 모두 냄비에 넣고 섞는 것이 아니다. 사고하는 과정에서 맞부딪히게 된 학문적 경계가 더 이상 의미가 없는 지점에 도달하면서, 사고하는 과정의 내적 논리가 그 경계를 뛰어넘을 것을 요구하는 순간, 학제간 연구의 필요성이 생겨난다. 그리고 이것을 가르칠 수 있는 범위 내에서는, 나중에 초월해야 하는 해당 학문 분야에 대한 상당한 도제식 훈련이 필요하다.

지금까지 말한 내용은, 예를 들어 불문학과나 영문학과에서든 방식에 상관없이 문학연구를 가르치는 것에 모두 적용된다고 생각한다. 그렇다면 비교문학의 특징은 무엇인가? 혹은 비교문학은 결코 정의될 수 없는 영역에 형벌처럼 남아 있어야 하는 운명인가? 이 질문에 대한 대답은 지금까지의 나의 논의 안에 이미 들어 있다고 생각한다. 즉, 비교문학은 문학을 공부한다는 것이 무엇인지에 대해 최대한 신중하고 의식적인 성찰을 제공하는 공간이라고 생각하는 것이 가장 적절할 것이다. 비교문학은 시학, 수사학, 문학사가 가장 밀접하게 다뤄지는 곳일 수 있다. 그리고 실제로도 종종 그러하다. 그리고, '문학이론'이 가장 큰 관심을 받는 학과일 것이다. 실제로도 자주 그렇다. 비교문학이 다른 언어와 문화권에서 만들어진 이론적 논의에 개방적이고 능숙하다는 점에서 비교문학이 다른 어문학과보다 더 잘 할 수 영역이 바로 '이론'이라는 것을 보여주며, 나아가 '이론'은 비교문학자들의 다양한 노력을 한데 묶어주는 역할도 한다. 고대 로마 문화의 영향을 받은 서구 문화에 무게중심을 두고 있지 않은 다른 문화에서 만들어진 다양하고 상이한 문학작품을 학생들이 추구하면 할수록, 이론은 비교문학 학과의, 어쩌면 유일한 만국 공통어가 된다. 이론의 중심성에 대한 논의는 한 가지 중심이론을 강요하려는 것이 아니다. 오히려 문학이 무엇이며, 문학을 공부하는 것이 무엇을 의미하는지를 깨우칠 수 있게 하는 자의식과 자기반성을 위한 것이다. 비교문학의 기회와 부담의 일부분은, 비교문학은 개별 국가 문학의 전통 안으로나, 문학이론과 역사를 구축하는 데 적합한 특징을 개별 국가 문학이 정의하는 방식 안으로 도피하듯 숨어 들어갈 수 없다는 사실에 놓여 있는데, 그런 시도가 결코 좋은 것이 아니라는 것을 반드시 깨달아야 하는 부담도 짊어진다. 비교문학에서 이론의 핵심적 중요성은, 그렇다고 미국비교문학회(ACLA)의 「번하이머 보고서」가 암묵적으로 선호하고 있는 '문화연구' 모델에 반대하는 것은 아니다. 사실 오늘날 많은 대학에서는 비교문학 학과 안으로 문화연구의 동력을 끌어들이려는 시도를 하고 있는 것 같다. 그리고 일부 대학에서는 비교문학이 문화연구를 흡수해야 하는지, 아니면 이러다 비교문학이 문화연구에 잡아먹히는 건 아닌지에 대한 논란이 있는 것도 사실이다. 그러나 어느 한쪽이 다른 쪽을 잡아먹는다는 시각은 그 자체로 잘못된 것이라고 생각한다. 오히려 나는 비교문학이 문화연구와 대화가 되는 유의미한 상대라고 생각하고 싶다. 이념적이고 문화적인 방식으로 문학을 맥락화하는 것은, 문학의 제도적 정의는 물론, 다른 담론에서 만들어진 것과 유사하면서도 다른 식으로 문학이 의미를 창조하는 방식을 이해하는 데 있어서 시학과 수사학의 사용과 역할까지도 인식해야 한다는 것이다.

컬럼비아대 불문과 교수인 마이클 리파테르가 이 책의 6장 「비교문학과 문화연구의 상호보완성에 대한 소고」에서 근사하게 주장하듯이, 문화연구가 우리에게 맥락화를 촉구한다면 문학연구는 탈맥락화의 순간을 필요로 한다. "텍스트는 이슈가 사라지고, 원인이 소멸하고, 텍스트가 대응했던 상황의 기억을 극복할 때 문학적이 된다고 할 수 있을 것이다". 그런데 이렇게 말한다고 해서, '고급예술'은 받침대 위에 따로 고립시켜놓아야 한다는 것은 아니다. 오히려 문학연구는 다른 형태의 문화적 분석에서 종종 생략되는 텍스트의 구조와 질감에 특별한 주의와 관심을 기울여야 한다는 주장이다. 신비평에서 후기구조주의에 이르기까지 우리 시대의 문학연구에서 유의미한 모든 문예운동으로부터 큰 영향을 받은 관점에서 볼 때, 문화연구를 수행하고 있는 연구자 대부분이 실제로 텍스트를 읽는 '독자'인지는 나도 아직 확신하지 못한다.

"'문학'이라는 용어가 더 이상 비교문학의 연구 대상을 적절하게 기술하지 못할 수도 있을 것이다."라는 미국비교문학회의 「번하이머 보고서」에 동의하지 않는 나는, 문학이 다른 담론들과 그 다양한 맥락과의 상호적인 소통을 결코 제약하지 않으면서도 여전히 우리의 핵심으로 남아 있어야 한다고 주장하고자 한다. 대학에서 학문 분야로서 비교문학이 가지는 미래를 생각해보면 강점과 약점이 한데 묶여 있음을 느낄 수 있다. 비교문학이 무엇인지 정의되는 것을 거부하는 것과 스스로를 문학에 관한 교차담론의 중심으로 생각하는 것, 그리고 이러한 담론에서 이론의 위치는, 비교문학 분야 안팎의 많은 사람에게 마치 비교문학이 인문학적 주제이자 방법론이라는 것 말고는, 마치 자신의 집도 없는 잡다한 집합의 일종처럼 인식하도록 유도하는 측면이 있다. 따라서 대학의 관계자들은 비교문학을 마치 소외된 소수 언어부터 이런저런 특이한 이론들에 이르기까지 크기도 작고 집도 없는 미아 같은 주제들을 한데 묶어두기에 딱 좋고 편리한 인증수단처럼 생각해왔다. 아니면 대학 관계자들은 비교문학을 그보다 큰 학제간 조직 단위 안으로 넣고 싶어했다. 비교문학이 하나의 학문으로서가 아니라, 문학연구에 적절한 학문 영역의 개념화의 장으로서의 학문적 정체성을 어느 정도 유지할 필요가 있다는 주장이 반드시 옛날 방식으로 비교문학을 정의하는 시도로 후퇴하는 것은 아니다.

조금 더 구체적으로 말하자면, 끊임없이 재개되는 다면적인 질문, 즉 '문학이란 무엇이며 문학을 공부한다는 것은 무엇을 의미하는가?'라는 질문에서 나는 지금의 비교문학의 특수성과 존재 이유를 찾을 수 있다고 믿는다. 우리가 가르치는 문학 수업에서는 이 질문이 항상 명확할 수 없겠지만, 이 같은 문제의식은 우리에게서 절대로 멀리 떨어져서는 안 되며, 항상 다시 치고 올라올 준비가 되어 있어야 한다고 나는 확신한다. 2년 전, 나는 우리 대학 비교문학과 대학원 1학년생 필수 입문 세미나 과목을 맡은 적이 있다. 해당 과목은 1947년 예일대에 부임한 최초의 비교문학 교수였던 르네 웰렉 교수가 1940년대 말에 처음 개설했으며, 그 이후로 오랫동안 유럽이 아닌 미국에서 비교문학 교육을 받은 가장 대표 학자들 일부를 배출하는 데 매우 중요한 첫걸음이 되었던 수업이었다. 그런데 최근에 이 수업이 내리막길로 떨어지고 있는데, 웰렉 교수 수준의 지식과 백과사전적 학문체계를 갖춘 역량 있는 학자가 없었을 뿐만 아니라, 다양한 비평학파와 '~주의'의 범람으로 인해 비평과 이론에서 권위 있는 중심과 방향성을 잡기가 점점 어려워졌기 때문이다. 그래서 나는 다양한 문화담론과 문화교육기관에 나타나는 문학과 문학 교육의 위치와 위상에 초점을 맞추는 방식으로 해당 세미나 과목의 제목을 '교육과 문화전파'로 개편하기로 했는데, 세미나의 마지막 주에는 최근 들어 예일대에서 이루어진 문학연구에 대한 역사적 접근도 수업에 포함했다. 세미나 수업과 나 자신의 개인적인 한계에도 불구하고, 해당 세미나 수업은 문학을 가르친다는 이 이상한 시도와 도전에 대해 학생들이 생각하고 이야기할 수 있는 기회를 제공했다는 점에서 여전히 수업의 가치를 찾을 수 있었다.

문학을 가르친다는 시도 자체가 낯선 작업이다 보니 대학이라는 환경에서 결코 쉽고 편안한 도전이 될 수 없다. 문학을 가르치는 우리 교수들은 사실 나눠줄 만한 구체적인 정보가 거의 없으며, 우리가 무엇을 가르치는지도 잘 모르고, 문학 교육이라는 분야 전체에 대해서 일종의 양심의 가책 같은 것도 느끼고 있다. 그러다 보니 우리 문학 교수 중 일부는, 오히려 문화연구가 만들어내는 학문적 가치의 미사여구, 즉 악의적인 지배 이데올로기의 가면을 벗겨내서 그 실체를 폭로하고, 새롭고 도전적인 다문화주의의 새천년을 고취한다는 문화연구적 확신에서 일종의 마음의 안정을 찾고 은신처로도 삼으려고 한다. 나는 그 같은 가치 자체에는 반대하지 않지만, 그 가치를 가르치는 방식도, 학생들이 읽기를 배워야 하고, 텍스트를 마주하는 어려운 과제를 통해 훈련을 받아야 하고, 문학을 '설명'하는 데 아무리 다양한 텍스트 밖의 맥락을 사용하더라도 그 맥락들이 문학을 온전히 제대로 설명할 수 없다는 것을 알아야 한다는 우리의 교육 가치에 기반한다고 확신한다. 문학은 다양한 형태의 다른 담론들에 대한 도전으로 남아 있으면서 끊임없이 그 담론들과 대화를 나누어야 한다. 그리고 문학 교육은 대학의 여타 다른 전공 분야에서 행해지는 관심의 방식과는 다른 종류의 관심의 방식이 되어야 한다고 주장할 필요가 있다.

나는 테리 이글턴(Terry Eagleton)이 최근 옥스퍼드대 영문학 교수로 부임하면서 했던 연설에서 강조한 것처럼, 다른 학문 분야들이 전문화되는 과정에서 한동안 간과했던 중요한 질문들을 문학연구와 문화연구가 계속해서 이어가면서 문학연구와 문화연구 분야는 대학 안팎에서 일종의 전쟁터가 되고 있다는 주장에 상당한 진실이 담겨 있다고 생각한다. 이글턴 교수는 다음과 같이 강조한다. "진리와 정의, 자유와 행복에 대한 중대한 사변적 문제를 다루려면 어딘가에서 자생의 공간을 찾아야 한다. 만약 극도로 기술적인 철학이나 지독하게 실증주의적 사회학이 그러한 탐구를 위한 환대의 매체가 되지 않는다면, 그것들은 이러한 중압감을 견딜 만한 지적 능력을 전혀 갖추지 못했다는 비판을 받으며 쫓겨날 것이다."[10] 분명 적절한 논거는 아닌 것 같지만, 아무튼 이글턴 교수가 지적했듯이, 문학비평의 위대한 순간은 문학비평이 문학을 이야기할 때 문학과 그 이상을 논하면서 "전체 문화의 심층구조와 중심을 그려내는" 그런 시간이다. 문학비평이 자신이 할 수 있는 것의 한계를 인식하고, 심도 있는 글 읽기를 통해 그 압박과 긴장감에 계속 대처하려고 노력할 수만 있다면, 문학비평이 어느 정도 긴장 상태에 놓여 있는 것은 좋은 일이라고 나는 생각한다. 이 같은 긴장감에 대처하는 방식은 중심적인 도전을 포기하는 것이 아니라, 그 중심성을 확인하는 것이어야 한다.

문학을 가르치는 나는, 19세기 영국의 정치가이자 수상이었던 벤자민 디즈레일리(Benjamin Disraeli)가 앞으로 정치인을 꿈꾸는 사람들에게 던졌던 유명한 조언의 일부를 이제서야 간신히 따라가려고 하는 것 같다. "결코 사과하지도, 설명하지도 말라". 물론 이는 그다지 바른 생각은 아니다. 왜냐하면 우리는 학문이라는 공화국에서 시가 어떻게 자기 자리를 잡았는지(그런 자리가 항상 있었던 것도 아니며, 여전히 많은 사람이 불필요하다고 생각하는), 그리고 문학을 공부한다는 것이 대학의 교과과정상의 다른 학문 분야들과는 근본적으로 다르다는 낯선 사실을 끊임없이 설명해야만 하기 때문이다. 그러나 문학연구는 문화연구와는 근본적으로 타자이기 때문에 문화연구로 귀결될 수 없으며, 타 담론들로 완전한 맥락화되는 것에도 저항하면서, 다른 방식의 관심과 다른 방식의 깨달음을 요구하고 있다. 사과할 때가 아니다.

| 번역 : 이정민 |

주 ————

1) 이 에세이에 대한 참고자료를 확인하면서 '배관공 꿈'은 해리 레빈 교수가 직접 기록한 것임을 알게 되었다. Harry Levin, "Comparing the Literature," in *Grounds for Comparison*(Cambridge: Harvard University Press, 1972), pp.75~76. 레빈 교수는 이 꿈이 대학원생의 아내 것이라고 하는데, 흥미로운 불안의 전위 사례다.

2) 프로그램의 원래 개념과 관련해서는 필자의 논문 참조. "Man and His Fictions: One Approach to the Teaching of Literature," *College English* 35, no. 1(1973): pp.40~49.

3) Paul de Man, "The Resistance to Theory," in *The Resistance to Theory*(Minneapolis: University of Minnesota Press, 1986), pp.3~20.

4) 1993년 미국비교문학회에 제출된 '10년 보고서'(「번하이머 보고서」)인 *A Report to the ACLA: Comparative Literature at the Turn of the Century*(1993)에서 인용.

5) Northrop Frye, *Anatomy of Criticism*(Princeton: Princeton University Press, 1957), pp.10~11.

6) Peter Brooks, "Aesthetics and Ideology: What Happened to Poetics?" *Critical Inquiry* 20(Spring 1994): 509-23.

7) 몇 년 전 해리 레빈(Harry Levin) 교수가 이에 대해 쓴 글이 있다. Levin, "Literature as an Institution," Accent 6, no. 3(1946): 159-68; revised and reprinted in *The Gates of Horn*(Oxford: Oxford University Press, 1963).

8) Harold Bloom, Anxiety of Influence: *A Theory of Poetry*(Oxford: Oxford University Press, 1973). 한국어 번역은, 양석원 역, 『영향에 대한 불안』, 문학과지성사, 2012 참조.

9) Campell v. Acuff-Rose Music, Inc. 62 LW 4169 참조. 소터(Souter) 판사의 판결은, 원문을 인용하면서 변형시켜서 만든 새로운 저작물의 '상호텍스트성'의 중요성을 재판부가 분명히 인식한다는(비록 '인식'이라는 단어를 사용하지는 않았지만) 입장을 명확하게 전달했다.

10) Terry Eagleton, *The Crisis of Contemporary Culture*(Oxford: Clarendon Press, 1993), p.16.

10 비교문학이라는 이름으로

레이 초우

비교문학이라는 학문을 구성하는 것이 '문학'이라면, 왜 '비교'문학이 애초에 존재해야 하는지 묻게 된다. 그냥 국가별 문학을 다루는 학과들만 있으면 왜 안 되는가? 비교문학에서 '비교'는 비교문학의 미래를 고려하는 데 있어 '문학'만큼이나, 어쩌면 그 이상으로 중요한 요소로 보인다. '비교' 개념은 정확히 무엇으로 구성되어 있는가, 즉 어떤 종류의 관계, 비평적 형성, 분석적 시각이 '비교'와 관련되어 있는가? 비교문학 연구자들은 국가적 혹은 국가—언어적 경계를 엄격하게 지키는 연구와 자기 연구를 구별 짓곤 한다. 반면 개별 국가 문학 학과의 연구자들은 비교문학이란 한 국가의 문학에 다른 국가의 문학을 덧대거나 병치시키는 것이며 따라서 비교문학은 필연성이 없고, 있으나 마나 한 것으로 생각한다. 비교문학자들은 그러한 적대적 비판을 열심히 반박하곤 하는 것이다. 이때 비교문학자의 반박은, '문학'보다는 '비교'에 초점을 맞출 때 정당성을 획득한다.

이 글은 미국비교문학회(ACLA)가 작성한 1993년 「번하이머 보고서」에 대한 필자의 응답이다. 이 글의 제목 "비교문학이라는 이름으로"를 통해 다음의 두 방향의 예비적인 고찰을 하고 있음을 강조했다. 첫째, 비교문학이 무엇이고 또 비교문학이 무엇은 아닌지 나름의 확신을 가지고 있는 사람들의 생각과는 상관없이, 비교문학의 이름으로 다양한 주장들이 나오고 다양한 실천들이 풍성하게 이루어지고 있다. 이 맥락에서 비교문학이라는 이름은 특권적 지위, 코스모폴리타니즘(cosmopolitanism), 권력의 기호에 해당한다. 즉 비교문학은 긴 역사가 있는 분야로 존중받을 뿐 아니라, 그 자체로 많은 이들이 과시하고 싶어하는 아르마니, 디올, 지방시, 생로랑 등의 '고상한' 디자이너 브랜드와도 같은 것이다. 둘째, 비교문학은 다만 하나의 이름일 뿐이라는 바로 그 점 때문에 변화할 수밖에 없다. 이름으로서, 또 하나의 학문 분야로서 비교문학은 지속적 자기비판을 동반하며 존재할 때에만 그 영속성을 주장할 수 있다. 현재 비교문학을 구성하고 있는 특징들을 보면, 비교문학이 새로운 학문의 길을 여는 데 활용될 수 있는 만큼이나 억압적인 문화적 이해관계들을 공고히 하는 데도 쉽게 이용될 수 있음을 알 수 있다. 비교문학이라는 이름과 학문 분야의 근본적인 양가성을 통해 우리는, 비교문학은 언제나 그 제도적 차원에서 논란의 여지가 있는 상태에 처할 것임을 알 수 있다. 기민한 대학 행정가라면 비교문학의 매력을 이용하여 대학 조직 내에서 양질의 학문적 리더십을 배양하는 기회를 만들 것이다. 반면 그런 행정적 통찰력과 결단력이 없는 사람들에게 비교문학은 위협적인 대상일 것이다. 이어지는 논의는 이러한 예비적 고찰이 제시하는 방향에서 이루어진다.

비교문학과 '유럽중심주의'

「번하이머 보고서」는 비교문학 학과와 프로그램에서 전통적으로 다루는 영문학, 불문학, 독문학 분야와 해당 언어들 외의 다른 언어·문학들을 지금보다 더 폭넓게 가르치고 나아가 정규 교육과정에도 포함하라고 권고하고 있는데, 이 점에 전적으로 동의한다. 그러나 비유럽 언어와 문학을 연구해온 나 같은 사람이 볼 때, 이 권고는 정확히 커리큘럼의 '타자화'가 문제라는 점을 보여준다. 이는 타자의 언어와 문학 교육을 시작하는 것은 어려운 일이기 때문이 아니다.

예컨대 아랍어, 힌디어, 일본어, 중국어와 그 문학에 대한 교육은 미국에서 이미 오랫동안 실시되어 나름의 역사가 있고, 또 이 역사는 교육상의 실천, 관습, 편향성 등과 여러 다른 생각을 가진 사람들로 점철되어 있다. 비서양 어문학 프로그램들은 비교문학이 채택해서 흡수해주기를 기다리고 있는 텅 빈 공간이 아니다. 이들 비서양 외국어문학 과정은, 구소련, 동아시아, 남아시아, 동남아시아, 중동, 동유럽, 아프리카 관련 특정 국가와 문화들에 관한 미국 국무부의 정책과 연동되어 작동하는 지식 생산의 현장이었다. 지역학 편제에 구성되어 포함되어 있는 이 '타자적' 프로그램들이 어떤 문제가 있는지는 지금으로부터 약 20년 전에 초판이 나온 컬럼비아대 비교문학과 교수 에드워드 사이드의 『오리엔탈리즘』의 기본 논지를 이해하는 사람에게는 이미 주지의 사실이다.

비서양 언어와 문학을 가르치는 많은 교육자는 나름의 정당한 논리를 바탕으로 비교문학의 '유럽중심주의'에 강하게 반발하지만, 엄밀히 보면 그들이 취하는 방식과 신념도 결국은 유럽중심주의의 기준을 따르는 것으로 보인다. 그들도 결국 타자, 지역성, 문화적 예외성이라는 명목하에 유럽중심주의를 실천하고 있을 뿐인 것이다.

국민국가

대학이라는 맥락에서 주목할 만한 유럽중심주의의 면모는 근대 유럽의 국민국가(nation-state) 관념에 기초하여 문화를 개념화한다는 점이다. 이런 맥락에서 비교문학은 소수의 근대 유럽의 강대국 문학에만 집중해왔다고 비판받아왔고 이 비판은 타당하다. 하지만 영국, 프랑스, 독일을 인도, 중국, 일본으로 대체한다고 해서 문제가 해소되는 것도 아니다. 오늘날에도 "아시아 문학의 명작에 대한 비교 접근" 같은 제목을 취한 글이나 책이 출판되고 있다. 이는 타자라는 이름으로 유럽중심적, 국가중심적인 문학 모델을 그대로 채택한 결과 나타나는 현상이다. 여기서 문학 개념은 사회적 다윈주의(Darwinism)에 철저하게 종속된 채로 '국가'를 이해할 때 파생하는 개념이다. '명작(masterpiece)'은 '주인 (master)' 국가와 주인 문화에 상응하는 것이다. 인도, 중국, 일본이 아시아의 대표로 간주되면, 한국, 대만, 베트남, 티베트처럼 서양에 덜 알려진 문화들은 구석 자리로 밀려나고 만다. 즉, 이 문화들은 '위대한' 아시아 문명이라는 '타자'의 '타자들'로 주변부화되어 버린다.

유럽중심주의를 철저하고 근본적 차원에서 비판하고자 한다면, 한 부류의 텍스트들을 다른 부류의 텍스트들로 대체하는 수준에 그쳐서는 안 된다. 즉 유럽 텍스트들을 아시아, 아프리카, 혹은 라틴아메리카의 텍스트들로 대체하는 것으로는 충분치 않다. 자기 나라의 언어를 가진 국민국가만이 탐구할 만한 가치가 있는 '문학'을 생산할 수 있는 유일한 문화적 구성체라는 바로 그 전제에 의문을 제기해야 한다. 이렇게 하지 않으면 우리는 결국 언어와 문학에 대한 종래의 유럽중심적 모델이 비유럽 언어와 문학 교육에서도 무한히 재생산되는 꼴만 보게 될 것이다. '타자의 이름으로 이루어지는 유럽중심주의의 재생산'을 확고하게 중지하는 것이야말로 비교문학에 요구되는 가장 중요한 미래 사명 중의 하나이다.

다중언어주의와 다문화주의

나는 다중언어 교육제도를 강화함으로써 얻을 수 있는 이득이 있다는 데 크게 동의하며, 특히 이 책의 5장 「비교문학과 세계시민성」에 나오는 뉴욕대 비교문학과 메리 루이스 프랫 교수의 주장, 즉 영어가 아닌 다른 언어를 '외국어'로 간주해서는 안 된다는 주장에 동의한다. 그러나 재차 강조하지만, 다중언어주의와 다문화주의를 배양한다고 해서 비교문학의 당면 문제가 해결되지는 않는다. 다중언어주의와 다문화주의는 이미 비교문학을 구성하고 있는 요소이며, 비교문학 제도 자체의 특징으로서 이미 포함된 것이다.

우선 우리의 미래 세계가 '단일'언어로만 구성되면 어떻게 할까 하는 식의 걱정은 그다지 하지 않아도 된다고 보이는데, 다중언어 현상은 이미 오늘날 세계 곳곳의 엘리트 계층의 삶의 일부분이기 때문이다. 권력과 돈이 유지되는 한 그 상황은 지속될 것이다. 이들 엘리트 계층의 자녀들은 제네바, 도쿄, 뉴델리, 홍콩이나 샌프란시스코 인근의 팰로앨토 등지에 거주하면서 어느 곳이든 최소한 두세 가지 언어를 구사하면서 성장하고 있다. 아시아의 대도시에서 자라고 있는 아이들의 경우, 두세 가지 언어들의 조합에는 보통 영어, 프랑스어, 독일어 등과 함께 모국어가 포함될 것이다. 그런 아이들의 대부분은 결국 미국 같은 나라의 명문 고등학교나 대학에 입학할 것이다.

　인문주의적 관점에서 다중언어주의는 늘 학술 문화의 한 부분으로 포함되어 있었다. 이 같은 관점은 정치적 진보주의만큼이나 보수주의의 어젠다에도 쉽게 활용될 수 있는 것이다. 예컨대 전 세계 선교를 목적으로 하는 예수회나 모르몬교 조직, 전 세계를 범위로 하는 정보요원 네트워크, 국제적 외교 관련 조직들을 생각해보자. 그들은 상황에 대한 깨인 시각을 가진 비교문학자들보다도 훨씬 앞서 서양어뿐 아니라 비서양어도 통달해야 함을 알았는데, 이는 정보를 주입하고 통제하며, 자기의 정치적 의사를 유통시키려는 목적을 달성하기 위해서는 서양어뿐 아니라 비서양어에도 통달해야 한다는 인식에서 나오는 깨달음이다. 한편 다중언어주의는 '백인 자유주의(white liberalism)'와 공모하는 또 다른 기능을 수행하기도 했다. 아르마니, 디올, 지방시, 생로랑 등은 이미 세계적 명성이 확립되어 있는 자기 패션에 비유럽 문화권의 이국적 소재와 스타일을 융합시켰다. 이와 비슷한 논리에서 북미의 자유주의 학계에서도 교육과정, 학술지, 학술대회에서 다른 언어와 문학이 소개되고 논의되어야 한다는 주장이 나오는 것이다. 그러나 자유주의적 관점에서 볼 때 다중언어주의는 궁극적으로 하나의 알리바이에 지나지 않는다. 선심 쓰듯 주창되는 비서양 언어와 문화에 대한 '개방성'은 소수민족 문화와 유색인들 사이에 존재하는 역사적·정치적 차이들에 대한 완전한 무지와 무관심과 연동되어 있는 것이다. 반동적 정치가 '다중언어주의'를 일방적 교화 및 감시의 목적을 달성하기 위한 수단으로 활용한다면, 그것보다는 유화적 외양을 띠는 백인 자유주의는 다문화주의를 장식과 오락을 위한, 단순한 외면적 변화를 위한 수단으로 사용할 뿐이다.

반(反)주류적 입장에 선다는 점에 도취된 나머지, 비교문학에서 다중언어적·타문화 지향적 접근법을 취하고 그 교과과정에 비서양의 문화와 문명을 기꺼이 포함하기만 하면 진짜로 무언가를 변화시킬 수 있다고 손쉽게 생각해서는 안 된다. 우리가 바꾸고자 하는 이 학문적 제도와 구조는 무수하게 다양한 형식으로 오랜 시간 동안, 비서양 언어와 문학을 교육하는 체제 속에 확고하게 뿌리내리고 있다. 또 교육과정뿐 아니라 채용, 정년 보장, 승진, 심사, 출판 등의 과정에서 작동해온 매우 보수적인 제도를 정당화하기 위해, 소위 타문화에 관한 '자격 요건'과 '전문성'이라는 기준이 동원되어왔다. 우리는 비서양, 비유럽 언어에 대한 연구가 서양에서 복잡다단한 역사를 지니고 있음을 양지해야 한다. 유럽중심적인, 다중언어를 구사하는 비교문학자들의 반대편에는 대가급의 '오리엔탈리스트(Orientalist)', 중국학자, 인도학자 등이 맞세워져 있었던 것이다.

요컨대 여러 언어를 구사한다고 해서 꼭 고루한 편견에서 벗어날 수 있다는 보장은 없는 것이다. 이전의 유럽중심적 다중언어주의는 그 언어와 지식에 대한 관념에서 작동하고 있는 유럽중심주의는 전혀 반성하지 않은 채 비유럽 언어라는 층위를 자기 안에 손쉽게 융합시킬 수 있었다. 이 때문에 다중언어주의를 그저 강조하기만 하는 데서 그친다면, '우리' 안에서와 마찬가지로 '타자들' 안에서도 작동하고 있는 권력구조 및 위계질서, 또 차별에 대하여 교육할 수 없게 되어버리는 것이다.

이런 논지는 국민국가 그리고 다중언어주의/다문화주의를 생각할 때 떠오를 만한 뻔한 논리로 보일 수 있다. 이는 비교문학과 국가별 문학 프로그램들이 교차하는 다양한 지점 중에서 오랫동안 지속적으로 문제가 된 지점이기 때문이다. 개별 국가 어문학과에서도 국제주의와 세계주의의 이름 아래 비교문학 분야에서 문제시되는 주제들의 해당 '지역'의 판본들을 제시한다. 따라서 비교문학의 문제로 지적된 사항, 즉 유럽중심주의에 빠져 있으면서도 보편주의를 참칭(僭稱)해왔다는 문제는, 동일한 문제의 국가별, 지역별 사례들을 강화하는 것으로는 해결될 수 없을 것이다. 또 서양에서의 인문학 교육의 역사에 비유럽 언어·문화들에 대한 연구가 이미 포함되어 있었고 그것이 서양식 교육과 공모하였던 사실을 간과한 채, 비유럽 언어와 문화들에 대한 연구를 비교문학에다 덧붙이기만 해서는 문제가 해결될 수 없다.

'이론' 그리고 '매체' 개념의 진화

전통적으로 비교문학은 '이론'을 탐구하는 분야였다. 이론에 대한 비난이 지속되고 있기는 하지만, 이론을 비난하면서도 자기 연구에 적합한 형식을 갖추기 위해 이론을 사용하는 연구자들을 보면 이론의 승리는 증명되는 듯하다. 이론, 특히 '서양 이론'이 악마화되고 공격받을 때 진짜 공격 대상은 '해체주의'와 '후기구조주의' 이론이다. 자신들이 '정치적으로 올바르다'라는 점을 입증하기 위해 이론을 비난하는 상투어구를 앵무새처럼 반복하는 사람들은 일반적으로 이 점을 깨닫지 못한다. 말하자면 이 부류의 이론은 1960년대 프랑스에 기원을 두지만, 프랑스 밖의 다른 나라에서도 그 기원을 찾아볼 수 있으며, 또 시기적으로는 1960년대 이전으로도 거슬러 올라가는 것이기도 하다. 또 이 이론은 서양의 인본주의 문화의 기반인 '로고스 중심주의'에 문제를 제기한다. 반면(지성사, 문학사, 개념사 등의 형식을 취하는) 19세기 유럽의 역사학에 뿌리를 둔 방법론 혹은(산문과 시에 대한 자세히 읽기의 형식을 취하는) 20세기 영미 신비평은, '서양적'으로 특정되지 않고 그냥 자연스러운 방론으로 간주되곤 한다. 그 자체가 해체주의나 후기구조주의와 동등한 정도로 서양적이며 인본주의적인 문화와 역사학의 문화가, 타자의 이름 아래 해체주의와 후기구조주의에 맞세워지는 것이다.

이 자리에서 해체주의와 후기구조주의에 대한 본격적 논쟁을 시작할 수는 없지만, 다음과 같은 점을 지적해두는 것은 의미가 있을 듯하다. 즉, 비서양에 대한 연구를 정당화하는 논리 중 가장 강력한 것은 해체주의와 후기구조주의 이론의 특성인, 서양 담론의 한계에 대한 근본적인 문제 제기와 정확히 관련되어 있다. 기호 그 자체에 대한 문제 제기가 논리적으로는 자연스럽게 다른 기호들과 다른 의미화 체계, 다른 학문 영역, 다른 섹슈얼리티, 다른 민족, 다른 문화에 대한 연구로 이어지는 것이다. 따라서 다수의 주장과는 반대로, 나는 해체주의와 후기구조주의 이론이 문화연구, 젠더 연구, 게이·레즈비언 연구, 소수민족 연구와 긴밀하게 관련되어 있다고 본다. 이러한 학문 영역, 계급, 인종, 젠더, 소수민족 등에 대한 탐구는 그것이 얼마나 경험주의적이든 간에, 그 안에 헤게모니적 기호와 기호 체계들에 대한 비판이 필요하다는 점에 대한 '이론적' 이해를, 그런 기호와 기호 체계 내에서나, 그런 기호와 기호 체계가 없는 상태에서나, 이미 함축하고 있는 것이다. 이러한 이론적 방향이 바로 비교문학이 앞으로 계속해서 나아가야 하는 방향으로 보인다.

이 같은 이론적 방향의 몇 가지 면들을 구체화하면 다음과 같다.

1. 유럽중심주의의 하나의 판본이라 할 수 있는 국민국가에 대한 고착 현상을 어떻게 볼 것인가?

개별 국가의 어문학을 연구함으로써 국가들 사이의 경계를 다시금 공고화하는 대신, 비교문학은 이론에 의하여 국가라는 개념 자체가 위태로워지는 지점에 집중해야 한다. 특정 문학의 기원으로서의 국가 개념을 위기에 처하게 만들어야 하는 것이다. 예컨대 브라운대 비교문학 교수인 낸시 암스트롱(Nancy Armstrong)과 레너드 테넌하우스(Leonard Tennenhouse)가 1992년에 출판한 『상상의 청교도 : 문학, 지적 작업, 개인적 삶의 기원(The Imaginary Puritan: Literature, Intellectual Labor, and the Origins of Personal Life)』을 보자. 이 책은 대안적 비교문학이 어떠해야 하는지를 보여주는 사례로 생각된다. 암스트롱과 테넌하우스의 책이 영국이라는 특정 유럽 국가의 개별 문학인 영문학의 역사적 형성과정을 다룬다는 점은 명백하다. 이 책이 이론적 차원에서 거둔 획기적인 성취는, 그것이 영국이라는 국가의 경계 바깥에 영문학의 '기원들'이 있다는 사실을 증명하는 데 있어 취한 시각이다. 즉 영문학의 기원은 북미의 영국 식민지에 대한 문학 그리고 식민지에서 생산된 통속적인 저급한 문학에 있다는 것이다. 예컨대 서구 근대 소설의 기원이라고 하는 새뮤얼 리처드슨(Samuel Richardson)의 1740년 소설『파멜라(Pamela)』같은 영문학의 '고전'과 '명작'들은, 17세기 중반 아메리칸 원주민들에게 붙잡혔다가 극적으로 살아남은 미국 여성 메리 롤런드슨(Mary Rowlandson)의 포로 생활 이야기에 그 '기원'이 있다고 할 수 있다. 이 이야기는 영국 땅에서 나온 문학 생산의 유형이 아니라 아메리카의 '야생' 속에 사는 '야만인들' 가운데서 기원한 것이다.

후기구조주의의 급진적 함의들을 정교하게 활용함으로써 암스트롱과 테넨하우스는 아주 상이한 유형의 문학들 사이의 '비교' 독해를 보여준다. 이 독해는 ① '국가'와 '민족주의'가 제국주의적·청교도주의적 판타지의 산물임을 보여줌으로써 국가의 성스러움에 도전하고, ② 인쇄'문화'가 유럽에서부터 시작되어 식민지로 흘러 들어갔다는 식의 엘리트적·유럽중심적 전제를 전복하며, ③ 비교문학 연구에서 매우 중요한, 국가 공식 언어, '명작', 문화적 '원본'/번역에 관련된 위계적 모델을 일거에 의문에 부친다. 무엇보다 중요한 점은 유럽 문학의 전통과 한 '국가의 언어' 범위 내에서 연구를 진행시키지만, 암스트롱과 테넨하우스는 영국의 '국가적 문학'의 내부에서 그에 대한 차이들을 도출하여 기입하는 데 성공하고 있다는 점이다. 여태까지 영문학은 영국 정신적 문화유산의 저장소라는 영광스러운 이미지를 지녀왔으며 이는 또한 전 세계의 교육현장에서 여전히 지속되고 있다. 그러나 암스트롱과 테넨하우스의 연구에서 영문학의 기존의 이미지는 영국 제국주의의 산물이라는 점을 폭로하는 이미지가 더해지고 있는 것이다.

따라서『상상의 청교도』는 하나의 이론적 모델로서 비교문학이 탈식민주의 연구와 맺을 수 있는 깊은 관련성을 잘 드러낸다. 이는 국가별 문학에 대한 전혀 다른 부류의 질문을 던지는 것을 통해서 가능하다. 즉 '계급과 젠더가 그러하듯이, 국가 단위의 문학도 어떤 식으로 주체성의 형성에 관계하는가?'라는 질문 대신, '널리 보급된 '글쓰기 및 읽기의 관습으로서의' 국가적 문학은 어떻게 해서 식민주의와 제국주의의 역사에 참여하게 되는가?'라는 질문을 던져야 한다. 이런 질문에는 영어, 프랑스어, 독일어, 스페인어, 이탈리아어, 라틴어, 그리스어로 쓰인 정전화된 유럽 고전뿐 아니라, 중국, 일본, 인도, 아라비아, 페르시아, 러시아 등의 '명작'도 근본적으로 다시 검토해야 한다는 당위성이 암시되어 있다. 비교문학은 이제 더 이상 상호적인 존중의 형식으로 여러 개별 국가 문학들의 기계적인 병치에 그치지 않고, 제국주의적 의도, 서사, 인쇄문화 사이의 비교 작업에 적극적으로 참여하게 될 것이다.

2. 다중언어주의 문제에는 어떻게 접근할 것인가?

여러 언어에 능숙해지는 것은 여전히 비교문학 제도의 차원에서 중요한 문제이지만, 후기구조주의 이론 연구를 통하여 비교문학에 입문하게 되는 학생들에게 자기 모국어 이외의 언어들에 대한 깊은 지식을 반드시 갖추게 할 필요는 없다고 할 수 있다. 왜냐하면 후기구조주의 교수법의 핵심 목표 중 하나는 언어 그 자체에 대한 깊이 있는 탐구이기 때문이다. 다수 학생이 영어를 제1언어로 하는 북미의 경우에 있어 이 논점은 매우 중요하다. 왜냐하면, 영국과 미국의 제국주의가 '국제적' 맥락에서 전개되어온 역사가 있기에 영어 '안에' 이미 여러 언어와 문화적 소수자들의 해방구가 포함되어 있기 때문이다. 전통적으로 존중되어오던 프랑스어나 독일어 대신, 아랍어나 중국어를 배우라고 학생들에게 요구하는 대신, 흑인 영어나, 영국 치하 인도 작가들의 영어, 또는 라틴아메리카와 아시아계 미국 작가들이 오늘날 사용하는 영어를 배우라고 하는 것은 어떨까? 여전히 영어나 프랑스어라는 '단일' 언어로 생성 중인 여러 유형의 '탈식민주의' 글쓰기로 인해 우리는 하나 이상의 외국어 능력을 필수화해왔던 전통적인 비교문학의 관습을 재고하게 된다. 그리하여 원칙상, 어떤 비교문학 전공 학생들은 하나의 언어만 가지고도 비교문학 과정을 이수할 수 있도록 해야 한다. 물론 그런 경우는 현실적으로 별로 없을 것이긴 하다. 이와 유사하게 여성 문학, 게이·레즈비언 문학, 소수민족 문학 등과 관련된 문제들은 국가와 개별 국가 공식어의 경계를 아득히 뛰어넘는 완전히 새로운 연구 방법론을 필요로 한다.

다시금 강조하지만, 다중언어주의를 추구한다 해서 지적으로 편향되지 않는다는 보장이 없듯, 단일언어를 한다 해서 편협한 사람이 되는 것도 아니다. '권력으로서의 언어'라는 전제에 대한 문제의식은 없이 학생들이 할 줄 아는 언어의 개수만 늘리기보다, 비교문학 내 학생들이 단일언어 안에서도 비교의 시각을 가질 수 있도록 교육하는 데 초점을 맞춰야 한다. 프랫 교수의 다음과 같은 지적은 이를 뒷받침해주는데, 다문화적 맥락에서는 (영어로) 번역된 것만이 사용 가능한 유일한 텍스트가 된다고 한다. 또 유럽어들은 언어적 뿌리를 공유하지만, 비유럽 언어 중 다수는 비록 동일한 지역에서 사용될지라도 전혀 다른 뿌리에서 나왔다는 것이다.

3. '비교문학'과 '문화연구'의 관계를 어떻게 해야 할까?

일부 비교문학자들은 '문화연구'에 대하여 점점 더 짜증, 불안, 위협감을 느끼고 있다. 이는 비교문학의 정체성 자체가 고정적이지 않고 유동적임을 뜻하며 결코 나쁜 현상이 아니다. 캘리포니아대(샌터크루즈) 비교문학과 교수인 블라드 고드지히(Wlad Godzich)는 「새로이 부상하는 문학과 비교문학 분야」라는 글에서 다음과 같이 주장한다. 비교문학은 하나의 학문 분과로서의 본질상 문제적이며 이러한 점이 비교문학의 '정체성'을 이룬다는 것이다.[1] 비교문학과 문화연구 사이의 경계가 불분명하다고 걱정할 것이 아니라 비교문학이 스스로를 다시 생각해보고 그 전략을 새로 짜볼 수 있게 해주는 좋은 계기로 삼아야 한다.

비교문학자는 문화연구가 경험주의적, 단일 언어 중심적 경향을 띤다는 점을 강하게 비판하곤 하는데, 만약 이 점이 문제라면 이에 정면 대응하는 것이 비교문학에 오히려 도움이 되지 않을까? 즉 문화연구를 비판하는 데서 더 나아가, 이를 계기로 하여 현재 문화연구 편제 안에서 연구되고 있는 다양한 문화적 대상들을 비교문학 고유의 이론적 · 다중언어적 연구 대상으로 취할 수도 있는 것 아닌가?

이를 위해 비교문학은 음성언어의 물질성에 관심을 기울여왔던 전통을 확장해서, 이와 비슷한 수준의 관심을 '매체' 개념에 대한 탐구를 정교화하는 데 쏟을 필요가 있다. 여기서 매체란 기본적으로, 문화적 정보의 저장 · 복구 · 전송 수단을 뜻하며, 오늘날 광범위하게 사용되는 '미디어'라는 용어와는 다르다. 오늘날 '하이퍼텍스트'의 시대는, 전자적으로 구현된 '가상성(virtuality)'과 빠른 속도 덕분에, 극히 드물게 발생하거나 먼 곳에서 생성되어 다양한 매체에 수록되는 기록도 간단한 손끝의 조작만으로 바로 접근 가능해진 시대이다. 이에 따라 매체에 대한 우리의 관념, 나아가 그와 연동된 연구, 지식, 지식 전파에 관한 관념은 엄청나게 변화하고 있는데, 그런 변화와는 상관없이 언어로만 형성되어 있는 텍스트를 대상으로 한 연구만 하다 보면 그 변화들은 절대로 인지될 수 없을 것이다. 동시에 매체의 맥락에서 생각해보면 '문학이란 무엇인가?' 그리고 '글쓰기란 무엇인가?' 같은 질문을 새롭게 물을 수밖에 없게 된다. 독일 훔볼트대 매체미학과 교수인 프리드리히 키틀러(Friedrich Kittler)가 최근 글에서 주장하듯이, "보통" 언어가 마이크로프로세서의 프로그래밍 언어와 마주치는 "포스트모던 바벨탑" 안에서, "우리는 우리의 글쓰기가 무슨 역할을 하는지 전혀 알 수 없는" 것이다.[2]

매체 개념이 진화해온 점을 감안하면, 서양에서 지난 수 세기의 시간이 흐르면서 특정 형태의 '실체'로 학문화되고 구축되어버린 그런 '문학' 이전의 개방된 상태로 '문학'이라는 용어를 되돌려놓을 수 있을 것이다. 그 상태는 어떤 대안적 시공간이라 할 수 있는데, 즉 그것은 문학이 인쇄된 말로 된 매체에 의존하는 자료만을 의미하는 상태이다. 문학에 대한 이 같은 초창기 개념은 포스트모던 시대에 와서는 오늘날 많은 사람이 비교문학을 이해하는 관점 속에 여전히 남아 있는, 시간의 흐름이라는 맥락에서 가장 최신의 개념이면서 상당히 좁은 개념으로서의 문학을 재고해볼 수 있는 근거를 제공한다.

따라서 단순히 문화연구에 저항하거나 그 의의를 부정하는 대신, 비교문학은 문화연구로부터 다음과 같은 점을 차용할 필요가 있다. 즉 언어에 기초한 문학이나 철학 텍스트가 아니라 매체에 대한 연구를 향하여 자기를 개방시키는 방향을 취해야 한다. 매체 개념으로 인해 문학이 위기에 처하게 된다고 하더라도 반드시 문학의 종말이 초래되는 것은 아니다. 어쩌면 문학연구가 국가나 해당 국가 언어라는 기반 위에서 활성화되는 것이 아니라, 더욱 철저하게 미학적 매체와 기호 체계, 그리고 담론 네트워크의 기반 위에서 활성화되고, 그리하여 새로운 학문 분야가 비교문학의 이름으로 등장할 수도 있지 않을까? 어쩌면 '비교문학'이라는 이름 그 자체도 '비교매체' 같은 다른 것으로 결국 바뀔 수 있지 않을까?

| 번역 : 최현희 |

주 ————

1) Wlad Godzich, "Emergent Literature and the Field of Comparative Literature," in *The Comparative Perspective on Literature: Approaches to Theory and Practice*, ed. Clayton Koelb and Susan Noakes(Ithaca, N.Y.: Cornell University Press, 1988), pp.18~36.

2) Friedrich Kittler, "There Is No Software," *Stanford Literature Review* 9, no.1(1992): pp.81~90.

11   비교문학 시대의 도래

조너선 컬러

　"세기적 전환기의 비교문학"이라는 부제가 붙은 1993년 「번하이머 보고서」는 두 가지 방향성을 제안하는데, 이 두 가지 방향은 많은 논의를 필요로 한다. 첫 번째 방향으로, 보고서는 비교문학이 이제 전통적인 유럽중심주의를 내려놓고, 전 세계를 향해 나아갈 것을 강력하게 요구한다. 이 같은 요구는 오늘날 문화적 환경과 현실의 반영이라는 점에서뿐만 아니라, 과거의 서구 문화도 사실은 일정 부분 비서구 문화와의 영향 관계 속에서 구축되었다는 설득력 있는 확신에 대한 반응이기도 하다. 그러나 두 번째 방향으로 「번하이머 보고서」는 문학에만 초점을 집중하는 시도에서 벗어나 문화적 산물이나 모든 종류의 담론을 담아내는 연구로 향하는 방향 전환을 제시하고 있다. 이 같은 제안에는 분명 긍정적인 측면이 있다. 문학 연구자들은 자신들의 텍스트 분석 역량이 문학 이외에도, 개인과 문화를 구성하는 다양한 형태의 담론 행위의 구조와 역할까지도 설명해줄 수 있다는 것을 깨달았다. 그래서 책이나 영화, 대중문화 등은 물론이고, 철학, 심리 분석학, 정치학, 의학, 그리고 그 외의 다양한 영역의 담론 연구에서도 자신들이 상당히 가치 있는 역할을 할 수 있다는 것을 자각하면서, 문학적 역량을 굳이 문학연구에만 국한할 필요가 없다고 생각하게 되었다. 문학을 다양한 담론 중에 하나로 여기는 것은 분명 효과적이고 긍정적인 전략으로 보인다.

그런 맥락에서 위의 두 가지 방향 전환의 주장 자체는 충분히 논리적이고 설득력을 갖추고 있어서 합리화의 여지도 있지만, 문제는 이 두 가지 방향의 결과는 자칫 비교문학이 전 세계 모든 종류의 담론과 문화적 산물을 다루는 어마어마한 규모의 학문이 될 수도 있다는 점이다. 만약 누군가가 기존 대학을 인수하는 대신, 하얀 백지에서 대학을 새로 하나 세울 수 있다고 한다면, 전 세계 글로벌 문화연구를 담당하는 초대형 비교문학과를 하나 만들 수도 있을 텐데, 이 경우에 필연적으로 두 가지 질문에 직면하게 될 것이다. 첫째, 세계 모든 글로벌 문화를 다루는 학과의 명칭으로 '비교문학과'가 적절할까? 둘째, 그렇게 되면 대학에 다른 인문학 관련 학과도 필요할까? 여기서는 두 번째 질문이 훨씬 중요해 보이는데, 비교문학과가 글로벌 문화연구를 전담한다면 비교문학과 이외에 필요한 다른 인문학 관련 학과로는 무엇이 있을까? 새롭게 부상하는 비교문학이 배제할 만한 그런 학문 분야가 있을까? 예를 들어 미학이나 음악, 영화처럼 다른 학문 분야와 연관성이 크지 않으면서 자신만의 고유하고 차별화된 문화적 산물을 만들어내는 그런 학과는 필요 없을까? 아니면, 이런 종류의 접근법 역시 비교문학이 주도하는 새로운 제도에서는 이미 한물간 낡은 관점일까? 그리고 특정 지역이나 국가만을 연구 대상으로 국한하는 그런 학과를 만들어도 될까? 혹은, 예를 들어 미국 문학도 이렇게 새로 등장한 비교문학이 대변하는 그런 비교문학적 관점으로만 항상 접근해야 할까?

새로운 비교문학과가 근본적으로 위치해야 하는 공간을 생각해본다면 누구나 바로 직면하게 되는 문제는, 「번하이머 보고서」가 제안하는 방향성은 개별 학문 영역이나 학과에 대한 해결책이라기보다는 모든 종류의 문학연구와 문화연구가 어떻게 진행되어야 하는지에 대한 제안이라고 할 수 있다.

기존의 인문학이나 사회과학 전공 교수들에게나, 아니면 최소한 인문학이나 사회과학 전공의 신임 교원들 앞에서 자신의 소유권을 내세우는 비교문학과의 제국주의를 기존 대학들이 호의적으로 받아들일 가능성은 없기 때문에, "세기적 전환기의 비교문학"을 내세우는 「번하이머 보고서」가 요구하는 것처럼 모든 것을 포함하는 비교문학의 포괄성은 대학 현실에서 비교문학과들조차도 시작하기 어려운 과제가 되어버린다. 비교문학과들은 특히 어떤 교수를 채용할지, 어떤 학생들을 입학시킬지의 문제를 결정해야 할 때가 되면 이 같은 방향성 문제에 명확하게 직면하게 된다. 그리고 오늘날 비교문학과의 교수 채용이나 신입생 입학의 현실이 매우 제한적이고 열악해지는 상황에서, 비교문학과들이 비교문학의 정의를 넓게 잡으며 그 안에서 한꺼번에 모든 것을 다 하려고 시도하다 보면 학과의 범주를 현실적으로 거의 불가능할 정도로 얇고 넓게 펼쳐버리는 위험에 놓이게 된다.

이 같은 고려들은 마치 언어적 기호가 그러하듯이 '학문'과 '학과'는 서로 다른 정체성을 가진다는 근본적인 사실로 우리를 안내한다. 비록 비교문학을 염두에 두고 한 말은 아니지만, 스위스 언어학자 페르디낭드 소쉬르가 말한 것처럼, "개념의 가장 정확한 특징은 그것 말고는 다른 그 어떤 개념도 아니라는 것"(*Cours de linguistique générale*[Course in General Linguistics], ed. Tullion de Mauro, Paris: Payot, 1972, p.162)이다. 오래전 문학연구가 개별 국가 문학 중심으로 이루어졌을 당시에, 비교문학은 문학연구가 장르나 시기, 주제 등과 같이 다른 종류의 단위 중심으로 이루어지는 다른 공간으로 정의되었다. 그러다 보니 어떤 종류의 분류 단위가 가장 적절한지에 대한 질문은 피할 수가 없게 되었는데, 이 질문은 국가 단위의 문학에서도 마찬가지였다. 결과적으로 비교문학은 문학이론의 중심지가 되어버렸고, 영문과나 불문과, 독문과처럼 국가 단위의 문학 학과에서는 자국의 문학 영역으로부터 유래한 것이 아닌 문학이론에 대해서는 종종 거부감을 드러내거나 저항했다. 그런데 이후에 국가 단위 문학 학과들도 이론을 받아들이고 이론적 담론을 통해 국가 간 경계를 뛰어넘는 연구에도 도전하기 시작하면서 오히려 비교문학의 정체성이 문제에 직면하게 되었다. 이런 맥락에서 영문과 교수들이 몸의 역사에 대한 연구를 하고, 독문과 교수들이 모더니즘 영화에 대한 연구를 하게 되자, 어쩌면 텍스트를 원어로 읽을 수 있는 역량을 강조하는 것은 비교문학의 두드러진, 그리고 유일하게 차별화된 특징이 되어버리고 말았다. 놀라운 점은 예전에 대부분의 비교문학자가 원어로 텍스트를 연구하던 때에는 사실 원어로 텍스트를 읽는다는 것이 비교문학의 본질적인 특징으로 인식되지 않았으며, 스탕달, 발자크, 플로베르, 졸라, 프루스트 등 다섯 명의 프랑스 사실주의 소설가를 다룬,「레빈 보고서」의 저자이자 하버드대 비교문학 교수인 해리 레빈의 1963년 저서『진실된 꿈의 문(*The Gates of Horn*)』에서도 이들 작가의 작품을 영어 번역 텍스트로 인용했다. 즉, 비교문학이 다른 변별력을 상실하기 시작하고 나서야 원문으로 텍스트를 읽어야 한다는 주장이 결정적으로 중요해진 것으로 보인다.

오늘날 국가 단위 문학 학과들이 점점 더 영화나 대중문화뿐만 아니라 성 정체성과 18세기 사회적 규범을 가르치던 '교훈서(conduct book)', 그 외 문화와 개인을 발전시키는 데 이바지한 모든 종류의 담론을 포함해 광범위한 문화적 대상을 연구하는 공간이 되어가면서, 문학으로부터 다른 문화적 산물로의 전환은 비교문학의 차별성이나 정체성에 결코 도움이 되지 않을 것이다. 문학으로부터 문화로의 전환은 사실상 이들 국가 단위 문학 학과에 더 설득력을 가지게 되면서 오히려 비교문학에는 반대로 작동하게 될 것이다. 문학은 처음부터 항상 초국가적이었기 때문에 문학을 국가 단위나 언어 단위로 나누는 것은 문학연구를 체계화시키는 설득력 있는 방식은 결코 아니지만, 전체적으로 문화연구를 체계화시키는 방법으로서는 상당한 설득력을 가진다. 예를 들어, '독문학과'가 독일과 관련된 영역에서 만들어지는 모든 문화적 산물을 다루는 '독일학과'로 전환하게 되면 이 같은 학과의 새로운 명칭은 학문적으로 좀 더 설득력 있는 분류가 될 수 있을 것이다. 국가 단위 문학 학과들이 문화로 전환하게 되면 비교문학에게는 특별한 역할이 주어질 것이다. 비교문학이 급속도로 문화연구로 바뀌는 것에 저항할 수 있다면, 비교문학은 가장 넓은 범주에서의 문학연구의 공간, 즉 초국가적인 현상으로서 문학을 연구하는 학문이라는 새로운 정체성을 확보할 수 있게 될 것이다. 다른 학문 분야가 기존의 기득권을 내려놓고 문화 영역으로 관심을 확장하는 현상이 오히려 역설적으로 비교문학에게 고유하고 가치 있는 정체성을 드디어 부여할 수 있을 것이다.

물론 이 같은 주장은 비교문학과 학자들이 문학을 문학 이외의 다른 담론적 산물과의 관계성에서 연구하는 노력을 부정하는 것은 아니다. 그 반대로, 비교문학자들은 이 같은 연구 방식이 비교문학자들을 어느 쪽으로 이끌어가든 상관없이 인문학에서 가장 흥미로운 방법론적·이론적 발전 과정에 항상 적극적으로 참여해야 할 것이다. 왜냐하면 문학은 결코 자연발생적인 것이 아니라 역사적 구축물이기 때문에, 문학을 다른 담론과의 관계성 속에서 연구하는 것은 불가피할 뿐만 아니라 절대적으로 필요하다. 다만 프랑스학, 미국학, 인도네시아학, 일본학처럼 자신들만의 분야에 초점을 맞추거나 해당 지역의 모든 종류의 문화적 산물을 연구하는 지역학 학과들에 대한 반박의 차원으로, 비교문학은 가장 다양한 방법으로 문학연구를 시도하는 중요한 책무감을 가진 학문이 될 것이다.

국가 단위의 문화연구와 대비되는 차이점으로 정의되는 비교문학은 문학연구를 발전시키는 데 가장 효과적인 접근법이 무엇인지를 굳이 예측하려고 하지 않는다. 오히려 활발한 학문 영역이라고 한다면, 서로 부딪히는 연구와 상충하는 우선순위를 통해 끊임없이 학문적 에너지를 받아야 한다. 예를 들어 미학연구는 일종의 다국적 상품으로서의 세계적인 현대소설 연구와 함께 진행되면서 긴장 관계를 구축해야 하며, 그리스 비극, 공포영화, 대중 로맨스 등에서 발견할 수 있는 공감이나 동일시 현상을 정신분석학적 모델로 접근하는 시도와도 마찬가지의 관계를 만들어야 한다. 이렇게 문학연구에서 새롭고 차별화된 비교문학 연구가 자칫 학제간 연구방법론보다는 틀을 갖춘 기존의 체계적인 방법을 더 선호한다는 오해를 유발하더라도, 비교문학의 차별화된 정의가 그 어떤 상황에서도 비교문학 학자들의 연구를 제약하는 방향으로는 가지 않는다. 비교문학과는 세계로 나아가는 동시에 모든 종류의 문화적 산물을 다루어야 한다는 「번하이머 보고서」의 제안에 저항하는 것은 비교문학의 개별 학자들의 연구를 제약하기 위해서가 아니라, 모든 종류의 문화적 산물에 초점을 맞추라는 보고서의 요구가 비교문학 학문 범주의 정의가 되어서는 안 된다는 점을 강조하기 위해서이다. 왜냐하면 그런 시도는 결국 또 하나의 새로운 지역학 학과의 방향성이기 때문이다.

「번하이머 보고서」 집필위원회는 오늘날 대학의 문학 관련 학과에서 많은 사람에게 가장 흥미로운 연구 대상이 되는 작품들을 비교문학에 포함하거나 비교문학의 핵심 분야로 만들기 위해서 비교문학의 정의를 다시 수립해야 한다고 제안하는 것 같다. 이런 맥락으로 기존의 문학 학과 소속 연구자 중에서도 이처럼 새롭게 정의되는 비교문학과 동질감을 가지는 사람들이 많아지고 있다. 그런데 이는 심각하게 제국주의적이며 불필요한 시도이다. 미국비교문학회(ACLA)의 「번하이머 보고서」 집필위원장인 찰스 번하이머 교수가 18세기 프랑스 파리의 매춘가 문화를 분석한 1989년 저서 『평판 나쁜 등장인물들(*Figures of Ill Repute*)』이 프랑스학의 연구 대상이 아니라 굳이 비교문학의 연구 대상이 될 수 있도록 비교문학의 정의를 재설정하려는 시도가 과연 필요할까? '19세기 프랑스 매춘문화의 표본'이라는 책의 부제도 강조하듯이, 이 책은 당시 프랑스의 문학과 미술뿐만 아니라 사회적·의학적 담론에 등장하는 매춘부를 다루고 있다는 점에서 비교문학이 아니라 엄연히 프랑스학의 연구 대상에 속하는 것은 아닐까? 여기서 나는, 자신의 첫 학술서가 플로베르와 카프카의 비교 연구였던 번하이머 교수의 연구역량은 나 자신의 연구역량만큼이나 훌륭하다는 점에는 일말의 의심의 여지도 없다는 점을 새삼 밝히면서, 번하이머 교수의 저서를 예로 언급한 나의 이 같은 주장은, 학문적으로 이미 기존의 다른 학문 영역에 논리적으로 완벽하게 속해 있는 작품이나 연구주제까지도 굳이 비교문학 영역으로 끌어오기 위한 목적으로 비교문학을 재정의하려고 할 필요는 전혀 없다는 점을 강조하고자 한다.

대학의 다른 학과들도 마찬가지이겠지만, 학교의 지원도 미미하고 그 부족한 지원으로 무엇을 할 수 있을지를 늘 고민해야 하는 비교문학과의 학과장인

나로서는, 국가 단위 문학 학과들은 문화연구 쪽으로 발전해나가도록 하고 이로 인해 결과적으로 비교문학과는 문학이라는 자신의 고유한 정체성과 중요한 역할을 받아들이도록 하는 것은 충분히 설득력이 있다고 생각한다. 그리고, 이는 국가 단위 문학 학과에게도 탁월하게 논리적인 방향성이라고 여겨진다. 그렇게 되면 비교문학과의 역할은 문학을 비교의 관점에서 접근하면서 문학의 세계성에 전념하는 시도를 하는 것이 된다. 불문학은 당연히 프랑스 문화의 일부이기 때문에 불문학과는 프랑스학과로 변신해서 그 맥락에서 불문학을 연구하도록 만들어보자. 그리고, 불문학 역시 큰 맥락에서는 문학의 일부이기 때문에 문학의 일부로서 불문학을 연구하는 것은, 비록 비교문학으로서는 여전히 감당하기 버거울 수도 있어서 비교문학이 활용할 수 있는 모든 역량을 다 모아야겠지만, 어쨌든 문학연구의 전체적인 비전의 관점에서 보면 분명 비교문학의 역할일 것이다. 이처럼 기존의 국가 단위 문학 학과들의 진화와 변신 과정이 어쩌면 우리가 진정 비교문학이 되는 그런 비교문학 시대의 도래를 가능하게 할 것이다.

| 번역 : 이형진 |

12

타원형 시대의 문학연구

데이비드 댐로시

    스탠퍼드대 비교문학과 교수인 토머스 그린(Thomas Greene)이 책임 편집을 맡았던 미국비교문학회(ACLA)의 '비교문학 기준 보고서'가 1975년에 나온 지 1년 후의 일이다. 그린 교수의 동료이자 당시 내가 다니던 예일대 대학원 과정의 주임교수였던 A. 바틀릿 지어마티(A. Bartlett Giamatti)에게 나는 나와틀어(語) 연구로 학점을 받을 수 있게 해달라고 요청했는데, 지어마티 교수는 나를 창밖으로 던져버리겠다고 응답했다. 농담으로 한 말이 분명했지만, 지어마티 교수의 연구실은 예일대 빙햄관 7층이었기에 나는 순간 현기증을 느꼈다. 지어마티 교수는 고개를 가로젓다가 결국 내 요청을 승인해줬고 현기증도 곧 가셨다. 어떤 면에서 지어마티 교수의 저 말이 농담만은 아니었던 것이, 1970년대 중엽까지도 여전히 실존하던 학계의 엄연한 현실에 비춰보면 이해할 만한 반응이기도 했다. 조교수 자리를 목표로 하는 박사과정생이라면 아즈텍 시문학 같은 주변부적인, 혹은 주변부에도 들지 못하는 주제에 과도하게 시간을 쏟다 보면 교수 자리에 오르려다 미끄러져 추락할 게 뻔했다. 그 어떤 문학 관련 학과에서도 아즈텍 시는 가르치지 않고, 오히려 인류학과 수업에서 다루고 있었는데, 그 수업은 내가 수강 신청을 할 때쯤 수강 인원이 두 배가 되어 있었다. 그로부터 2년 후, 박사과정 구술시험 분야를 정할 때, 그린 교수는 이집트 상형문자와 고대 노르

웨이어 연구가 포함된 나의 수강 이력을 보고 크게 당황하는 눈치였다. 그는 특유의 재치를 발휘하여 나에게 앞으로는 정전(正典) 텍스트에 좀 더 초점을 맞추라며 조언했다. 졸업 후 교수 임용시장에 뛰어들었을 때 심사자들이 내 지원서를 보고 이 사람은 "아라베스크 무늬를 그리듯 문학적 전통 주변을 빙빙 돌기만 했다고 생각할 수도 있"다며, 그런 상황은 피해야 한다는 것이었다.

이 대화를 언급한 것은, 학문적 호기심이나 질문들과 이 질문들이 실제로 작동하는 대학의 제도적 환경이 필연적으로 밀접하게 관련되어 있음을 강조하기 위해서이다. 현재 우리가 논의의 대상으로 하는 텍스트는 그 수와 다양성이라는 면에서 최근 들어 폭발적으로 늘어났는데, 이는 매우 흥미롭고 또 반가워할 일이다. 그러나 텍스트의 폭발적 증가와 다양화를 감당하고 수용하기 위해 교수법과 학과 운영 방식을 어떻게 변화시켜야 하는지에 대한 논의는 이제 겨우 시작 단계에 머물러 있다. 내 경우를 말하자면, 정년을 확실히 보장받을 때까지 지난 10년 동안은, 최소한 저 "아라베스크 무늬"가 덜 드러나 보이게 하면서 전통적인 문학 '안에서' 유대–기독교적 텍스트에 집중해왔다. 이런 식의 압박감을 주는 방법 말고 좀 더 나은 해결책을 이 글에서 제시할 수 있기를 바란다.

어떤 점에서 보면, 기다림이 보상을 받긴 했다. 1970년대 말 아즈텍 시 연구 관련 논문이 게재될 가능성이 있는 유일한 매체는 『나와틀 문화 연구(*Estudios de Cultura Náhuatl*)』같은 특수 분야 학술지뿐이었다. 대부분의 도서관은 이 저널을 구독하지 않았고 해당 저널의 충실한 독자라 하더라도 문학에는 전혀 관심이 없었다. 1980년대에 들어서면서, 문화비평 방법론 중에서도 특히 제국주의 같은 이슈에 대한 관심이 커졌고, 그 덕분에 일반 독자들도 처음으로 이런 주제에 흥미를 느끼기 시작했다.

이는 중대한 발전이기는 하지만, 여기서는 그보다 현재 우리가 직면하고 있는 문제 두 가지를 논의하고자 한다. 하나는 학문적 문제이고, 또 하나는 제도적 문제이다. 먼저 제도 차원에서 볼 때 비교문학 연구는, 문학연구의 언어/국가에 따른 경계가 유지되고 있는 상태에서, 새로이 나타나는 문화적 맥락을 강조하는 경향도 민족주의를 심화시키고 있는, 어색한 상황에 처해 있다. 그런 상황이 고착된다면, 시간의 흐름에 따라 아무리 우리가 그 상황을 변화시키고자 한다 해도, 계속해서 변하고 있는 문학 개념을 결국 우리가 속해 있는 대학의 시스템에 최대한 맞추어 갈 수밖에 없을 것이다.

학문적 문제란, 너무나도 많은 새로운 연구 대상들이 시야에 들어옴에 따라 중요한 문제가 방기(放棄)되어버릴 위험이 커진다는 데 있다. 우리는 이미 우리가 놓쳐버릴 위험성이 가장 큰 것이 무엇인지 잘 알고 있다. 즉, 문학사가 망각되어버릴 위험에 처해 있는 것인데, 이는 우리가 역사적 문제에 점점 더 많은 관심을 기울이고 있음을 생각해볼 때 역설적이라 하지 않을 수 없다. 문학사의 상실 문제는 단일 언어권의 문학 학과에는 별로 해당되지 않는 문제이다. 그런 학과들의 제도적인 기반은 상대적으로 이미 고정되고, 통상적으로 구분된 시대에 기반을 둔 분야에 있기 때문이다. 그러나 비교문학은 그보다는 훨씬 더 유동적인 상황에 처해 있으며, 대개 국가별 문학 학과들이라는 보다 단단한 덩어리들 사이의 틈새 공간을 부유(浮遊)하고 있는 것이다. 이런 상황은 우리가 새로운 생각들에 좀 더 주의를 기울이게 해준다는 점에서는 긍정적인 면도 있다. 1970~80년대 동안 문학이론이 퍼져나갈 때 비교문학 프로그램이 높은 명망을 유지할 수 있었던 것은 그 덕분이다. 한편 지금처럼 대세가 바뀌는 가운데서는, 정착할 기반이 별로 없는 비교문학의 이러한 상황은 위험한 것이기도 하다.

이미 1965년에 해리 레빈 교수가 책임 편집을 맡았던 '비교문학 전문성 기준 보고서'인 「레빈 보고서」는 이 문제를 제기한 바 있다. "비평적 접근의 가치와 현대 시기 문학의 매력 때문에 오히려 문학사에 대한 역사적 접근과 연구의 중요성을 간과해서는 안 된다. 사실 진정한 비교방법론은 현대문학만큼이나 결국 과거의 고전문학 연구에서도 의미 있는 시사점을 많이 발견할 수 있기 때문이다". 그리고 1975년 「그린 보고서」가 경고한 주요 위험 중 하나는, 우리가 세계 전체의 문학을 포용하느라 "비교문학 전통의 최고의 유산에 대한 우리의 책무감을 약화"시킬지도 모르는 상황이다. "최고"라는 표현에 담겨 있는 엘리트주의와 "우리의" 유산이라는 말에 함축된 유럽중심주의를 극복하는 데 목표를 둘 수도 있다. 그러나 그렇게 한다고 해도 우리는 「그린 보고서」가 '유산'이라는 용어에 역사적 무게를 부여하고 있음을 간과해서는 안 된다. 이어서 보고서는 다음과 같이 말한다. "하나의 학문체계로서 비교문학은 역사적 지식에 기반한다는 불변의 진리를 간과해서는 안 된다. 20세기 문학을 전공하고자 하는 대학원생이라 하더라도 자신이 선택한 현대 시기의 문학을 제대로 이해하기 위해서는 최소한 자신의 동료 학생들만큼은 20세기 이전의 문학에 대해서도 알고 있어야 한다. 다시 한번 강조하지만, 20세기 문학을 전공하고자 한다면 알아야할 것은, 20세기가 과거로부터 물려받은 문화적 유산은 20세기 이전의 그 어느과거 시점에서 물려받은 문화적 유산보다 훨씬 더 풍부하고 다양하다는 사실이다".「그린 보고서」는 나아가, 비교문학 전공 학생이라면 모두가 고전어 하나정도는 필수적으로 배워야 한다고 권장하기까지 한다.

　「번하이머 보고서」에서는 역사의 문제가 생략되어 있는데, 이는 1975년 「그린 보고서」 이후로 그 문제가 해결되었거나 아니면 훨씬 악화되었음을 의미한다. 사실 1993년 「번하이머 보고서」는 「그린 보고서」의 표현, 즉 "하나의 학문체계로서 비교문학은 역사적 지식에 기반한다는 불변의 사실"이라는 문구를 오독(誤讀)하고 있다. 이 표현은 사실 20세기가 학문적 연구 대상으로서 다른 시기보다 점점 더 인기를 끌고 있는 현상에 우려를 드러낸 것이지만, 오늘날에는 오히려 문학이론의 부상에 대한 불안이 암시된 구절로 인용되고 있다. 1993년 「번하이머 보고서」도 나름대로 "고전문학을 연구하는 학생들이라면" 전통적인 고전어를 공부해야 한다고 했으며, 정전 형성 과정에 관심을 기울이기를 권함으로써 비교적 이전 시대의 문헌들에 대한 연구를 당연시하기도 했다. 그러나 역사적 연구를 명확하게 권유한 유일한 대목은, 학생들이 '문학비평과 이론'의 역사를 공부해야 한다고 강조하는 대목뿐이다. 또한, 이 보고서는 전반적으로 아주 최근의 자료들에 초점을 맞추는 탈식민주의와 문화연구 같은 주제에 방점을 찍고 있다.

이 점을 유념하면서 나는 최근 열린 미국비교문학회(ACLA) 연례 학술대회 (1994년 3월)에 참석하면서 대회 프로그램을 꼼꼼히 살펴보았다. 내가 궁금했던 것은 발표문들이 얼마나 다양한 역사적 시대에 걸쳐 분포되어 있는가 하는 점이었다. 모든 발표문이 제목에 특정 시대의 역사적 기반을 드러내고 있지는 않았고, 논의되는 작품 중에는 내가 모르는 것들도 있었다. 그러나 발표문의 70% 정도는 시대에 따라 구분할 수 있었는데, 그 정리 결과는 다음과 같다. 13편이 19세기를, 9편은 19세기 이전의 이런저런 시기를, 121편은 20세기를 다루고 있었다. 여기서 제외되어버린 역사는 유럽 역사만이 아니다. 19세기 이전 시기를 다룬 9편의 발표문은 1800년 이전 세계 여러 나라의 자료를 활용한 글로 전체 발표 목록의 아주 작은 부분만을 차지했다. 그리고 이 중 중국 당시(唐詩)를 다룬 1편만이 1200년 이전 자료를 활용한 유일한 글이었다. 이 불균형은 물론 학술대회의 주제가 "경계, 추방, 디아스포라"이기 때문이겠으나, 학회 준비위원회가 전국 규모의 연례 학술대회에서 별 문제의식 없이 그토록 현대적인 주제를 선택했다는 것 자체가 시사적이다. 세 가지 주제가 혼합되어 있었던 1993년 대회는 넓은 역사적 다양성을 보였으나, 현대에 쏠리는 현상은 여전했다. 역사적으로 구분이 가능했던 발표문 중 20편이 1800년대 이전에, 12편이 19세기에, 96편이 20세기에 기반을 둔 것이었다.

국가 단위 문학에 기반을 둔 학과라면 자기들은 아직 이 지경에 이르지는 않았다고 다행이라고 여길 수도 있으나 역시 주의를 기울여야 할 것이다. 국가 단위 문학 학과에서 고전문학은 일정한 보호를 받지만 결국 모든 문학 프로그램에서 고전은 조만간 비슷한 상황에 처하게 될 것이다. 학문 분야로서의 고전문학은 대학 교육에서 그 핵심적 지위를 19세기 말에 상실해버린 바 있는데, 비교문학이 처한 현재 상황은 고전문학의 19세기 말의 상황과 유사해 보인다. 당시 현대 언어와 문학이 문학연구에서 중추적 위치를 차지하게 된 변화 과정은 숨가쁠 정도의 속도로 진행됐다. 1870년대의 고전학자들은 아마 앞으로 다가올 40년 동안 제도권 내에서 그 위상과 역할이 얼마나 축소될지 상상조차 하지 못했을 것이다. 고전문학을 공부하는 학부생 비율은 그 이후로 계속해서 감소했고, 오늘날 대학에서 고전문학은 주로 고전학 비전공자가 강의하는 세계문학 입문 강좌의 한 부분으로만 남아 있다. 그러한 수업에서 고전이 중요하게 다뤄지는 경우가 있기는 하지만 학부 고학년 과정에서 중요하게 다뤄지는 경우는 거의 없다. 예컨대 내가 근무하는 대학에서도 그리스 · 로마 문학과 사상은 필수과목에서 중요하게 다뤄지지만, 고전학을 전공으로 선택하는 학생들은 연평균 6명 정도에 그친다.

현대문학 연구 역시 다가오는 미래에는 비슷한 운명을 겪을 가능성이 크다. 우선 "현대"문학 내에서도 비교적 과거라 할 20세기 초 문학부터 그렇게 될 것이다. 20세기 초반 동안 중세문학은 문학연구에서 중요한 자리를 차지하고 있었으나, 당시 기준으로 동시대 문학과 바로 직전 시대의 문학의 위상은 미미했다. 이 상황은 어느 정도 시간이 지난 지금은 뒤집혔다. 우리가 현재의 이슈들을 검토하는 데 있어 20세기 문학을 특권화시키고 20세기 문학만을 사용하는 방향으로 나아간다면, 최근 주제로 쏠리는 학생들의 경향을 더욱 공고화시킬 것이다. 이런 식으로 시간이 경과하면 학생들의 관심은 서서히 교수 채용에도 상당한 압력 요인으로 작용하게 될 것이며, 이는 중세문학 전공자들이 이미 겪고 있는 채용시장에서의 만성적인 경색 상황으로 증명된다. 19세기 학문의 한정된 세계관에서 볼 때, 4세기 이후의 문학은 진지한 연구 대상으로서 거의 가치가 없었다. 이와 비슷하게 대부분 사람이 1100년 이전에 쓰인 문학이라면 다소간 무시해도 된다고 느끼고 있는 이 상황은 무언가 큰 것을 잃어버린 상태인 것이다. 얼마 전부터는 그 상한선이 1500년까지 내려왔는데, 곧 1500년이 1800년이 되고, 이어 1900년으로, 1960년으로 내려올 것이며, 그에 따라 우리가 잃어버린 부분은 더 커질 것이다.

고전학자라면 공통적으로 20세기로의 전환기에 나타난 본질적인 불균형을 탓할 것이다. 유럽 문학과 작품 분석에 대한 관심이 점점 고조되는 상황에서, 고전학자들은 방법론적 · 이데올로기적인 차원에서의 영광스러운 순수성을 지킬 수 있는 거점으로 문헌학을 택하여 그리 퇴각해 들어갔으며, 그 이후로 지금까지도 대부분의 고전 학과들은 그러한 이상을 유지하고 있다. 표준 그 자체를 방어적으로 고수하려고 했던 이 사례를 따라서는 안 된다는 점은 분명하다. 비교문학에서 비교 연구가 현재적 경향들에 대하여 개방된 상태를 유지한다는 것은 희망적 신호이다. 그러나 문학사를 다 포기해버리는 게 이 복잡한 상황에 대응하는 최선의 방법은 아니다. 시야를 좁혀버리면 해야 할 이야기들은 단순해져버릴 것이며, 결국 보다 넓은 맥락에서 일어나는 논쟁에 개입할 수 있는 여지도 축소되어버릴 것이다.

문화연구와 탈식민주의연구 같은 현대적 영역은, 문학사가 제공하는 풍부한 사례와 깊이 있는 관점이라는 점에서 시사하는 바가 크다. 19세기로의 전환기 이전에 민족주의가 과연 존재했는지에 대한 학문적 논쟁에서 어떤 입장을 선택하든 간에 그 시기 이전에 존재한 수많은 상상의 공동체들이 자기 구성에 관한 광범위한 기록들을 남겼으리라는 점은 분명한 사실이며, 그 기록을 연구함으로써 우리는 그 공동체들이 작동한 방식을 이해할 수 있게 된다. 보통 근대 특유의 현상으로(아무리 거슬러 올라가도 르네상스 이후의 현상으로) 간주되는 제국주의도 고대에는 완전히 없었던 무언가였다고 보기는 힘들다. 물론 그 이전 시대에 대한 우리의 지식에 빈틈이 있긴 하지만, 근대 제국들은 그 이전에 존재했던 제국들과 모든 면에서는 아닐지 몰라도 어떤 면에서는 결정적으로 다르긴 하다. 그러나 우리가 증거들을 잘 활용한다면, 우리가 활용하는 데이터베이스를 확장함으로써 제국주의 관련 논의를 발전시킬 수 있을 것이다. 또 고대의 사례들은 그 자체로 한계가 있지만, 근대 사례에 비해 분명 장점도 있다. 우리는 고대 제국이 '결국 어떻게 되었는지'를 알 수 있지만, 대영제국이나 소비에트 제국의 경우 아직까지 그 결말을 알 수 없다. 나아가 우리 자신의 삶은 고대에 일어난 일과 직접적으로 연결되어 있지 않으므로 감정이 개입되지 않은 분석을 시도할 수 있지만, 이는 동시대 사례에서는 매우 어렵고 어떨 때는 부적절한 일이 되기도 한다.

그렇다고 과거 시대 자료로 비교 연구를 하면 역사를 넘어선 객관성을 확보할 수 있다는 말은 아니다. 고전 텍스트가 현대의 학술적 논의에 제공 가능한 기여는 전통 사회에서 선조가 후손들에게 남기는 기여와 유사하다. 런던대 사회인류학과 교수인 메리 더글러스(Mary Douglas)는 조상 숭배를 연구할 때 "그 숭배가 사회 구조를 상징화하는 방식이 아니라, 숭배가 구조에 개입하는 방식에 초점을 맞춰야 한"다고 말한 바 있다. 즉 "편한 자리에 앉아 숭배받는 것은 보통 조상들의 의무 중에서 가장 시간이 덜 드는 일일 것이다. 조상들이 수행해야 하는 전체 임무 중에는 공공의 요구에 응답하여 지속적이고 적극적으로 일상사를 감독하는 것이 포함되어 있다."[1] 고전학이라는 분야 자체가 이런 면을 잘 보여준다. 주지하다시피 현대적 의미의 고전학 연구는 18~19세기 독일에서 긴급하게 대두되었던 문화적·정치적 목적을 달성하기 위해 탄생했다. 동시에 두 가지 사실도 확인할 수 있다. 첫째, 그 과정에서 독일 고전학자들은 자신들 이전의 천년 동안 누구도 도달하지 못했던 높은 수준으로 고대를 이해하는 데 성공했다. 둘째, 독일이 프랑스의 문화적 지배에 저항하는 데 그리스 고전이 사용되었는데, 이는 현대문학을 수단으로 한 저항보다 훨씬 나은 방법이었다.

이처럼 적극적으로 과거를 활용할 수 있다는 점을 염두에 두고, 이제 학술적 영역에서 제도적 영역으로 논의의 방향을 바꾸어 비교 연구가 지금의 학계에서 번창할 수 있는 방법을 논의하고자 한다. 최근 들어 문화적 특수성이 강조되고 있는데 이는 중·고등 교육에서 외국어 과목 수강생이 장기간에 걸쳐 감소해온 현상과 맞물려 있다. 이는 성장 과정 중 습득한 한두 언어 외의 다른 언어로 된 자료에 관심을 기울여야 할 필요성이나 그런 자료를 읽을 수 있는 능력을 갖춘 사람이 그 어느 때보다도 감소했음을 의미한다. 대부분의 문학 연구자는 한 나라 혹은 한 언어권 안에 안주할 뿐 아니라, 문학이론과 관련해서도 굳이 비교문학에 의지할 필요성을 더 이상 느끼지 못한다. 다수의 외국 이론이 번역되어 있고, 또 우리 스스로 자기 영역 안에서 이론을 발전시켜왔기 때문이다.

다언어 구사 능력이 진정한 비교문학자가 지녀야 할 본질적인 능력이라고 생각되어왔으나, 문화적 뿌리로의 회귀 현상이 나타나고 또 정전이 폭발적으로 늘어남에 따라 이 능력은 평가절하되기 시작했다. 15년 전에 영미권을 벗어나서 포스트모더니즘을 공부하고자 한다면 프랑스, 이탈리아, 독일, 중남미 저자 중 몇몇을 신중하게 추려서 살펴봄으로써 그 대강을 파악할 수 있었다. 하지만 1980년대 말이 되면 폴란드, 히브리, 일본 저자들까지도 언급해야 한다. 좀 더 시야를 확대해서 오늘날의 상황을 보면, 아랍어나 키쿠유(Kikyu)어로 창작하는 소설가들과 더불어, 티베트의 포스트모던 작가인 자씨 다와(Zhaxi Dawa) 같은 매우 흥미로운 사례도 보인다. 당연히 이런 자료들은 번역본으로 읽게 될 텐데, 그렇다면 '진정한' 비교문학자라 해도 단일 언어만 구사하는 영문학 교수와 같은 번역 텍스트를 활용한다는 점에서 더 이상 무언가 다른 것을 볼 수는 없게 된다.

그렇다면 언어 능력이 비교문학자에게 결정적인 자질은 아닌 것이다. 이집트학자라면 높은 수준의 독일어, 프랑스어, 이탈리아어 독해력은 물론, 수메르어와 아카드어로 된 설형문자 해독 능력도 갖추고 있을 것이라고 기대할 만하다. 그러나 사실 진정한 비교 연구를 한 이집트학자는 거의 없었는데, 그들은 다른 언어들을 그저 보조 수단으로만 다루기 때문이다. 결국, 비교문학자의 결정적 자질은 '비교'의 역량이다. 이집트학자와 영문학 교수는 자기 시야에 단일한 하나의 문화를 넣는다는 점에서 비슷하다. 적어도 그들 시야의 중심에는, 또 많은 경우, 그들 시야의 전 영역에는 하나의 문화만 있으나, 어떤 시대에든 비교문학자는 둘 또는 그 이상의 문화들을 비교적 동등한 맥락에 놓고서 일상적으로 탐구해 들어가는 것이다.

최근 우리는 탈중심화, 주변부, 경계 횡단 등에 대한 이야기를 자주 듣고 있으며, 이 탈중심화는 서유럽처럼 오랜 기간 지배력을 행사해온 국제적 단위들뿐 아니라 국가 단위의 전통들까지를 포함한 다양한 차원의 통일체들을 해체하고 있다. 비교문학자나 비교 연구를 하지 않는 단일 어문학 연구자들이나 모두 비슷하게 오늘날 당면하고 있는 큰 과제는 이런 변화를 제대로 이해하는 것이다. 그냥 '중심'을 '주변'으로 대체하는 것으로 그친다면 이는 표피적 변화에 그칠 것이며, 중심화가 새롭게 반복될 뿐이다. 새로운 텍스트 및 추방과 같은 새로운 주제들이 중심을 차지하게 될 텐데, 이 새로운 개념이 그 자체로 마치 독백처럼 단선적으로만 다뤄진다면, 그리스 신화에 나오는 외눈박이 거인인 키클롭스적 관점만 남게 될 것이다. 이는 우리가 극복하고자 하는 중앙집권적 단일성과 너무나도 유사해지는 것이다.

우리는 새로운 문학적 기하학이 필요하다. 그것은 단일한 초점을 갖는 원을 극복하면서도 그 반대라 할 수 있는 절대적 혼란이나 모호함에 함몰되지는 않는 모형이어야 한다. 이 지점에서 나는 타원이라는 모델을 제안한다. 이 기하학적 형태는 두 개의 초점이 있는데, 여기서 나는 비교학적 시각이란 그 내적 본질상 '타원형'임을 암시하고자 한다. 이 기하학적 변화는 아래의 구체적 사례로 가장 잘 설명될 듯하다. 나는 영문학 선집을 구축하는 방법에 대한 교육적 차원의 문제를 논하고자 하는데, 이를 통해 타원형의 비교학적 시각이 단일 국가 문학에 대한 개론적 차원의 연구에서도 실용적인 가치가 있음을 확인하고자 한다.

지난 30년 동안 엄청난 인기를 끌었던 『노튼 영문학 선집(*Norton Anthology of English Literature*)』(이하 『노튼』)은 매우 강한 중앙집권적 관점을 투영해왔다. 이는 문학사라는 맥락에서도 그렇고 영국 문학의 '공간'이라는 맥락에서도 그렇다. 이 선집은 서기 2세기에 천동설을 주장했던 프톨레마이오스적 우주를 구축하는데, 여기서 영국 제도(諸島)는 대개 앵글로색슨의 잉글랜드로 한정되고, 잉글랜드는 그 중심인 런던 주변을 공전한다. 이는 『노튼』의 뒤표지에 나오는 '잉글랜드'와 '런던' 지도를 보면 명확하게 드러난다. 당연하게도 이 지도에 나타난 '영국'은 영국 문화에 대한 제한된 관점을 반영한다. 지도에는 잉글랜드, 웨일스, 스코틀랜드는 나오지만, 아일랜드는 완전히 빠져 있다. 하지만 『노튼』에는 예이츠, 와일드, 조이스 같은 아일랜드 출신 작가는 포함되어 있다. 역으로 웨일스는 지도에는 나타나 있지만, 진정한 웨일스 작가는 어디에도 없다. 유일한 예외는 딜런 토머스(Dylan Thomas)인데, 그는 명예 잉글랜드인으로서 포함되어 있다.

이런 배제의 논리는 『노튼』의 중세문학 코너에도 이어진다. 『노튼』은 기본적으로 1936년에 나온 스캇-포어스먼(Scott-Foresman)의 『영국의 문학(*Literature of England*)』에서 이미 정립되었던 목록을 그대로 따르고 있다. 고대 영어의 주요 텍스트는 『베오울프(*Beowulf*)』와 그 외 몇몇 짧은 작품들이 포함되어 있고, 중세 영어 텍스트로는 두 선집 모두 초서(Chaucer), 14세기 웨일스의 기사도 이야기인 『가웨인(*Gawain*)』, 그리고 『가웨인』의 저자로 알려진 '진주시인(the Pearl Poet)', 『농부 피어스(*Piers Plowman*)』, 『에브리맨(*Everyman*)』을 비롯한 서정시 몇 편이 포함된다. 두 선집 사이의 유일한 차이는 비교적 사소한 것으로, 중세 영국의 대표적인 신학자인 베다 베네라빌리스(Bede Venerabilis)의 글 일부나, 16세기 기독교 신비주의자인 영국의 마저리 켐프(Margery Kempe)의 글 일부 정도라고 할 수 있다. 참고로, 켐프의 글은 최근 『노튼』에 추가로 실리게 되었다.

이보다 무엇을 더 할 수 있었을까? 눈에 띄는 것은 두 선집 모두 아일랜드, 웨일스, 스코틀랜드의 중세문학에 대해서는 '아무것도' 소개하지 않는다는 점이다. 영국 제도에서 생산된 위대한 중세문학의 대부분은 아일랜드와 웨일스에서 쓰였지만, 오직 앵글로색슨 텍스트와 중세 영어 텍스트만 이 선집에 실렸다. 앵글로색슨이 아닌 다른 토착 언어로 된 글보다는 오히려 라틴어로 된 글이 『노튼』에 수록될 확률이 더 높을 것이다. 앵글로색슨어는 노르만족의 침입 이후에는 그 흔적을 알아볼 수 없을 정도로 변화해버리지만 그래도 수록되었다. 그러나 웨일스어와 게일어는 오늘날까지 이어져 내려왔음에도 무시되었다. 아주 처음부터, 영국 제도 내에는 여러 문화 사이의 극적인 상호작용이 있었고, 학부생들에게 이 같은 특징을 보여줄 수 있는 흥미진진한 텍스트들도 많은데, 대표적으로는 『테인(*Tain*)』과 『마비노기온(*Mabinogion*)』 같은 아일랜드의 매혹적인 이야기와 신랄하고 위트 넘치는 웨일스 시인 데피드 압 그윌림(Dafydd ap Gwilym)의 뛰어난 서정시 등을 들 수 있다.

이 자료들을 통해 초기 문학사에 나타난 현실적인 문화적 역동성을 잘 확인할 수 있으며, 동시에 이 텍스트들은 현재의 논의에도 창조적으로 개입해 들어 갈 수 있다. 왜냐하면, 작가들은 사회적·인종적 집단의 지배층과 저항 세력 사이에서 일어나는 문화적 투쟁이라는 주제에 대한 날카로운 감각을 보여주기 때문이다. 따라서 넓은 문화적 관점을 취한다는 것은 탈식민주의 작가들에게 더해져야 하는 요소일 뿐 아니라, 아주 오래된 시대로부터 우리의 논의에 스며들어야 하는 요소이기도 하다. 영국 문학은 그 시작부터 앵글로색슨 혹은 잉글랜드의 개별 문학보다는 훨씬 그 공간적 범위가 넓었으며, 문화와 하위문화들의 상호작용은 웨일스 출신의 압 그윌림 같은 주요 시인들에게서 잘 드러났다. 압 그윌림은 잉글랜드인에 대한 아이러니한 묘사와 웨일스인에 대한 당시 시인들의 시각을 그려낸 바 있다. 현재의 시점에서 보이는 압 그윌림의 모호함은 그 자체가 문화적 성찰의 문제인 것이다.

범(汎)영국을 서로 맞물려 있는 문화들의 집합체로 재개념화한다고 해서 잉글랜드 안에 있는 런던의 중요성이나 영국 제도 내에서의 영어의 중요성을 부정하는 건 아니다. 그 재개념화는 잉글랜드를 중력의 중심이 여럿인 코페르니쿠스적 우주 안에 위치시키는 것이다. 런던을 원의 중심으로 보는 대신(이 원에서 영문학의 많은 부분은 희미한 저 너머에 남겨진다), 런던의 문학적 문화를 타원의 초점 중 하나로 제시할 수 있다. 좀 더 정확히 말하자면, 런던은 각각의 타원의 두 번째 초점은 다른 데 두면서 부분적으로 겹쳐 있는 여러 개의 서로 다른 타원들의 첫 번째 초점이 된다. 그 타원 중 하나는 런던과 유럽 대륙 사이의 관계를 포괄할 것이며, 또 다른 타원들은 잉글랜드와 그 내부 식민지인 아일랜드, 스코틀랜드, 웨일스의 관계를, 또 다른 타원은 잉글랜드와 성쇠를 거듭하는 광의의 제국 사이의 관계를, 또 다른 타원은 T. S. 엘리엇을 비롯한 위대한 몇몇 '영국 현대' 작가들의 출생지인 잉글랜드와 미국 사이의 관계를 포괄할 것이다.

학생들이 반드시 영어 번역으로 읽어야 하는 이들 광의의 영문학의 존재에 주의를 기울이게 되면, 비교문학자의 타원적 시각은 영국 문학의 지리에 관한 우리의 시야를 변경할 수 있다. 하지만 번역은 여전히 어색한 문제로 남을 것인데, 특히 대부분 교수도 번역 텍스트를 사용하게 될 것이므로 그러하다. 번역의 이 어색함은 좀 더 상급 레벨의 수업으로 갈수록 더 심해질 것이다. 데피드 압 그윌림이나 자씨 다와를 논의할 때 단일 어문학 전공자보다 진정한 비교문학자가 나은 점이 없다고 한다면, 이는 그 어떤 글로벌한 차원의 논의이든 필연적으로 피상성을 띨 수밖에 없기 때문이다. 포스트모더니즘이든 영국 문학 전체이든 간에 모든 글로벌 차원의 논의는 피상적일 수밖에 없는 것이다.

문헌학 시대부터 신비평 시대에 이르기까지 번역에 의존하는 것은 아마추어적인 현상으로, 이런 식의 생각이 비교문학 연구의 유럽중심주의를 강력하게 뒷받침했다. 언어에 민감한 비교문학자라면 자연스럽게 한 사람으로서 할 수 있을 정도의 작업에만 자기를 한정시키는 경향이 있었다. 아무리 모험심이 넘치는 연구자라도 비유럽 언어를 한두 개라도 기꺼이 배우려는 사람은 거의 없었다. 언어적 관점에서 볼 때, 유럽중심주의는 문화제국주의의 문제라기보다는 극복 불가능한 한계를 씁쓸하게 수용한 결과로 나타난 현상에 불과했다. 이렇게 구분하는 것이 중요한 이유는 다음의 두 가지이다. 한편으로는, 그것이 진짜 문제라고 전제하면 유럽중심주의 이데올로기를 벗어난다고 해서 문제가 저절로 해결되지 않는다. 그러나 또 다른 한편으로는, 이런 언어적 한계를 넘어설 수 있는 방법을 찾는다면 지금까지 한 번도 시도되지 않았던 종류의 흥미로운 작업이 가능하게 될지도 모른다.

비교문학 분야의 역사는 다음과 같이 이해될 법하다. 2차 세계대전 후 낙관적 국제주의의 흐름 가운데 많은 비교문학자는 글로벌한 관점의 연구를 가능케 하는, 학문적으로 만족할 만한 방법을 탐색하기 시작했다. 그러나 언어 문제 때문에 그러한 희망은 충족되지 못했다. 그 좋은 예가 레빈 교수의 글에 나와 있다. 미국비교문학회가 전문성 기준에 대한 첫 번째 보고서인「레빈 보고서」를 작성한 지 3년이 지난 1968년, 레빈 교수는 학회 총회에서 회장 자격으로 연설을 했는데, 이 연설에서 레빈 교수는 자민족중심주의를 강화하면서도 동시에 안타까워하고 있으며, 결국 거기서 벗어날 수 있는 방법을 제시하는 데는 실패한다. 레빈 교수는 "우리는 프랑스 비교문학자인 M. 에티앙블(M. Etiemble)이 주장한 바, 유럽의 비교문학자가 비유럽 언어를 습득한다면 이는 가치가 크다고 한 것에 동의할 수밖에 없다. 그러나 이를 필수 자격 요건으로 해야 한다고 하면 이는 유토피아적 완벽함을 요구하는 것이 된다. … 나는 이제 한국에 비교문학회가 생겼다는 소식을 듣게 되어 기쁘지만, 한국에서 보내오는 통신문을 읽을 수 없다고 해서 나 자신이 무언가 문화적으로 결핍되었다고는 생각하지 않는다."[2] 수사학적으로 볼 때 레빈 교수의 말은 그 흐름이 이상하다. 레빈 교수는 에티앙블의 주장이 정당하다고 하면서도 그것을 실천에 옮길 수 없는 자신의 무능력을 그다지 유감스럽게 생각하지 않는 것이다.

레빈 교수의 주장의 이면에는 두 개의 매우 다른 동기가 작동하고 있다. 첫째, 레빈 교수는 자기로서는 문제를 절대 해결할 수 없으므로 자기 능력이 부족하다고 '생각할 수가 없다'. 하지만 왜 레빈 교수는 에티앙블을 비롯한 다른 비교문학자들이 이전에 중국어를 배웠던 것처럼 왜 그냥 중국어를 배우는 선택을 하지 않았을까? 여기서 우리는 두 번째 이유를 확인할 수 있다. 레빈 교수는 에티앙블에게는 있었던 '중국중심주의'가 없으므로, 문제의 본질적 구조와 층위를 본 것이다. 즉, 중국어를 배우는 게 궁극적으로 충분한 해결책은 아니었다. 유럽-아메리카에서 "동양/서양"을 비교할 때 한 축을 이루는 중국 너머에서 레빈 교수는 이제 한국을 보고 있다. 이때 '한국'은 수사적 목적에서 동원된 사례에 그치는 것이 아니라, 비교문학이라는 전문분야의 차원에서 새로 등장한 참가자인 것이다. 나아가 상황은 한국에만 국한되지 않는다. 레빈 교수는 아프리카의 다양한 언어들도 염두에 두고 있었다. 그러나 이 모든 것들을 선택한다는 것은 불가능하므로 그는 다음과 같이 감정이 잔뜩 실린 맹목적 표현을 사용하기에 이른다. "우리 학생들이 스와힐리어는 알고 라틴어는 모른다면 도대체 무슨 이득이 있을까?"(12)

물론 이 연설에는 우리의 극복 대상인 자기만족적 유럽중심주의가 드러나 있다고 일축해버릴 수도 있지만, 나는 다소 다르게 본다. 이 연설에서 레빈 교수가 대여섯 차례에 걸쳐서 글로벌한 시각에 동조하는 입장을 표한 후, 결국에는 그것을 거부하는 모습을 보이는 것은 놀랄 만한 일이다. 그는 분명 이 주제를 심각하게 고려하고 있으며, 이 문제 때문에 고민하고 있음에 틀림없지만, 그어떤 해결책도 찾을 수가 없었던 것이다. 결국, 그는 연설 마지막에 이르러 흥미롭게도 예일대 문헌학 교수였던 아우어바흐에게 기대어 청중에게 다음과 같은 요청을 하는데, "고(故) 에리히 아우어바흐 교수가 『미메시스』 속표지에 실었던, 17세기 영국 시인 마벨(Andrew Marvell)의 시 「수줍은 연인에게(*To His Coy Mistress*)」로부터 인용한 구절"을 떠올릴 것을 청중들에게 부탁하며 말했다. "'우리가 충분한 세계와 시간만 갖고 있다면…' 분명 우리가 닿을 수 있는 범위 안에 있는, 문자들이 이루고 있는 세계의 다른 쪽의 영역도 우리가 제대로 평가할 수 있도록 합시다."(12)

이는 문제에 대한 충분한 해결책이라고 하기 어렵다. 아우어바흐 교수가 저 구절을 인용한 것은, 서유럽 주요 언어들만 놓고 볼 때도, '전(全)유럽적' 전통을 자기가 포괄할 수 없다는 점에 유감을 표하기 위해서였다. 오늘날의 시각에서 보면 상황은 더 악화하고 있는데, 중세 시대 영국 제도(諸島)의 문학적 공간만이라도 제대로 횡단하려는 시도조차 얼마나 시간이 걸릴지 모르는 마라톤이 되어버린 게 지금의 상황이기 때문이다. 게다가 우리는 영국에서 아랍어나 힌두어 같은 언어로 집필되고 있는 작품들이 점점 더 늘어나는 상황은 언급조차 못 하고 있다.

전부(全部) 아니면 전무(全無)를 택하는 입장을 차치한다면 이것이야말로 진짜 문제이다. 우리는 번역을 통하여 많은 질문이 만족스럽게 다루어질 수 있게 해야 할 것이다. 그러나 우리는 그렇게 할 수 없는 많은 문제도 있음을 인식해야 한다. 그러면 무엇을 해야 하는가? 이 지점에서 나는 우리가 제도적 차원에서 시도 가능한 구체적 방법을 재고해야 할 필요성을 인식하는 데서 다시 시작하고자 한다. 즉, 나는 비교문학자의 타원적 관점은 학문적 차원의 전망 이상의 것이 되어야 한다고 주장한다. 다시 말해, 타원적 관점은 학문적 '연구'의 타원적 양식으로 확대되어야 한다. 이는 하나의 연구 프로젝트를 수행함에 있어 둘 혹은 그 이상의 학자가 참여하여, 그들 사이에서 논의와 분석을 생성시키는 과정을 뜻한다. 일반적 인문학자들과 마찬가지로 과거의 비교문학자는 보통 '한 사람의 개인'이 도달할 수 있는 범위 안에 스스로를 한정시켰는데, 이 점이 레빈 교수에게 제기되는 문제의 핵심이다. 우리가 다루는 주제가 우리 자신의 역량이 미치는 범위를 넘어서는 경우, 교육과 연구 영역에서 다른 사람들과 함께 작업하는 것에 대해 그동안 우리가 해왔던 것보다 훨씬 더 진지해져야 한다. 그리고, 우리는 학생들이 다른 사람들과 협업하는 훈련을 경험할 수 있는 실질적인 체계를 구축하기 위해서 비교문학 학부과정과 특히, 대학원 과정을 변화시킬 필요가 있다.

이는, 모두가 비유럽 언어 하나 정도는 배워야 한다는 유토피아적 요건이나 그리스어나 라틴어 같은 고대 지중해권 언어 중 하나를 배워야 한다는 식의 이미 소멸된 요건처럼, 어떤 '완벽함'을 요구하는 것은 아니다. 그런 요건들은 오늘날 우리가 반드시 고려해야 하는 광범위하게 확대된 다양한 언어의 범주를 고려해보면, 결국에는 완벽하지 '못함'에 대한 요구로밖에는 보이지 않는다. 그 대신 나는 협업에 대한 강조가 이제 필수적인 요구가 되고 있다고 생각한다. 이는 또한 학문적으로 순수한 자극을 불러일으킨다. 즉, 개별 학자의 언어적 한계 때문에 생기는 안타까움이나 전 세계를 유람하는 문학적 에코투어리스트(eco-tourist)의 과호흡증, 양자 모두를 피할 수 있는 유일한 최선의 방법이 바로 협업이다. 우리는 역사적·언어적 차원의 깊이를 달성하기 위해 연구 범위를 크게 축소해야 하거나(전통적 의미의 타협), 문화적 차원에서 넓은 범위에 도달하기 위해 역사적·언어적 얕팍함을 감수해야 했다(오늘날 공통적으로 관찰되는 현상). 협업하지 않으면 치를 수밖에 없는 그 혹독한 대가를, 이제 우리는 함께 작업함으로써 크게 줄일 수 있을 것이다.

"전통"과 관련된 과거의 통일성이라는 개념은 오늘날 다극화된 세계 내에서 다른 방식으로 구현되어야 하는데, 이는 훨씬 더 다중적이고 복합적인 방식의 작업을 필요로 한다. 그 과정에서, 연구의 대상과 연구의 주체 양쪽 모두에 있어서, 흥미로운 괴리와 놀라운 연속성이 나타날 수 있다. 학제간 연구를 지향하는 신역사주의의 학술지에 투고하기 위해 아즈텍 시에 나타난 정복의 미학을 주제로 논문을 준비하던 1990년 무렵, 나는 논문이 나오면 그 별쇄본을 지어마티 교수에게 보내려고 생각했다. 당시 지어마티 교수는 미국 메이저리그 야구위원회 총재직을 맡고 있었는데, 그와 나 두 사람 중 과연 16세기 영국 대표 르네상스 시인 스펜서로부터 더 멀어진 사람이 누구인지 정말 그에게 묻고 싶었다. 그러나 논문 출판 과정 중 지어마티 교수는 세상을 떠났고, 그 질문은 결국 할 수 없게 되어버렸다. 하지만 지어마티 교수가 야구장이라는 '푸르른 세상'에 대해 쓴 글들을 이제 읽고 나니, 그와 나 두 사람 중 그 누구도 빙햄관 7층에서 떨어지지는 않은 듯싶다. 하나 이상의 중심점에서 시작하여 일을 만들어가다 보면, 우리는 우리의 텍스트가 밟아 나가게 될 궤적과 우리 자신이 밟을 궤적을 그릴 수 있는 새로운 방법을 찾게 될 수도 있을 것이다.

| 번역 : 최현희 |

주 ─────

1) Mary Douglas, *How Institutions Think*(Syracuse, NY: Syracuse Univ. Press, 1986), p.50.

2) "Comparing the Literature," *Yearbook of Comparative and General Literature* 17(1968): pp.5~16, p.12.

13 엘리트주의와 포퓰리즘 사이에서 비교문학의 방향

엘리자베스 폭스-제노비스

비교문학이 어디에서 시작되었는지에 대한 이견은 거의 없지만, 어디로 향해야만 하는지에 대한 이견은 있다. 미국 학계에서도 비교문학 앞에 놓여 있는 도전들에 대한 이견은 없지만, 이런 도전에 어떻게 적절하게 대응할지에 대해서는 이견이 많다. 포스트모던과 글로벌 환경에서 비교문학의 미래에 대한 이견들이 구체화되는 과정에서, 마치 우리가 힘들게 경쟁하고 있는 세상에 대한 다양한 이견들처럼, 좀 더 미묘한 차이를 드러내는 용어들의 부족으로 인해 이같은 이견들은 크게 '엘리트주의'와 '포퓰리즘'이라고 불리는 두 개의 주된 진영으로 나뉘게 된다. 엘리트주의의 측면에서 비교문학은 원본이 쓰인 원래의 언어로 고급문학을 제대로 이해할 수 있어야 한다는 비교문학의 애초의 임무에 충실해야만 한다. 포퓰리즘의 측면에서 비교문학은 작품이 처음 쓰인 원어로 작품을 읽어야 한다는 필수조건을 완화하면서 비교문학이 다루는 텍스트의 종류를 끊임없이 늘리는 방식으로, 궁극적으로는 문화연구의 영역으로 확장해야 한다.

명백하게도, 이렇게 조잡하고 단순한 분류로는 어느 한 가지 진영으로 적절하게 분류할 수 없는, 서로 겹치는 무수히 많은 입장의 복잡함을 제대로 구현해내지 못한다. 그러나 아직도 엘리트주의 지지자들과 포퓰리즘 지지자들이 토론의 주류들을 각각 대표하면서, 마치 자석의 N극과 S극처럼, 그들은 자신의 담론의 궤도 속으로 무수히 많은 변형을 냉혹하게 끌어당기는 경향이 있다. 그러면 조만간 그 논의들은 무자비한 선택의 결과로 귀결될까? 우리 편입니까, 아니면 반대편입니까? 정말 안타까운 점은, 이 같은 양극화가 시대의 흐름에서 벗어났기 때문만이 아니라 오히려 오늘날의 시대를 너무나도 완벽하게 반영하기 때문이다.

모든 전쟁이 그렇듯이, 대학 캠퍼스에서 일어나는 문화전쟁들은 중립적인 입장이나 어느 한쪽에도 속하지 않는 독립적인 입장 그 어느 것도 묵인하지 않는다. 양극화 현상을 먹고 사는 문화전쟁은 우리가 아무리 격렬하게 저항하더라도 점점 더 우리 모두를 반동주의자 아니면 혁명가 둘 중 하나로 분류한다. 그리고 이런 이해관계를 고려하다 보면 양극화에 대한 압박은 분명히 우울한 깨달음을 가져온다. 그런데 비교문학의 사례가 분명하게 보여주듯이, 양극화는 정말 중요한 질문들을 꼭 모호하게 만드는 경향이 있다. 예를 들면 글로벌 문화의 등장을 인식한다는 것은 결국 반드시 '고급'문화보다는 '대중'문화에 초점을 맞추도록 요구하는 것일까? 아니면 문학 텍스트를 원어로 읽는 것보다 번역을 통해 읽는 것을 옹호하는 입장이 되는 것일까? 그럼 비교문학 말고 역사는 어떠할까? 역사적 맥락을 존중하는 학자나 교수는 반드시 '역사주의'를 옹호하는 사람이라고 할 수 있을까?

최소한 이처럼 불편하게 만드는 선택들은 오늘날, 마치 불안정하게 흔들리는 모래사장처럼 되어버린 학문적 토대 위에 비교문학이 어떻게 자리를 잡아야 하는지에 대한 비교문학자들의 불안감만 입증해줄 따름이다. 처음에는 그 자체가 지적으로 높은 수준을 바탕으로 비타협적인 엘리트의 위치를 차지했던 비교문학이, 이제 학생들의 태도 변화, 대학 행정본부의 압박, 영문학이나 다른 어문학 영역에서의 이론의 확산, 문화연구의 등장, 그리고 다문화주의, 다양성, 정체성의 정치적 맥락에 대한 폭넓은 열광 등과 같은 어려운 도전에 직면하고 있다. 이러한 각각의 도전은 분명 개별적으로 대응할 가치가 있지만, 전체적인 경향은 그것들을 나누어서 접근하기보다는 하나로 모아버리면서, 결과적으로 목적과 수단을 하나로 합쳐버린다. 이 문제의 중심에는, 한편으로는 비교문학이 무엇인지, 어떤 학문이 되어야 하는지에 대한 서로 다른 의견과 또 한편으로는 비교문학이 무엇인지, 어떤 학문이 되어야 하는지를 어떻게 가장 효과적으로 옹호할 수 있을지에 대한 이견이 자리 잡고 있다.

원본이 아니라 번역 텍스트를 사용하는 문학 수업의 정당성을 옹호하는 사람들은 다양한 근거를 토대로 자신들의 입장을 합리화하는데, 특히 대부분 학생이 원어로 된 텍스트를 읽을 수 없다는 것과, 보다 윤리적인 문제로는 우리 교수 중에서도 원문으로 된 문학 텍스트를 읽을 수 있는 사람이 많지 않다는 점을 이유로 든다. 윤리적인 문제로 접근하자면, 단지 우리가 해당 원어로 된 작품을 읽을 수 없다는 이유만으로 폴란드 문학, 핀란드 문학, 헝가리 문학, 태국 문학 등을 비교문학에서 제외해버린다면 과연 우리는 기존의 제국주의자들과 어떤 차이가 있는 것일까? 그리고 글을 읽고 쓰는 문화를 거의 혹은 전혀 생산할 수 없는 문화권의 이야기들은 어떻게 해야 할까? 우리가 그런 이야기들은 주목할 가치가 없다고 치부할 자격이 있을까? 그러나 이러한 윤리적 주장들은, 우리가 가르치고 싶거나 우리 수업을 수강하는 학생들 대부분이 아마 태국어나 스와힐리어는 고사하고 프랑스어나 스페인어로 된 시나 소설, 희곡 작품 하나도 제대로 읽을 수 없을 것이라는 안타까운 현실 앞에서 과도한 것으로 간주된다. 더구나 영어조차 제대로 구사하지 못하는 학생들도 있는 상황을 직시해야 한다. 이처럼 여러 가지 이유가 겹쳐 있는 상황 때문에 어떤 사람들은, 제대로 노력조차 하지 않은 학생들의 주장을 마치 앞서 언급한 소외된 문화권의 주장과 윤리적으로 동일한 것으로 간주하는 경향이 있는데, 사실 이 두 가지는 똑같은 것이 아니다. 학생들도 윤리적인 주장을 할 수 있지만, 그런 윤리적 주장은 학생들의 부족한 준비와 노력을 바로잡는 것에 관한 것이지, 부족한 준비와 노력은 아무 문제가 없다는 척을 하는 것은 아니다.

나는 문학 텍스트를 원본이 아니라 번역 텍스트로 가르치는 가능성을 폄하

하고 싶지는 않다. 학부생이나 종종 대학원생들조차도 대부분 문학 텍스트를 원본으로 읽으면서 비교할 수 있는 넓은 관점을 갖출 수 있는 뛰어난 외국어 역량을 가진 경우는 많지 않다. 그러나 이 문제를 원본이냐 번역 텍스트냐의 이분법적 선택의 문제로 접근하는 것은 적절한 해결책이 아니다. 우리 문학 교수들도 자신이 원어로 읽지 못하는 문학 텍스트를 비록 번역 텍스트로 가르치더라도 원본도 수업에서 가르쳐야 하는지를 스스로에게 물어보아야 한다. 그리고 우리는 자신의 모국어 말고는 다른 외국어로 된 문학 텍스트를 제대로 읽고 감상하지 못하는 학생들에게도 비교문학을 가르쳐야 하는지 스스로에게 물어보아야 한다. 이 두 가지 질문에 대한 대답이 나처럼 모두 '아니오'라면 우리는 새로운 전략을 개발해야 한다. 예를 들어, 우리는 교수들도 자신이 원문으로 읽을 수 있는 텍스트만을 가르쳐야 한다고 주장하고, 비교문학 과목의 수강생들도 원본과 관련된 언어 중 하나는 원어로 읽을 수 있어야 한다고 주장할 수 있다. 그러나 이런 상황에서, 우리는 특정 수업에서, 비록 교수는 모두 원어로 읽을 수 있어야겠지만, 모든 학생까지도 모든 텍스트를 원문으로 읽을 수 있어야 한다고 주장할 필요는 없을 것이다. 이러한 전략의 혜택 중 하나는 그동안 비교문학에 제대로 포함되지 않았던 다양한 문화권의 교수들에게도 비교문학을 개방하는 분명한 효과이다. 왜냐하면, 지금까지는 태국어를 아는 교수가 문학 수업을 가르치진 않았기 때문이다.

그런데 앞서 언급한 동남아시아 전문가는 비교문학이 활용하는 이론과 방법론에 대해 아는 게 거의 없다는 반박 주장도 충분히 예상된다. 그러나 이러한 반론은 다시 살펴볼 필요가 있다. 역설적으로 이 같은 반대의 목소리를 강력하게 내는 사람들은 대부분 비교문학이 문화연구 쪽으로 가야 한다고 주장하는 사람들이거나, 비교문학과 문화연구를 이어주는 역할을 하는 것으로 믿고 있는 이론적 혁신을 이들 전통적인 전문가들은 이해할 역량을 갖추지 못했다고 의심하는 사람들일 것이다. 그러나 문화연구 쪽으로 가는 비교문학의 움직임에 찬성하는 사람들도 비교문학이 근본적으로는 고급문화를 중점적으로 다루어야 한다는 주장에 대해서는 매우 회의적인 사람들일 것이다. 따라서 이러한 논의들은, 어디까지나 11세기 무라사키 시키부(紫式部)가 쓴 일본 최초의 고전소설인『겐지 이야기』가 19세기 프랑스 대표 소설가 귀스타브 플로베르의『보바리 부인』만큼은 엘리트적인 텍스트가 결코 아니라고 생각하는 것처럼, 비교문학의 전통적인 유럽중심주의를 전통적인 '고급문학'과 연결하려는 비교문학 내부의 잠재적 성향을 드러내 보이는 것이기도 하다.

'유럽중심주의' 대 '글로벌주의', 그리고 '고급문화' 대 '대중문화'의 대결 구도는 위에서 논의한 맥락과는 다르며, 이 두 가지를 섞는다고 해서 비교문학의 애초의 어젠다에 내포되어온 이데올로기적 성격을 숨기지는 못한다. 비교문학이 고급문화에 대한 글로벌 관점을 받아들이는 데 가장 큰 장애물들은 관련된 텍스트들의 엘리트주의에 있다기보다는 그런 텍스트들의 난해함과 거북함에 있다고 할 수 있다. 사실 대중문학은 텍스트를 생산하고 배포할 수 있는 대량 출판의 기술을 유럽이 가지고 있었기 때문에 대중문학은 유럽 문화의 두드러진 특성으로 발전한 측면이 있다. 대부분의 비유럽 국가들은 유럽 국가들보다 훨씬 더 오랫동안 사회적으로 계층화되어 있었고, 이들 비유럽 국가들은 문학을 사회계급이 확고하게 설정된 특수한 엘리트 계급만을 위한 산물로 독점해온 것이 사실이다. 이러한 환경 속에서, 어쩌면 자연스러운 수순이겠지만, 그들의 엘리트 문학은 사회 계층들과 남녀 사이의 불평등 문제를 세상과 공유하려고 하지 않거나, 아니면 적어도 그러한 불평등을 당연하게 여겼을 것이다. 다시 말해, '진보적인' 메시지를 전달하기 위해 비서구 문학으로 눈을 돌린다는 것은 쉽지 않다.

비유럽 문화의 대중문화들은, 비록 당혹스러운 보수주의를 표방할 수도 있겠지만, 대체로 기득권에 대한 저항의 메시지들을 담고 있다. 그러나 비교문학의 맥락 속에서 비유럽권 문화들을 가르치는 데 있어 가장 큰 문제는, 20세기까지뿐만 아니라 어떤 경우는 그 이후로도 구전 형태로 남아 있었다는 가능성이다. 그리고 구전 문화는 공식적인 개정판 같은 것을 인정하지 않으면서 끊임없이 내용을 수정해간다는 특징이 있다. 그러므로 구전 문화에서 각 세대는 세상의 이치들이 어떻게 존재했는지에 대한 '전통적인' 설명들을 다음 세대에게 물려주겠지만, 그들은 동시대의 관심사들을 반영하기 위해서 그러한 설명들을 수정하게 된다. 옥스퍼드대 역사학 교수인 테렌스 레인저(Terence Ranger)와 런던대 역사학 교수 에릭 홉스봄(Eric Hobsbawm)의 1983년 저서『만들어진 전통(*The Invention of Tradition*)』도 이런 맥락에서 출판되었던 것 같다. 사회사학자들이나 문화인류학자들은 비록 매우 불완전하지만 이러한 문제들을 다루는 방법들을 가지고 있다. 그러나 구전 텍스트의 형태이든 인쇄 텍스트의 형태이든 텍스트에 초점을 맞추는 문학 방법론만 가지고는, 아무리 해체주의의 도움을 받더라도 이런 문제들을 해결하기는 어렵다.

분명 누군가는 이런 경고들을 비교문학을 확장시키는 근거로 삼아서, 역사학과 인류학의 방법론을 비교문학 안으로 포함시키고자 할 것이다. 그 같은 시도의 근거로는 모든 텍스트는 맥락화되어야 하며, 텍스트를 하나의 특권으로 접근하는 것은 부당한 사회적 불평등과 문화적 위계관계를 영구히 지속시키는 것이라는 주장을 들 수 있다. 그러한 주장들은 비교문학 내에서 적절하고 중요한 역사의 위치를 비참하게 왜곡시킨다. 사실 비교문학이 더 넓게 문화적 범주를 펼치면 펼칠수록, 정확하게 말하자면 맥락화의 수단으로서의 역사는 더욱 소중해진다. 우리가 전 세계 각지로부터 텍스트들을 선택해서 그 텍스트들이 사람들의 경험을 다듬지 않은 채 있는 그대로 표현한 것이라고 가르쳐도 된다는 막연한 생각을, 어느 상황에 가서는 실제로 그렇게 가르쳐야 함에도 불구하고, 무책임한 것으로 치부하지 않을 수 없을 것이다. 하지만 그것을 책임감 있게 수행하기 위해서는 그 당시 텍스트 저자들이 다루고 있었던 사회적, 정치적, 도덕적, 종교적 가치들의 중요한 그 무언가를 반드시 이해해야만 한다.

효과의 측면에서 볼 때, 비교문학의 세계화는 20세기에 쓰인 문학 텍스트에 가장 효과적이었다. 두 번의 세계대전, 탈식민화, 그리고 전자기술 혁명을 경험하면서 그야말로 거대한 세계가 하나의 지구촌으로 변신했다. 점점 더 세상의 어느 곳이든 사람들은 적어도 공통의 가치, 그중에서도 특히 자유와 경제적 번영의 근간을 공유한다. 그러나 그들은 자신의 역사뿐만 아니라 심지어 자유와 번영의 특권적 기호들을 가리키는 준거(準據)에 의해 깊이 분열되어 있다. 그리고 자신들의 경험과 열망을 포착하려고 시도하는 작가들은 과거의 배타주의자와 현재의 보편주의자 사이에서 괴로워한다. 아프리카 노예들의 후손들에게 "우리 조상은 갈리아 사람들"이라고 표현했던 카리브해의 프랑스 해외영토 '마르티니크(Martinique)'의 학교 교과서들을, 같은 '마르티니크' 출신인 프랑스 정신과 의사이자 철학자 프란츠 파농(Franz Fanon)이 비판한 것을 생각해보자. 그러나 파농은 자신이 받은 유럽식 교육의 특징을 보여주는 실존주의의 프리즘을 통해 글을 썼다. 수많은 20세기 아프리카와 카리브해의 작가들은 파농의 경험으로부터 본질적인 것들을 공유했다. 그리고 이들이 글을 쓰고 출판했을 당시, 유럽적이면서도 토착적인 주제와 영향을 인식할 수 있을 만큼 충분히 양쪽 문화를 경험한 지식인들을 염두에 두고 글을 썼음을 쉽게 추측해볼 수 있다.

그러한 글을 맥락화하기 위해서는 비교문학자들 스스로가 양쪽의 영향력을 인지하고, 작가들이 강조하기 위해 선택한 주제들, 수사들, 그리고 관례들을 인식할 수 있을 만큼 양쪽 문화를 충분히 아는 것이 필요하다. 다시 말해, 가장 성공한 아프리카와 카리브해 작가들의 경우, 그들의 글쓰기는 일관되게 선택과 강조의 과정을 수반한다는 것을 우리는 충분히 예상할 수 있다. 우리는 보들레르, 디킨스, 혹은 톨스토이가 쓰지 않기로 한 것들, 즉, 그들이 드러내지 않으려고 했던 것이나 침묵했던 것을 재빨리 파악할 수 있다. 우리는 '아프리카 영화의 아버지'라고도 불리는 세네갈 영화감독 우스만 상벤(Ousmane Sembene)이나 영국에서 활동한 나이지리아 소설가 부치 엠체타(Buchi Emchetta)에게도 똑같이 할 필요가 있다. 우리는 특히 보들레르, 디킨스, 톨스토이가 프랑스 문화권 안으로 빠져들어가는 것만큼이나, 상벤이나 엠체타가 영어 문화권으로 빠져들어가는 것의 중요성을 평가할 필요가 있다. 그리고 무엇보다도 우리는 그들의 참된 문학적 열망들을 높이 평가할 필요가 있다. 왜냐하면, 만약 우리가 이들 작가를 단지 저항의 외침이나 해방의 소리로만 간주한다면 그들에 대한 우리의 존경도 미미한 수준이 될 것이기 때문이다. 그리고 만약 그들의 명백한 저항을 우리 자신이 추측하는 식으로 무비판적으로 받아들인다면 우리는 그들에게 충분히 존경을 표한다고 할 수 없을 것이다. 나는 어느 존경받는 비교문학자가 탈식민주의 문학을 가르치는 많은 즐거움 중에는 학생들과 마찬가지로 처음으로 그 책을 읽었을 때 경험했던 즉흥적이면서도 자연스러운 느낌도 포함되어 있다고 신나게 고백하던 것을 마음 졸이면서 들었던 생생한 기억이 있다. 아마도, 그런 상황에서라면, 일반적으로 누구나 마르티니크나 나이지리아, 세네갈 사이의 현저한 차이점들에 대한 기억을 되살릴 여유가 없을 것이다. 그렇다면 우리가 학생들에게 제공하는 것은 전 세계 모든 사람이 우리와 똑같이 느낀다는 편안한 인식 말고 도대체 다른 것은 무엇이 있다는 말인가? 만약 전 세계 모든 사람이 우리와 똑같이 느끼지 않는다면 어떻게 하려고 말이다.

비교문학이 영역을 확장해가는 과정에서 역사는 비교문학에서 중요한 위치를 차지한다. 왜냐하면, 역사는 다양한 작가들이 글을 쓰는 맥락과 글의 대상인 독자들을 우리가 존중하도록 하는 귀중한 가치를 제공하기 때문이다. 그리고 역사는 필연적으로 다양한 작가들과 텍스트들 사이의 차이에 관심을 환기시키기 때문에, 그것은 우리가 사과를 사과로, 오렌지를 오렌지로 보이게 만드는 요소들을 인지할 수 있게 함으로써 진정한 비교의 작업을 진척시킨다. 이러한 의미에서 역사의 독해는 필연적으로 의미의 문맥을 이해하면서 시작되어야 한다. 다양한 텍스트들을 대상으로 계급주의, 인종주의, 혹은 성차별의 일방적 주장들을 분별없이 폭로하는 역사주의는 도움이 안 된다. 분명, 호메로스의 서사시『일리아드』에 등장하는 전사들은 여성들을 전쟁의 전리품으로 취급했을 가능성이 컸다. 그렇다면 어떻게 할 것인가? 우리는 여성을 사물로 대상화하는 것을 즐기기 위해『일리아드』를 읽는 것인지, 아니면『일리아드』가 여성을 사물로 대상화하기 때문에 읽는 것을 거부할 것인가? 우리가 제정신이라면 그렇게 해서는 안 된다. 그렇다면 우리는 왜『일리아드』를 읽는지를 반드시 생각해야만

한다. 이 서사시가 구현하는 여러 가지 논란과 전제들에도 불구하고, 무엇이 이 작품을 오랫동안 고전으로 만들고 있는지를 고민해야 한다. 개방적인 관점으로『일리아드』를 평가하려는 평론가들과 학생들의 의지는, 『일리아드』가 쓰였던 당시 세상이 지금 우리의 세상과 어떻게 다르고, 어떻게 비슷한지를 꼼꼼하게 조사하는 적절한 역사적 감각에 달려 있다고 할 수 있다. 특히 우리 사회와 확실히 근본적으로 다른 사회에서 생산된 텍스트들의 경우, 차별성은 사회적 · 정치적 가치들의 복합체로 나타나며, 유사성은 결국 인간이 된다는 것의 의미와 인간이 될 수 있는 방법에 대한 근본적인 이해의 방식으로 보인다.

오늘날 현대 작가들도 인간의 다양한 가능성 모델을 고전 텍스트에서 찾아서 가져온다는 사실은 우리로 하여금 많은 생각을 하게 만든다. 어떻게『안티고네』,『페르세포네』,『메데이아』와 같은 고전 작품의 주인공들이 장 아누이(Jean Anouilh), 마야 안젤루(Maya Angelous), 그리고 토니 모리슨(Toni Morrison)과 같은 작가들에게 중요한 의미의 원천들로 계속해서 등장하는 것일까? 우리는 소포클레스의『오이디푸스』가 프로이트에게 주는 영향력을 인식하면서, 동시에, 프로이트가 사용한 오이디푸스라는 인물이 자본주의의 등장과 구체적인 관련성이 있는 것으로 이해해야 한다고 주장하는 질 들뢰즈(Giles Deleuze)와 펠릭스 가타리(Felix Guattari)를 어떻게 이해할 것인가? 이러한 질문들과 다른 유사한 질문들은 비교문학에 있어서 이론의 중요성을 깨닫게 하며, 우리에게 역사와 신화에 동시에 존재하는 중요성을 상기시켜주는데, 그것 자체는 역사의 안티테제로써 가장 잘 이해될 수 있다. 무엇보다도 이 질문들은 비교, 특히 문학의 비교는 본질적으로 어렵고 버겁다는 것을 우리에게 상기시켜주어야 한다.

이론에 있어서 일반 이론들이나 구체적인 이론들을 공격하거나 방어하는 논쟁을 위해서 많은 사람이 컴퓨터 앞에 앉아서 열심히 키보드를 두드리며 댓글을 달거나 글을 쓰고 있다. 다시 한번, 우리는 그릇된 딜레마에 빠지는 것처럼 보일 것이다. 솔직히 이론 없는 비교문학은 상상하기 어려울 것이다. 왜냐하면, 그중에서도 비교의 문제를 단순히 제기하는 것 자체가 본질적으로 이론적이기 때문이다. 우리가 비교하고자 하는 것은 무엇이며, 왜 그렇게 하는 것일까? 그만큼 이론과 싸울 준비를 한다는 것은 불신의 가능성이나, 최소한 솔직함의 부재의 가능성을 문제 제기해야 하기 때문이다. 문제는 이론이냐, 아니냐가 아니라, 어떤 이론이냐, 그리고 무엇보다도, 어떤 목적을 위한 것인지일 것이다. 이론을 둘러싼 전쟁은 양쪽 모두로부터 유발된 암묵적 전제, 즉 이론이 학문과 싸우고 있거나 최소한 학문을 대체하려고 한다는 주장으로부터 시작된 것으로 보인다. 그러한 비난을 들뢰즈, 데리다, 혹은 바흐친 같은 주요 이론가들에게 돌리는 것은 정당하지 않다. 차라리 그들을 추종하는 아류들, 특히 문학을 이해하는 과정에 내재된 어려움을 해결하는 만병통치약인 것처럼 이론에 매달리는 섣부른 초보자들의 책임을 거론하는 것이 오히려 설득력이 있을 것이다. 누군가는 학문적 경쟁의 장애물들을 열심히 헤치면서 나아가고 있을 때, 모든 것을 설명해주는 단순한, 또는 더 그럴듯하게, 복잡한 하나의 공식을 가진다는 것은 얼마나 편하고 쉬운 길이지 않을까?

이론적 작업의 도전들을 최고로 인식하는 사람들이 환원주의적 편안함과 가능성에 굴복하기 싫어하는 것도 이해한다. 그러나 그런 사람들이 존재한다는 것은 학위논문이나 새로 나온 책들 몇 개만 대충 훑어만 보아도 알 수 있다. 문학에 대한 비교 연구는 수학과는 다르다. 젊은 연구자들 속에서 반짝이는 별들이 태어나기는 쉽지 않다. 좋든 싫든 간에, 문학의 비교 연구는 마치 고급 포도주처럼 시간이 쌓여가면서 발전해간다. 물론 많이 읽는다는 것이, 읽기에 필요한 총명함과 정교함을 대체할 수 있는 것은 아니지만, 많은 책을 읽는 것은 분명 큰 장점이 된다. 만약 문학의 비교 연구가 울림을 일으키면서 새로운 비교를 계속해서 이끌어내는 조화를 구현하지 못한다면, 학문적 배움이 없는 문학의 비교 연구는 순식간에 빈곤하고 지루해진다.

비교문학에 대한 단단한 이해와 비교문학이 다루는 텍스트에 필수적인 것으로 등장하는 '상호텍스트성'은 텍스트의 밀도와 풍부함을 요구한다. 예를 들어, 여성이나 여성성의 기호나 흔적을 알아보기 위해 다양한 텍스트들을 자세히 살피는 것은 매우 효과적이다. 그러나 대부분의 텍스트가 그런 기호를 포함하는 방식에서, 그 표징은 너무나도 추상적으로 되면서 순식간에 무의미해져버린다. 여성의 경우 아내, 어머니, 주부, 딸, 처녀, 창녀처럼 여성의 기호를 정교하게 다듬는 것은 효과가 있지만 여전히 제한적이다. 그러나 그 한계를 넘어서면 가능성은 무궁무진해진다. 그리고 여기서 학문과 역사, 신화, 이론 모두가 작동하기 시작한다. 왜냐하면 여성의 기호는 다른 기호들과의 관계성 속에서 의미를 습득하고, 여성의 기호가 의미나 중요성을 획득하는 것과 관련이 있는 다른 기호들은 텍스트와 문화·역사적 맥락에 따라 달라지기 때문이다. 또한, 이 기호들은 기호 체계, 즉, 텍스트와의 관계성 속에서 다시 변화하는데, 작가는 이들 기호 체계와 친숙하다. 이 기호들은 구전 문학과 텍스트 문학 전통을 동시에 다루는 작가들이나 문학성의 정점에서 글을 쓰는 작가들의 작품에서 가장 복잡하게 다양해진다.

이러한 무수한 가능성에 주목함으로써, 비교문학은 그 영역 안에 문학연구뿐만 아니라 어쩌면 인문학의 정수와 극치까지 포함하려는 포괄성을 꿈꾼다. 왜냐하면 비교문학은 그것의 모든 다양한 모습 속에서 인간 조건의 문학적 표현을 설명하고 풍성해지기를 열망하기 때문이다. 이러한 측면에서 상호텍스트성 자체는, 바로 그러한 인식이 오늘날처럼 가장 큰 논란이 되는 순간에도, 비교문학의 자기 인식 중심에 놓여 있다. 그러나 상호텍스트성은 그 자체의 문제들을 드러내는데, 아무리 기원은 달라도 서로 닮은 텍스트들의 상호텍스트성과 서로 간에 명쾌하게 소통하는 텍스트들의 상호텍스트성 사이의 관계도 그중 하나이다. 이 두 집단 사이의 구분을 위해서는 각 집단의 작가들의 문학 세계에 대한 이해만큼이나 이 두 집단의 출발 배경이 된 문화나 사회에 대한 지식과 이해도 필수적이다. 그런데 어떤 특정 작가들은 자신들이 작품에서 울림을 만들어내고 있는 주제를 이미 다루었던 다른 작가들의 텍스트들과 그 어떤 선험적인 경험이나 접촉이 없는 경우라면, 아마 우리는 인간의 경험과 상상력에 내재된 뭔가 보편적이거나 원형적 패턴의 존재, 또는 인간이라는 것이 무엇을 의미하는지에 대해 반복적으로 등장하는 서사의 존재를 옹호하기 시작할 것이다. 다른 사회나 문화권 출신의 특정 작가들이 자신들과는 완전히 다른 배경 출신의 다른 작가들이 쓴 텍스트들을 이미 접했던 것으로 합리적인 추정을 할 수 있는 상황이라면, 우리는 아마 구체적인 사회적, 경제적, 정치적 영향력을 초월하는 문학사를 다루게 될 것이다. 거듭 강조하지만, 결국 핵심은 분석의 난이도와 복잡성, 그리고 분석에 대한 학문적 접근과 경험의 중요성이다.

그러한 질문들은 대중문화와 고급문화의 관계에 대한 심각한 염려를 유발해왔다. 왜냐하면, 상호텍스트성은 어느 작가든 자신의 가장 어린 시절의 경험을 형성하고 그 이후로 계속해서 성인으로서의 경험에 영향을 주는 일상의 대화들과 태도들에 항상 가장 깊은 뿌리를 두고 있기 때문이다. 그런 까닭에 어떤 사람들은 신앙심을 다룬 베스트셀러나 대중가요, 인기 TV 프로그램, 랩 음악 같은 것들이 오히려 호메로스나 셰익스피어, 또는 제임스 조이스가 쓴 그 어떤 작품보다도 작가의 상상력에 더 강력한 영향을 줄 수 있다고 주장할 수도 있다. 어쩌면 그럴 수도 있고, 아닐 수도 있을 것이다. 십중팔구 모든 작가는 이질적인 요소들로부터 받은 영향을 자신만의 방식으로 고유하게 결합한다. 그러나 작가의 상상력에 미치는 대중문화의 중요성을 아무리 인정한다고 하더라도, 그 이유 때문에 자의식이 강한 문학 글쓰기의 고유하고 자생적인 역할이나 근거를 무시하는 것은 논리적으로 정당화될 수 없다. 오히려 대중문화 영향력의 활용은 매우 특이할 것이라는 확고한 이해에 기반해서, 이들 개별 작가들에 대한 대중문화의 영향력이나, 고급문화의 상상력에 작동하는 대중문화의 중요한 역할에 대한 우리의 이해를 넓혀가는 것이 정당할 것이다.

문화연구는 '민주화'라는 명분으로 엘리트 문화와 대중문화의 경계들을 없애는 것을 목표로 한다. 우리가 미국 래퍼 아이스 큐브(Ice Cube)나 미국 힙합 그룹 투 라이브 크루(2 Live Crew)의 최신 노래보다 T. S. 엘리엇(T. S. Eliot)의 시 「J. 앨프리드 프루프록의 연가(The Love Song of J. Alfred Prufrock)」나 호메로스의 『일리아드』를 더 중요하게 평가하는 것을 정당화할 수 있는 근거는 무엇일까? 학문적 '민주화'를 향한 열망을 더욱 북돋운 것은, 고급문학 연구가 여성 작가와 아프리카계 미국인 작가, 그리고 비서구 작가들을 심각하게 배제하면서 마치 조금이라도 진지한 연구의 가치가 있는 문학작품이나 인간의 경험은 오로지 엘리트 백인 남자들의 것인 것처럼 조장한다는 매우 타당한 비판이었다. 그러나 문학사에서 위대한 명성을 누렸던 전 세계 남성 작가 중에서 그들 자신이 그 사회의 엘리트 계급 출신인 사람은 놀랍게도 거의 없었다는 사실은 여기서 굳이 강조할 필요도 없다. 여전히 남아 있는 진실은, 문학에 대한 그동안의 학문적 연구가 조금이라도 낯설고 익숙하지 않은 형태로 된 문학적 가치를 제대로 바라보고 인정하는 데 있어서 얼마나 태만했는지이다. 엘리트 중심의 학문 세계는 그동안 여성 작가나 아프리카계 미국인 작가들을 진지하게 받아들이지 않았을 뿐만 아니라, 아마 매우 뛰어난 비서구 작가들에 대해서도 들어본 적이 없었을 것이다. 그렇다고 해서 도저히 그냥 넘어갈 수 없는 그런 직무 유기를 바로잡는다는 명분으로 고급문화를 대중문화로 대체하는 것 역시 정당화될 수는 없다.

고급문화와 대중문화 사이의 경계들은, 잘 알려져 있다시피 어떻게 할 수 없을 정도로 서로 스며드는 특성이 있어서 그 경계선을 엄격하게 그으려는 시도는 무모해진다. 문학 세계에서 특정 문학작품이 다른 작품들보다 훨씬 더 지속적인 관심과 '다시 읽기'를 정당화할 뿐만 아니라 그럴 만한 가치를 만들어낸다는 것을 우리는 알고 있다. 19세기 미국 여성 작가 수전 워너(Susan Warner)의 1850년 소설『자유의 땅(*The Wide, Wide World*)』이 시간과 장소를 불문하고 더 많이 팔렸음에도 불구하고, 왜 너새니얼 호손(Nathaniel Hawthorne)의 1850년 소설『주홍 글씨』가 문학연구에서 더 주목을 받는지는 성차별주의만으로 설명할 수는 없다.『주홍 글씨』의 문학적 평판을 정당화하는 데 기여한 작품의 복합성과 깊이를 평가하는 기준이 아무리 불완전하다고 해도, 바로 그 기준이 프랜시스 하퍼(Frances E. W. Harper)의 1892년 소설『아이올라 르로이(*Iola Leroy*)』보다 토니 모리슨의『사랑받는 사람(*Beloved*)』이 더 위대한 문학적 성과라고 판단한 평가 기준이기도 하다는 점에 주목해야 한다. 사실 하퍼의『아이올라 르로이』도 오랜 기간 사람들의 무관심으로 제대로 평가받지 못한 것에 비하면 그보다는 훨씬 뛰어난 작품이다. 사실 비교문학의 가장 중요한 임무 중 하나는 성별, 인종, 계급, 또는 출신 국가와 상관없이 그러한 불완전한 경계들의 윤곽을 정확하게 그려내는 데 있다.

 '학문적' 엘리트주의는 '사회적' 엘리트주의의 대체제가 아니라는 당당한 확신을 토대로, 비교문학은 '학문적' 엘리트주의의 프로젝트이고, 또 그렇게 남아야만 한다. 우리가 명심해야 할 점은, 문화연구로의 확장을 통한 비교문학의 '학문적' 민주화 시도는 결코 '사회적' 민주화를 눈곱만큼도 확보하지 못할 것이다. '사회적' 민주화는 어렵고 버거우며 강한 자의식을 가진 비교문학이라는 학문의 문을 모든 배경 출신의 연구자들에게 열어줄 수 있을 때 가능해질 것이다. 만약 우리가 학문 세계에서 우리 비교문학자들의 위상을 지키는 데 급급한 나머지, 더 많은 학생을 이 분야로 이끌기 위해 비교문학의 학문적 필수요건들을 완화하는 선택을 한다면, 결국 우리는 그런 선택에 걸맞는 결과에 직면하게 될 것이다. 그것은 바로 우리가 하는 비교문학이라는 학문에 아무 관심이 없거나 그것을 할 수 있는 역량을 갖추지 못한 그런 많은 학생을 강의실에서 가르치게 되는 축복 같지 않은 축복의 결과일 것이다.

| 번역 : 정익순 |

14 비교문학의 세대교체

롤런드 그린

나는 1970년대 후반부터 1980년 중반 사이, 소위 말해 비교문학과에서 교육 받은 학자들 세대에 속하는데, 비록 나는 비교문학과 졸업생은 아니었지만 나 역시 대부분 비교문학 교수들로부터 교육을 받았다. 그런데 이 세대는 1993년 미국비교문학회(ACLA)에 제출된 비교문학 현황 보고서인 「번하이머 보고서」에 는 거의 존재감을 가지지 못하고 있다. 보고서에 실린 글의 저자들 대부분은 내 가 대학원 다니던 시절의 교수님들 연배이며, 저자 중에서 두 사람만 제외하면 나머지 저자 중에서 가장 최근에 박사학위를 받은 사람들도 이미 그 당시 대학 의 조교수급이었다. 1993년 「번하이머 보고서」와 그보다 먼저 제출되었던 1975 년 「그린 보고서」, 1965년 「레빈 보고서」를 모두 읽다 보면 비교문학에 대한 여 러 가지 개념들 사이의 차이점과 이 세 편의 보고서가 보여주는 세대적 변화를 엿볼 수 있다. 비교문학이라는 학문 분야를 읽어내고자 하는 이 글의 잠정적이 고 경험적인 관점에서 보면, 미국비교문학회의 후원 아래 작성된 각각의 보고 서는 마치 특정한 순간에 담아낸 그 당시 세대 학자들에 대한 스냅사진과도 같 다. 학자들 각각은 자신만의 고유한 정체성이 있겠지만, 학문적 세대라는 것은 세대에 소속된 개별 학자와는 가끔씩 별개로 평가될 수도 있다. 이들 학자가 자 신이 처한 상황에 대해 반응하는 방식, 즉 어떻게 가치를 표방하고, 변화를 믿

고, 미래를 예측하느냐가 결국 자신들의 학문의 윤리적 차원을 말해주는 것이
된다. 우리가 초래하는 미래에 대처하는 과정에서, 우리는 어떤 요령과 전략,
상상력을 활용하는지에 의해서 평가를 받을 것이다. 우리 모두는 비교문학의
주인이며, 비교문학을 향한 우리의 첫걸음은 아마 우리가 속한 학문적 세대를
통해서 시작할 것이다.

　내가 말하는 비교문학은 내가 포함된 우리 세대의 고유한 경험을 통해 배운
것을 말하는 것이다. 비교문학은 문학 사이를 걸어가는 방랑자의 실천과도 같
은 것이며, 또 그래야만 한다. 비교문학은 문학연구의 실험실이나 워크숍이며,
문학연구를 통해 인문학의 실험실이나 워크숍이 된다. 비교문학은 중요한 문학
작품의 축적물로서뿐만 아니라 문학작품과 떼어놓을 수 없는 언어와 문화, 역
사, 전통, 이론과 실제로서의 문학들을 비교한다. 예를 들어 영문학과 스페인
문학을 비교하는 비교문학자는 특정한 텍스트들을 텍스트의 언어적 · 역사적
맥락뿐만 아니라, 텍스트의 시학과 화용론, 그리고 이와 관련된 논의들, 텍스트
와 연관된 정전화(canonization) 위상뿐만 아니라 학문적, 사회적 구조로서의 영
미권과 스페인권의 학문적 전통에 병치시킨다. 그래서 비교문학은 텍스트뿐만
아니라 텍스트 안에 함축된 맥락도 비교한다. 텍스트 자체보다는 텍스트를 읽
고 텍스트에 관해 쓰고 텍스트에 관해 생각하는 것, 즉 문학이라는 용어가 가지
고 있는 가장 총체적인 범주로 접근한다. 그리고 비교문학이라는 학문적 영역
이 가장 효과적으로 작동하는 환경은, 문학연구를 가두어두려고 하지 않고 문
학연구를 가능하게 하는 구체적인 실천 방식인 언어학, 역사주의, 기록학, 비평
이론, 문학이론, 문화연구 등에 열정적으로 전념하는 상황일 것이다. 이들 다양
한 실천 방식 사이를 자유롭게 날아다니면서 각각의 영역과 관련성을 만들어
가는 분야가 있다고 한다면 바로 그 분야가 비교문학이다.[1] 문학연구의 표본에
얼마나 많은 언어가 예시로 사용되든, 또는 비교문학이라는 학문 영역에 대해
그 어떤 피상적인 정의를 충족시키든 말든, 만약 이 같은 '초-학제간' 연구 자
체가 진행되지 않는 공간이라면 비교문학은 결코 존재하지 않을 것이다.

가장 전통적인 개념에서도 비교문학은 인문학의 다양한 분야 사이를 넘나들고 있을 뿐만 아니라, 때로는 인문학의 경계선을 학문적으로 도발적인 방식으로 뛰어넘어야 할 필요성을 인식하고 있다. 1965년 「레빈 보고서」의 저자인 하버드대 비교문학과 해리 레빈 교수는 자신의 초기뿐만 아니라 이후의 논문과 발표에서도 비교문학 경계선의 유연성을 분명히 강조하고 있었는데, 1954년 레빈 교수는 '상상력의 학문'[2]이라는 개념으로 인류학과 심리학 등의 연관 학문 분야와 비교문학의 연결성에 대해 이미 언급했으며, 1965년에는 미국비교문학회에 제출한 「레빈 보고서」에서 "문학 분야 밖의 다양한 영역들, 즉 언어학, 민속학, 예술, 음악, 역사, 철학, 심리학, 사회학, 인류학 등과의 관련성도 고려해볼" 필요성을 제시하고 있다. 이 같은 자극을 수용하는 비교문학은 문학 연구 분야 중에서 가장 불안정하며, 가장 어렵고, 가장 변동성이 큰 영역이라고 할 수 있다. 왜냐하면 특정 언어나 국가에 국한되는 개별 국가 문학과는 달리, 비교문학은 최소한 10년, 20년마다, 어쩌면 그보다 훨씬 짧은 주기로 몇 년마다, 그리고 근본적으로는 학자들이 이처럼 학문적으로 다양한 연구 모델들 가운데서 새로운 연구를 시작하려고 할 때마다 매번 재창조를 거치게 된다. 더욱이 서로 다른 경계선에 도전하는 비교문학자들은 중세시대를 연구하는 문학 사료 전문가와 현대 문화이론 연구자 사이나, 아랍어와 스페인어 언어학자와 프랑스나 독일 문학이론가의 사이처럼 대부분 서로 간에 공통점이 별로 없다는 특징이 있다. 근본적으로, 비교문학 내에서 이 같은 정체성 문제는 각각의 세대가 지나갈수록 더 큰 도전으로 다가온다. 왜냐하면, 비교문학의 적절한 경계선이라는 것은 계속 재정립되고 확장될 뿐만 아니라 비교문학 연구자들은 그 어느 때보다도 서로 간에 더 크고 넓은 간극을 발견하게 되기 때문이다. 문학연구라는 것 외에는 그 어떤 공통의 지식 기반도 공유하지 않으며, 창의적이고 새로운 자극이 되는 시도 외에는 그 어떤 중심적인 목표도 없는 학문 영역으로서의 비교문학은, 비교문학 내의 동료 학자들로부터도 오해와 편견을 불러일으키고 있는지도 모른다.

학문 영역으로서의 비교문학은 제대로 설명하거나 앞으로 어떤 것이 중요할 지를 마음에 새겨두기 어렵다 보니, 비교문학은 자칫 자신의 역할은 규칙적이 고 잘 조율된 일을 수행하는 것이라고 주장하는 시끄러운 반혁신주의자들의 은 신처로 전락할 수 있다. 이들 주장에 따르면, 비교문학은 서로 다른 언어로 쓰 인 문학작품을 비교하는 것이기 때문에, 여러 가지 언어의 역량을 갖추는 것이 비교문학에 참여할 수 있는 본질적인 근거라고 한다. 이들에게는 비교문학이라 는 맥락에서 어떤 질문을 해야 하는지, 광의의 개념으로서의 문학은 무엇인지, 단일국가 영역의 학문적인 현실에 대해 그 어떤 방식으로든 문제 제기가 이루 어져야 하는지는 전혀 관심의 대상이 아니다. 이들의 기준은 더하기 방식이다. 비교문학자들은 단일 국가 문학연구자들과 똑같은 방식으로 작품과 문학에 대 한 지식을 가지고 있지만, 그들보다 하나라도 더 많은 언어와 전통과 비평적 장 치를 갖추고 있다는 논리이다. 문제는, 이 같은 더하기 방식의 다양한 지식은 '초−학제간' 맥락으로 통합되지 못하고 오히려 서로 동화되어버리고 문학의 이 상적인 개념으로 흡수되어버린다는 점이다. 비록 일부 비교문학 연구자들에게 서 볼 수 있는 이 같은 반동적인 움직임은 그동안 비교문학의 거의 모든 영역에 서 볼 수 있었던 보수적인 자극의 일종이라고 할 수 있다. 그래서 우리 모두는 이런 종류의 부산물이며 이상주의자이다. 이런 개념은 우리 비교문학자들이 우 리와 다른 사람들을 구분하려고 할 때 유용하게 쓰일 수 있다. 특히 학교의 높 으신 행정 책임자들에게 비교문학을 설명하고 정당화시키는 씁쓸한 일을 할 때 많이 활용되기도 한다. 그러나 결국 이런 시도는 비교문학을 희화화하거나 심 지어는 비교문학의 모든 것이 달려 있다고도 할 수 있는 이론, 실제, 학문성 사 이의 조율의 핵심적인 특징을 알아볼 수 없는 것으로 만들어버리는 방식으로 비교문학을 배신한다. 비교문학자들이 늘 물어보는 그런 종류의 질문을 할 때, 서로 다른 언어와 문학 사이를 뛰어다닐 수 있는 역량이 마치 중요한 조건인 것 처럼 비교문학자들의 연구 속에 거의 항상 드러난다고 말할 수 있을 것이다. 그 능력 자체가 오히려 목적이 되어버리는 곳에서는 학문 영역들 사이에서 계속해서 새로운 동맹을 만들어가는 필연적인 과정은 문학연구를 보조적인 수단으로 만들어버리면서 일종의 속기 작업 수준으로 무너뜨리고, 그 과정에서 비교문학자는 정체성을 잃어버리게 될 것이다. 역설적인 것은 우리 중에 일부는 그 같은 위험성을 그 어느 때보다도 더 확실히 알고 있다는 것이다.

이와는 대조적으로 비교문학을 하나의 '초-학제간' 분야로 보는 나와 같은 비교문학자에게는 언어적 역량은 비교문학에 필요조건이지만 충분조건은 아니다. 그리고 비교문학 영역은 거침없이 확장하고 있고 비교문학 연구자들 서로의 간극은 더욱 커지다 보니, 지금도 그러하고 앞으로도 비교문학과 언어의 학문적 관계성은 변할 것으로 보인다. 언어는 단순히 하나의 자격 정도가 아니라 비교문학의 대상과 관계를 만들어가는 하나의 방식으로 이해될 것이며, 마치 우리가 오늘날 민족적 정체성의 구축이나 번역 실제를 분석하는 방식처럼, 언어도 지금보다 더 비평적 분석을 필요로 하는 대상이 될 것이다. 하나의 언어를 '안다'라는 것은 무슨 의미일까? 영어나 스페인어처럼 그 자체가 매우 다채로운 언어의 경우, 과연 영어나 스페인어를 안다고 말할 수 있는 시점은 어디쯤일까? '초-학제간' 접근을 하는 비교문학자가 프랑스어를 아는 방식은 19세기 프랑스 소설을 연구하는 학자가 프랑스어를 아는 방식과 어떻게 달라야 할까? 학문적인 차원으로 언어를 안다는 것이 어떤 식으로 우리로 하여금 개별 국가 문학에 대한 기존의 전통적인 연구를 재현하게 만드는 것일까? 이 같은 질문들 앞에서 우리의 확신이 흔들리게 되면 우리는 비교문학에서 언어를 일종의 중립적 사실로 간주하면서 앞서 언급한 언어의 '더하기' 개념에 매달리는 경향이 있다. 문학과 학문 영역 사이를 날아다니는 시도를 제대로 설명할 수 없거나 실행할 수 없게 되고 그 시도가 너무 힘들다는 것을 우리 대부분이 알게 되면, 그냥 이것이 기본이 되어버린다.

만약 비교문학이 문학연구에서 비록 인정받지 못했지만 도발적인 기폭제 역할을 종종 해왔다면 그 같은 역할은 서로 다른 특정 시기에 다양한 책무감을 불러온 것도 사실이다. 2차 세계대전 전후로 가장 큰 영향력을 행사했던 초창기 비교문학 창설 멤버인 펜실베이니아주립대와 예일대 교수를 역임한 에리히 아우어바흐(Erich Auerbach, 1892~1957), 존스홉킨스대 교수였던 레오 슈피처(Leo Spitzer, 1887~1960), 독일 본대학 교수였던 에른스트 로베르트 쿠르티우스(Ernst Robert Curtius, 1886~1956) 등은 대부분 방대한 텍스트와 서지 자료를 중심으로 문학 역사와 문학적 해석에 관한 연구를 수행했던 문헌학자였다. 이들은 태생적으로 역사학적이고 문헌학적인 학문 영역을 새로 개척했는데, 이 두 가지 연구방법론은 서로의 방식의 유효성을 입증하면서 끊임없는 주도권 경쟁을 했다.[3]

이 같은 모형을 근거로 하면서도 여기에만 국한하지는 않았던 해리 레빈 교수 세대의 연구는, 떠오르는 신생 학문 분야인 비교문학이 구체적으로 미국적인 맥락에 적응하는 과정을 대변한다. 이 과정이 바로 프린스턴대와 하버드대 비교문학과 교수를 역임한 클라우디오 기엔(Claudio Guillén)이 1993년 자신의 저서 『비교문학의 도전(*The Challenge of Comparative Literature*)』에서 언급했던 '미국적 시간'이다.[4]

앞서 언급한 에리히 아우어바흐 교수보다 20여 년 더 후속 세대인 레빈 교수(1912~1994) 세대는 미국적 맥락에서의 비교문학의 시대정신을 확실하게 보여준다. 이 관점은 순수한 지식 자체보다는 아이디어를 더 우선시하는 경향이 있는데, 이를 통해 배우는 것은 오늘날 대부분 학자에게는 도달하기 어려워 보이는 목표인 것은 사실이다. 우아한 해석적 담론 구축과 문학적·역사적 사실들의 축적, 이 두 가지 중요한 방향 중 하나를 반드시 선택해야 한다면, 레빈 교수 세대 학자들은 아마 전자를 선택할 것이다. 그 결과, 레빈 교수 세대 학자들의 비교문학은 직전 세대 학자들보다는 더욱 다채로워지고, 더욱 적절하고, 더욱 유연해졌다. 그들의 비평은 역사주의와 문헌학이나 엄격한 의미에서의 문학 현상뿐만 아니라 철학, 사회학, 조형미술, 과학 등 매우 다양한 진입점에서 출발해서, 더 많은 학문적 프로젝트를 성공적으로 완수하고 비교문학이라는 이름으로 더 많은 학문적 영역을 요구했다.

더욱이, 레빈 교수 세대 학자들은 미국에서 비교문학이라는 학문에 제도와 정체성을 부여하면서 비교문학이라는 학문에 대해 좀 더 자유롭게 생각하는 기회와 방향성을 누렸는데, 레빈 교수 세대 이전 연구자들은, 특히 2차 세계대전 이후 미국으로 망명을 온 선배 세대 연구자들은 거의 누려보지 못했던 그런 경험이었다. 레빈 교수와 추종자들은 비교문학의 역할을 알리는 데 크게 기여했는데, 인문학의 가장 도전적인 융합 영역으로서뿐만 아니라 비교문학 학문 자체를 향한, 좋든 싫든 가장 높은 수준으로 자기반성적이고, 날카롭고, 양심적인 학문으로서였다.

레빈 교수와 추종자들은 자신들의 바로 직전 선배 세대 비교문학자들이 만들어낸 최선에 의지했으며, 그 최선을 미국 대학 환경에 맞춰서 구현하고 결과적으로는 독립된 학문 분야로 만들어냈다.[5] 에리히 아우어바흐 교수 세대 학자들이 '미국 비교문학'이라는 이름으로 뭔가 영웅적인 단계의 창립을 이끌어냈다면, 하버드대 비교문학과 해리 레빈 교수와 예일대 비교문학과 르네 웰렉 교수 및 동시대 연구자들은 이제 비교문학을 잘 키워나가야 하는, 마치 기업가 정신의 시대를 이끌었다고 할 수 있다. 이들에게도 분명 영웅적인 시간이 있었는데 특히, 웰렉 교수가 1958년 국제비교문학회(International Comparative Literature Association : ICLA)에서 발표한 「비교문학의 위기(The Crisis of Comparative Literature)」 같은 선언문이 그런 역할을 했다고 할 수 있다.[6] 1965년 「레빈 보고서」는 이미 사람들의 기대치를 넘어섰을 뿐만 아니라 이제는 안정적인 위상을 가지며 미래를 예측할 만큼 성공한 비교문학이라는 새로운 큰 '프로젝트'에 일종의 질서와 정리를 부여하려고 한다. 이는 공유된 추정이나 전제를 기반으로 하는 주장이다. 「레빈 보고서」는 "그런 맥락에서 미국비교문학회 회원들은 대략적인 범주에서라도 비교문학 공통의 목적을 설정할 필요성을 주장한다."라고 강조한다. 다만, 그 목적이 구체적으로 무엇이었는지는 1965년 당시에는 아직 필요해 보이지 않았다.

레빈 교수 시대의 학문적 가치는 1950년대 중반부터 1960년대 중반까지 열심히 목소리를 내며 활동했던 3세대 연구자 시대까지는 큰 도전 없이 계속 이어져 내려왔다. 이들이 바로 1975년 '비교문학 기준 보고서'인「그린 보고서」를 만들어낸 세대이다. 레빈 교수 세대는 자신들의 이전 세대와 개인적인, 정치적인 대격변에 대한 민감함을 공유했는데, 그들의 연구에서도 읽어낼 수 있는 뭔가 급변하는 상황에 대한 예민함 같은 것이라고 할 수 있다. 그러나 거기에 덧붙여서 미국의 대학 내에서 비교문학을 어떻게 작동시켜야 할지에 대한 민첩한 이해도 뒤따랐다. 이 학자들은 비교문학 1세대와 2세대 선배들의 큰 노력 덕분에 만들어진 번영의 결실을 누리며 등장하였다. 1975년「그린 보고서」집필위원회 학자들은 결코 도발적이거나 자체 기획력이 뛰어난 사람들은 아니었다는 점은 반드시 강조되어야 하는데, 그들 대부분은 레빈 교수 세대 학자들의 제자들이었으며, 자신들의 스승들이 이미 고령의 나이에 접어들었을 때 만났던 관계였다.「그린 보고서」집필위원 중에서 두 명만 제외하면 모두 미국 교수였고, 자신들의 스승들이 수행했던 비교문학의 학문적 교두보 같은 역할을 자신도 했다고 내세울 만한 사람은 아무도 없을 것이다.

1965년「레빈 보고서」가 나온 지 10년밖에 안 지났지만, 1975년 무렵 이미 많은 일이 일어났다. 1975년「그린 보고서」에서는 '불안'을 뭔가 고상한 것으로 보여주려는 노력이 재미있어 보이기도 하는데,「그린 보고서」에는 이들이 그 이전 세대로부터 물려받은 합의가 실종되었으며, 다시 그 합의를 찾으려고 노력하는 것은 누구나 바로 알 수 있다. 비록 이 세대는 자신들의 선배 멘토들로부터 받았던 비교문학 관련한 제도적 기득권을 여전히 유지하고는 있지만,「그린 보고서」집필위원들은 비교문학이라는 영역에 대한 합의를 만들어내는 역할은 수행해내지 못했다. 사실 비교문학이라는 새로운 학문 분야를 만들어낸 화신이라고 할 수 있는 이전의 에리히 아우어바흐 교수나 레오 슈피처 교수도, 그리고 시대에 뒤떨어진 전통에 맞서 새로운 주제로 대응했던 레빈 교수와 웰렉 교수 학파들조차도 그런 역할을 이루어내지는 못했다. 대신「그린 보고서」집필위원들은 그 같은 전통의 간접적인 수혜자들이었다. 비교문학이 무엇을 하는 학문이며, 왜 그것을 하는 건지에 대한 「그린 보고서」 집필위원들의 설명은 놀라울 정도로 현실 안주적 성격이 강하다. 예를 들어, 비교문학이라는 학문 분야를 만들어낸 과정을 회고하는 논문들을 수록한, 프린스턴대 유럽어문학부 라이오넬 고스먼(Lionel Gossman) 교수와 조지아대 비교문학과 미하이 스파리오수(Mihai Spariosu) 교수가 1994년 편찬한 『미국 비교문학 역사에 대한 자전적 관점(Building a Profession: Autobiographical Perspectives on the History of Comparative Literature in the United States)』에서도, 그 당시 세대에 속한 뛰어난 학자 중 일부는 여전히 비교문학의 성격을 깊이 있는 분석으로 명확하게 설명하지 못하고 있다.

더욱이 「그린 보고서」가 작성된 1975년 무렵은 마침 비교문학에 큰 변화가 일어나는 상황이었다. 기존의 문헌학과 문학사 중심에서 벗어나 문학이론으로 방향을 전환했는데, 그 같은 변화는 1975년 전후 그 당시 비교문학을 잘 지켜주는 효율적인 기제가 되었다. 비교문학뿐만 아니라 문학연구 전반에 걸쳐 이론 영역의 인상적인 등장은 기존의 낡고 구태의연한 문학 담론이 초래한 측면이 큰데, 기존의 담론은 이론의 등장으로 한순간에 밀려나고 말았다. 비교문학에 대한 기존의 합의는 정확히 말해 2차 세계대전 이후로 만료되면서, 이제 비교문학은 이론적 모델을 널리 전파하는 새로운 목적을 만들어냈는데, 대부분은 유럽의 이론적 모델이며 문학 영역에 걸쳐서 사회나 문화보다는 전적으로 문학 자체에 초점이 맞추어졌다. 심지어는, 페미니즘이나 마르크스주의 같은 사회적 맥락을 주제로 하는 연구들이 넘쳐나면서, 70~80년대 비교문학은 이들 연구에서 문학 외적인 차원은 벗겨버리고, 기존의 형식주의나 구조주의 같은 연구의 대안처럼 다루어야 한다는 주장으로 이어졌다. '이론'을 마치 학문적 차원에서 손쉽게 다룰 수 있는 수준으로 축소하는 시도는 종종 경솔한 선택으로 귀결되었다. 이 시기에 비교문학 관련 전형적인 대학원생 세미나는 이론에 대한 점검의 장이 되고 말았다. 문헌학이나 역사주의, 학제간 연구 같은 것은 사라지고, 과장되게 공정한 방식으로 다루어지면서 이상한 방식으로 구체화된 이론만 남았다. 80년대 초, 나는 구조주의, 마르크스주의, 페미니즘 등의 주제를 수

박 겉핥기 수준에서 다루었던 대학원 세미나 수업을 여러 개 겪어본 경험이 있다. 그런데 이런 이론들의 어떤 부분들은 문학 텍스트를 읽는 전략으로도 중요하고, 또 다른 일부는 지식의 학제간 체계가 되며, 또 어떤 것들은 세상을 바라보는 관점이기도 하다는 생각을 그때 우리 스승들은 하지 않았던 것처럼 보였다. 그래도 상관없다. 이런 이론들은 자신의 정체성을 그대로 지키려는 의지가 강한 비교문학을 통해서 다루어질 수 있었을 것이다. 2차대전 이후 세련된 문헌학은 1960년대와 70년대에 접어들면서 더욱 세련되고 변질된 이론이 되었는데, 이는 학문으로서의 비교문학의 공식적인 산물로서, 다양한 문학 영역 사이에서 한쪽으로 치우친 발판을 유지하는 이유이기도 했다.

아마 내가 지금 하고자 하는 이야기도 이러한 맥락에 적절할 것이다. 왜냐하면, 문제의 시대인 1970년대에 나도 학문적으로 성인이 되었기 때문이다. 1970년대에 나는 로스앤젤레스 출신으로 공립고등학교에 다니던 학생이었다. 멕시코계 미국인과 유럽인 부모 밑에서 자란 혼혈이었던 나는 이 같은 배경과 경험과는 무관하게 문학을 공부하기로 마음먹었다. 나 자신의 출신 문화와 배경에 대해서 직접적으로 공부하기보다는, 나에 관한 무언가를 공부하고 싶었다. 넉넉한 장학금을 받고 브라운대에 진학해서 결국 영문학을 전공으로 선택했는데, 비교문학을 전공으로 선택하는 대신에 비교문학, 스페인어, 영화, 종교, 역사 관련 수업도 들으면서 고생하던 가운데 나 자신을 비교문학자로 훈련시킬 수 있었다. 그리고 학부과정에서 이미 문학이론을 충분히 공부한 덕분에 나는 프린스턴대 대학원으로 진학할 수 있었다. 프린스턴대는 전통적인 역사주의 연구의 본산지였기에 내가 개인적으로 좋아하지 않아도 존경하는 교수들도 있는 곳이었다. 앞으로 나도 뛰어난 교수가 될 수 있을 것으로 생각했던 그런 순진함이 지금 생각하면 부끄럽기 짝이 없을 따름이다.

놀랍게도 나는 역사주의가 처음의 원칙으로부터 후퇴하고 있는 것을 발견했다. 프린스턴대 D. W. 로버트슨 주니어(D. W. Robertson, Jr.) 교수와 한두 명 다른 교수를 제외하면, 프린스턴대 영문학 및 비교문학과는 심각한 학문적 위기를 겪고 있었다. 인문학 분야에서 구조주의와, 특히, 후기구조주의의 열풍은 다른 모든 것의 가치를 평가절하시켰을 뿐만 아니라, 70년대 후반과 80년대 초반 한때 이들 인문학 분야의 많은 석학 교수들에게조차도 자신들의 학문적 세계가 문학이론의 손아귀에 잡혀서 무너지기 직전인 것처럼 보였고, 자신들이 오랫동안 학문적 열정을 쏟아부었던 역사적, 미학적 체계와 담론이 새로 등장한 학문적 모델에 의해 이론으로 박제화되면서 소멸하는 것처럼 보였다. 바로 그 새로운 학문적 모델이 매우 전투적이었던 비교문학이었다. 주도권을 쥐고 있는 이론의 대세 앞에서, 이들 석학 교수들의 반응은 그냥 무작정 저항을 하는 것에서부터 속으로 전전긍긍하며 묵인하는 것까지 다양하게 표출되었던 것 같다. 어느 학기에는, 개강 후 한두 주쯤 지난 다음에 갑자기 학과의 고위 관계자들로부터 명령이 내려오면서 대부분의 대학원 세미나 수업들이 태도를 바꾸어 다들 이론 탐색 수업으로 방향을 전향해버렸다. '셰익스피어와 문학이론', 19세기 영국 작가인 새뮤얼 버틀러(Samuel Butler)의 풍자 서사시 「휴디브라스(*Hudibras*)」와 문학이론', '낭만주의와 문학이론', '모더니즘과 문학이론' 등 개편된 과목들 제목마다 '문학이론'이라는 용어가 반복적으로 추가되었는데, 말도 안 되는 이 상황을 학과의 고위 관계자들은 전혀 개의치 않았다. 내 눈에는 이미 이 같은 교육방법론은 오히려 반이론적 기반에 근거하는 것처럼 보였는데도, 그들은 이에 대해 전혀 고민하는 것 같지 않았다. 그들은 마치 이론은 어떤 상황이나 환경에도 모두 투입될 수 있는 만능 플레이어였고, 그 결과도 공정하고 예측 가능한 요소라고 전제해놓은 것 같았다. 그런데 이 같은 편법을 수행할 수 있는 주체는 사실 문학비평의 최악의 정적들뿐이었는데, 돌이켜 생각해보면 1980년대 가장 열정적으로 이론으로 전향한 사람들 대부분이 바로 그 적군이었다. 그들은 이해하지 못하면서도, 그리고 회복을 위한 대안이 있다는 것도 이해하지 못하면서 맹목적으로 이론의 힘을 믿었다. 우리 동료 학자 세대와 나는 바로 이런 환경 속에서 비교문학이라는 학문과 비교문학으로 살아가는 현실을 배웠다.

프린스턴대에서 대학원 과정을 밟고 있었을 때, 나는 여자친구가 있던 텍사스에 주기적으로 내려가게 되었는데, 그때 마침 1978년부터 1982년 사이에 텍사스대(오스틴) 영문학 및 비교문학과의 가야트리 스피박 교수 세미나 수업을 몇 번 청강할 기회가 있었다. 스피박 교수의 그때 수업들과 논문들은 당시 비교문학 분야에서 이론에 대해 가지고 있던 학문적인 공감대보다도 훨씬 더 복잡하고 심오했다. 스피박 교수는 이미 순수한 해체 차원에서 벗어나 자신의 학문적 성숙기에 접어들면서 보다 정치적인 성격으로 방향을 바꾸고 있었다. 아마 스피박 교수의 사례가 소위 말하는 이론 '산업'이 형편없이 사라져버린 대표적인 경우라고 할 수 있는데, 여기에는 사실 진짜 이론가들과 가짜 기회주의자들 모두가 공범이었다. 자신들의 상품을 빨리 포장해서 다른 사람들에게 유통하려고 급히 서두르는 과정에서 그 당시 가장 독창적인 이론가들의 실질적이고 복잡미묘한 연구들은 빠져버렸다. 물론 스피박 교수 역시 이론 산업으로부터 성장한 사례이지만, 스피박 교수는 패권주의적이고 획일화된 이론을 받아들이던 당시 학계의 합의된 입장을 훨씬 앞질러갔는데, 스피박 교수만 그러했던 것은 아니었다. 1983년 어느 날, 나는 뉴욕 맨해튼의 브로드웨이와 98번가 교차로에서 옆에 서 있는 컬럼비아대 대학원생이 내게 바버라 존슨(Barbara Johnson)이라는 똑같은 이름을 가진 두 명의 교수가 있다고 열정적으로 이야기했던 것을 기억하고 있다. 한 사람은 예일대의 유명한 해체주의 교수였고, 또 한 사람은 아프리카계 미국 여성문학을 연구하는 교수였다. 이 상황을 해석하는 방법은 여러 가지가 있겠지만, 개인적으로는 그 당시 거의 대부분 학자들을 사로잡고 있었던 이론에 대해 이미 비교문학의 대표주자 중에 한 사람이 불안해하고 있었다는 가능성과, 스피박 교수나 존슨 교수 등도 이미 해체주의, 역사주의, 페미니즘, 해석 사이에서 성공적으로 조율하고 있었다는 가능성을 비교문학 자신이 못 받아들이고 있었다는 것이 충격적이었다. 그러나 비교문학을 마치 위기, 만병통치약, 그리고 학문적 부활의 만능 해결사라는 미사여구로 포장하던 당시 환경에서는 이 같은 가능성을 받아들이기 어려웠을 것이다.

그 당시에는 나도 잘 알지도 못하면서 키워왔던 생각이면서 오늘날 우리 세대 학자 대부분이 함께 공유하는 생각은 이론 이후의 비교문학에 대한 시각인데, 우리 세대 학자들의 스승들은 절대로 이룰 수 없던 인식이었겠지만, 학문으로서의 이론에 대한 익숙함, 문학이론이나 오늘날 문화이론은 이제 비교문학의 필수불가결한 요소라는 깨달음, 그리고 결코 간과해서는 안 되는 거지만, 이론이 비교문학의 유일한 초점이 되어서는 안 된다는 확신 등이다.[7] 사실, 비교문학의 학문적 중심은 존재하지 않는다. 비교문학에서 소위 말하는 합의라는 것은 결코 이상적인 조건이 아니라는 것을 우리는 경험으로 알고 있다. 여기서 합의라는 것은 오히려 서로 다른 진정한 의견들이 무시되고, 가치가 외면되고, 뭔가 지금은 억눌려지다가 결국 나중에 터지게 되는 그런 신호라고도 할 수 있다. 이론의 대세를 비판하는 논쟁의 대부분은 이해 부족과 비논리성의 한계가 있었지만, 또 한편으로 이 같은 논쟁은 비교문학이 다원주의 학문이고 학문이어야 한다는 점을 제대로 알고 있다는 방증이기도 했다. 대학에 개설된 모든 비교문학과는 자신이 한 가지 특정 전공영역에 속해 있다고는 거의 인정하지 않는 사람들로 이루어져 있는데, 이는 비교문학에 반드시 필수조건이어야만 한다. 그리고 이것이 비교문학의 가장 진정한 조건이기도 하다.

더욱이 각각의 세대는 비교문학을 각 세대가 처한 상황과 관점에서 다시 생각해야 할 필요성과 책무감을 가지고 있다. 1960년대와 70년대에 걸쳐서 그런 필요성과 책무감을 피하고 미루었던 것은, 어쩌면 레빈 교수와 웰렉 교수와 비슷한 활동을 했던 학자들의 존재감을 감안하면 어느 정도 이해가 되는 맥락이다. 그러나, 한 세대가 자신들의 책임을 다음 세대로 넘기게 되면, 그것을 이어받는 다음 세대는 원래보다 더 큰 역할을 떠맡게 되면서, 결과적으로 각 세대가 자신들의 고유한 방식으로 재맥락화하는 흐름이 깨어질 수 있다. 미국비교문학회의 1993년 「번하이머 보고서」가 이 같은 문제의 예시가 된다. 1975년 「그린 보고서」 이후에 정체된 비교문학의 학문적 맥락을 이어받은 번하이머 교수와 보고서 집필위원들은 30, 40년의 변화를 일거에 제안한다. 다원주의가 위협에 처한 것을 목격했던 그들은 지난 과거를 희생양 삼아서 공격적으로 공평함의 가치를 목표로 했다. 그 어느 세대보다도 깨어 있는 보고서 집필위원들은 비교문학의 역사에서 비교문학이 두세 차례 큰 변화를 거친 것을 지켜봐왔고, 다음 변화가 오기 전에 그보다 더 앞서가려고 하는 의지도 분명했다. 이런 맥락에서, 이 책의 6장에 실린 글의 저자이기도 한 컬럼비아대 불문과 마이클 리파테르 교수의 비판은 차라리 역설적인 맥락이 아니라면 오히려 더 아프게 와닿는다. "「번하이머 보고서」는 문학이론에 대해서 주목할 만한 관심을 보여준 적이 없었다. 틀림없는 사실은, 보고서에서 문학이론은 여러 차례 언급은 되었지만 사실 구체적인 내용은 없으며, 마치 집필위원회가 자신들의 체크리스트를 점검해서 하나도 빠지지 않았다는 것만 확인하는 차원처럼 보인다". 과거를 돌아보지 않으면서 앞으로만 가려고 하는 가운데, 비교문학 경계선의 최대한 확장을 옹호한 「번하이머 보고서」 집필위원회는 문학연구 자체에 대해서는 흥미로운 조바심을 보여주는데, 결국 이것이 역사주의자, 이론가, 문헌 연구자, 문화비평가 모두에게 있어서 비교문학의 핵심이라고 할 수 있다. 이 보고서의 핵심에서 빠진 것은 이 글이 작성되고 있는 1990년대뿐만 아니라 그 이후 세대에게도 계속해서 유효한 문학연구에 관한 미해결의 질문들이다. 즉, 다른 학문과 다른 문화, 다른 미디어 매체의 영역을 침범하려는 비교문학의 시도에 의미를 부여하는 주제들과 문제들에 대한 것이다. 1993년 「번하이머 보고서」 위원회가 밝혔듯이, 그리고 나도 단연코 동의하듯이, "만약 문학이 더 이상 비교문학의 독점적인 초점"이 아니더라도, 문학은 여전히 우리의 학문적 바탕이며, 우리가 다른 사람들을 가늠하는 담화의 방식이며, 우리의 가장 성공적인 실천 방식의 대상이기도 하다.

오늘날 비교문학은 비교문학의 실제적 요소와 이론적 요소 사이의 소통을 다시 한번 강조할 수 있는 기회가 찾아왔는데, 그것은 바로 역사주의, 문학이론과 문화이론, 그리고 나머지 영역들이 서로를 생산적으로 마주하는 것이다. 만약 이 같은 영역 중에 일부와도 관련성을 가지게 되는 비교문학자라면 아마 점점 더 자신이 탈중심화된 비교문학의 중심에 가까이 다가서고 있는 것을 깨닫게 될 것이다. 더욱이, 비교문학은 미국 문학뿐만 아니라 중남미 문학, 독일 문학, 프랑스 문학, 그 외 많은 국가 문학에서 점점 두드러지는 소수자 연구나 인종 연구 쪽으로 기반을 만들어갈 준비가 이미 충분히 되어 있다. 그리고 이 같은 도전은 현대문학 연구자들뿐만 아니라 그 이전 시대 연구자들과도 연결되어 있음을 보여줄 것이다. 내가 유럽의 르네상스를 세부 전공으로 선택한 이유는 마치 묵시록의 예언처럼 다루어지는 위대한 미학적, 이데올로기적 담론의 초기 근대적 기원이 유럽 르네상스에 있다고 보았기 때문이다. 근대 유럽 시기는 기존의 역사주의나 문학이론으로 인해 한 번 좌절했던 나의 개인적 경험 자체를 연구 대상으로 삼고자 하는 충동을 가장 잘 만족시킬 수 있는 공간으로 보였다. 문학 장르로 보면 내가 가장 오랫동안 연구하고 관여해온 시가 그러하다. 나는 모든 형태의 시적 담론들은 사회적, 문화적 변화를 우리에게 가장 민감하게 보여주는 표징이라고 믿고 있으며, 비교문학자들은 이 같은 담론의 역사적, 이론적, 문화 간 권위에도 문제를 제기할 수 있을 것이다. 예를 들어 16세기 서정시에서도 인종의 경제적, 정치적 특성들의 근대 초기 발전 과정의 한 부분을 찾을 수 있다고 주장할 수 있는데, 일례로 토머스 와이엇(Thomas Wyatt), 윌리엄 셰익스피어(William Shakespeare), 필립 시드니(Philip Sidney) 같은 시인들의 대표 연애시의 중심에도 피부 색깔과, 스페인계와 북미 원주민의 혼혈인 메스티조(mestizo), 그리고 노예제도와 관련된 변화하는 담론이 구축되고 있음을 확인할 수 있다. 또는 월트 휘트먼(Walter Whitman)과 그의 동시대 탈아메리카적 시인들의 시는 스페인계와 남미 사람들의 혼혈인 크리오요(criollo)에 대한 인식과 남미의 식민지 독립 시기 동안의 정치적, 문화적 변화에 중요한 개입을 시도하고 있음을 알 수 있다. 비교문학은 오늘날 소수자나 인종 관련 문학작품과 관련해서도 이 같은 맥락을 구축하는데, 매일 이런 작품들을 접하면서 현재의 지평에서만 바라보는 학자들로부터는 쉽게 이끌어낼 수 없는 탈시기적, 탈장르적 접근을 비교문학은 가능하게 하면서, 궁극적으로 비교문학은 더 많은 것뿐만 아니라 더 다양한 것을 알아가는 책임을 충실히 수행하게 된다.

예를 들어 비교문학은, 멕시코계 미국 문학인 치카노(chicano) 문학이나 중남미계 문학인 라티노(latino) 문학을 기존의 다른 어문학과나 스페인어문학과와 같은 단일 학과에서는 찾아보기 어려운 다문화적, 다학제간 연구 대상으로 제시한다. 비교문학의 맥락에서 내가 치카노 문학을 가르칠 때 수업에서 다루는 텍스트는 16세기 페루의 혼혈 메스티조 출신의 역사가 잉카 가르실라소 데 라 베가(Inca Garcilaso de la Vega) 시기부터 시작하는 역사적 초기 작가 작품들뿐만 아니라, 구체적으로는 멕시코, 칠레, 브라질의 아방가르드 시와 같은 신대륙 문학의 현대적 역모델도 포함한다. 글로리아 안살두아(Gloria Anzaldúa) 같은 치카노 작가의 작품은 그녀의 작품에 대한 기존의 해석과는 다른 종류의 해석을 가능하게 하는 구체적인 맥락에 놓이게 된다. 다시 말해, 그녀 작품의 이국성이 의심의 여지 없이 인정받고 작가로서의 그녀의 고찰은 완전히 새로운 것으로 받아들여지는 중남미 문학과 미국 문학의 기존 전통의 맥락뿐만 아니라, 기존의 문학 전통으로부터 인정받기를 거부하는 최근 치카노 문학의 독자적인 행보나, 미국 시인 월트 휘트먼, 멕시코 혁명의 대표 소설가 호세 바스콘셀로스(José Vasconcelos), 페루 시인 세사르 바예호(César Vallejo), 브라질 시인 마리오 데 안드라데(Mário de Andrade), 미국 할렘 르네상스 시인 장 투머(Jean Toomer), 쿠바 시인 니콜라스 길옌(Nicholás Guillén), 아르헨티나 시인 알폰시나 스토르니(Alfonsina Storni), 미국 비트 세대 대표 시인 앨런 긴즈버그(Allen Ginsberg)나 안살두아의 멕시코계 미국 선조 작가들과 동시대 작가들까지 포함하는 새로운 맥락으로도 확장된다. 이 같은 여정은 우리로 하여금 단순하고 쉬운 길에서 벗어나게 하는데, 안살두아의 '경계 지역' 같은 패러다임을 검토할 때 이 같은 용어가 역사와 이론, 국제주의와 다문화주의적 용어사용에서 어떤 맥락을 불러일으키는지에 대한 인식으로 이어진다.[8] 비유적으로 말하자면, 비교문학은 여러 문학으로부터 투자를 받아서 이들 문학에게 더 높은 차원의 자아 인식과 탐구, 정밀성이라는 4차원적 영역으로 돌려준다.

1980년대부터 그 이후 10여 년이 지난 오늘날까지의 시간에서 얻은 또 다른 교훈은 좀 더 완곡한 암시 같은 것이다. 즉, 그 누구도 처음부터 끝까지 완전한 비교문학자로 살아가지는 않으며, 비교문학은 특정한 시기에 대두되는 논제와 문학연구가 그때그때 직면하는 압박에 따라서 학문 자체로서나 채용시장의 현실에서도 유동적으로 작동한다. 대학이 우리 같은 학자들을 영원히 비교문학자라고 규정해버리고 다른 사람들은 비교문학자가 아니라고 배제하는 것은 위선적이다. 왜냐하면 항상 '초-학제간' 연구만을 수행하는 비교문학자는 없으며, 우리도 대부분 틈틈이 '초-학제간' 연구를 하고 있기 때문이다. 비교문학자의 정체성이라는 것은 어느 정도 정리되어 있지만, 그래도 우리는 '누가 비교문학자인가?'라는 질문에는 저항해야 하며, 비교문학 연구는 영문과, 독문과, 중문과, 철학과, 문화인류학과로부터 나온다는 것을 잊지 말아야 한다. 즉, 인문학 연구자가 문학 텍스트와 문화적 수용 관계가 있는 텍스트를 비교문학적 인식을 가지고 명확한 방법론으로 접근하는 맥락이라면 모두 비교문학에 해당할 것이다. 대학이 이 같은 인식을 받아들이든 말든, 무엇보다도 우리가 먼저 이 같은 중요성을 인식해야 한다. 사실, 이 같은 나의 주장은 내가 앞서 문제 제기한 비교문학자들의 계층화 문제에 대한 답이기도 하다. 비교문학은 비교문학에 대해 상당히 다른 인식을 품고 서로를 의심스럽게 바라보는 소수의 '공식적인' 일부 비교문학자들 대신에, 최소한 그 정신에 있어서만은, 비교문학을 계속 앞으로 나아가게 하는 질문들에 관심이 있는 모든 문학 연구자들이 모여드는 공간이 되어야 한다. 연구자가 얼마나 많은 외국어를 읽을 수 있는지와는 상관없이 말이다.

미국비교문학회의 '비교문학 10년 보고서'가 만들어지는 10년 주기의 관점에서 볼 때, 앞으로 다가올 또 다른 10여 년 시간의 기회 중 하나는, 지난 과거에 우리가 목격했던 그런 변화를 수반하는 무분별한 성장 없이도 비교문학의 새로워진 개념을 장착하는 것이다. 그 같은 무분별한 성장은, 만약 우리가 비교문학을 세계문학이나 번역문학 또는 문화연구라는 부적절한 명칭과 동일시한다면 앞으로도 반드시 겪게 될 숙명적 과정이다. 「그린 보고서」는 엘리트주적이면서도 자신의 존재의의가 불분명한 학문이라는 비교문학의 위험성을 보여주고 있다. 불분명한 존재의의는 대학에서 비교문학 학과와 비교문학 프로그램의 무분별한 확장을 초래한 반면에, 비교문학의 엘리트주의는 이 같은 현실인식을 아예 거부해버렸다. 그 결과, 비교문학은 스스로와 충돌하는 결과에 직면하게 되었다. 그래서 우리 비교문학자들은 비교문학의 가치와 앞으로의 역할에 대해 그들 엘리트 집단보다도 더욱 명확해야만 한다. 그리고 보수적이기보다 혁신적이어야 하며, 우유부단하기보다는 안목을 키워야 한다. 더 나아가, 우리가 속해 있는 비교문학의 '초-학제' 제도는 우리 세대 자신들의 관점과 대학의 관점에 대해 비평적인 질문을 던져야만 하며, 이 같은 비평적인 질문은 언어, 국가, 정전화, 문학과 같은 다른 문화적 구축물에 대해서도 똑같이 향해야한다. 내가 이 글에서 설명한 관점을 따라서 비교문학에 접근하는 시도는, 그동안 비교문학자들을 서로로부터 갈라놓고, 비교문학 자신의 역사로부터도 갈라놓는 그런 장애물들을 무너뜨리기 시작할 것이다. 그래야만 우리가 과거로부터 물려받아 미래를 향해 발전시키고 있는 그 정체성에 부끄럽지 않게 부응할 수 있을 것이다.

| 번역 : 이형진 |

주 ─────

1) 이 문장은 캘리포니아대(샌터크루즈) 비교문학과 교수인 블라드 고드지히(Wlad Godzich)가 매우 설득력 있는 표현으로 주장했던 것을 또 다른 방식으로 표현한 것이다. "비교문학 '영역'은… '문화적 정교함을 가능하게 하는 조건' 또는 영역이다. 지식의 지배 구조 안에서 문화와 주어진 환경 사이의 관계나, 문화와 문화적 타자 사이의 관계를 탐구하는 것은 비교문학자들의 의무이기도 하다." 이와 관련해서는 고드지히 교수의 소논문 "Emergent Literature and the Field of Comparative Literature" in *The Comparative Perspective on Literature: Approaches to Theory and Practice*, ed. Clayton Koelb and Susan Noakes(Ithaca, NY: Cornell University Press, 1988), p.28 참조.

2) Harry Levin, "New Frontiers in the Humanities," *Contexts of Criticism*, Harvard Studies in Comparative Literature 22(Cambridge: Harvard University Press, 1957), p.9.

3) 정확하게 말하자면, 학문영역을 새로 개척했다기보다 재창조해낸 것이다. 비교문학은 오랜 기간 여러 가지 형태로 존재해왔는데, 예일대 문헌학 교수였던 아우어바흐 시대 의 학자들은 비교문학을 자신들의 특정한 관심 분야와 경험에 기반한 방향으로 향하게 하였다. 이 시기와 관련된 논의로는 René Wellek, "The Name and Nature of Comparative Literature," in *Discriminations: Further Concepts of Criticism*(New Haven: Yale University Press, 1970), pp.1~36 참조.

4) Claudio Guillén, *The Challenge of Comparative Literature*, trans. Cola Franzen, Harvard Studies in Comparative Literature 42(Cambridge: Harvard University Press, 1993), pp.60~62.

5) 레빈 교수와 추종자들이 함께 만들어낸 성과들에 관한 논의로는 르네 웰렉의 "Memories of the Profession," 해리 레빈의 "Comparative Literature at Harvard," 프린스턴대 비 교문학과 교수인 빅터 랭(Victor Lange)의 "Experiences and Experiments" 등이 있는데, 이 세 편의 글 모두 *Building a Profession: Autobiographical Perspectives on the History of Comparative Literature in the United States*, ed. Lionel Gossman and Mihai I. Spariosu(Albany: State University of New York Press, 1994)의 1장(1~11쪽), 2장(13~23쪽), 3 장(25~35쪽)에 각각 실려 있음. 레빈 교수의 초기 학술 관점에 대한 자료로는 "A Personal Retrospect," *Grounds for Comparison*(Cambridge: Harvard University Press, 1972), pp.1~16 참조.

6) "The Crisis of Comparative Literature," *Proceedings of the Second International Congress of Comparative Literature*, ed. W. P. Friedrich, 2 vols.(Chapel Hill: University of North Carolina Press, 1959), 1:149-59. Rpt. in *Concepts of Criticism*, ed. Stephen G. Nichols, Jr.(New Haven: Yale University Press, 1963), pp.282~295.

7) 훨씬 더 크고 복잡한 사고 체계에 대한 약칭으로서 '이론'이라고 불리는 미국적 학문 구축을 비판하는 가야트리 스피박의 최근 논지와, 문학 교과과정에서 '이론'의 고유한 공간은 별도로 필요하지 않다는 스피박의 관점을 스피박의 1993년 저서 *Outside in the Teaching Machine*(New York: Routledge, 1993), pp.274~276에서 비교해보기 바란다.

8) Gloria Anzaldúa, *Borderlands/La Frontera: The New Mestiza*(San Francisco: Spinsters/Aunt Lute Books, 1987).

15 페미니즘과 비교문학의 경계

마거릿 R. 히고넷

18세기 독일 낭만주의 소설가 장 파울 리히터(Jean Paul Richter)는 "인간성(humanity)이란 자연이라는 책에 있는 거대한 '대시[—]' 기호"[1]라고 말한다. 이에 비하면 비교문학자는 인문학(humanities)계에서 '하이픈[-]' 기호의 역할을 한다. 언어, 문화, 예술, 담론 사이를 오가는 것은 비교문학자의 조건을 특징 짓는다. 수술에서는 봉합이 필수이듯, 비교문학자가 문제의 가장자리에서 연구하는 것도 그러하다. 여기서 내가 논의하고자 하는 가장자리란 비교문학이 페미니즘 비평과 만나는 지점을 말한다.

페미니즘 비평가들도 비교문학자들처럼 비평적 경계의 재검토를 강조해왔다. 비교문학자들이 전통적으로 장르나 시대 수용, 그리고 형식의 초국가적 경향에 초점을 맞춘다고 한다면, 확실히 페미니즘 학자들은 젠더의 문화적 구축에 중점을 두는 경향이 있다. 비교문학자들이 민족문학 연구를 구축하는 울타리를 규명하면서 그것을 뛰어넘으려고 한다면, 페미니즘 학자들은 주변부의 지뢰밭에서 춤을 춘다.[2]

페미니즘 비평가들이 강조하듯이, 젠더는 문학의 생산과 수용을 이끌어내는 범주 중에 하나다. 이 사회적 변수는 문학 제도 속에서 선 긋기를 한다. 목소리를 남성과 여성의 목소리로, 포괄적인 영역을 남성 교양소설과 여성 교양소설로, 모더니즘을 다양한 경향으로 나눈다. 동시에 젠더 구별도 인종적, 계급적 구분처럼 국가의 경계를 가로지르며 각각의 문화권에서 새로운 정의와 가치를 취한다. 요컨대 젠더 연구는 비교에 기반을 두어야 한다는 말이다. 이 두 가지 분석 방법의 공통점과 강력한 차이점들이 내게는 상당히 풍부해 보였기에, 나는 1994년에 여러 학자의 글을 모아서 『경계연구 : 비교문학과 페미니즘의 연합(Borderwork: Feminist Engagements with Comparative Literature)』이라는 지서를 출판하였다. 이 책은 그 두 가지 방법의 경쟁적인 정체성을 인정하는 동시에, 비교-페미니즘에서 '하이픈'의 공간을 탐구한다.[3]

물론 모든 분석적인 학문 분야들은 어떤 방식으로든 비교를 수행한다. 다만 어떤 종류의 비교인지가 문제이다. '포함'이라는 범주 없이는 역사적 변화나 문화적 특정성의 위치를 확인해낼 수가 없다. 그러나 각각의 '포함'이라는 범주는 어떤 학문 분야의 강점과 약점을 특징 짓는 배제를 암시하기도 한다. 이를테면 케이크를 조각내는 많은 방법이 있지만, 케이크의 맨 윗부분을 가로로 자른다면 단 한 명만이 맨 위의 생크림을 독차지할 것이다. 비교문학자들은 차이의 핵심으로 민족적, 언어적 정체성에 일차적으로 초점을 맞추어온 반면, 페미니즘 학자들은 그동안 젠더적 차이에만 전적으로 주목해왔다. 프린스턴대 영문과 교수인 다이애나 퍼스(Diana Fuss)의 주장대로, "차이라는 핵심적 카테고리에 우리가 골몰하느라 그 외 다른 방식의 차이들을 간과하고 암묵적으로 그 차이들의 정당성을 부정해버릴 때"[4] 문제가 발생한다.

비교문학을 정의하는 카테고리의 위치를 확인하는 문제는 1993년 「번하이머 보고서」를 둘러싼 많은 논쟁을 촉발하였다. 우리는 우리 비교문학의 경계를 설정하려고 할 때 어려움과 맞닥뜨리게 된다. 왜냐하면 비교문학자가 스스로 짊어진 과업의 종류에는 개념적 경계를 시험해보는 것도 명확하게 포함되어 있기 때문이다. 1986년부터 2000년대 초까지 캘리포니아대(어바인) 불문과와 비교문학과 교수를 역임한 자크 데리다는 장르 이론의 맥락에서 어느 한 집합을 무효화시키는 것은 언제나 그 집합의 특정 구성물이라고 주장한다. "집합의 경계는 구성물의 소속을 명시하는 특징을 불가피하게 구분함으로써 삽입(invagina-tion)에 의한 전체보다 더 큰 내부 주머니를 형성하게 된다."[5] 경계의 사례를 찾아내려고 하는 이론이 오히려 이론 자신의 일반화의 목표를 무효로 만드는 경향이 있다. 더 나아가 비교문학은 다른 학문이 세워놓은 경계들을 가로지르기 때문에, 20세기 초 미국의 경제학자이자 사회학자인 소스타인 베블런(Thorstein Veblen)이 1918년 초판이 나온『미국의 고등교육(The Higher Learning in America)』에서 강조한 것처럼, 비교문학 영역 밖의 회의론자들은 비교문학 박사학위가 오히려 "박사과정생들의 무지의 영역"[6]만 넓혀놓는다고 주장한다.

비교문학자의 조건 중 일부는 생산적인 불안이다. 또는, 인디애나대 비교문학 교수 울리히 바이스슈타인(Ulrich Weisstein)이 제시했듯이, 비교문학이라는 학문 영역에서의 "영구적" 위기감이다.[7] 이론의 문어발식 확장이 비판을 받으면서 비교문학의 자기 인식의 문제는 1990년대에 더 큰 문제가 되었다. 시대 구분, 장르 구성, 민족 문학 정의의 다양성을 포괄하는 보편주의적 큰 그림의 이상은 마치 더 이상 신뢰할 수 없는 도깨비불처럼 보이게 되었다. 「번하이머 보고서」가 강조한 것처럼 비교문학자들의 넓은 스펙트럼은 지역화되고 역사화된 문학 생산 모델 방향으로 기울면서 오늘날 문화연구, 신역사주의, 페미니즘, '서벌턴(subaltern)' 연구로부터 차용한 방법론을 사용하게 되었다.

최근 많은 페미니즘 비평가들도 그동안 보편주의가 민족적, 계급적, 그리고 암묵적으로는 인종적 배타주의의 전제를 감추어놓았던 이론적, 역사적 주장을 넘어서려고 노력하고 있다. 이 같은 자기비판은 미국 '흑인 페미니즘(womanist)' 작품이나 서벌턴 연구, 마르크스주의 페미니즘 비평 등과 같은 다양한 분야로부터 자극을 받은 것이다. 이러한 비평들은 페미니즘 학자들을 첫째, 여성 연구로부터 교차문화적 젠더 연구로, 둘째, 보편화의 성격이지만 기본적으로는 민족 중심의 문학연구로부터 역사에 기반하는 비교 분석으로 이동시켰다.

페미니즘 비평의 새로운 방향들은 소외된 문학연구나 다문화사회 내의 다양한 문화적 접촉 영역의 연구와 똑같지는 않다. 그렇지만 이 주제들은 이론의 발전에 있어서 비교하고 대조하는 지점들로서 특별한 입지를 지녔다. 그러므로 미국 여성들의 유머의 전복적 전략들은 미국 흑인 문학의 전통에서의 그것들과 어떤 면에서 유사하다. 특히, 여성 교차계급 문화나 흑인 디아스포라에 구체적인 특징인 두 가지 전경 요소들의 병치라는 면에서 그렇다.

페미니즘 비평의 한 가지 중요한 과업은 문학적 재현에서의 '여성'의 정체성이라는 문제적 전제를 탐문하는 것이다. 강간, 노예, 할례의 전형적인 장면들을 막론한 몸의 모든 기록을 다루는 페미니즘 이론적 구성을 교차문화적 분석으로 조망할 필요가 있다는 것이다. 캘리포니아대(버클리) 비교문학 교수인 주디스 버틀러(Judith Butler)가 주장하듯이, 언어는 성(sex)의 범주들을 구성하기 때문에 언어로 기록된 섹슈얼리티(sexuality)를 비교분석하는 것은 자연스러운 수순이다.[8]

은밀한 본질주의적 사고는 문화적 차이를 인정하려는 시도를 포함해서, 본질주의에 대한 페미니즘 비평에도 침투해 들어간다. 탈식민주의 페미니즘 영화 연출자 트린 티 민하(Trinh T. Minh-ha)는 차이를 "독특함 또는 특별한 정체성"으로 상정해놓는 것에 대한 의문을 설득력 있게 제기하였다. 그는 이렇게 "제한하고 기만하는" 개념들은 실체가 있는 문화 대상에 대해 기껏해야 민족지학(ethnography)적 투사에 그치는 '낭만적인 이국성(exoticism)'만을 초래할 뿐이라고 강조한다. 그는 페미니즘 이론이 정체성이라는 개념 자체를 해체해야 한다고 주장한다.[9] 듀크대 문학 교수인 레이 초우도 비슷한 맥락에서 타자의 목소리를 선의로 이국화하는 것, 즉 제3세계 여성을 단일하게 통제되는 차이로 투영하는 것을 비판하였다. "내 생각에 서구가 생각하는 '다른 여성들'은 자신들 존재의 현실에 대한 자신들의 권리로부터 최대로 배제될 때, 그들 '고유'의 국가적 · 민족적 정체성이 규정된다."[10] 민족적 또는 인종적 차이를 최고의 중요성으로 전제하는 것은 둘 다 모두 그 문화적 발현에서 오늘날의 세계 경제를 부정하고, 정체성의 환원주의적 정치를 구축한다. 비교 연구에 대한 이러한 물음의 중요성은 부정할 수 없다.

그렇지만 우리는 학문 분야로서의 비교문학과 비평적 실천이라는 페미니즘 형식 사이의 행복한 결혼을 아직은 축하할 수가 없다. 역사적으로 비교문학은 형식주의 비평의 시대에 제도적 형태를 갖춘 반면, 페미니즘 이론은 인권운동의 열기와 정치 속에서 번창하였다. 페미니즘 비평이 역사, 인식론, 언어학, 인류학 같은 학문들을 융합시켜왔던 반면에, 비교문학자들은 본질적으로 '고유한' 문학연구에 맞서 학제간 연구의 가치를 계속해서 논쟁해왔다. 언어능력은 비교문학에서 필수불가결한 요소로 간주된다. 이와는 달리 많은 페미니즘 학자들은 비평적 분석과 담론에서 단일 언어만 사용하거나 자신들의 외국어 능력을 크게 활용하지 않는다.

학제간 연구는 오늘날 많은 페미니즘 비평가들을 학문 분야로서 비교문학 내에서 자리 잡기를 여전히 어렵게 할 뿐 아니라, 문학적 전통과의 교차점에서 자기 위치를 뚜렷하게 잡았던 초창기 페미니즘 작가들도 비교 연구를 이끌어내는 데 실패하였다. 18세기 프랑스 여류작가 스탈 부인(Mme de Staël)의 글인 『문학론(De la litterature)』과 『독일론(De l'Allemagne)』은 비교문학의 초석이 되었음에도 불구하고, 우리는 스탈 부인보다는 괴테에 관한 연구에 더 헌신적이었다. 마찬가지로, 18세기 네덜란드 여성 작가 이자벨 드 샤리에르(Isabelle de Charrière)는 스위스에 거주하면서 프랑스어로 책을 쓰고 영어 원서를 번역하면서 제인 오스틴처럼 서사 관습을 페미니즘적으로 독특하게 변주했고, 소설뿐만 아니라 오페라 대본까지도 집필했지만, 비교문학자들은 샤리에르보다 카프카나 릴케 같은 문화중재자들에게 더욱 매료되었다.

비교문학적 고찰에서 폭넓은 범주의 다양한 문학작품이 누락되었다는 것은 비교의 패러다임에 문제가 있다는 것을 보여주는 명확한 증상이었다. 이미 1975년 「그린 보고서」는 그 이전 옛날의 "안락한 유럽의 관점들"을 "편협한 지역주의"로 인정하였다. 한때 장점으로 보였던 것, 즉, 책 읽기와 강의들이 당시 문학 지평에서 최고봉으로 인정되는 작품들에만 국한되던 것이 이제는 문제가 된 지 오래다. 초기에 웰렉과 워런이 시대구분이라는 정치적 규범이 아닌 '본질적인' 문학의 입장에서 주장했던 반면, 역사학자와 비평가들은 똑같이 표면적으로는 중립적인 문학적 규범의 정치성을 재검토하고 있다. 그들은 여성들에게 정말 르네상스, 즉, 낭만적 운동이나 여성들만의 모더니즘이 제대로 있었는지를 묻는다. 과연 여성들은 또 다른 맥박이 고동치던 순간을 살았고, 남성들의 학교에서는 가르쳐주지 않았던 반언어(counterlanguage)로 그것을 기록했을까?[11]

단일 언어권 문학계에서도 프랑스 소설가 샤리에르, 프랑스 소설가 조르주 상드(George Sand), 영국 시인 애프라 벤(Aphra Behn), 영국 풍자소설가 프랜시스 버니(Fanny Burney), 아프리카계 미국 작가 해리엇 제이콥스(Harriet Jacobs), 독일 페미니스트 사상가 헤드윅 돔(Hedwig Dohm), 스페인 소설가 에밀리아 파르도 바산(Emilia Pardo Bazan) 등을 포함하기 위해 추천 문학도서 목록을 재편하고 있는데, 비교문학 영역에서 내세우는 필독서나 전문 학술지는 계속해서 '명작' 위주로 다루려고 하는 범주의 방향성에 끌려가고 있다.

이러한 오인과 누락의 맥락에서, 젠더 분석, 페미니즘 이론과 탈식민주의 이론, 교차문화적 주제를 강조하는 「번하이머 보고서」는 나의 동료들, 특히 앞서 언급한 『경계연구 : 비교문학과 페미니즘의 연합』의 공동 저자들의 뜨거운 환영을 받았다. 그중 한 사람은 "드디어 나 자신을 알아볼 수 있게 되었다."라고 반가워하였다.

그러나 어떤 자아가 비교-페미니즘 학자의 특징이 될 수 있을까? 놀랍지 않게도, 비평가의 정체성이라는 문제는 격렬한 페미니즘적 논쟁을 불러일으켰다. 일부 페미니스트 학자들은 '여성 중심 비평(gynocriticism)' 영역이나 여성으로서 체험된 경험 기반의 여성 글쓰기 연구에 대한 권리를 근거로 '크로스드레서(cross-dressing)' 아가씨들의 여성 영역 침범에 문제를 제기해왔다. 내가 생각하기에 이런 페미니스트들을 제외한 대다수의 페미니스트 학자들은 오늘날 비평적 상상의 영역에서 정체성의 정치로 정의된 여성 '게토'의 수용을 거부한다. 마찬가지로 그들은, 소수계 민족 출신의 비평가라면 그 어떤 주제보다도 자신의 출신 소수계 문학에 초점을 맞추고 싶어할 것이라는, 문학교수 채용 공고에 숨겨진 자동적 전제도 거부한다. 그들은 페미니즘 학자인 동시에 아랍학자, 해체주의자, 양성애자, 신역사주의 학자이기도 한 이들 비평가가 걸치고 있는 다중의 정체성들을 어떻게 유리하게 만들 수 있을지 묻고 있다. 자의식적으로 정체성을 규정하는 것, 특히 그 정체성의 라벨을 여러 개로 나누거나 증식시키는 것이 비평적 분석에 어떤 도움이 될 수 있을까?

이렇게 비평가가 다양한 이데올로기적 색채를 가진 입장들을 지지하는 것은 한때 비교문학을 정의했던 중립적 형식주의라는 목표와 뚜렷하게 대비된다. 예를 들어, 컬럼비아대 비교문학 교수인 가야트리 스피박은 '마르크스주의-페미니스트' 해체주의자라는 하이픈으로 이어진 정체성 라벨을 사용해서 자신에 대한 3인칭 관점의 글을 썼다. 그리고 1988년 출판된 에세이『다른 세상에서 : 문화정치학 에세이(*In Other Worlds: Essays in Cultural Politics*)』에서 암묵적이었던 기존의 입장을 바꿈으로써 독자의 기대뿐만 아니라 자기 자신의 주장 또한 재치 있게 전복시켰다.[12] 스피박의 방해 전략은 독자들을 비교 해석의 메타비평적 작업으로 몰아넣을 수 있는 틈을 열어놓았다.

스피박과 마찬가지로, 페미니즘적 관심사를 비교문학적 관심사와 겨루도록 하는 중요한 역할을 구상할 수도 있고, 이를 통해 그 상호 경쟁과 이 두 집단 사이에서 움직이는 경계선들을 살필 수 있다. 그렇다면 나는「번하이머 보고서」가 제안했던 비교문학의 전당 안에서 몇 가지 새로운 변화를 살펴보고, 페미니즘 학자의 시각에서는 이 같은 변화들이 어떻게 보이는지를 묻고자 한다. 민족, 번역, 언어는 이렇게 변화하는 개념 중에서도 제일 중요한 요소인데, 확실히 이 세 가지 개념 모두 우리로 하여금 언어의 문제를 생각하게끔 한다.

「번하이머 보고서」는 언어와 다문화주의에 대한 질문을 던짐으로써 민족적 정체성의 근본 개념을 간접적으로 다룬다. 그러므로 기존의 국가와 국가 사이의 차이로부터, 이제는 젠더, 민족성, 정치적 위상 등의 요소들로 결정되는 국가의 문화 내의 차이로 우리의 관심을 이동해야 한다고 제안한다. 여기서 상기 요소들은 언어적 차이에 반영될 수 있는 것들이다. 또한, 이 보고서는 학제간 연구에 대한 많은 비교문학자의 관심도 인정한다고 주장한다.

민족주의와 섹슈얼리티의 교차에 대한 더 깊은 통찰을 이끌어내도록 비교문학적 실천 속에서의 민족성 개념을 압박할 필요가 있다는 데 나는 확실히 동의할 수 있다. 민족적 정체성을 보는 동질화된 시선은 성적, 민족적, 인종적 차이를 생략하거나 피폐하게 만드는 '수평적'인 상상적 공동체를 구축한다.[13] 국가나 민족, 대지는 여성상으로 많이 상징되는 반면, 시민성은 전형적으로 남성상으로 표징된다. 하버드대 문학 교수인 도리스 소머(Doris Sommer)의 주장대로 중남미 독립 시대에 중남미 문학에 대두되었던 건국소설은 시민과 대지를 대표하는 두 등장인물을 결혼시킨다. 이러한 소설들은 인종적 횡단을 에로틱하게 만드는 방식을 통해 독립 시대에 시민권과 정치 권력을 둘러싸고 발생했던 인종적·지역적 갈등을 상징적으로 뛰어넘고자 하였다. 그 결과, 로맨틱한 줄거리는 소설에서 지도자인 주인공과, 대지와 그 땅에 살고 있는 원주민들을 상징적으로 대표하는 인물 사이의 결혼을 통해 국가 건설의 가능성을 비유적으로 구현한다.[14]

이러한 문학 패턴은 소수자 작가들로부터 역설적이고 문제제기적 반응을 요구한다. 예를 들어, 소수자 여성 작가들은 1차 세계대전을 재현하려는 노력에서 젠더와 인종적인 이유로 병역 의무에서 배제되는 국가적 정체성의 개념에 직면한다. 그때 애국적인 글쓰기는 정치적으로 전복적인 행위가 될 수 있다. 국가적 전통의 틀 속에서 부상하는 '반-전통(contertraditions)' 현상들은 비교문학적 접근을 필요로 한다.[15]

그러나 오늘날 페미니스트 비평가의 가장 혁신적인 연구들은 특정 국가 연구가 아닌 지역학 연구에 기반한다. 이런 분야는 일견, 언어 교육은 최소화하고 정치·사회과학을 구심점으로 삼는 것으로 보이기에 처음에는 비교문학자들의 의심과 경계의 대상이 되었지만, 언어는 이런 종류의 뛰어난 연구 결과물들을 공통으로 관통하는 것이다. '치카나(Chicana)' 문화이론 비평가인 글로리아 안살두아(Gloria Anzaldúa)와 1991년에 출판된 '치카노(Chicano)' 문학비평의 선구자적 학술서 『경계지의 비평(*Criticism in the Borderlands*)』의 공동 저자들 또한, 멕시코계 미국 문학인 치카나/치카노 문학에서 언어적 역할의 중요성을 강조한다. 코넬대 중남미학 교수인 데브라 카스티요(Debra A. Castillo)는 중남미 여성의 글쓰기 연구에서 여성들이 주방에서 나누는 대화를 재치있게 전면에 내세운다. 메릴랜드대 비교문학과 교수 레지나 해리슨(Regina Harrison)의 1989년 첫 번째 연구서이자 학술서 수상작인 『안데스 산맥의 기호와 노래, 기억(*Signs, Songs, and Memory in the Andes: Translating Quechua Language and Culture*)』은 남미 인디언 케추아족 여성의 구술 시학을 다룬 연구서이다. 이 연구는 농업, 영성, 언어예술 사이의 관계를 설명하기 위해 학문 간 경계뿐 아니라 국가 경계도 훌륭하게 넘나들고 있다.[16)]

비교문학자들의 자기 정의에서 언어가 차지하는 중요성은 「번하이머 보고서」가 강의실에서의 번역의 유용성을 실용적으로 언급함으로써 불거진 논란을 거치면서 더욱 확실하게 드러난다. 우리 스스로의 언어 훈련이 가진 한계와 의외로 우리 학생들의 다양한 언어 역량이라는 상황은 우리의 관심을 번역서로 향하게끔 한다. 심지어 원문과 영어번역본 두 권 모두 반드시 구입하도록 하는 대학원 세미나 수업도 많다.

그렇더라도 우리는 번역에 의존하는 것이 역설적으로 보수적인 효과를 유발할 수 있음에 유의해야 한다. 왜냐하면 세계적인 위상과 광범위한 독자층을 지녔다고 여겨지는 텍스트의 번역서만이 결국 활자로 출판되어 살아남을 수 있기 때문이다. 그리고 여성 독자들을 대상으로 하는 장르보다는 남성 독자들을 대상으로 하는 장르들이 더 넓은 독자층을 확보한다고 여겨진다. 더 나아가, 여성 문화의 한 가지 전형적인 특징인 상호텍스트 형식을 간과하는 번역 방식은 여성 작가의 작품을 평범하게 만들어버린다. 예를 들어, 현재 앞서 언급한 샤리에르 소설은 단 한 권만 번역되어 있는데, 그 번역서는 원본의 도입부에 나오는 사뮈엘 드 콩스탕(Samuel de Constant)의 『감성적인 남편(*Le Mari sentimental*)』에 대한 아이러니한 언급을 빠뜨렸으며, 장 자크 루소(Jean-Jacques Rousseau)의 『에밀

(Emile)』을 떠올리게 하는 작가의 반향을 살리지 못했다. 여성의 텍스트는 이중 문화 텍스트처럼 때때로 유머 형식과 언어적 혼종화를 유희적으로 활용한다. 그러다 보니 예상대로, 대부분의 여성 글쓰기가 지닌 힘의 상당 부분이 번역에서 사라져버린다.

비교문학의 토대 개념으로서의 언어적 차이의 중요성을 감안하면, 우리는 비교문학이라는 학문 영역을 지배하는 언어의 젠더 중립적 이해를 재고해야 한다.[17] 옥스퍼드대 페미니스트 언어학 교수인 데버라 캐머런(Deborah Cameron)은 "별도의 여성 언어, 혹은 하나의 특정 젠더가 사용하는 독특한 방언이라고 할 수 있는 '젠더어(genderlect)'라는 것의 개념적 근거는 거의 없다."라고 주장하지만, 캐머런 교수 역시 전 세계 대부분의 문화에서 역사적으로 여성들은 사회적 불이익으로 고통받으면서 그들만의 고유한 언어적 표현 방식을 만들어냈다고 강조한다. 여성들과 달리 남성들은 그동안 문학 언어 표현과 특정한 엘리트 언어 표현을 독점해왔다.[18] 특히 라틴어와 같이 이미 죽은 고전어에서 폭넓게 사용된 글쓰기 전통을 불러일으키는 언어적 암시나 함축을 활용하는 '고상하고 울림이 있는 고급'문학 형식에 대한 비교 연구를 무의식적으로 더 선호하는 현상은, 결과적으로 다양한 방언적 표현뿐만 아니라, 엘리트 문학 전통의 교육에서 배제되었던 여성과 소수계 작가들의 작품들에 내재된 구비문학과 민중문학적 암시나 함축적 표현이 불러일으키는 울림과 반향까지도 평가절하한다.

민족 '문학언어(Sprachliteraturen, literary language)'를 다루는 비교문학적 연구의 일반적 구성은 우세한 집단이 정의한 '표준' 언어의 언어적 순수성에 특권을 부여한다. 동성애자의 사회적 방언에서 공유되는 수사법과 언어 코드들이나, 보스턴대 철학 교수인 메리 데일리(Mary Daly) 같은 페미니스트 철학자들이 저항의 방식으로 만들어낸 하이픈이나 괄호를 활용하는 기발한 구두법, 지역 방언이나 인종적 방언의 문학적 특수성 등에서 발견할 수 있는 언어적 풍성함을 비교문학자들은 너무 자주 간과해버린다.

남성과 여성이 철저히 구분된 영역 속에서 살다 보면, 문학적 창작물에서도 남녀 간의 분리된 언어적 사용이 초래된다. 19세기 중반 그리스 아테네를 중심으로 활동한 이오니아 작가 엘리자베스 마르티넨구(Elisabeth Martinengou) 같은 몇몇 사례들이 여기서 유용할 수 있다. 마르티넨구는 자신이 속한 사회의 여성 대부분이 문맹이었던 그 시대에, 자신은 계몽주의 문학을 읽으려고 이탈리아어와 프랑스어를 독학했다. 그는 자신이 읽었던 문학작품으로부터 일부 차용하고 구술 문화의 영향을 많이 받은 민중 어휘를 구축함으로써, 군더더기 없이 명료하고 단순하며, 동시에 즉흥적이고 시적인 스타일을 창조하였다. 이로 인해 마르티넨구는 현대 그리스 문학 작가 중에 처음으로 주목받은 주요 작가군에 속하게 되었다.[19]

또 다른 사례로는, 중국 후난 지방 소수민족을 연구하는 인류학자가 재발견했던 중국 여성의 고대 언어인 '여서문자(女書文字)'를 생각해볼 수 있다.[20] '모기-개미' 모양으로 불리는 서체로서 부채와 수공으로 제작한 서적에 그려지거나 비단에 수놓아진 이 언어는 적어도 천년 이상 어머니로부터 딸에게로 대대로 전해 내려왔다. 여서문자는 960년부터 1279년까지 중국을 다스렸던 송나라 시대에 유래한 것으로 추정된다. 이 지역 출신의 젊은 여성이 황궁으로 보내졌을 때, 그 여성은 고향의 고유한 글씨체로 자신의 비참함을 고향 가족들에게 전하였다. 그 글씨체는 당시 궁정에 있던 사람들은 알아보지 못했으며, 그녀의 고향에 있던 남자들도 상업 활동을 하려면 당시 공식 언어였던 한나라(기원전 202~기원후 220년) 언어를 사용해야 했기에 자신들도 익숙하지 않던 글씨체였다. 역사적으로 이 글씨체는 여성이 다른 여성과 비밀리에 소통할 수 있는 수단이 되었다. 가령 여성들이 우정 서약을 맺거나 역술 점괘를 기록해놓거나, 어머니나 친한 친구들하고만 나누는 외로움이나 비통함의 마음을 기록하는 데 사용하였다. 여성들이 차례로 돌아가며 큰 소리로 노래 불렀던 이 시들은 여성 언어의 특유의 관습인 '앉아서 노래하기'라는 이름으로 알려진 해당 지역 방언을 사용하였다.

이렇게 암호화된 언어 사용은 지배적인 정치적, 인종적, 성적 문화의 억압

앞에서 집단을 보호하고 단결할 수 있게 하였다. 이러한 언어 전략은 '이종교배(métissage, miscegenation)'의 복잡한 형태들로 서로 섞일 수 있다.[21] 멕시코계 여성 미국 작가들의 '치카나 문학'에 대한 최근 연구들은 언어적 혼종성의 중요성을 부각하며, 경계에서 민족적·성적 정체성을 형성하는 '코드 바꾸기'가 중요하다고 강조한다. 안살두아 같은 작가는 스페인인과 북미 원주민의 혼혈 여성인 '메스티사'를 다룬 1987년 저서『경계지 : 새로운 메스티사(Borderlands / La Frontera: The New Mestiza)』의 제목에서도 볼 수 있듯이, 국가에 의해 부과된 단일 언어주의에 저항해서 실제로 제목에도 빗금[/]을 긋고 언어를 뒤섞어버리는 공간 속에 자신을 단단하게 위치시킨다.

'코드 바꾸기'를 통해 안살두아는 마치 거북이처럼 등에 짊어진 정체성의 다양성을 제시할 수 있게 된다. 레즈비언 시인으로서의 안살두아는 "반반 — 여자이자 남자이면서도 둘 다 아닌 — 새로운 젠더(half and half — both woman and man, neither — a new gender)"이다. 스페인인과 북미 원주민의 혼혈 여성인 메스티사이면서 문화 평론가인 안살두아로서는 영어와 스페인어를 혼용해서 "물려받은 것, 획득한 것, 부과된 것 사이를 구별하기가 어렵다(es dificil differentiating between lo heredado, lo adquirido, lo impuesto). 그녀는 역사를 체로 걸러 만든다."라고 표현한다. 안살두아는 "경계지에서 살아간다는 것"은 "당신이 라틴아메리카 여성이나 북미 원주민 여성, 흑인 여성, 스페인 여성 또는 외국 여성을 비하하는 스페인어 속어인 '가바차(gabacha)'가 아니라, 두 집단 사이의 집중포화 속에 갇혀버린 스페인 사람과 북미 원주민 사이의 혼혈 여성 '메스티사'이자, 중남미의 백인과 흑인의 혼혈 여성인 '물라타(mulata)', '잡종'을 의미하는 것"이라고 말한다.

여기서 우리는 안살두아가 제시한 아래 해결책을 받아들일 수 있을 것 같다.[22]

> 경계지에서 살아남기 위해
> 당신은 경계 없이 살아야만 한다.

교차로가 되자.(『경계지 : 새로운 메스티사』, 195쪽)

To survive the Borderlands
you must live *sin fronteras*
be a crossroads.(*Borderlands*, 195)

| 번역 : 심효원 |

주 ―――――

1) "Der Mensch ist der große Gedankenstrich im Buche der Natur." Jean Paul Richter, *Die unsichtbare Loge*, in *Sämtliche Werke*, ed. Eduard Berend(Weimar: Hermann Böhlaus, 1927), 2: p.2.

2) 이 표현은 아네트 콜로드니(Annette Kolodny)의 다음 글에서 빌려왔다. Annette Kolodny, "Dancing through the Minefield: Some Observations on the Theory, Practice, and Politics of a Feminist Literary Criticism," *Feminist Studies* 6, no. 1(1980): pp.1~25. 차별의 사회적 장벽을 무너뜨리려는 페미니즘 활동가와, 이런 경계들과 그것들이 빚는 문학 형식이 전달하는 사회적 의미에 주로 초점을 맞추는 페미니즘 이론가·평론가는 서로 구분되어야 한다.

3) Margaret R. Higonnet, ed., *Borderwork: Feminist Engagements with Comparative Literature*(Ithaca, NY: Cornell University Press, 1994).

4) Diana Fuss, *Essentially Speaking: Feminism, Nature, and Difference*(New York: Routledge, 1989), p.116.

5) Jacques Derrida, "The Law of Genre," *Critical Inquiry* 7, no. 1(1980): p.59.

6) Thorstein Veblen, *The Higher Learning in America*(Stanford: Academic Reprints, 1954), p.207.

7) Ulrich Weisstein, "Lasciate Ogni Speranza: Comparative Literature in Search of Lost Definitions," *Yearbook of Comparative and General Literature* 37(1989): pp.99~100.

8) Judith Butler, *Gender Trouble: Feminism and the Subversion of Identity*(New York: Routledge, 1990).

9) Trinh T. Minh-ha, *Woman, Native, Other: Writing Postcoloniality and Feminism*(Bloomington: Indiana University Press, 1989), pp.95~96.

10) Rey Chow, *Women and Chinese Modernity: The Politics of Reading between West and East*(Minneapolis: University of Minnesota Press, 1991), p.163.

11) René Wellek and Austin Warren, *Theory of Literature*(New York: Harcourt, Brace, 1949). 다음의 책 참조. Margaret Ferguson, Maureen Quilligan, and Nancy Vickers, eds., *Rewrit-*

ing the Renaissance(Chicago: University of Chicago Press, 1986); Anne K. Mellor, *Romanticism and Gender*(New York: Routledge, 1993); Bonnie Kime Scott, ed., *The Gender of Modernism: A Critical Anthology*(Bloomington: Indiana University Press, 1990).

12) Gayatri Chakravorty Spivak, *In Other Worlds: Essays in Cultural Politics*(New York: Routledge, 1988).

13) Andrew Parker, Mary Russo, Doris Sommer, and Patricia Yaeger, introduction to *Nationalisms and Sexualities*(New York: Routledge, 1992), pp.1~18.

14) Doris Sommer, *Foundational Fictions: The National Romances of Latin America*(Berkeley and Los Angeles: University of California Press, 1991).

15) Hortense J. Spillers, ed., *Comparative American Identities: Race, Sex, and Nationality in the Modern Text*(Routledge: New York, 1991); Joyce W. Warren, ed., *The(Other) American Traditions: Nineteenth-Century Women Writers*(New Brunswick, N.J.: Rutgers University Press, 1993).

16) Gloria Anzaldúa, *Borderlands/La Frontera: The New Mestiza*(San Francisco: Spinsters/Aunt Lute Books, 1987); Héctor Calderon and José David Saldivar, eds., *Criticism in the Borderlands: Studies in Chicano Literature, Culture, and Ideology*(Durham: Duke University Press, 1991); Debra A. Castillo, *Talking Back: Toward a Latin American Feminist Literary Criticism*(Ithaca, NY: Cornell University Press, 1992); and Regina Harrison, *Signs, Songs, and Memory in the Andes: Translating Quechua Language and Culture*(Austin: University of Texas Press, 1989). 메리 루이스 프랫의, 문화 제국주의의 다면적 작동과 자신이 "접경"이라고 부르는 다문화 형식의 등장을 도발적으로 사유한 글도 함께 참조. Pratt, *Imperial Eyes: Travel Writing and Transculturation*(New York: Routledge, 1992).

17) 이를테면 울리히 바이스슈타인(Ulrich Weisstein)은 문학 언어(*Sprachliteratur*)를 "우리가 비교학적 게임에서 패로 쓰는 개체들을" 묘사하는 "가장 적절한" 용어로서 제시하였다. 그는 "언어적 기준"이 번역처럼 "우리의 가장 중요한 활동을 지배한다"라고 말한다. Ulrich Weisstein, "Lasciate Ogni Speranza," p.103.

18) Deborah Cameron, "Introduction: Why Is Language a Feminist Issue?" in *The Feminist Critique of Language, A Reader*, ed. Deborah Cameron(London: Routledge, 1990), p.24.

19) 이 부분에서 다음 글의 도움을 받았다. Eleni Varikas, "Ecrire derrière les jalousies: Le journal intime d'une recluse," 미출간 논문.

20) Carolyn Lau, "Nu Shu: An Ancient, Secret, Women's Language," *Belles Lettres* 6(1990): pp.32~34.

21) Françoise Lionnet, *Autobiographical Voices: Race, Gender, Self-Portraiture*(Ithaca, NY: Cornell University Press, 1989) 참조.

22) Anzaldúa, *Borderlands*, 82,194.

16 비교의 공간

프랑수아즈 리오네

> 오늘날 논쟁에 활기를 불어넣는 이념적 갈등 중에 어떤 것들은 시간의 경건한 후손들을 공간의 완강한 거주자들과 대립하게 만든다고 말할 수 있을 것이다. …우리가 사는 시대는 공간이 우리에게 장소들 사이에서 관계의 형태를 취하는 시대이다.
>
> — 미셸 푸코, 『다른 공간들(*Of Other Spaces*)』

작은 섬에서 자라난 당신은 섬 밖의 다른 세상을 강렬히 자각하게 된다. 식민주의 역사가 온전히 담겨 있는 인도양의 한 섬이라면, 그런 세상에 대한 자각만이 자신이 볼 수 있는 유일한 거울이자, 자신에게 주어진 유일한 도화지일 것이다. 당신은 자신의 섬나라 근성을 이해하기 위해, 이 작은 장소가 무엇을 의미하는지, 이 공간이 여기서 당신이 사용하는 유럽의 언어를 통해 어떻게 형성되는지 이해하고자 노력한다. 당신은 자신의 정체성이 자신이 사용하는 유럽의 언어로 구현된다는 것을 알고 있지만, 아직까진 자신이 그 언어들로 인해 제한된다는 느낌을 받진 않는다. 당신의 장소 감각은 상대적이다. 당신이 태어난 그 섬이, 섬사람들의 삶을 형성하는 데 기여한 만큼이나, 그 섬의 고유한 정체성을 유럽이 구축하는 데 어떤 역할을 했는지를 직시할 수 있을 때 비로소 당신이 누구이고 어디에 있는지 이해할 수 있게 된다.

아프리카 동쪽의 섬나라인 모리셔스에서는 프랑스와 영국이라는 유럽의 두 나라가 그 섬나라 사람들을 문명화하고 교육하는 특권을 놓고 각기 다른 방식으로 경쟁하였다. 그러다 보니 이곳에 있는 우리에게는 프랑스와 영국의 문화 각각이 자신의 방식으로 주장하는 보편성이라는 것에 대해 건전한 의심의 시각으로 비교해볼 수 있는 기회가 주어졌다. 프랑스는 문화적으로, 영국은 정치적으로 우위를 점했다. 우리는 영어와 프랑스어를 완벽하게 배웠음에도 불구하고, 우리가 사용하는 아프리카와 인도 기반의 크리올 언어로 인해 상당히 다른 인식론적 기반에 놓여 있었다. 우리의 정체성은, 우리가 그 단어와 개념을 알기 전부터 항상 '진행 중'이었던 것 같다. 우리는 모두 '비교문학자'였다. 여러 지식의 체계가 교차하는 지점에 있는 우리의 위치는 다음과 같은 생산적인 불편함을 초래했다. 200년의 문학사를 가지고 있는 모리셔스는, 다른 대부분 국가보다 1인당 일간지와 주간 신문 구독률이 높으며, 소규모 출판사도 여러 개가 있다. 그러나 학교에서는 셰익스피어와 18세기 프랑스 혁명 이전의 고전 작가들과 같은 영국과 프랑스 문학의 고전만을 가르쳤다. 교육은 일류였고, 학교는 우리를 푸코가 불러일으킨 '시간에 경건한 후손'으로 만들어서, 모든 사물과 현상은 목적을 실현하기 위해 존재한다는 그런 목적론적 역사관 안으로 우리를 밀어 넣으려고 했던 것 같다. 그 결과, 진정으로 공부하고자 했던 사람들은 더 많은 배움을 찾아 대부분 섬을 떠나게 되었는데, 이는 전형적인 식민지 시대 지식인의 오디세이, 다시 말해 식민지 지식인의 숙명적 방랑의 여정이었다.

고등학교 마지막 학년에 나는 내가 살던 섬에서 가까운 곳에 있는 프랑스령 섬 레위니옹(Reunion)으로 이사했다. 레위니옹은 파리에서 22,500km나 떨어져 있는 곳으로, 'DOM(departement d'outre-mer, 해외 데파르트망)'이라고도 불리는 프랑스령 해외 영토이다. 그곳에서 나는 우연히 포켓북 판형의 프랑스어로 된 윌리엄 포크너를 만날 수 있었는데, 포크너의 작품을 통해 나는 처음으로 내가 살고 있던 식민지 사회의 모습을 제대로 고찰할 수 있게 되었다. 1966년 무렵 그어떤 책도 포크너 작품처럼 당시 식민지 사회의 인종적, 문화적, 젠더적 동력을 이끌어내면서 식민지 사회의 문제점들을 변명 없이 고발한 책은 없었다. 서인도제도 남동부의 프랑스령 섬 마르티니크 출신의 시인이자 정치인으로 국민적 영웅이 된 에메 세제르(Aimé Césaire)는 1939년『귀향 수첩(*Cahier d'un retour au pays natal*)』을 출판했지만, 해외 프랑스령 지역에서는 책을 구할 수가 없었고, 학교에서는 아프리카나 카리브 문학을 가르치지도 않았다. 1960년대 중반에 문학 텍스트에서 나의 식민지 배경의 울림을 가장 가깝게 듣게 된 것은 윌리엄 포크너가 자신의 세 편의 소설에서 상상으로 설정해놓은, 미시시피에 있는 가상의 동네인 요크나파토파(Yoknapatawpha)를 방문하면서였다. 1970년대 중반, 캐나다 토론토에 살고 있던 나는 20세기 캐나다 소설가인 마거릿 로렌스(Margaret Laurence)가 캐나다 마니토바주에 있는 것으로 설정한 가상의 마을 마나와카(Manawaka)에서 비슷한 울림을 찾을 수 있었다. 이 가상의 공간들은 나의 식민지 경험을 이해하고 오랜 식민지 역사의 유산을 함께 엮어내는 역사적 지형을 제시해주었다.

포크너의 주인공들은 내가 살던 서인도제도의 아프리카 혼성어인 크리올어의 메아리와 유사한 토착어로 자신을 표현한다. 에두아르 글리상(Edouard Glissant), 마리즈 콩데(Maryse Condé), 마리 더드세 험버트(Marie-Thérèse Humbert), 토니 모리슨(Tony Morrison)의 소설은 이와 비슷한 상상의 공간으로 나를 안내하곤 했다. 그러나 1966년 무렵, 내게 익숙했던 열대 기후나 포크너의『8월의 빛(*Light in August*)』에 나오는 여주인공 리나(Lena)와 같은 맨발의 여성들이나 열대 환경을 다루었던 작가는 내가 아는 작가 중에 보들레르(Charles Baudelaire)가 유일했다. 내가 살고 있던 섬으로 새로 부임한 완전 프랑스인 문학 선생님은 보들레르의 관능적이고 이국적인 시「크리올 여인에게(*A une dame creole*)」나「아름다운 도로시(*La belle Dorothee*)」에 영감을 준 바로 이 지역에 사는 우리는 행운아라고 강조했다. 이 불문학 여자 선생님은 열대 지역에 대한 보들레르적인 신화를 찾아 이곳 인도양까지 온 것이 분명했다. 선생님은 1841년에 보들레르가 자신을 다시 프랑스 보르도로 태워 갈 범선 '랄시데(L'Alcide)'를 기다리면서 몇 달을 머물렀던 곳으로 알려진 두 섬을 마치 성지순례처럼 방문했다. 나는 보들레르에게 감사했다. 나는 시를 사랑했고, 시를 사랑한 나에게는, 그리고 가톨릭 고등학교에 다녔던 학생에게 보들레르는 정말 자유롭고 대담한 텍스트였기에, 나는 보들레르에게 그저 감사할 따름이었지만, 우리 반 친구들이나 나는 그 불문학 선생님이 신비주의에 빠진 삶을 살고 있다는 것도 알고 있었다. 그 선생님이 보들레르의 작품에서 본 열대 지방의 시학과 이국주의는 우리에겐 그저 '문학'일 뿐이었고, 이제는 무너져버린 프랑스 제국의 전초 기지로서의 식민지 현실과는 거의 관련이 없는 신화와도 같은 것이었다. 그리고 새로 부임한 여선생님의 창백할 정도로 하얀 얼굴에 뚱뚱한 몸매를 보면서 열대의 관능과는 상당히 거리가 먼, 그냥 대도시 스타일이라고 인식하였다. 우리는 주말을 대부분 해변에서 보냈지만, 선생님은 자외선에 노출되는 것을 매우 꺼리는 것 같았다. 그런 선생님으로부터 보들레르의 시를 배운다는 것이 상당히 어색해 보였다. 선생님은 우리에게 보들레르의 『악의 꽃(Les fleurs du mal)』을 사랑하는 법을 알려주었지만, 나는 그 시절을 깊은 괴리감으로 기억하고 있다. 특히 보들레르의 시와 성적 매력에는 전혀 관심 없어 보이는 선생님 사이에서, 그리고 보들레르의 이국적 시와 정치적으로나 경제적으로 억압적인 프랑스 해외영토의 현실 사이에서 말이다. 첫 번째 괴리감에는 두 번째 괴리감이 반영되었고, 근대 문학은 우리 삶으로 파고들어 온 역사적, 지리적 역설의 장소가 되었다. 이 경험을 통해 나는 개인적으로 '의심의 시대'를 본격적으로 시작하게 되었다.

고등학교 철학 수업에서 우리는 플라톤, 아리스토텔레스, 데카르트뿐만 아니라 프로이트, 마르크스, 베르그송, 메를로 퐁티, 사르트르도 읽었다. 그리고 사르트르와 보부아르가 미국에 관해 썼던 초기의 텍스트들도 읽었던 것으로 기억한다. 이 텍스트들은 우리 시대 문학으로서 현대 미국 문학에 대한 나의 관심을 계속해서 키워나갈 수 있게 했는데, 결국 나는 포크너의 『8월의 빛』과 실존주의에 관한 논문을 썼다. 미국 문학은 새로운 도화지와 거울이 되었다. 그 속에서 의문이 제기되고, 삶이 펼쳐지며, 기존 식민주의의 역사적 서사에서는 찾아보기 어려웠던 방식으로 과거가 분명하게 설명되었다. 적어도 그때까지는 그랬다. 1961년 푸코가 『광기의 역사(*Histoire de la folie*)』를 출간하고, 프란츠 파농(Frantz Fanon)이 『대지의 저주받은 사람들(*Les damnés de la terre*)』에서 설득력 있는 역할을 했음에도 불구하고, 광기와 식민주의에 관한 담론은 여전히 주변부적인 문제로만 남았다. 그리고 나는 프랑스 남부에 있는 도시인 엑상프로방스(Aix-en-Provence)에 있는 대학을 다니면서 철학과 문학, 미국학 수업에 상당히 매료되었다. 그러다가 1969년 미국 앤아버에 있는 미시간대학교 교환학생 장학생으로 선정되었을 때 나는 주저하지 않았다. 남반구의 '신대륙'이라고 불리는 모리셔스로부터 최근 들어 '극동'에 대응하는 용어로 사용되는 '극서양(Extrême-Occident)'인 미국으로의 공간이동은 이제 피할 수 없게 되었다. 서서히 공간은 '장소들 사이에서 관계의 형태'로 내게 다가오기 시작했다.

나 역시 제3세계 지식인들이 서구의 연구센터로 이동하는 두뇌 유출의 통계에 기여하게 되었다. 1970년대 아프리카계 미국학 연구와 여성학 연구의 발전은 내가 살던 모리셔스에서는 볼 수 없었던 지성의 길을 열어주었다. 물론 1968년 독립한 고국 모리셔스로 돌아가서 내가 관심을 가질 만한 실질적 정치 활동에 참여할 수도 있었지만, 여자로서 나는 남자 친척들보다 선택의 폭이 작았다. 실제로 남자 친척 중에서 한 명은 상당한 영향력을 가진 신마르크스주의 정당의 지도자가 되었다. 하지만 나는 문학을 선택했고, 영문학 석사학위를 취득한 후 나의 프랑스어와 독일어 지식이 자산이 될 수 있는 비교문학으로 전공을 바꾸었다. 그 당시 나는 1965년 「레빈 보고서」와 1975년 「그린 보고서」의 존재를 몰랐지만, 대학원 이론 수업을 통해 르네 월렉과 오스틴 워런, 에릭 허시(Eric D. Hirsch)와 베네데토 크로체(Benedetto Croce)를 배울 수 있었다. 어쩌다 보니 이렇게 나는 다시 유럽을 대표하는 학문적 전통에 집중하게 되면서 새로운 형태의 혼란과 불편함을 경험하게 되었다. 또 나는 아프리카계 미국 문학, 구조주의 시학, 러시아 형식주의 수업까지 수강하였는데, 여하튼 이런 교육의 결과물은 내가 그 당시 하고자 했던 비교문학 연구와는 연결되지 않았다. 나는 흑인도 아니었고, 아무도 내가 미국에서 아프리카계 미국 문학을 전공하는 것을 추천하지도 않았을 것이다. 물론, 프랑스로 돌아가서 파리 3대학의 아프리카계 미국학 교수 미셸 파브르(Michel Fabre)나 엑스마르세유대학 교수인 장 기게(Jean Guiguet) 같은 미국 문학 연구자들과도 함께 일할 수 있었겠지만, 나의 개인적인 삶이 나를 다른 방향으로 이끌었다.

나는 캐나다에서 몇 년 살면서 강의도 했다. 퀘벡 문학은 영어, 프랑스어, '주알(Joual)'이라는 캐나다식 프랑스 방언의 쟁점이 자주 제기되는 또 다른 '장소'가 되었고, 이는 모리셔스 이외에 다른 식민지 배경 출신 작가들의 고뇌를 메아리치게 하였다. 나는 마리-클레르 블레(Marie-Claire Blais)와 클레르 마르탱(Claire Martin), 위베르 아켕(Hubert Aquin)과 미셸 트랑블레(Michel Tremblay), 그리고 아프리카와 카리브해의 다른 프랑스어권 작가들도 나의 프랑스 문학 수업 강의계획서에 포함하였다. 이 텍스트들의 가장 큰 형식적 공통분모는 '일인칭 서술'이라는 점이다. 자서전이라는 장르는 나에게 정체성과 주관성, 인종, 계급, 젠더 문제에 대해 상당히 생산적인 사고방식을 마련해주었다. 1980년에 나는 다시 미국으로 돌아가 뉴욕에 있는 뉴스쿨(New School), 컬럼비아대, 뉴욕대에서 자서전에 관한 수전 손택(Susan Sontag)의 강의와, 미국 정복에 관한 츠베탕 토도로프(Tzetan Todorov)의 강의, 몽테뉴와 자화상에 대한 미셸 보주르(Michel Beaujour)의 강의를 청강하였다. 호주 출신의 로스 체임버스(Ross Chambers) 교수도 호주에서 미국 미시간대 비교문학 프로그램으로 옮겼는데, 그의 지적 엄격함과 관대함, 그리고 개방성은 내가 미국으로 오는 결정에 마지막 계기가 되었다.

결국, 나는 자서전 관련 주제로 박사학위 논문을 썼는데, 논문에서는 광범위한 연대기적, 언어적 범위에서 나오는 문화적 혼성 글쓰기의 장점을 특별히 부각하면서 여성들의 자서전 글쓰기의 이론적 범주를 확장하고자 했다. 이 논문은 곧이어 저서로도 출판되었지만, 처음에는 많은 사람이 눈을 찌푸렸다. '아우구스티누스와 니체? 거기에 흑인 여성 작가들까지? 진짜로?' 이렇게 그룹을 만들면 뚜렷한 일관성이 사라진다. 이 작가들은 각각 다른 전통에 속한다고 사람들이 지적하였다. 이 책에 실린 뉴욕대 철학과 앤서니 애피아 교수의 글에 나오는 표현을 빌려 쓰자면 어떤 사람들에게는 분명 "구조화되지 않은 포스트모더니즘적 잡동사니"처럼 보였을 것이다. 사실 나의 논문은 해체주의적 주장을 펼치기 위해 '후기구조주의' 이론을 사용하는데, 그 목적은 대안적인 계보학의 재구성이 가능해지는 문화적 공간을 확보하기 위해서였다. 나는 텍스트 자체에서 나의 해석 전략을 도출하고자 하였다. 나는 실천 방식으로서의 해체는 역사적 사건으로서의 탈식민화를 수반했으며, 일부 현대 아프리카계 미국 여성 작가들과 프랑스어권 여성 작가들의 서사가 실제로 몇몇 현대 철학자들이 이후에 이론화하였던 문화적 비평의 일부를 수행한다는 것을 보여주고자 하였다. 1990년 코넬대학교 출판사는 미국비교문학회(ACLA)의 '르네윌렉상' 후보로 코넬대 출판부에서 출판된 나의 저서 『자서전적 목소리: 인종, 젠더, 자화상(*Autobiographical Voices: Race, Gender, Self-Portraiture*)』을 추천하였다. 나는 수상을 기대하지도 않았고, 받지도 못했지만, 그것만으로도 뿌듯했다.

과연 나는 '목적지에 도달했었을까? 즉, 코넬대에서 출판되는 학술지 *Diacritics-A Review of Contemporary Criticism*에 실린 1989년 호세 피에드라(José Piedra)의 리뷰 글에서 사용한 표현인 "비평적 도달 게임(The Game of Critical Arrival)"에서 내가 점수를 제대로 얻은 것일까?[1] 그런데 그게 중요할까? 어쩌면, 오히려 페미니즘과 비주류 문학 두 가지 모두에 반대하면서 소외된 문학 전통에 속한 사람들의 의지와 창의성 자체를 부정하는 그런 영역을 개척하는 데 도움을 주었던 인식이었을지도 모른다.

박사학위를 받는 과정에서 좀 더 전통적인 주제와 접근법을 선택했더라면, 나는 글쓰기와 문화에 관한 새로운 통찰과 공유된 역사 및 관련 지리에 대한 생산적인 방법으로 다양한 문학 텍스트를 연결하는 수단을 결코 찾지 못했을 것이라고 확신한다. 내가 활동하고 있는 분야는 1965년 「레빈 보고서」와 1975년 「그린 보고서」에서 그려진 분야와 정확히 일치하지는 않지만, 두 보고서 모두

'학제간 연구'의 중요성을 분명히 강조한다. 그러나 '학제간 연구'는 '다문화주의(multiculturalism)'나 '문화상호주의(interculturalism)'와는 다르다. 「레빈 보고서」의 아래 두 문장은 다원주의에 대한 학문적 논쟁을 성가시게 만든 오해와 맹점의 좋은 지표가 된다.

> 그동안 비교문학의 '미국 학파'에 대한 논의들이 많이 있었는데, 비교문학의 세계주의에 대한 우리의 믿음도 재확인해야 할 필요가 있다. …2차 세계대전이 끝난 이후로 미국이 비교문학 연구의 중심이 된 교육기관들을 발전시킬 수 있었던 원동력은, 특히 유럽의 학문적 사상과 전통을 적극적으로 수용할 수 있는 기반을 만든, 미국의 문화적 다원성에서 나왔다고 할 수 있다.

정말 이상한 것은, '국제주의'를 옹호하고 미국의 문화적 다원주의로부터 혜택을 받았다고 인정하는 비교문학의 '미국 학파'가 오히려 미국의 문화와 문화적 표현방식에는 별로 관심이 없다는 점이다. 사르트르는 에세이『문학이란 무엇인가?(Qu'est-ce que la littérature?)』에 실린 글 중에서 미국 작가들의 상황을 논의한 글인 「1947년 작가의 상황」에서 미국 작가에 대한 유럽적 사상들을 반영하고 있다. 그러나 전후 시대에 직업으로 학자가 되어 방황하던 유럽의 지식인들은 미국의 다원주의를 마치 신대륙에 수반되는 기회와 동일시하는 것 같았다. 1965년 「레빈 보고서」에도 나와 있듯이 미국은 역사가 없는 나라였다. 그런 상황에서 미국 문학은 적절한 연구 분야로서의 자생력을 갖추지 못했다.

1965년 보고서는 "우리가 존중해야 하는 여러 가지 역사적인 이유에 근거해서, 비교문학 분야에서 특정 시기나 특정 영향 관계에 관련한 연구에서 이미 선구자와 같은 두드러진 역할을 해온 국가들이 있다."라고 강조한다. 이 문장을 이렇게 한번 관대하게 생각해보자. 즉, 그 작가들이 문화적 우월성을 주장하는 근거가 되는 역사를 재검토하는 것은, 유럽 식민주의에 기반한 공유 경험에 따라 새로운 '비교의 공간'을 연결하는 새로운 종류의 비교 노력의 가능성을 시사하는 것이라고 말이다. 이 정도로 제안하는 것은 논리적이라고 할 수 있다. 만약 "탈(脫)/식민주의"의 우리가 "어떤 공간의 확고한 거주자"라고 한다면, 학문적 공간을 만들어내는 물리적 조건과 적절한 태도에 대한 이해가 필수적이다. 이러한 이해는 필연적으로 역사와 관련된 것이지만, 이는 이제 비교문학이라는 학문 영역을 구성하게 될 "관계의 유형"을 바꾸어놓게 된다.

나는 최근에 17세기 후반 프랑스의 유명한 '신구문학 논쟁(Querelle des anciens et des modernes)'의 역사를 살펴볼 기회가 있었다. 여기서 여성들이 과거의 권위에 의문을 제기하고, 고전주의 전통을 고수하는 17세기 프랑스 풍자시인 니콜라 부알로(Nicholas Boileau)와 같은 사람들의 주장에 반대하고 현대 작가들을 지지했기 때문에 여성들은 부알로의『풍자 X(Satire X)』에서 주요 공격 대상이 되었다. 여기서 말하는 현대 작가들은 코르네유, 몰리에르, 파스칼, 라 퐁텐, 샤를 페로 등이었다.

놀라운 점은, 이 책 앞부분에 실린 1993년「번하이머 보고서」에 대한 앤서니 애피아와 메리 루이스 프랫, 마이클 리파테르의 리뷰 에세이를 읽다 보니, 애피아 교수의 글에서 마치 저 멀리 1965년「레빈 보고서」의 희미한 메아리를 발견할 수 있었다는 점이다.

다루는 학문적 주제와 다양한 차원에서 문학과 문화의 영향을 깊숙이 받는 인간의 관심사, 그리고 담론 분야의 역사적 형성과정에 관여하는 전문 학술기관들 사이에는 복잡한 변증법적 관계가 존재한다. 예전의 비교문학은 언어에 대한 관심 이상의 것에 대응한 결과로서, 고급문화의 주축이 되었던 유럽의 텍스트들이 역사적으로 어떻게 서로 연결되어 있는가를 밝히고자 한데에서 비롯된 분야였다. 나는 이러한 연구가 다양한 형태의 비교연구뿐만 아니라, 텍스트로 된 문학과 소리로 이루어진 구전문학 연구가 활발해질 수 있도록 다양한 언어에 대한 연구도 함께 대학에서 발전해 나갈 수 있기를 바란다. 그래서 르네 웰렉이 연구했던 역사도 우리가 넓은 의미에서 문명이라고 부르는 다중언어적 문화사의 한 부분으로 받아들여졌으면 좋겠다.

물론 유럽의 고급문화에 관한 연구는 계속될 것이다. 독일어의 '세계관(Weltanschauung)'이라는 단어가 오늘날 현대인들의 자아 인식에 얼마나 중요한지를 고려한다면 유럽의 고급문화에 관한 연구는 앞으로도 멈출 수 없을 것이다. 여기서 중요한 점은 옛것을 새것으로 대체하는 것이 아니라, 한때 소외되었던 고대 문명들과, 마치 17세기 프랑스 여성들이 문학에서 그렇게 했던 것처럼, 과거 권위에 의문을 제기했던 '하위문화(subcultures)'와 '반문화(countercultures)'를 위한 공간을 만드는 작업이다. 이 문화들은 그 어떤 맥락에서라도 제대로 표현되어야 할 가치가 있는데, 이는 학문적 이타주의 때문만이 아니라, 그들을 포함한 우리 모두 각기 서로 다른 방식으로 지식의 발전에 기여하고 있기 때문이다.

레빈과 웰렉, 그린 교수의 방식으로 비교문학을 구축하는 방식은 "주체와 인간의 관심사와, 문화적 생산물과 수용 사이의 복잡한 변증법적 관계"의 필수적인 부분에 해당하는 요소들을 배제했는데, 대표적으로 현대 미국 문학, 여성사, 아프리카 문학 등을 들 수 있다. 특히 수용의 장이 다양한 배경의 인종으로 구성된 미국 학계라면 더욱더 그러하다. 그리고 유럽 학계도 점점 더 그렇게 되고 있다. 모로코 작가인 압델케비르 카티비(Abdelkebir Khatibi)의 『이중언어 사랑(*Amour bilingue*)』이나 알제리 소설가 아시아 제바르(Assia Djebar)의 『사랑, 판타지아(*L'Amour, la fantasia*)』와 같이 이중언어 작가의 관점과 상호텍스트성을 통해 고급문화에 관한 연구가 풍부해지고 있다. 제바르의 문학작품을 감상하기 위해서 19세기 유럽 문학과 회화에 대한 지식은 아랍어를 아는 것만큼이나 중요하다. 그리고 제바르의 작품을 읽는 것은 '오리엔탈' 회화에 대한 유럽 전통에 새로운 초점을 불러오는 것이기도 하다.

이것이 고전 텍스트에 관한 연구가 현대 텍스트에 관한 연구 옆으로 '나란히' 동시에 진행될 수 없는 이유이다. 설사 지금까지 그랬다고 하더라도, 마치 박물관의 전시관에서든 소설 서사에서든 계몽주의 철학자들의 주권적 주제에 대한 논의가 식인종과 페르시아인, 아프리카인과 동양인에 대한 동시적인 타자화에 기반하지 않았던 것처럼, 유럽의 전통만을 따로 떼어놓고 다루는 것은 더 이상 가능하지 않다. 나는 오래되거나 새로운 '담론의 장'이 함께 제공하는 고고학적 작업을 위한 가장 다채로운 방법은 바로 전통, 언어, 관점의 상호 연계라고 믿는다. 지식이라는 것을 상호 연관된 실천의 영역으로 이해한다면, 우리가 인정하든 하지 않든 유럽 문화처럼 그동안 가장 중심이라고 여겨졌던 것을 미국 대학에서 더 이상 가르치지 않을 것이라는 두려움은 말도 안 되는 터무니없는 것이 된다. 그보다 더 중요한 것은, 그런 식으로 이해된 지식은 마치 1975년 「그린 보고서」에서 "우리가 우리의 것을 단단하게 갖추고 있지 않으면, 이국적인 타 문학의 자산을 받아들이는 시도는 시작조차 할 수 없다는 것은 당연한 진리이다."라고 강조한 것처럼 시대착오적인 이야기를 한다는 것이다. 로컬을 글로벌로 연결하고, 과거의 식민지들을 대도시로 이어주는 영향력과 권력, 유인력과 유혹, 자유와 해방의 네트워크와, 억압과 전복을 포함하는 모든 상호 연관된 문화들의 다양한 지역적 표출까지도 제대로 이해하는 것이 '우리의' 목적이라면, 어떤 문학도 '이국적'으로 여겨서는 안 된다. 글로벌이라는 틀에서 다양한 문화 형태를 상징적으로 이해하는 것은 마르티니크 출신의 20세기 프랑스 문화비평가 에두아르 글리상(Edouard Glissant)이 '관계성의 시학(une poetique de la Relation)'이라고 부른 것이 근간이 되는데, 이 관계성은 비유럽인들의 토착적 생산물들과 서구 유럽 근대성의 장소들과의 각각의 연관성을 고려하는 것을 의미한다. 역사적 연결 못지않게 지리적 연결도 중요해지고 있으며, 오늘날 다양한 학문 분야에서 이루어지고 있는 공간적 사고로의 융합은 지식 습득의 대안 모색을 강조한다.

'UN 보고서'에 의하면, 2005년이 되면 세계 인구의 50% 이상이 도시에 거주할 것이라고 한다.[2] 시각적이고 음악적인 도시적 대중문화는 이미 주류가 되었기에 이 같은 대중문화도 염두에 둘 필요가 있다. 따라서 대중문화를 어떻게 정의하든 간에, 대중문화를 비교문학자들의 지평 안에 포함하는 것이 애피아 교수가 강조한 비교문학의 "차별화된 교육의 개념"을 반드시 포기하는 것이라고는 나는 생각하지 않는다. 셰익스피어의 희곡도 그 당시 '대중문화'였으며, 당대의 음유시인이었던 15세기의 프랑수아 비용(François Villon)과 16세기 프랑수아 라블레(François Rabelais)도 마찬가지였다. 이들은 라틴어가 아닌, 자신의 모국어를 표현 수단으로 선택했다. 기호학자들과 형식주의 비평가들이 발전시킨 비평적 언어는 신화, 민담, 러시아 구전 서사 형식인 '스카즈(skaz)', 구전문학 연구에도 유용했다. 시각예술 전문가들 역시 이를 사용한다. 네덜란드 비교문학자인 미네케 스히퍼(Mineke Schipper)의『경계 너머: 아프리카 문학의 텍스트와 맥락(Beyond the Boundaries: Text and Context in African Literature)』은 어떻게 형식적 비평적 도구가 아프리카 텍스트와, 비록 상당히 다른 맥락이긴 하지만 러시아와 아프리카 문학이 공유하는 구술 문학 사이의 비교 연구와 상호 문화연구를 명확하게 밝혀줄 수 있는지를 보여준다.

캘리포니아대(버클리) 음악인류학 교수인 조슬린 길볼트(Jocelyne Guilbault)의 1993년 저서『주크 : 서인도제도의 세계음악(Zouk: World Music in the West Indies)』은 카리브해 주크 음악과 프랑스계 크리올어 가사, 그리고 서아프리카 리듬의 혼성화를 논의한다. 전통적인 비교문학이 19세기 독일 작곡가 바그너를 니체 연구에 연관시킬 수 있다면, 카리브해와 아프리카의 구전 문화와 문학 전통에 대한 비교 연구가 세계음악과 연관되지 않을 이유는 없을 것이다. 20세기를 대표하는 미국 흑인 작가 제임스 볼드윈(James Baldwin)은 20세기 미국 블루스 가수인 베시 스미스(Bessie Smith)의 노래를 들으며 작품을 썼다고 한다. 재즈나 블루스에서 종종 '즉흥연주'로 오해받는 부분이 실제로는 고도의 체계를 갖춘 요소라는 것을 이해하는 것은, 이와 비슷하게 구조화되어 고도의 복합성을 갖춘 아프리카계 미국 문학의 패턴을 파악하는 데 도움이 된다.

나는 '문학'이라는 카테고리가 가치가 있는 특수성을 가진다는 주장에서 마이클 리파테르 교수의 생각과 일치한다. 내가 읽고 연구하는 작가들은 문학을 자신의 분야라고 주장한다. 이들은 글쓰기를 항상 더욱 광범위한 정치적 의제 속으로 포함할 수는 없는 좀 더 자동적 활동으로 중요하게 여긴다. 그리고 이 작가들은 자신의 노력을 문화적 결정요인의 단순한 표출로 축소하려는 시도에

강하게 저항한다. 에두아르 글리상의 1993년 저서 『모든 사람(*Tout-Monde*)』에서 시사하였듯이, 글리상 자신은 거짓되고 추상화된 보편성과 피곤하고 무익한 위계관계로부터 의식을 자유롭게 하려는 발명과 해방의 노력을 기울인다. 자유롭게 '문학을 하는' 권리를 행사하려다가 생명의 위협까지 받았던 수많은 알제리 작가들과 인도계 영국 작가 살만 루슈디(Salman Rushdie)는 쉽게 식별될 수 있는 코드에 의해 제약받지 않는 그런 수단을 통한 창의로운 표현의 필요성을 동일하게 강조한다. 20세기 벨기에령 콩고 출신 철학자인 발렌틴 무딤베(Valentin-Yves Mudimbe)의 에세이와 소설은 지식체계와 혁명적 실천 사이에 갇힌 아프리카 지식인들의 모순과 혼란을 비슷하게 드러낸다. 따라서 "어쩌면 '문학'이라는 용어도 더 이상 비교문학의 연구 대상을 적절하게 표현하는 용어가 아닐 수 있는 상황이 되어버렸다."라는 1993년 「번하이머 보고서」의 문제 제기에 대해서 리파테르 교수가 불편해하는 만큼, 물론 다른 이유이기는 하지만, 나도 불편하다. 언어의 미학적 가치에 집중하는 프랑스어 표현인 '순수문학(belles-lettres)'이라는 카테고리와, 그 카테고리가 오랜 시간에 걸쳐서 어떻게 만들어지는지, 그리고 엄격한 문화적 관습을 회피하거나 변형시키는 그런 종류의 텍스트를 만드는 활동 사이에 혼란이 존재한다고 나는 생각한다. 텍스트에 대한 분리적이고 탈맥락적인 연구에 집중하는 비평가들도 있을 것이다. 물론, 그렇다고 '문학' 비평이 탈맥락화된 글 읽기와 동일하다는 것은 아니다. 단지 작가의 의도와 출판 기회를 근거로 그 대상의 신분이 '문학'이라는 것을 주장하는 것뿐이지, 비평가가 '고급/대중', '미학적/정치적' 등과 같은 이분법적 평가 방식에 동의한다는 의미는 아니다.

'문화연구(cultural studies)'를 포용하고자 하는 열망을 가진 우리는, 현대 비서구 작가들을 정체성 정치의 단순한 부수적 현상으로 전락시키고, 더 최악으로는, 서구의 대중문화와 이에 적용할 수 있는 이론적 도구들을 마치 혁신적인 탐구를 위한 가장 흥미로운 공간으로 특권화시키는 것을 경계하고자 한다. 여기에서 염려되는 위험은, 문화적 상대주의에 기반하는 '반(反)민족중심주

(anti-ethnocentrism)'를 빙자한 문화적 상대주의와 미국의 자유주의가 또다시 미국 국경 밖의 비영어권 세계에 대해 배타적인 자세를 조장하는 역할을 할 것이라는 우려이다. 현재 미국이라는 나라에서 다문화주의의 역동성과 직접적으로 관련된 창의적인 해결책이나 문제를 제시할 뿐만 아니라 우리가 하고 있는 논의에도 크게 기여하는데도 불구하고 여전히 주목받지 못하는 사람들의 목소리를, 점점 더 많은 학생이 외면하면서 전적으로 미국 문화에만 집중하게 되는 그런 위험이 존재한다. 영미 문화연구의 한계 중 하나는, 더 광범위하고 국제적이며 다국어적인 접근 방식을 희생시켜가면서까지 편협한 지역주의에 초점을 맞추는 것이다. 그러므로 이는 비교문학자들에게 좋은 기회의 순간이 될 수 있기에, 뉴욕대 비교문학 교수인 메리 루이스 프랫의 말처럼, 이 기회를 잘 포착해서 '세계화'하고 '민주화'하는 계기로 삼아야 할 것이다. 탈식민화는 이미 오래전부터 진행되어왔다. 그러나 전문가로서 우리가 두려워하는 것은, 상호주관적 행위의 일환으로서 문학이라는 발상을 민주화하는 과정에서 야기될 수 있는 오염의 위험성과 세계화로 인한 혼란이다.

나는 텔레비전이나, 하이퍼텍스트, 가상현실에 반대하지는 않지만, 필요한 자원과 기술에 대한 접근 과정에 있어서는 민주적이지 않다고 생각한다. 나의 고향에서 펜과 종이는 음악과 스토리텔링 다음으로 여전히 가장 저렴한 자기표현 수단인데, 펜과 종이만이 유일하게 공용적이지 않고 임시적이지 않다. 그러므로 순수하지 않은 현상에 대한 '순수한 재현'으로서의 문학은, '비사유(impensé, unthinkable)' 영역에 문을 열어 진입로를 제공하기 위해 끊임없이 도전하고 유혹할 것이다. 이 '비사유'의 공간은 역사의 다양성이 자신들의 흔적을 남긴 혼란스러운 현대 세계의 여전히 불투명하고 말하지 않는 무언의 차원이다. 작가와 예술가는 서로 다른 문화 사이의 접촉이 요구하는 협상 과정에 대한 강력한 통찰력을 우리에게 제시한다. 그러므로 학생들이 이러한 전 지구적 변화로부터 배우고, 우리가 이러한 변화에 학생들이 기여할 수 있도록 이론적, 문화적으로 학습된 방식으로 가르치지 않는다면 우리는 학생들에게 몹쓸 짓을 하는 꼴이 될 것이다.

물론 이런 것이 '비교의 공간'을 차지하는 담론의 형식에 따라서 서로 다른 비교 연구 사이에 학문적 위계가 있어야 한다는 것을 의미하는 것이 아니다. 1993년 「번하이머 보고서」가 강조하듯이 "문학 텍스트라는 생산물은 이제 음악, 철학, 역사, 법 등 이와 유사한 여러 담론체계의 생산물과도 비교할 수" 있을 뿐만 아니라, 인종, 건강, 정상성 및 성 정체성에 대한 의학적, 과학적 구축과도 비교할 수 있을 것이다. 이것이 내가 비교문학의 더 큰 포괄성과 확장된 정의를 넘어서 1993년 「번하이머 보고서」의 보편적 논의까지 넘어설 것을 요구하는 메리 루이스 프랫의 주장에 동의하는 이유이기도 하다. 그래서 우리는 학생들이 자신에게 가장 와닿을 뿐만 아니라, 그들이 가장 배우고 싶고 머물고 싶은 학문적 지평에다가 적절한 학습 과정을 만들어낼 수 있도록 그들에게 힘을 실어주어야 한다. 그리고 우리는 학생들에게 이런 조언을 남기면서 인내심이 정말 큰 미덕이라는 것도 가르쳐야 한다. "머지않아 비교문학이라는 학문 분야가 여러분들을 따라잡을 것이다. 나도 이미 겪어봐서 잘 알고 있지".

"비평이 너무 얌전하거나 겁이 많아서 자신의 눈앞에서 방해하는 어둠을 알아차리지 못할 때, 독자든 작가든 우리 모두 슬픔에 빠진다."[3]라는 토니 모리슨의 표현처럼.

| 번역 : 박문정 |

주 ————

1) José Piedra, "The Game of Critical Arrival," *Diacritics* 19(Spring 1989): pp.34~61.

2) "The World Urbanization Prospect," Population Division, U.N. Secretariat(Summer 1993).

3) Toni Morrison, *Playing in the Dark: Whiteness and the Literary Imagination*(Cambridge: Harvard University Press, 1992), p.91.

17   "문학"의 확장성

마조리 펄로프

미국에 있는 학생에게 왜 영문학이나 단일 국가의 문학이 아닌 비교문학을 공부하기로 결심했는지 한번 물어보자. 그러면 그 학생은, 비교문학은 학문적 실제 위상 그 이상의 매력이 있다고 대답할 것이다. 르네 웰렉은 1956년 출판된 『문학의 이론(*Theory of Literature*)』에서 다음과 같이 말했다. "'비교문학'이나 '일반문학' 또는 그냥 '문학'에 관한 핵심 논쟁은 '자기폐쇄적인' 단일 국가 문학의 이상주의에 내포된 명백한 오류에 초점을 맞춘다."[1] '자기폐쇄적(self-enclosed)'이라는 표현이 여기서 핵심적인 용어이다. 비교문학자들이 항상 문제를 제기하는 것은, 영국 낭만주의 시를 연구하면서 낭만주의 선구자인 독일의 볼프강 괴테나 하인리히 하이네, 프리드리히 횔덜린에 대해서는 아무것도 모르면서도 어떻게 연구가 가능할 수 있는지다. 귀스타브 플로베르에 대해 전혀 모르면서 어떻게 제임스 조이스를 연구할 수 있으며 프랑스 초현실주의를 모르면서도 프랑스 해외 영토인 마르티니크 출신의 시인 에메 세제르는 어떻게 연구할 수 있는 것일까? 이런 예시는 계속 이어진다.

그렇다면, 역시 비교문학은 통시적 연구보다는 공시적 연구를 선호하는 연구자들에게 항상 특별한 매력을 가진다. 현대문학과 포스트모던 문학 전공자로서 고백하자면, 나는 대학원 다닐 때 14세기 중세 영국 풍자시인 윌리엄 랭글

런드(William Langland)의『농부 피어스의 꿈(*Piers Plowman*)』을 한 학기 내내 배워야만 했던 시간을 아직도 억울하게 생각하고 있다. 차라리 그 시간에 단테나 19세기 프랑스 시인인 제라르 드 네르발(Gérard de Nerval)이나 휘트먼풍의 19세기 위대한 브라질 시인인 조아킹 드 수산드라지(Joaquim de Sousândrade)에 대해서 더 많이 배울 수도 있었을 것이다. 공시적 연구 모델이었더라면 나는 철학 분야에서 더 많은 공부를 할 수도 있었을 것이다. 여러 가지 이유로, 내가 의무적으로 수강해야만 했던『베오울프(*Beowulf*)』에 대한 수업보다 오히려 칸트와 헤겔에 대한 수업이 개인적으로 내게 더 가치가 있었을 것이다. 그리고 현재 문학과 시각 예술 두 분야 모두 연구 영역으로 삼고 있는 나로서는, 학부 때 나의 모교이기도 한 미국 오하이오주의 오벌린대학(Oberlin College)에서 예술사 관련 수업을 여섯 과목이나 들을 수 있었던 것이 아직도 진심으로 고마울 따름이다. 이때 수강했던 과목들이 지금 내가 수행하고 있는 '비교' 연구라는 고유한 영역에 큰 도움이 되고 있다.

동시에, 비교문학의 문제점은 항상 지형이 비정형적이라는 것이다. 르네 웰렉은 이 문제를 가장 먼저 제대로 인식한 사람 중 한 명이었는데, "비교문학의 가장 심각한 위기는 비교문학만의 고유한 주제와 구체적인 방법론을 아직까지 정립하지 못했다는 사실이다."라고 이미 1958년에 문제를 제기하였다.[2] 이는 초창기부터 비교문학을 괴롭혀왔던 불안감과 같은 것인데, '다문화주의 시대'에 접어들어서도 계속해서 문제를 야기하고 있다. 미국 문학은 결국, 미국 문학일 수밖에 없다. 아프리카계 미국 문학, 멕시코계 미국 문학, 아시아계 미국 문학, 아메리칸 원주민 문학, 필리핀계 미국 문학, 동성애자 미국 문학 등 아무리 새로운 문학과 문화를 많이 수용한다고 하더라도 미국 문학의 경계는 여전히 미국에 있는 경계들이다. 그러면 과연 '비교문학'이란 도대체 무엇일까?「번하이머 보고서」에서 강조하듯이, 우리가 유럽중심주의에서 벗어나고, 이 책의 5장에서 뉴욕대 비교문학과 메리 루이스 프랫 교수가 주장하는 것처럼 반드시 벗어나야 한다면, 이제 우리는 '글로벌 시민'으로서의 역할을 짊어지게 될 텐데, 그렇게 되면 과연 우리가 공부할 것은 정확하게 무엇일까? 그리고 그런 공부는 누구에게 도움이 되는 것일까?

「번하이머 보고서」는 "전통적인" 비교문학의 "두드러진 국제주의"는 단지 "배타적인 유럽중심주의를 고수하는" 연막이었을 뿐이라고 우리에게 알려준다. 더 중요한 것은 이것이다. "어쩌면 '문학'이라는 용어도 더 이상 비교문학의 연구 대상을 적절하게 표현하는 용어가 아닐 수 있는 상황"이 되어버렸고, "문학의 경이로운 현상은 더 이상 비교문학의 독점적인 초점이 아니다. 오히려 문학 텍스트는 복잡하고 변화무쌍하며, 종종 모순적인 문화적 산물의 영역에서 많은 담론 방식 중 하나라는 전제로 접근하고 있다."라고 보고서는 강조한다. 그런데 이 푸코식의 주장은 우리가 곰곰이 생각해보기 전까지는 마치 충분히 합리적인 것처럼 들린다. 만약 앞서 말한 모든 담론적 실천이 우리 '비교문학'의 대상이 된다면, 과연 무엇이 비교문학을 '가르침' 또는 '학문'으로 만드는 것일까? '가르침' 또는 '학문'이라는 것은 제자(disciple)라는 단어와 같은 라틴어 어원에서 유래했다는 것을 기억하자. 『옥스퍼드 영어 사전(OED)』에 의하면, 어원적으로 '가르침'이나 '학문(discipline)'이라는 단어는 제자나 장학생을 가리키는 표현으로, 박사나 스승과 관련 있는 '교리'나 '신조(doctrine)'라는 단어와는 대조를 이룬다. 그러므로 어원의 역사를 탐구해보면, '교리'나 '신조'는 추상적인 이론과 연관되어 있고, '가르침'이나 '학문'은 실천이나 연습과 더 관련 있다. 따라서 '가르침'이나 '학문'은 '제자들이나 학자에게 주어진 가르침'을 의미하는데, 『옥스퍼드 영어 사전』이 제시하는 첫 번째 용례는 1382년 영국 신학자 존 위클리프(John Wyclif)의 "은혜와 좋은 가르침을 찾을 것이다(Thou shall finde grace and good discipline)."이다. 그리고 16세기 종교개혁 과정에서 등장한 '비밀의 가르침(Discipline of the Secret)'은 "갓 기독교인이 된 자에게는 기독교 신앙의 신비를 서서히 가르치고, 아직 기독교에 들어오지 않은 자에게는 감추는" 방법을 설명하고 있었다. '가르침'이나 '학문'의 성공은 그 효과로 판단할 수 있다. 이미 1434년 무렵부터, '가르침'이나 '학문'은 "학생이 적절한 행동과 조치를 취하는 것을 목적으로 하는 지시", 또는 "학자나 부하를 똑같이 교육하고 훈련시켜서 적절하고 질서있게 행동하도록 가르치는 것"이라고 정의되었다. 1857년 영국의 대표적인 예술평론가인 존 러스킨(John Rustin)은 "'가르침과 개입'은 인간의 진보나 권력의 뿌리에 존재하는 것"이라고 강조했다.

'적절하고 질서 있는 행동'이나 '개입'은 결국 통제와 관련이 있는 것으로, 이미 '가르침'이나 '교육'이라는 용어의 초창기 정의에서도 명백하게 드러난 단점이라고 할 수 있다. 비교문학을 하나의 '가르침'이나 '학문'으로 특징 짓는 데 있어서, 「번하이머 보고서」는 비교학자로서 우리의 역할은 학생들이 어떤 형태로든 적절한 '행동'과 '조치'를 취하도록 이끄는 것이라는 생각을 명확히 뒷받침한다. 그러나 「번하이머 보고서」가 우리에게 시사하듯이, "문학 현상이 더 이상 비교문학의 독점적인 초점이 아니라면", 과연 비교문학의 초점은 무엇이 될 수 있을까? 논란이 되는 이 학문 분야를 구성하는 것은 무엇일까? 상식적으로 생각해보면 '글로벌' 문학과 문화에 대해 알아야 할 모든 것을 다 배우는 사람은 아무도 없다. 특정 문학 텍스트뿐만 아니라 고급문학과 대중문학, 제1세계와 제3세계, 인류학과 사회학, 정치경제와 페미니즘 이론을 모두 다 연구하는 사람은 아무도 없다. 'X보다 많다'라는 것은 실제로 'Y보다는 적다'라는 것을 의미한다. 즉, 아무리 많은 것을 포함한다고 해도 완벽하기에는 늘 부족하다.

그렇다면 새로운 글로벌, 비(非)유럽적, 비가부장적, 비엘리트주의적 비교문학은 어떤 모습일까? 이 책의 5장에서 프랫 교수는, 무엇보다도 "냉전 시대의 산물인 '경계와 감시'의 수사학"에 기반을 두고 있는 것으로 보이는 "지난 과거의" 비교문학의 거슬리는 '담장'을 제거하는 것을 의미한다고 주장한다. 프랫 교수는 "끊임없이 울타리 주변을 돌며 감시하고 망가진 울타리를 고치면서, 울타리 밖의 야생동물들이 넘어오지 않도록 하고, 또 농장 주인의 소중한 가축들이 도망가지 않도록 하느라" 분주했던 "농부"가 이제 모든 문을 열어두고 자신은 은퇴해서 플로리다로 내려갈 적기라고 말한다. 그래야 "동물들이 들판 여기저기를 돌아다니고, 가축의 우리와 우리 사이를 맘대로 옮겨 다니다가 낯선 대상들과 짝짓기를 통해 새로운 생명체들도 태어날 것이다". 프랫 교수는 오늘날 전 세계에서 확산되고 있는 "세계화, 민주화, 탈식민화"로 인해 새로운 "개방과 소통"이 불가피하다고 주장한다. 이로 인해, 아마 우리의 '비교문학'이 앞으로 연구하게 될 새롭게 '확장된 영역'에 대한 가장 큰 질문은, 굳이 프랫 교수의 말을 빌리자면, "왜 그렇게 하면 안 되는 것일까?(Why not?)"뿐일 것이다.

그러나 이 "왜 그렇게 하면 안 되는 것일까?"라는 말은 실제로는 학계의 불편한 진실과 충돌한다. 먼저, 프랫 교수와 다른 학자들이 전 지구적 세계화와 민주화의 확산에 의기양양했음에도 불구하고, 우리는 이 글을 쓰고 있는 시점에서도 다음과 같은 현상을 목도하고 있다: ① 몇십 년 전만 해도 상상할 수 없었던 보스니아에서 발생한 세르비아인에 의한 "인종 청소"(1930년대 나치 만행과 별반 다르지 않음.) ② 유대교와 이슬람의 성지인 헤브론에서의 대량 학살과 이로 인한 이스라엘과 팔레스타인 사이에 타협 불가능한 수준의 분쟁 ③ 치아파스 분쟁을 시작으로 1994년 3월 유력한 멕시코 대통령 후보 루이스 도날도 콜로시오의 암살로 치달은 멕시코 폭력 사태 ④ 북한의 핵 위기 고조 ⑤ 자국의 인권 잣대를 강요하려는 미국과 이에 저항하면서 점점 더 강력해지는 파시스트 중국 사이의 위험한 교착 상태 등이 있는데, 이러한 예시는 끝이 없다.

그렇다면 우리 중 일부는 프랫 교수만큼 낙관적이지만은 않을 것이다. 프랫 교수의 "'왜 그렇게 하면 안 되는 것일까?'의 자세"에 내가 망설이는 두 번째 이유는 프랫 교수의 주장에 담겨 있는 공용어로서 영어의 헤게모니에 대한 의존성이다. 프랫 교수 자신이 몇 년 전 참가했던 '동남아시아 문학 여름학교' 프로그램에 대해 설명하면서 "태국, 말레이시아, 베트남, 필리핀 문학의 전문가이면서 동시에 다양한 영역에서 비교문학을 연구해온 학자들이 기획하고 발표자로 참여했다."라고 열정적으로 소개했는데, 프랫 교수는 "이런 종류의 여름학교 프로그램이 열린다면 모든 자료는 영어로 읽고 가르쳐야 한다는 점은 처음부터 명확했을 것이다."라고 덧붙였다. 그렇다면 나는 당연히 한 가지 물어보고 싶은 질문이 있다. 과연 누구에게 가르치려고 하는 것인지. 분명 독일어 사용자나 러시아어, 이탈리아어 사용자를 염두에 둔 건 아닌 것 같다. 분명한 사실은 미국이 현재 세계 유일의 초강대국이기 때문에 국제 공용어에 관한 주도권을 쥐고 있다는 점이다. 영어의 필수화는 중심과 주변부에 관한 오래된 고정 관념을 영구적으로 고착화하고 있으며, 새로운 비교문학 모델은 이 같은 움직임에 저항해야 한다고 나는 생각한다.

그러나 프랫 교수가 던진 '왜 그렇게 하면 안 되는 것일까?'에 대한 가장 심각한 대답은 현재의 비교문학 학계의 교수 채용 현실과도 관련이 있다. 오늘날 미국 대학들이 문학 학과나 전공에서 유색인종, 소수민족 그리고 어느 정도의 여성 교수를 채용하려고 하는 것은 엄연한 사실이다. 그러다 보니 백인 여성 지원자의 경우도, 유색인종 여성 채용을 선호하는 현실로 인해 백인 남성들이 겪고 있는 채용의 불확실성이라는 운명을 이미 비슷하게 겪고 있다. 그렇다면 이처럼 미래의 실업자가 될 수도 있는 사람들을 교육하는 '가르침' 또는 '학문'의 역할은 과연 무엇일까? 이 글을 쓰는 지금 시점에서도 스탠퍼드대에서 영문학 박사 졸업을 앞둔 가장 전도유망한 백인 남성 졸업생들은 올해 대학교수 채용의 기회를 잡지 못했다. '좋은' 대학의 교수직 임용에 실패한 것이 아니라, 아예 교수직 임용 '자체'에 실패한 것이다. 동일한 전공의 백인 여성 지원자들은 더 안 좋은 상황이다. 그리고 이 상황은 아무리 이들 박사학위를 받은 지원자가 제3세계 문학, 식민주의, 제국주의, 게이·레즈비언 연구 전공자라고 하더라도 마찬가지다. 다시 말해 이 이야기는 다음과 같은 2단계 시스템이 빠르게 작동하고 있음을 암시한다. 대학에서 이미 정년 보장을 받은 교수라면 전 세계를 돌아다니며 성소수자 '퀴어이론'이나 민족주의, 대중문화 등에 대해 강연할 기회가 있겠지만, 아직 정년 보장을 받지 못한 연구자라면, 소위 말하는 비교문학의 확장된 영역을 연구하는 것으로는 교수 자리를 얻지 못할 것이라는 이야기이기도 하다.

이것은 단순히 지난 몇 년간의 경기침체와 베이비 붐 세대의 감소, 그리고 65세 이후에도 건강한 교수는 계속 강단에 남을 수 있도록 정년 연장을 허용하는 새로운 퇴직 관련 규정이 초래한 일시적인 상황일 뿐일까? 그러나 조사에 따르면 결코 일시적인 상황은 아닌 것으로 보인다. 문학연구는 그 정의를 어떻게 내리든 간에 결국 축소되고 있는 분야이며, 임시방편이나 대안만 마련된다면 다른 학부, 특히 과학과 사회과학 분야로 옮겨질 것이라고 한다. 스탠퍼드 같은 명문 대학의 현대어문학과도 위기에 처하고 있지만, 이에 비하면 경제학과는 매우 건재해 보이는 것이 현실이다.

왜, 그리고 어떻게, 이런 일이 벌어진 걸까? 여기서 나는 다시 '가르침' 혹은 '학문'의 문제로 돌아가고자 한다. 뉴욕대 영문과 교수인 존 길로리(John Guillory)는 오늘날 인문학을 연구하는 사람이라면 누구나 읽어야 할 필독서인 『문화자본(Cultural Capital)』에서 1950년대 '신비평'으로부터 시작해서 1970년대와 그 이후의 이론적 발전 과정을 점검하고 있는데, 특히 당시 '신비평'은 '고급'문화와 '대중'문화 사이의, 그리고 학생들의 이해를 돕기 위해서는 교수의 개입과 설명이 필요한 엘리트 중심의 '난해한' 문학과 대중이 흡수할 만한 '일반' 문학 사이의 구분을 전제로 하고 있었다. 길로리 교수에 의하면, 이론의 우세가 발생하는 것은 고급문화와 대중문화 사이의 '커다란 구분'이 무너지기 시작할 때라고 한다. 왜냐하면, 이 같은 구분의 붕괴는 한때 문학 텍스트의 분석에 적용되었던 엄격함이나 진지함이, 이제 캠퍼스 건너편 공과대학 건물의 공대 교수들에게 뒤지지 않을 정도로 '심오'하고 어려운 기술적 용어와 전문화된 이론적 지식을 갖추고 있는 예일대 비교문학과 교수인 폴 드 만과 같은 원로 스승한테 넘어갔다는 것을 의미했다.[3] 길로리 교수는 이론이 우세하기 시작한 그 시기는 미국 사회에서 이전의 문화적 부르주와 계급이 마침내 '테크노크라트(technocrat)'라고 하는 새로운 '기술경영' 계급으로 대체되던 시간이라고 설명한다. 이들 기술경영 계급은 문학이나 예술에 대해서는 전혀 몰라도, 그리고 문화사라는 것에 대해서 아는 것이 하나도 없어도, 매우 잘 나가는 그런 계급이었다. 이 새로운 계급의 대표적인 예로 현 미국 대통령과 영부인을 꼽을 수 있다. 빌 클린턴과 힐러리 클린턴은 놀라울 정도로 명석하다. 두 사람 모두 미국 대표 명문

대와 최고의 로스쿨을 졸업했고, 클린턴 대통령은 영국 옥스퍼드대의 초청을 받은 로즈 장학생 출신이기도 했지만, 두 사람 모두 호메로스나 플라톤, 피카소나 거트루드 스타인(Gertrude Stein), 프란츠 파농이나 발터 벤야민, 리처드 라이트(Richard Wright)나 조라 닐 허스턴(Zora Neale Hurston)에 대해 아는 것이 전혀 없으면서도 자신들은 눈부신 성공을 거둘 수 있었다.

다시 말해, 오늘날 누가, 어떤 목적으로 문학을 '필요'로 할까? 길로리 교수는 폴 드 만의 몰락 이후 이론의 슬픈 운명에 대해 자세히 설명한다. 길로리 교수는, 학문은 결국 교육제도 내에서 '제자성'이라는 것에 달려 있다는 것을 우리에게 상기시킨다. 폴 드 만과 같은 대스승의 카리스마는 전적으로 제자성의 열정과 관련되어 있는데, 하버드대 비교문학과 교수 바버라 존슨의 말처럼 그 열정은, 그 자체가 성공하면서 스스로 죽게 된 것이다. 존슨은 "그 어떤 혁신적이고 획기적인 사고도 하나의 'OO주의(主義)'가 되는 순간, 획기적인 힘은 사그라들고, 역사적 악평은 높아지고, 제자들은 오히려 더 단순해지고, 더 독단적이며, 궁극적으로는 더욱 보수화되면서 그 힘은 분석적이기보다는 제도화되어 버린다."[4]라고 말했다. 대학에서 이러한 합리적이고 '공식적인' 비평 연구의 제도적 구현은 학문적 카리스마가 일종의 관료주의로 굳어지는 것이라고 길로리 교수는 지적한다(CC 248). 이 같은 현상의 대표적인 여파로는 1980년대에 듀크대와 몇몇 대학 사이에서 과연 어느 대학이 이후 듀크대 비교문학과 교수가 된 프레드릭 제임슨이나 듀크대 영문과 교수였던 스탠리 피시(Stanley Fish), 퀴어이론 대가이자 듀크대 영문과 교수가 된 이브 세지윅(Eve Sedgwick), 듀크대 비교문학과 비평 교수였던 바버라 헤른스타인 스미스(Barbara Herrnstein Smith)를 스카우트해 갈 것인지를 놓고 치열한 물밑 경쟁이 여러 차례 발생했던 사례를 들 수 있다. 반면, 보다 장기적 여파는 비교문학 대학원에서 미국 대표적인 공상과학 TV드라마 시리즈 〈스타트렉(Star Trek)〉을 주제로 진행되는 이론 발표회와 이로부터 점점 더 소외되고 있는 학부생들 사이의 괴리가 커지고 있다는 점이다.

그리고 "문학 텍스트는 오늘날 많은 담론 방식 중 하나라는 전제로 접근하고 있고, 오늘날 비교의 공간은 다양한 문화적 구축물 사이의 비교를 수반한다." 라는 상황에서, 나는 '새로운' 혹은 '그다지 새롭지 않은' 문화연구로 눈을 돌리게 되었는데, 이를 통해 비교문학의 회복에 기여하고자 한다. 여기서 어려운 점은, 문화연구는 그 정의처럼 각 문화에 따라 다르다는 것인데, 그러다 보니 이 세상에서 아무리 의지와 의욕이 강한 사람이라 할지라도, 마치 사람은 현실적으로 무한대가 아니라 일정 숫자의 외국어와 문학밖에는 공부할 수 없듯이, 문화도 마찬가지로 일정 숫자의 문화만 다룰 수 있다는 것이다. 가장 성공적인 예를 들자면, 문화연구의 창시자이기도 한 영국 버밍엄대의 문화연구 교수 스튜어트 홀(Stuart Hall)의 모델에서조차 문화연구는 매우 구체적인 영국 계급 및 인종 문제에 국한되어 있다. 이 같은 한계는 소수문화의 문제뿐 아니라 이민과 민족의 구체적인 문제를 다시 다루는 미국학 연구 분야에서도 마찬가지다. 그러나 '문화연구'가 비교문학의 영역으로 들어가면 '문화이론'이 되어버린다. 그리고 특정 국가의 특정한 문화적 구축이 아니라 '국가' 자체를 논의하고, 특정 탈식민주의 국가나 대상이 아니라 프랑스 문화이론가인 장프랑수아 리오타르(Jean-François Lyotard)의 『포스트모던의 조건(*The Postmodern Condition: A Report on Knowledge*)』 모델에 기반한 '탈식민적' 환경을 논의하는 문화이론은 다음 두 가지 함정 중의 하나에 빠지게 된다. 즉, '문화이론'이라는 용어는 굳이 다른 경쟁 모델을 배제하지 않고서도 충분히 연구할 만한 가치가 있는, 어렵고 복잡한 분야인 마르크스 이론의 암호어와 같거나, 또는 문화이론이 너무 모호해져서 길로리 교수가 해체에 관해서 이야기할 때 자주 예로 드는 마치 '유명인 이름 맞추기 게임'처럼 영구화시킬 뿐이다. 폴 드 만이 잘나가던 전성기 이후로 바뀐 것은, 폴 드 만이나 데리다 자신이 사실은 데리다의 번역자이자 해설자로 시작했던 컬럼비아대 비교문학 교수인 가야트리 스피박으로 대체될 수 있다는 것 외에는 별로 없다. 이는 자크 데리다를 스피박으로, 프레드릭 제임슨을 호미 바바로, 불가리아 출신의 프랑스 비평가인 줄리아 크리스테바(Julia Kristeva)를 베트남 출신의 탈식민주의 영화감독인 트린 티 민하(Trinh T. Minh-ha)로, 컬럼비아대 영문과 문학비평 교수인 리오넬 트릴링(Lionel Trilling)을 캘리포니아대(리버사이드) 문예창작과 교수인 마이크 데이비스(Mike Davis)로 보강하는 것으로, 사실 비교문학자의 교육이라는 관점에서 보면 이론의 교리적 술수에 불과할 따름이다. 여러분들도 기억하겠지만, '교리(doctrine)'라는 것은 결국 '가르침' 혹은 '학문(discipline)'에 대한 추상적이고 권위적인 대응물이기 때문이다. 비교문학이 진정한 '가르침' 또는 '학문'이라고 한다면 과연 어떤 종류의 교육과 훈련을 제공해야 하는지, 그리고 누구를 위해, 무엇을 위한 것인지에 관한 정말 중요한 질문은 여전히 답이 없는 채 남아 있다.

프랫 교수는 "비교문학의 큰 그림"을 제시하면서, "다국어주의, 다중언어, 문화중재 예술, 상호문화적 깊은 이해, 진정한 전 지구적 인식 구축을 위한 환대의 공간"이라고 하였다. 이는 인상적인 나열이긴 하지만, 이런 가치들을 볼 때마다 개인적으로는 여러 언어를 의무적으로 배워야 하는 외교부나 평화봉사단이 떠오르고, 아니면 국제연합이나 유니세프 같은 국제기구에서 근무하는 환경을 생각하게 된다. 아마 육군이나 해군에서도 취직이 가능할 수 있을 것이다. 그러나 현실적인 사례들을 보면, 우리 학생 중에서 심지어 가장 우수한 대학원생이라 할지라도 과연 몇 개의 언어까지 배울 수 있을까? 두 개? 세 개? 그런데 학부에서 일본어를 배우고 대학원에서 아시아학을 전공하는 영어권 출신 학생들이 내게 말하길, 자신들이 제대로 할 수 있는 것은 일본어를 제외한 일본 역사, 문화, 문학 정도가 전부라고 한다. 중국, 한국, 베트남 쪽은 역사나 문화, 문학만이라도 이 정도로 제대로 하기가 쉽지 않을 것이다. 캘리포니아대(데이비스) 비교문학 교수이자 나의 제자인 미셸 예(Michelle Yeh)는 대만 출신으로, 영국과 프랑스, 중국 시와 이론에 관해 연구했으며, 중국 도교와 데리다 방식의 은유 사이의 관계를 연구했는데, 그렇다면 과연 그녀가 독일 철학도 연구할 수 있을까? 쉽지 않을 것이다. 설령 헤겔과 하버마스를 번역서로 읽으면서 연구를 한다고 해도, 새로운 '깊은 문화 간의 이해'에 대한 미하일 바흐친의 기여를 과연 독일어를 모른 채 연구할 수 있을까? 더 큰 문제는, 이보다 시기적으로 훨씬 더 초기 독일 문학과 문화도 그녀가 연구할 수 있을까? 그리고 번역 텍스트를 통해 현대 이집트 문학을 공부하는 다국어 사용 학생이 과연 중세 이슬람에 대해 아는 것이 있을까?

유감스럽게도, '새로운 글로벌 인식'이라는 것도 이 글의 앞에서 프랫 교수가 개탄하는 농장의 낡은 울타리처럼, 강의계획서에 들어가는 일종의 암호용어 같은 것에 불과한데, 현실에서 이는 니체와 프로이트, 마르크스와 엥겔스에서부터 루이 알튀세르(Louis Althusser)와 미셸 푸코(Michel Foucaut), 프랑크푸르트 학파 조르주 바타유(Georges Bataille)로 대표되는 프랑스 사회학파, 자크 라캉(Jacques Lacan)과 자크 데리다(Jacques Derrida), 엘렌 식수(Hélène Cixous), 뤼스 이리가레(Luce Irigaray), 도나 해러웨이(Donna J. Haraway), 주디스 버틀러(Judith Butler), 헨리 루이스 게이츠 주니어(Henry Louis Gates Jr.)까지 매우 구체적인 저자들의 텍스트 목록을 통달하는 것을 의미한다. 그렇다면 소위 말하는 '하찮은' 문학, 특히 이미 죽은 백인 남성 작가가 쓴 '하찮은' 유럽 중심의 문학을 다 던져버리고 나면, 우리 학생들이 해치워야 할 것들로는 무엇이 남아 있으며, 이 새로운 '글로벌' 학문은 과연 어떤 전공 분야와 자리를 만들어낼 수 있을까? 구체적으로 말하면, 탈식민주의와 제국주의, 인종차별과 성차별에 대한 전문가이기도 한 이들이 오늘날 침체를 넘어 고사 직전의 대학교수 채용시장에서 할 수 있는 것은 과연 무엇일까?

여기서 한 가지 흥미로운 일화를 공유하고자 한다. 1994년 1월, 기부금이 1,300억 원이 넘는 래넌 재단(Lannan Foundation)이 수십억 원의 현대미술 수집 프로그램의 종료를 선언했다. 그동안 2세대에 걸쳐 래넌 재단의 자선 활동은 예술계에서 중심적인 역할을 해왔다. 래넌 재단의 설립자이자 재정적 후원자인 J. 패트릭 래넌(J. Patrick Lannan)은 1983년 사망 당시, 로버트 마더웰(Robert Motherwell), 클리퍼드 스틸(Clyfford Still), 아그네스 마틴(Agnes Martin), 프랭크 스텔라(Frank Stella)와 마이크 켈리(Mike Kelly) 등의 저명 화가들의 현대 회화 수천 점을 구매하였다. 당시 래넌 재단이 본부를 두고 있던 로스앤젤레스에서는 시 낭독회, 미술 전시회, 미술 비평상 등을 후원했고, 이러한 활동 중 일부는 지속될 것이다. 그러나 예고 없이 갑작스레 작품 구매 프로그램은 종료되었고, 래넌 재단은 약 24억 원 정도의 예술기금을 앞으로 매년 빈곤층을 위한 자선단체에 배정할 계획이라고 발표했다.

발표가 나오자마자 언론들은 이 결정을 '비극'으로 묘사하였다. 크리스토퍼 나이트 기자는 1994년 1월 31일 『로스앤젤레스 타임즈(Los Angeles Times)』에 "미술품 수집 30년 전통의 급작스러운 중단은 예술의 힘에 대한 대중의 믿음이 사라졌다는 피할 수 없는 현실을 보여준다."라고 강조했다. 나이트와 다른 기자들 모두 래넌 재단의 결정이 "이해하기 어려운 선택"이라고 덧붙였다.

무슨 의미인지 쉽게 알 것 같다. 래넌 재단 직원 몇 명과 만나서 이야기해본 나의 직감에 의하면, 그 재단은 오늘날 이와 유사한 후원금 제도나 재단의 발목을 잡고 있는 '정체성의 정치학'으로 인해 사면초가에 직면하고 있었다. 즉, 노숙자와 장애인뿐만 아니라 소수자 그룹의 예술가에 대해서도 일정 비율의 지원이 무조건 있어야 한다는 주장이다. '불이익을 받는 사람들을 위해 무엇인가를 하라'는 요구에 직면한 래넌 재단은 더 이상 꾸물거리지 않고 바로 무엇인가를 하기로 했다. 어떻게 하다 보니 그림을 직업으로 하게 된 그런 빈곤한 사람들뿐만 아니라 다른 어떤 사람들보다도 그냥 빈곤한 사람들을 위해 무엇인가를 하기로 한 것이다. 이렇게 많은 사람이 가난으로 고통받고 있는데, 과연 예술은 누구를 위해 필요할까?

래넌 재단의 이 같은 결정은, 우리가 방심하면 이런 일은 대학에서도 발생할 수 있다는 전형적인 사례를 보여준다. '고급'예술이 대중문화와 별반 다를 바 없다면, 괴테나 예이츠의 시적 담론이 다른 수많은 문화 담론 중 하나에 불과하다면, 그런 것들을 군이 가르치고 배우고 알리는 데 왜 우리는 그렇게 많은 돈을 써야 할까? 그리고 대학에 불문학, 중문학, 러시아 문학에다가 심지어는 영문학과 같은 문학 전공 학과가 있어야 하는 이유는 무엇일까? 그리고 캘리포니아대(UCLA) 미술사 교수인 도널드 프레지오시(Donald Preziosi)와 같은 이론가들은 왜 예술사를 '무뚝뚝한 과학'이라고 불렀을까? 페미니즘 연구, 게이 · 레즈비언 연구, 소수자 연구 등은 비교문학이나 영문학보다는 오히려 사회과학, 그중에서도 특히 심리학이나 인류학 영역으로 쉽게 통합될 수 있다. 게다가 최근 들어 로스쿨에서도 젠더와 인종 관계 등에 관한 매우 흥미로운 학술 토론을 후원하고 있다.

다시 「번하이머 보고서」로 돌아가서, "문학 텍스트"는 "많은 담론 방식 중 하나라는 전제"로 접근해야 하며, "그동안 대학의 비교문학 학과가 '고급문학' 담론에 맞추어온 초점을 이제는 완화해야 하고, 텍스트가 만들어지고 '고급'의 높이가 만들어지는 전체 담론의 맥락을 검토해야 한다."라는 제안을 살펴보자. 그런 검토는 누구에게 의미가 있을까? 대학원생에게는 아마도 그럴 수 있겠지만, 오늘날 대학원 프로그램의 축소와 정원 감축을 고려하면 더 이상 대학원생이 이 논의의 핵심이 되기는 어려울 것 같다. 초등학교나 중학교에서 '고급'문학을 거의 읽지 않았거나, 기껏 해봐야 비판적 사고의 훈련 없이 그냥 문학을 읽은 학부생은 문화 구축에 관한 마르크스주의나 푸코주의 연구에는 거의 관심이 없을 듯하다. 예를 들어, 어떤 학생이 대학 다니면서 단 하나의 문학 강좌만 수강했는데, 마침 그 과목이 에드워드 사이드의 이론에 기반한 '제국주의와 현대소설'이라고 가정해보자. 이 수업에서 해당 학생은 현대소설의 역사나 범주, 장르, 유형, 수사적 선택에 대해 아는 것이 거의 없다 보니, 이와 관련해서 수업에서 제기되는 문제들에 대해 제대로 토론할 수도 없을 것이다. 그러다 보면, 늘 그랬듯이 '교리(doctrine)'가 '학문(discipline)'을 대체해버릴 뿐만 아니라, 그 교리조차 제대로 이해되고 수용되지 않는다면 학기가 끝나자마자 교리는 바로 잊혀져버리게 될 것이다.

이 우울한 상황을 어떻게 하면 좋을까? 그렇다고 '예전의 방식'으로 돌아가자는 이야기는 아니다. 왜냐하면, 시카고대 철학 교수인 앨런 블룸스(Allan Blooms), 예일대 미학 교수인 로저 킴볼(Roger Kimball), 보스턴대 철학 교수인 윌리엄 베네츠(William Bennetts), 보수 정치평론가이며 킹스칼리지 학장을 역임한 디네시 드 수자(Dinesh D'Souza) 등의 보수주의자들로 대변되는 '예전의 방식'에 맞서서 나는 앞으로의 상황은 결코 '예전의 방식'이 될 수 없을 것으로 믿기 때문이다. '예전의 방식'이라는 것은 결국 소수의 백인 남성 교수들이 자신들의 백인 남성 스승들로부터 중요하다고 인정받은 소수의 엘리트 핵심 과목들만 가르치는 것을 수강하면서 자란 소수의 엘리트 백인 대학생들 중심의 방식이었기 때문이다. 결국 그 시절은 끝났고, 이것은 좋은 일이기도 하다. 미국에서 처음 비교문학이 정착하던 시기에는 매우 구체적인 유럽중심주의적 정전을 추구했었고, 이 정전은 전체주의에 물든 유럽을 탈출한 예일대 비교문학과 에리히 아우어바흐와 존스홉킨스대 비교문학과 레오 스피처, 예일대 비교문학과 르네 웰렉과 하버드대 로만 야콥슨(Roman Jakobson), 하버드대 비교문학과 레나토 포기올리(Renato Poggioli)와 하버드대 비교문학과 클라우디오 기옌, 예일대 비교문학과 제프리 하트먼, 컬럼비아대 불문과 마이클 리파테르와 같은 다중언어를 사용하는 백인 남성 그룹이 큰 틀을 구상한 것은 사실이다. 오늘날 백인 남성이 엄연한 소수자가 되는 대학에서 이러한 상황은 반드시 바뀌어야 하고, 실제로 눈에 띄게 달라지고 있다. 우리는 이제 국가 문학과 문화에 관해 더 많은 선택권을 제공해야 하며, 이론과 방법론에 관해서는 지금보다 훨씬 더 개방적으로 되어야 한다. 그때쯤 되면 아마도 비교문학 박사학위는 중세 연구, 르네상스 연구, 18세기 연구, 모더니즘, 포스트모더니즘과 같은 다양한 시기 연구뿐만 아니라, 유럽 연구나, 중남미 연구, 아시아 연구 등 다양한 지역학 연구 분야 중 하나의 박사학위로 대체될 것이다. 그리고 여기 「번하이머 보고서」에서 발견할 수 있는 일종의 '당위적' 방향 설정은 오히려 자멸적일 수 있다. 만약 내가 19세기 유럽의 서정시를 전공하고 싶다면 라틴어 운문에 대해서는 알아야 하지만, 그 상황에서 스와힐리어를 배우는 것은 그 선택이 아무리 '다문화적'이라 할지라도 의미가 없다. 반대로도 마찬가지이다. 내가 카리브해 흑인 문학을 연구하고 싶다면 독일어를 배우도록 요구하는 것은 아무 의미가 없다. 혹은 마야 문명의 시와 공연 이론을 연구하려면 마야 문명의 종교와 인류학에 관한 것을 배워야 하겠지만, 제인 오스틴에 관한 지식이 도움이 될지는 의문이다.

가장 중요한 문제는 아직 제대로 논의하지도 못했는데, 도대체 우리는 '비교문학'이든 '일반문학'이든 왜 '문학'이라고 불리는 것을 연구해야 할까? 그나저나, '문학적'인 것이란 무엇일까? 오스트리아 철학자인 루트비히 비트겐슈타인(Ludwig Wittgenstein)은 "미학은 말로 표현하기에 터무니없이 아름다운 것이 무엇인지를 우리에게 말해주는 과학이다. 나는 어떤 종류의 커피가 맛있는지에 대한 것도 이에 포함된다고 생각한다."라고 말한 적이 있다. 그리고 비트겐슈타인은 "만약 A가 아름다운 눈을 가졌다고 내가 말한다면" B는 "A의 아름다운 눈은 내가 역시 아름답다고 생각하는 고딕 교회 건물과 어떤 공통점이 있을까?"라고 물어보는 것을 즐겼다.[5] 그러나 비트겐슈타인 역시 "Die Philosophie sollte man eigentlich nur dichten."라고 강조했는데, 대략 번역하면 "철학은 오직 시처럼 쓰여야 한다."라는 의미라고 할 수 있다(CV 24c). 시가 무엇인지 정의할 수 없다면 과연 그것은 무엇을 의미할 수 있을까? 아마 비트겐슈타인은 대수롭지 않다는 듯이, '비록 우리가 '시적인 것'이 무엇인지 정의할 수는 없더라도 우리는 모두 일상 대화에서 실제로 '시적인' 표현을 쓰고 있으며, 그 의미가 무엇인지 이해하는데 아무런 어려움도 없는 것 같다.'라고 대답했을 것 같다. 결국 '시적'이라는 단어는 사용되는 맥락으로 정의되며, 작동하는 언어적 유희 안에서 정의된다.

이러한 시의 일상성은 흥미로운 현상이다. 19세기 문헌학과 해석학에서부터 20세기 초반 독일의 '소재의 역사(Stoffgeschichte)', 신비평과 러시아 형식주의, 해체이론과 마르크스주의 비평, 새로운 역사주의와 현대 문화연구에 이르기까지 문학에 관한 이론들은 끊임없는 도전을 받고, 비판의 대상이 되며, 다른 이론들과 모델들로 대체되어왔다. 학문적 논의 그 자체는 항상 변하는 것 같다. 그러나 신기한 점은, 이러한 모든 학문적 논쟁에 끝까지 남아 있는, 변하지 않는 상수는 문학 그 자체이다. 즉, 어느 나라의 문학이나 모든 사람이 공통적으로 반드시 읽어야 하는 '위대한 고전 작품' 목록 같은 카테고리는 교육과 처벌이라는 그 당위적 방향성 때문에 늘 나를 괴롭혔는데, 그런 문학이 아니라 다양한 시기의, 다양한 문화의, 다양한 국가의 '문학'이라는 다양한 형태로 구현되는 '문학성'을 가리킨다. 에즈라 파운드(Ezra Pound)가 시를 "뉴스로 머물러 있는 뉴스"라고 정의하는 넓은 의미의 문학성이나, 롤랑 바르트(Roland Barthes)의 말처럼 "단어가 생각을 이끌어내는 모든 종류의 담론은, 그 어떤 가치 판단 없이도 '시적인 것'이라고 할 수 있다."[6)]

단어가 생각을 이끌어낸다. 즉, '시적인 것', 좀 더 넓게 말하면 '문학적인 것'이 다시 대학 캠퍼스로 돌아가는 것은 필연적인데, 왜냐하면 우리 중 작가들은 문학의 부활을 보게 될 것이기 때문이다. 사람들이 글을 읽고 쓸 줄 알게 된 이후에 사람들이 이야기를 글로 쓰지 않거나 대화를 만들어내지 않거나 시적인 새로운 언어영역을 창조하지 않았던 순간은 단 한 번도 없었다. 그리고 문학을 하는 사람들은 자연스럽게 초기 작가들의 작품 활동에 관심을 두게 된다. 주로 현대 시와 시학을 연구하는 대학교수인 나도 아무리 애를 써도 그 같은 초기 작가들의 활동에 관한 관심의 불을 잠재울 수 없음을 깨달았다.

불과 몇 주 전, 우리 학과 커리큘럼 위원회의 학생대표가 놀랍게도 내가 3년 전에 개설한 다음 그 이후로 개설하지 못했던 "예이츠와 엘리엇" 과목을 다시 열어 줄 수 없는지 문의해왔다. 어쩌면 1915년 발표된 엘리엇의 첫 번째 시 작품인 「J. 앨프리드 프루프록의 연가」가 가수 마돈나의 노래 가사보다 더 흥미로울지도 모른다. 물론 더 낫다는 말이 아니라 더 재미있다는 뜻인데, 여기서 우리는 이 같은 가치 판단을 반드시 피해야 하며, 예이츠나 엘리엇을 모든 사람이 좋아할 필요가 없다는 점을 분명히 명심해야 한다. 그러나 "예이츠와 엘리엇"이라는 교과명으로 된 수업은 영어를 모르는 사람들과는 소통이 어려울 것이다. 비록 번역을 통해 놓치는 것이 발생하더라도 그나마 번역으로 읽을 수 있는 톨스토이 같은 사실주의 소설가와 달리, 번역된 시는 기껏해야 결국 다른 사람의 시가 되어 버릴 수 있다. 일례로, 18세기 독일 시인 프리드리히 횔덜린의 찬가 「파트모스(*Patmos*)」의 유명한 첫 구절을 살펴보자.

Nah ist

Und schwer zu fassen der Gott.

이 첫 행은 견딜 수 없을 만큼 마음속에 사무친다. 그러나 이 행을 영어 문장으로 번역하면 어떻게 될까? "가까이 있어서/이해하기 어려운, 신은(Near is/and hard to comprehend, God)", "가까이 있고/이해하기 어려운, 신이여(Near and/Hard to grasp, the god)", "가까이 있는/신은, 이해하기 어렵도다(Near is/God and hard to grasp)", "가깝고/닿기 어려운 신이여(Near/And hard to get a hold of is God)". 독일어로 된 이 짧은 8개 단어를 영어로 어떻게 번역을 하더라도 그 느낌은 다를 것이다. 그런데 굳이 횔덜린을 읽지 않아도 된다. 횔덜린보다는 오히려 1971년 노벨문학상 수상자인 칠레 시인 파블로 네루다나 미국 소설가 거투르드 스타인, 오스트리아 시인 잉게보르크 바흐만, 에메 세제르를 선호하는 사람도 있을 텐데 그것도 나쁘지 않다. 즉, 못하는 것에 대한 '처벌'이 아닌 '유연성'이 '비교문학'이라는 우리 학문의 핵심이 되어야 한다. 그리고 문학의 패러다임은 엄청나게 다양하다.

그렇다면 21세기 지역학 분야에서 비교문학과 그 후속 학문에 기대할 수 있는 것은 무엇일까? 외국어 학습은 사라지게 될까? 오히려 앞으로 누구에게 어떤 언어가 더 중요해질지를 결정할 수는 없다고 하더라도, 외국어 학습은 지금보다 더 중요해질 것이라고 나는 생각한다. 문학연구가 앞으로는 과연 문화연구라는 것으로 대체될까? 대학교수들이 아무리 그것을 원하더라도 그건 어렵다고 본다. 사실, 현재 상황의 아이러니 중 하나는, 정치학이나 경제학 말고 문학연구에 대한 수요가 우리 같은 소수자 출신 교수들에게서 나오고 있다는 점이다. 스탠퍼드대에서 아메리칸 인디언 문학과 문화를 가르치는 로버트 워리어(Robert Warrior) 교수는 최근 인터뷰에서 "시는 현대 아메리칸−인디언 문학작품에서 가장 광범위한 범주의 창의적, 문학적 표현을 대변한다."[7]라고 강조했고, 아프리카계 미국학 신진 학자인 노스캐롤라이나대(채플힐) 섀런 홀랜드(Sharon

Holland) 교수는 직접 시를 쓰고 자신의 전공 분야에서 새로운 시의 형성에 관한 책을 기획하고 있다. 이 학자들에게 문학은 많은 담론 중 하나일 수 있겠지만, 분명 자신들이 일생을 바치기로 선택한 담론인 것이다. 과연 '변변찮은' 문학연구라는 영역은 사라지게 될까? 그것은 아마 아직도 청교도주의 흔적이 남아 있는 미국 같은 국가에서나 원할 법한 것이다.

| 번역 : 박문정 |

주 ─────

1) René Wellek and Austin Warren, *Theory of Literature*, 3rd ed.(New York: Harcourt, Brace and World, 1956), p.49.

2) René Wellek, "The Crisis of Comparative Literature"(1958), in Wellek, *Concepts of Criticism*, ed. Stephen G. Nichols, Jr.(New Haven: Yale University Press, 1963), p.283.

3) John Guillory, *Cultural Capital: The Problem of Literary Canon Formation*(Chicago: University of Chicago Press, 1993), pp.241~247. 이후 이 책에 대한 표기는 CC로 약어 표기함.

4) Barbara Johnson, *A World of Difference*(Baltimore: Johns Hopkins University Press, 1987), p.11.

5) Ludwig Wittgenstein, *Lectures and Conversations on Aesthetics, Psychology, and Religious Belief*, ed. Cyryl Barrett(Berkeley and Los Angeles: University of California Press, n.d.), 11; *Culture and Value*, ed. G. H. von Wright, trans. Peter Winch(Chicago: University of Chicago Press, 1980), p.24c. 이후 이 책에 대한 표기는 CV로 약어 표기함.

6) Roland Barthes, *Roland Barthes by Roland Barthes*, trans. Richard Howard(New York: Farrar, Straus, 1977), p.152.

7) *Stanford Observer,* January─February 1994, 6.

18

학교에서 가르쳐주지 않는 이야기
― 비교문학과 인문학의 후퇴

메리 루소

　　최근에 중남미 문학과 중남미계 미국 작가들을 전공하는 동료 교수와 함께 '비교문학 입문'이라는 새로운 교과목을 개설하기로 했다. 이 시기에 이러한 선택을 한 것은 역설적으로 적절하다고 생각했다. 특히, 동료 교수와 나는 강의를 개설할 때 학과나 위원회의 허락을 받지 않아도 된다는 점에서 미국 내에서 흔치 않은 환경을 갖춘 대학에 재직 중이었다. 사실 미국 매사추세츠주 에머스트시에 있는 햄프셔대(Hampshire College)에는 개설 교과목을 심의하는 위원회나 학과 같은 게 없다. 햄프셔대는 학생의 자기 주도학습 역량과 사회적 변화를 이끌어내는 것을 목적으로 하는 반규제적, 학제간 교육 실험의 장으로 1960년대 개교한 대학이다. 대학의 슬로건인 "Non Satis Scire"는 '지식만으로는 충분하지 않다'라는 의미로, 적극적인 사회 활동과 참여 정신 구현을 통해 사회에 대한 실질적 기여를 강조한다. 그러다 보니 강의실에서의 외국어 교육 자체는 최소한의 관심 대상일 뿐이었다. 햄프셔대의 많은 동료 교수들과 졸업생들이 그동안 이루어낸 것을 살펴보면 이 같은 실험은 성공적이었다고 자평할 수 있는데, 나는 그 성공의 일부는 햄프셔대와 컨소시엄을 맺고 있으면서 전통적 교육 방식을 고수하는, 에머스트시에 위치한 네 군데 대학들과의 협업 덕분이라고 생각한다. 햄프셔대가 전통적인 학제에 반대하면서 학제간 교육에 기반을 두다 보니, 햄프셔대의 부족한 면을 채우면서도 햄프셔대의 차별성을 부각하기 위해 인근에 가까운 대학들과의 컨소시엄을 통해 좀 더 체계적인 학문적 공간을 확보하는 시도가 필요했다. 13년 전 햄프셔대의 '문학과 비평이론' 전공 교수로 채용되었을 때 내가 가장 많이 들었던 충고는, 우리 대학은 인근에 있는 명문 에머스트대학(Amherst College) 영문과가 아니라는 것이었다. 그러나 오늘날 에머스트대 영문과는 1920~30년대 퓰리처상 4회 수상이라는 대기록을 보유한 미국 최고의 국민 시인 로버트 프로스트(Robert Frost)가 교수로 재직하던 그런 전설적인 곳이 더 이상 아니라는 현실과 예전에도 그 정도로 대단한 학교는 아니었다는 사실에도 불구하고 우리 햄프셔대와 에머스트대의 명성 사이의 상징적 차이를 줄이지는 못한다. 그렇지만 햄프셔대가 가끔씩이라도 되찾아오고 싶은 그 명성, 즉 우리 학교 관계자들이 우리의 '고유성'이라고 자부하는 그 명성이 오늘날 현실에서 우리로부터도 점점 멀어지고 있는 것은 사실인 것 같다. 왜냐하면 앞서 언급했듯이 햄프셔대를 일종의 '대안대학'으로 만들어준 전통적이지 않은 실험적인 학제간 경계선들이 이제는 다른 대학에서도 유사한 형태로 반복되다 보니, 그 실험성이 퇴색될 위험에 놓이게 된 것이다. 그렇다고 이와 관련해서 여기서 내가 설명할 내용이 학문적 퇴보의 전형적인 사례라는 이야기는 아니다. 극단적으로 가장 긍정적인 측면과 부정적인 측면에서, 내가 재직하고 있는 이곳 대학의 환경은 지극히 예외적인 상황이라고 나는 생각한다. 우리 대학이 처한 교육과정이나 채용, 예산 관련 다양한 위기들의 여파 속에서 우리 대학을 특수한 사례로만 간주하다가는 결코 다가오는 미래를 이해하고 대처할 수 없을 것이라는 염려가 지난 몇 년 사이에 내 머릿속에 들기 시작했다. 왜냐하면 햄프셔대는 1993년 미국비교문학회(ACLA)에 제출된 가장 최신판 '10년 보고서'인 「번하이머 보고서」에서 언급된 여러 가지 미래 방향성보다도 이미 훨씬 더 빨리, 더 멀리 앞서갔기 때문이다.

학교에서는 가르쳐주지 않는 이야기를 하기 앞서서, 그리고 인정하건대 나의 개인적인 경험에서 나온 주관적인 이야기를 꺼내기에 앞서서, 비교문학의 현재 상황을 전반적인 관점에서 조망하게 하는 '비교문학 기준 보고서'가 나로 하여금 왜 총체적인 면이 아니라 몇 가지 구체적이고 세부적인 내용을 더 곰 곰이 다시 생각하도록 만들었는지를 먼저 설명하고 싶다. 내가 여기서 언급할 몇 가지 사례에는 실제로 나도 관여되어 있었으며, 이 사례들은 지극히 지엽적 일 뿐만 아니라 어쩔 수 없이 조금은 개인적으로 황당한 맥락에서 나온 세부적 인 내용에 근거하고 있다는 것을 미리 밝힌다. 무엇보다도 첫 번째 이유는 이들 몇 가지 구체적인 사례들은 비교문학 같은 학문 영역이 위기에 처해 있다는 것 을 나타내는 다른 맥락에서도 비슷한 반향을 불러일으킨다고 생각하기 때문이 다. 두 번째 이유는「번하이머 보고서」가 강조하듯이, 대학 교육에서 두 가지 핵 심적인 변화라고 할 수 있는, 다양한 형태의 '다문화주의'의 출현과 미국 대학 에서 학문 분야로서의 '문화연구'의 등장은 비교문학의 판을 새로 짜고 있으며, 이후에는 결과적으로 언론매체에서 대학 교육을 공격하는 데 종종 이용되는 갈 등의 원인이 되고 있기 때문이다. 세 번째 이유는, 그럼에도 불구하고 이런 갈 등들은 여전히 필요할 뿐만 아니라 반드시 한 번은 겪어야 할 것들이며, 만약 겪지 않았으면 자칫 모든 역사를 일종의 불가피한 결정론적 과정으로만 보는 연속선상의 진보주의적 '휘그 역사(Whig history)'처럼 되었을 뻔한 비교문학의 필수 불가결한 요소로 조망해야 한다고 나는 믿기 때문이다.

내가 할 이야기로 다시 돌아가기 전에, 바로 위에서 언급한 세 번째 이유를 비교문학 역사의 관점에서 잠시 설명하고자 한다. 여기서 말하는 비교문학의 역사는 최근의「번하이머 보고서」뿐만 아니라 이 보고서에서 1965년「레빈 보 고서」와 1975년「그린 보고서」를 비평적으로 정리한 내용에 근거하고 있다. 세 편의 보고서를 순서대로 모두 읽다 보면 누구라도 과거 엘리트주의에서 시작해 서 점차 진보적이고 다문화적인 미래를 향해 가는 빛나는 비교문학의 행복한 서사를 만들어가고 싶은 유혹에 빠지게 된다. 그러나 그렇게 하는 것은 자칫 비 교문학이 그동안 쌓아온 업적을 위험에 빠뜨릴 수도 있다. 마치 이들 보고서 저 자들과 보고서에서 주장한 내용이 모든 대학 내에서 이루어지는 비교문학 전공 교육의 실제와 기능, 구조를 대변하는 것처럼 보이거나, 마치 지난 수십 년 동안의 비교문학 교육과 연구의 현장과 기준이 2차 세계대전 이후 냉전시대의 상당히 제한적인 '유럽중심주의' 이외의 모든 다른 '역사적, 문화적, 정치적' 맥락과는 무관하게 존재하는 것처럼 보이게 하는 위험을 초래할 수도 있다.

사실 1965년 「레빈 보고서」와 1975년 「그린 보고서」는 이후에 이 두 보고서에 대한 번하이머 교수와 보고서 위원들의 호평이나 두 보고서에 사용된 언어에 명확하게 드러난 것보다도 훨씬 더 이질적인 비교문학의 역사에 속한다. 비록 「레빈 보고서」와 「그린 보고서」가 당시 '주도적이었던 비교문학의 개념을 강력하게 표명하고' 있는 것은 사실이지만, 그 당시 비교문학의 실제와 수용 과정에는 이 두 보고서가 학문적으로 담아내고 막아낼 수 있는 기준을 훨씬 뛰어넘을 만큼 강력하게 저항하는 시도들도 있었다. 예를 들어, 문학연구를 통해 자신들의 어젠다를 관철시킨 페미니즘 같은 거대한 소수자 사회운동이 1960년대부터 1980년대에 걸쳐서 역사와 문화를 변화시키는 수단으로서 '비교'라는 방법을 활용한 맥락은 비교문학과의 연관성을 제외하면 달리 설명할 수 없을 것이다.

여기서 우리는 문화적 정치와 사회적 진보, 이 두 가지가 결코 완벽한 조화를 이루지 않는다는 사실을 기억할 필요가 있다. 특히 1979년부터 1990년까지 영국 총리를 역임한 마거릿 대처 행정부 시절, '좌파 문화주의'를 다룬 영국 석세스대학 문화연구 교수 앨런 신필드(Alan Sinfield)의 1989년 저서 『전후 영국의 문학, 정치, 문화(*Literature, Politics and Culture in Postwar Britain*)』는 특히 미국 컬럼비아대 비교문학과 교수 브루스 로빈스(Bruce Robbins)가 1993년 자신의 저서 『세속적 소명 : 지식인, 전문성, 문화(*Secular Vocations: Intellectuals, Professionalism, Culture*)』에서 강조하듯이, 영국과 미국 대학의 서로 다른 맥락에서 문학연구가 대학의 학사과정으로 제도화되는 과정에서 다양한 상황과 담론들이 얼마나 불규칙하게 서로 다른 길을 갔는지를 보여준다.

비교문학은 특히 더 다양한 성격과 층위의 발전과정을 거쳐 왔다. 초기의

「레빈 보고서」와「그린 보고서」에서 분명하게 알 수 있듯이 문화적으로는 보수적인 궤적도 있었지만, 특정한 기준이 적용되어야 하는 비교문학 학과라는 학제적 맥락에 기여했을 뿐만 아니라 다른 학문 영역, 다른 학과, 다른 분야의 지평을 열어주는 역할도 해왔다. 대학에서 특정 국가 문학만 배우는 학과라는 일종의 폐쇄공포증 같은 배타성 그 너머에는, 이론적 해방 공간으로서, 그리고 다양한 국가의 다중언어뿐만 아니라 동일 국가 안에도 존재하는 다양한 언어 집단들을 위한 보다 범세계적인 공간으로서 비교문학의 가능성과 미래가 놓여 있다. 단순히 대학의 학과 단위나 범주를 뛰어넘는 초(超)학과적인 비교문학의 역할은, 비록 두 편의 '기준 보고서'의 핵심 주제는 아니지만 비교문학 역사에서는 매우 중요한 요소이기도 하다. 「번하이머 보고서」에서도 정확하게 짚어내듯이 불문학, 독문학, 영문학, 스페인 문학 이외의 다른 국가의 특정 문학들을 대학이라는 공간에서 '세계주의'라는 낡은 관점으로 접근하게 되면, 더 이상 그어떤 문화적, 지정학적 논리에도 부합하지 않는 방식으로 소외된다. 대학이라는 환경에서 마치 바퀴 달린 '이동식 집'처럼 매우 유동적인 존재인 이탈리아 문학은「번하이머 보고서」에서는 유럽 문학으로 분류되어 있지만, 사실 단테만 빼면 그냥 소수자 문학으로 전락하기 쉽다. 대학에서 내가 이탈리아어를 가르쳤을 때만 해도 이탈리아어는 불문과 울타리 안에 놓여 있었다. 그 같은 하위자 개념의 '서벌턴(subaltern)' 공간에서 비교문학은 학제간 연합이나 심지어는 학과간의 거리 설정을 통해 재조정과 새로운 가능성의 핵심적인 구심점이 될 수 있었다.

　「번하이머 보고서」의 새로운 비교문학 정신은 이러한 과거의 강점을 살려 하나의 국가 내에 존재하는 '다중언어 사용과 혼성 방식' 등을 포함하는 다양한 차이점에 초점을 맞춘다. 기존의 단일 국가 언어 기반의 학과들, 예를 들어 이탈리아문학과의 경우에도 이민, 식민지화, 문화관광, 글로벌 문화시장 등을 통해 이탈리아 국내뿐만 아니라 이탈리아 밖에서 이탈리아 문화와 언어의 국가간 글로벌한 이동의 측면으로 확장해나갈 수 있다. 최근 이탈리아에 늘어나고 있는 아프리카 이민자들의 다중언어 문학의 등장을 보면, 일부는 다른 식민지 언어에서 이탈리아어로 번역되기도 하고 또 어떤 경우는 이탈리아 출신의 원어민 작가와 협업으로 집필되고 있는데, 이는 오늘날의 국가성 개념을 현대적으로 재구성하는 다양한 예시 중에 하나라고 할 수 있다.

하나의 국가 범주가 바뀌는 현상에 초점을 맞추는 것은 다문화주의에 대한 다양한 논의와 담론의 매우 중요한 확장 지점이 될 수 있다고 생각한다. 이 확장 지점은 다양성을 강조할 뿐만 아니라 이질성, 민족성에 대한 논의도 확보하며, 서유럽 밖에 놓여 있는 다양한 지정학적 변방 공간들의 불평등한 발전 현상에 대한 논의까지도 가능하게 한다. 이 경우 새로운 비교문학 정신은 여전히 '제3세계'나 '유럽중심주의' 담론을 지배하는 '중심/주변부'의 이분법적 논의의 한계를 뛰어넘을 수 있을 것이다.

「번하이머 보고서」 집필위원들이 강조하듯이, 비교문학은 그러한 문화교차를 고찰하는 공간으로서 특권을 누려왔지만, 동시에 집필위원들이 인정하듯이 문학연구에 대한 다문화적인 재맥락화는 문학연구 자체보다 문화연구라는 훨씬 더 크고 강력한 영역의 등장으로 인해 가능해진 것도 사실이다. 문화연구의 등장이라는 맥락과 관련해서, 이 글의 나머지 부분에서는 내가 비교문학과 학제간 연구를 이해하는 데에 큰 걸림돌이 되었던 세 가지 중요한 사례를 현장보고서 형식으로 간략하게 요약해보고자 한다.

포스트문화연구

현재 내가 강의하고 있는 대학에는 학제간 경계라는 것이 거의 존재하지 않는데, 나를 포함한 스무 명 남짓 일부 교수들이 우리 대학의 유일한 단과대로 '문화연구 단과대'라는 새로운 학제를 학교에 제안하고 나서야 우리가 지나치게 많이 앞서갔다는 것을 깨닫게 되었다. 우리는 '문화연구'와 관련된 연구를 하는 동료 교수들이나, 이 같은 새로운 도전에 관심이 있어 보이는 교수들을 우리 쪽으로 초대하기 시작했다. 이 작업을 시작하면서 우리와 맞지 않는 사람을 제외하는 배타적인 관점보다는, 가능성이 있는 사람들을 최대한 포함하는 포괄적인 입장을 취했다. 그럼에도 불구하고 이 같은 통합적 시도에 대한 첫 번째 반격으로 아마 이런 시도가 배타적이라고 비판하는 목소리가 나올 것으로 예상했고, 실제로 그런 비판들이 제기되었다. 어쩌면 우리도 예상한 것처럼 우리가 생각했던 방향과 정반대로 가는 움직임이 바로 일어났다. 우리의 포괄성이 갑자기 전체 대학을 압도하는 위협 요소가 되어버리면서 뜻하지 않았던 결과가 학교 분위기를 장악해버렸다. 즉, 우리는 모두 똑같은 사람처럼 보이면서도 그 누구와도 닮지 않는 사람처럼 보이게 되었다. 우리는 서로 간에 구분이 안 되면서도 확실하게 구분이 되어버렸다. 곧이어 정체성의 혼란이라는 후폭풍이 불어왔다. '문화연구'라는 것을 들어본 적이 없었던 동료 교수 중 일부는 과연 자신들이 문화연구와 관련이 있는지 없는지조차 판단하기 어려웠다고 털어놓았다. 또 다른 교수들은 만약 인문학이나 커뮤니케이션, 영상 관련 전공 교수들 대부분과 관련 분야 예술가들이 모두 문화연구 분야에 속한다고 한다면, 외부 사람들 눈에는 이들 교수 모두가 마치 같은 전공 소속처럼 보일 수 있다는 점에 대해 우려하기도 했다. 위의 전공 분야에 해당하지 않은 남은 네 명의 인문학 교수들은 어떻게 되었을까? 학제간 학부과정으로 유명한 이 작은 햄프셔대의 교수들 대부분은 대여섯 개의 학제간 전공분야 소속 타이틀을 가지고 있었기 때문에, 문화연구 단과대 설치 제안은 마치 '민족국가'에 대한 베네딕트 앤더슨(Benedict Anderson)의 표현인 '상상의 공동체(imagined communities)'에 해당할 수 있는, 대학 내 다양하고 임시적인 우리만의 학제간 공간의 틀을 깨뜨려버릴 수 있는 위협이 되었다. 문화연구 단과대 규모의 딜레마를 조율할 수도 있었던 그런 단과대 공간을 구성하고 설정하는 시도를 우리가 하는 과정에서, 우리는 단과대 규모나 범주의 구체성, 명확성 여부에 상관없이 결국 우리가 설정하려고 하는 범주에 대해 무조건적인 반대가 나올 것으로 예상했었다. 결국, 우리는 문화연구 단과대 신설 신청서를 철회하고야 말았다. 그러나 그것으로 일이 끝난 것은 아니었다. 학교는 전례 없는 의회 다수결 절차를 활용해서 교수회의를 소집했고, 비록 일부 교수들만 참석한 교수회의였지만 투표를 통해 앞으로 문화연구 발전 방안 논의는 더 이상 진행하지 않기로 한다는 조항을 학장 회의록 수정안에 추가하는 안건을 통과시켰다.

그래서 오늘날 햄프셔대에서 문화연구는 비공식적인 프로그램으로만 계속 운영되고 있다. 그런데 만약 대학 교육과정의 성공 여부를 수강생 숫자로 평가한다면 햄프셔대에서 문화연구 프로그램은 이미 엄청난 성공을 거둔 프로그램이 된 것이나 다름없는데, 아마 햄프셔대에서 학생들이 가장 많이 몰리는 프로그램이라고 해도 틀린 말은 아닐 것이다. 그러나 우리 대부분은 앞으로 문화연구 프로그램을 햄프셔대에서 공식적인 학제로 제도화하려는 향후의 시도가 과연 가치가 있을지는 회의적이다. 그렇다면 여기서 우리의 교훈은 무엇일까? 문화연구는 개별 학과에 맞서서 차별화를 가질 수 있는 대규모 대학에서 개설되는 것이 더 적절하다는 것일까? 아니면 다양성에 기반을 둔 학제간 연구라는 것이 어쩌면 햄프셔대 같은 실험적 대학을 세웠던 초창기 창립자들은 상상할 수 없을 만큼 독재적이고 획일적인 모습을 가면 뒤에 숨기고 있는 것은 아닐까?

교수 채용과 계약 해지

실제로 그 일을 겪었던 당시에는 이런 식으로 이야기하지 않았겠지만 몇 년 전 문학전공 동료 교수 두 명이 우리 대학의 재임용 심사에서 탈락했을 때 나는 학제간 연구의 전체주의적 민낯을 목격하고 말았다. 두 명의 교수의 재임용 탈락 관련 시시비비를 여기서 전부 거론하지는 않겠지만, 소위 말하는 '정치적 올바름'과 관련해서 미국 언론에서도 크게 다루었던 논란이 되어버렸다. 그런데 언론 보도에서 제대로 강조되지 않았던 부분은, 사실 이 논란의 최종 판결이 비교문학이라는 학문과 학제간 연구의 개념과도 연관이 있었다는 점이다. 이와 관련한 설명을 이어가기에 앞서서, 우선 해당 교수 두 사람은 학교 안과 밖에서 여러 차례 재심과 중재를 통해 결국 재임용이 되었다는 결말부터 먼저 언급하고자 한다. 재임용위원회에서는 그들의 뛰어난 연구업적을 높이 평가해서, 평가 위원들의 거의 만장일치에 가까운 승인을 통해 해당 두 교수의 재임용을 결정했다. 그런데 비록 이들 두 명의 교수의 전공분야는 다르지만 그들에게는 공통적인 타이틀이 따라다녔는데, 그것은 바로 문학을 비교하는 연구자라는 명칭이었다. 그렇다면 비교문학 연구자라는 타이틀과 그들의 재임용 거부가 그 어떤 상관관계라도 있었을까? 놀랍게도 비교문학 연구자라는 타이틀이 어떤 방식으로 해당 두 교수의 재임용 거부에 작동했는지 간략하게 설명을 하고자 한다.

재임용 심사 1단계에서 각 평가대상자에 대한 심사평과 함께 비밀투표가 진행되었다. 이 비밀투표 방식은 우리 대학의 '공개' 시스템과 맞지 않는 것으로 판단되어 이후에 폐지되었다. 투표 결과, 두 교수에 대하여 한 사람에게는 4표의 반대표가 나왔고, 나머지 한 사람에게는 7표의 반대표가 나왔는데, 투표한 30여 명의 소속 교수들은 심사평에서 이 두 명의 교수들의 태도가 지나치게 '엘리트주의'적이고 '거만하다'라는 점을 문제로 삼았다. 또한 두 사람이 제3세계 문학을 이에 적합한 방식과 맥락으로 가르치지 못했다는 점을 지적했다. 예를 들어, 첫 번째 사례로는 비교문학 전공으로 미국 명문 대학에서 박사학위를 최근에 받고 부임한 A라는 교수는 원래는 문학, 불문학, 영문학 관련 과목을 가르치는 것으로 임용되었는데, 자서전을 주제로 하는 자신의 수업에서, 20세기 초 하층민 흑인들의 차별과 빈곤 문제를 신랄하게 비판한 리처드 라이트(Richard Wright)의 『흑인 소년(Black Boy)』을 가르치면서 아우구스티누스와 루소의 자서전 문학 전통의 맥락에서 접근했다. 그리고 아르헨티나 소설가 호르헤 루이스 보르헤스(Jorge Luis Borges)에 관한 수업에서는 세계주의적 '제3세계 작가'로서의 흥미로운 논란의 대상으로 보르헤스를 다루었는데, 이를 문제로 삼은 교수들은 이들 작가에 대한 해당 교수의 접근법이 수업 맥락에서 벗어날 뿐만 아니라,

학생들에게 제3세계 문학 주제를 접할 수 있도록 하는 학교의 교육 방향성을 제대로 구현하지 못했다고 지적했다. 두 번째 사례는 이보다 훨씬 더 가혹하고 통탄할 만한 일이었다. 중남미 문학과 중남미계 미국 문학 교과목 담당으로 임용이 된 중남미계 B교수는 중남미계 '커뮤니티'에 제3세계를 소개하는 수업 방식에서 유럽 중심적인 문학 용어와 장르, 문체적 주제들을 지나치게 강조했다는 혐의를 뒤집어썼다. 그런데, 그 같은 문제를 제기한 사람은 해당 교수의 강의나 연구에 대해 그 어떤 직접적인 이해나 지식도 전혀 없다고 스스로 인정한 사회과학대학 소속의 교수였다. 여기서 사용한 '커뮤니티'라는 용어는 일반적으로 대학 캠퍼스 내에 얼마 되지 않는 숫자의 소수자 학생들을 가리키거나, 좀 더 확대하면 '햄프셔대' 공동체 정도를 가리키는 용어일 것이다. 교내 인문 예술 분야의 모든 소수자 출신 교수들의 강력한 지지에도 불구하고, 유럽의 문학작품들과 이론적 틀을 반복적으로 수업에 가져왔다는 이유뿐만 아니라 해당 교수의 전반적인 문학 접근방식 등을 이유로 소수자 출신으로서의 해당 교수의 대표성과 정체성을 문제로 삼은 것이다.

두 명의 재임용 심사 대상 교수의 업적에 대해서 학계의 가장 저명한 교수들을 포함한 외부 심사위원들의 높은 평가결과에도 불구하고, 외부 심사위원들은 우리 대학 내부 기준에 대한 이해가 부족하고 '엘리트주의적'이라는 이유로 이들의 평가결과는 배제되었다. 물론 특정 작가를 한두 가지 특정 맥락에만 국한해서 한두 가지 특정 방법론으로만 가르치는 것의 상대적인 장단점은 항상 논란의 여지가 있는 것이 사실이다. 그러나 두 명의 재임용 심사 대상 교수를 지지하는 교내 모든 문학전공 전임교수들은 넓은 차원에서의 학문적 자유나 이에 대한 차별이라는 근거 외에는 이와 관련해서 자신들이 문제를 제기할 수 있는 대상은 없어 보였다. 사실 이번 논란과 관련한 학문적 자유나 차별 문제는 훨씬 더 넓은 맥락에서 중요한 의미를 가질 수 있다. 위에서 언급한 두 교수의 재임용 사례는 비교문학이 다문화주의에 다양성을 부여하는 결정적인 역할을 할 수 있다고 강조한 1993년 「번하이머 보고서」의 주장을 재확인하는 기회이기도 했다. 그러나 비록 해당 두 교수의 경우에는 제대로 구현되지 않았던 비교문학의 전문적, 학문적 기준에 대해서 비록 헛된 수고처럼 보이지만 나는 여전히 매달리고 있었다.

내가 강조하고자 하는 바는, 학문적 기준이 없는 영역에서 이루어지는 '학제간 연구'는 자칫 '공동체의 기준'에 의해 좌우될 수 있다는 점이다. 위에서 언급한 두 교수의 경우에는 결국 사회과학의 관점에서 바라보는 다문화주의에 대한 단일한 교조주의적 모델이 '공동체의 기준'처럼 작동해버렸다. 이 같은 사태가 학문적 삶에 미치는 영향은 상당히 치명적일 수 있다. 나 역시 '학제간 연구'와 다문화주의는 스스로 발전해나간다고 생각하는 공동체적 정서에 공감하고 있었기 때문에, 만약 이런 사태를 겪지 않았더라면 지금과 같은 깨달음은 전혀 생각해보지 못했을 것이다.

돌이켜보면 미국에서 사회적 변화와 학문적 기준의 관계는, 특히 비교문학 영역에서는 현실적으로 제한적인 다문화주의의 편협한 범주보다 훨씬 더 복잡하다. 그러나 내가 재직 중인 햄프셔대에서뿐만 아니라 그 밖에서도 비교문학의 또 다른 발전 모델이 진행 중인데, 「번하이머 보고서」의 표현을 빌리자면, 이들 새로운 발전 모델은 "문화적 관계와 번역, 대화, 논쟁에 대한 유의미한 성찰을 발전시키는 도구로 접근해야 한다".

예산

「번하이머 보고서」는 비교문학의 미래와 관련해서 우리 시대의 대학 교육의 재정적 불확실성과 위기에 대한 성찰로 마무리하고 있다. 보고서 저자들은 「번하이머 보고서」에서 '비교'라는 행위를 '미래의 물결'로 정의하고 있지만, 현실을 돌아보면 많은 대학에서 재정적 긴축에 대한 보수적인 대응 과정에서 '비교'의 행위는 축소되고 있다. 그러나 이 같은 문화적 보수주의가 대학의 재정적 위기에 대한 유일한 대처방안은 결코 아니다. 뉴욕대 비교문학과 교수를 역임한 메리 루이스 프랫이 미국 현대어문학회(MLA)에서 발표한 논문에서 강조했듯이, 수동적인 문화적 보수주의 외에도 훨씬 도전적이고 유용한 대응 전략의 사례는 많다. 이들 대부분의 새로운 전략은 대학 사회를 활성화하는 역할을 하기 때문에 더 많은 교수 채용으로도 이어질 수 있을 것이다.

학교의 예산 위기에 대응하기 위해 구성된 예산위원회 위원으로서 나는 교육과정과 인력의 재배치에 상당한 유연성을 가지고 있는 비교문학 프로그램과 같은 진보적인 교육과정과 대학의 재정위기 사이의 관계가 이렇게 복잡한 것을 깨닫고 깜짝 놀랐다. '유연한' 지식 축적이나 '유연한' 인력 활용의 측면에서 중요한 키워드는 바로 '유연성'이다. 예를 들어, 햄프셔대처럼 교육 기준과 등록금, 다문화 등의 수준은 높지만 기부금이나 연봉은 낮은 대학에서, 교수가 부족한 관련 전공분야와도 기꺼이 협력할 준비가 되어 있는 비교문학 교수의 유연한 활용성과 용도는 문학 전공으로 대학원에 진학하는 우수한 학생들을 많이 배출해낼 수 있음을 의미한다. 물론 이런 결과를 내기 위해서는 인근 대학들과 교환학생 제도나 교차 이수 과목 활성화 같은 협력은 필수적이다. 이와 관련해서, 마침 예술 관련 기자재 유통 사업체를 운영하고 있던 우리 대학 예산심의 이사회 의장은 비교문학과 같은 작은 규모의 '유연한' 교육 프로그램의 도전적인 정신과 진취적이고 주도적인 방향성에 대해 강력한 지지를 표명했다.

그러나 이 같은 축소 모델은 내가 지지하는 형태는 아니다. 우리의 예산은 이제 더 이상 줄일 수도 없을 만큼 바닥까지 내려왔다. 그런데 이 '축소' 전략이 뜻하지 않게 규제 완화와 유연성, 외주계약 활용, 그리고 이에 따른 인력 감축이 다른 영역에 미치는 부수적인 영향력까지 감안하면, 분명 또 다른 가능성을 열어놓았다고 할 수 있다. 지엽적인 맥락에 갇혀 있는 나와는 달리, 전체 그림을 그리는 대학 고위 관계자들은 분명 이러한 가능성을 이미 인식하고 있을 것이다.

물론 그 같은 대학 행정의 입장이 1993년 「번하이머 보고서」의 정신과 일치하는 것은 아니다. 「번하이머 보고서」는 이 같은 '과도기적인 시기' 이후의 시간을 기대하며 미래의 대학 교육을 결정하는 더 큰 맥락의 경제적, 정치적 문제들에 우리가 적극적으로 참여할 것을 요청하고 있다. 나의 예상과 두려움처럼, 대학 교육의 미래는 상당한 범주의 규제 완화 또는 철폐, 그리고 인문학의 축소 방향으로 진행될 예정인데, 이 같은 학문적 경계선의 절충과 조율은 아마 동일한 기준과 방식이 모든 대학에 적용되는 것이 아니라, 각 대학이 처한 상황에 따라 다르게 진행될 것이다. 그래서 우리는 다양한 학문 분야의 현황에 대한 공식적인 보고서들을 통해 우리가 처해 있는 개별적인 상황의 다양한 맥락과 지평을 이해할 수 있게 된다. 그럼에도 불구하고, 대학 현장에서는 교육과정, 인력 배정, 예산 운용 등과 같이 개별 대학에서 일상적으로 수행하는 업무들이 결국 어떤 학문 분야에서든 그 한계와 가능성을 드러내고 결정하는 중요한 요인이 될 것이다.

| 번역 : 박지해 |

19 어느 비교문학자의 진심

토빈 시버스

오늘날 비교문학자들은 2차 세계대전 직후 일어나기 시작한 변화의 파도를 타고 있는 중이다. 그 당시 비교문학이 가지는 상징성 중 하나는 비교문학이 유럽 통합에 기여할 수 있다는 것이었다. 그 무렵 비교문학을 공부하던 미국 학생 중에서 일부는 유럽에서 벌어지고 있는 전쟁에 참전했고, 전쟁 후 다시 미국으로 돌아와서 자신들이 유럽에서 경험했던 유럽 문화와 언어에 대한 초보적인 지식을 대학에서 학문적 역량으로 발전시켰다. 그들이 대학에서 수업을 듣던 교수 중에는 그들이 참전했던 바로 그 유럽의 전쟁터에서 탈출해서 미국으로 건너온 난민 출신도 있었다. 이 같은 역사적 사실은 비교문학의 기준에 대한 1965년 「레빈 보고서」와 1975년 「그린 보고서」에도 잘 나타나 있다. 그런데 지금 우리 시대에 제대로 드러나지 않는 것은, 그 당시 이런 노력이 얼마나 진지했는지, 그리고 그 노력이 가지는 상징성이 얼마나 중요했는지다. 이미 두 차례의 세계대전으로 갈기갈기 찢어졌을 뿐만 아니라 더 큰 전쟁의 위협에 직면하고 있는 것 같은 이 세상에서 비교문학은 평화와 진정성, 합리성, 그리고 희망의 정신을 상징했다. 전쟁으로 찢긴 마음의 조각들을 모으고, 엉망진창이 된 세상을 정리하기 위해서는 지적 역량과 재능이 필요했는데, 비교문학자들은 자신들이 그런 역할을 할 수 있는 전문가라고 생각했다. 비교문학자들은 엉망진창이 된 세상을 위해 무엇인가를 하고 싶었고, 그런 역할을 할 수 있는 지적 역량을 자신들이 갖추고 있다고 믿었다.

오늘날 세상은 그때보다 규모가 훨씬 더 커졌지만, 비교문학의 상징성은 별로 바뀌지 않았다. 이번 「번하이머 보고서」를 보면 비교문학자들은 비교문학이라는 학문 영역에 대해 여전히 거대한 윤리적, 정치적 꿈을 품고 있음을 알 수 있다. 비교문학자들의 이 같은 자신감은 여러 차례 찾아온 세계 경제 위기와 비교문학자들의 꿈에 별로 호응하지 않는 대학의 행정 책임자들 때문에 그동안 조금 흔들리기도 했지만, 여전히 비교문학자들은 경제적 지원만 넉넉하게 이루어진다면 비교문학자들이 세상을 좀 더 살기 좋은 곳으로 변화시킬 수 있는 리더들을 키워낼 수 있다고 믿는 것 같다. 비교문학자들은 항상 그런 리더들의 양성을 비교문학 교육의 궁극적인 목표로 삼아왔는데, 뉴욕대 비교문학과 메리 루이스 프랫 교수의 표현을 빌리자면, 바로 '이중문화의' 또는 '다문화의' 역량을 갖춘 인재들이다. 이와 동일한 교육 목표를 가리키는 또 다른 표현으로는, 프랫 교수의 '글로벌 시민'이라는 표현도 있고, 「레빈 보고서」와 「번하이머 보고서」에 언급된 '문화적 다원주의자', 「레빈 보고서」와 「그린 보고서」에 언급된 '국제주의자', 그리고 「그린 보고서」에 언급된 '범세계주의자' 등을 들 수 있다. 비교문학은 마치 상징적인 국제연합(UN)처럼 존재한다. 비교문학은 전후 시대에 인간들의 갈등으로 찢겨버린 세상이 처해 있는 상황에서 간절히 요구되는 국제적 화합과 일치라는 가치를 꿈꾸며, 전 세계 사람들 사이의 갈등을 해결하고자 한다. 분명 가치 있는 목표이며 꿈이지만, 과연 이것이 비교문학이라는 학문이 할 수 있는 적절한 역할인지 나는 의문을 제기하고자 한다.

성공 때문에 난파한 사람들

다가올 미래에 비교문학자들이 마주하게 될 가장 큰 과제는 비교문학의 근본적인 윤리적, 정치적 상징성을 제대로 파악해서 그 가치를 구현하면서 살아갈 것인지, 아니면 그 가치 때문에 사라질 것인지일 것이다. 개인적인 생각이지만 학문 영역으로서 비교문학은 죽어가고 있다는 사실에는 의심의 의지가 없다. 이 같은 운명의 역설은 비교문학은 비교문학의 성공 때문에 난파하고 있다는 것인데 참으로 이해하기 어려운 역설이기도 하다.

간략하게 정리하자면, 비교문학은 새롭게 등장해서 큰 대중성을 끌어낸 '다문화주의'라는 세계관을 처음부터 적극적으로 옹호했다. 마치 펩시콜라와 코카콜라 사이의 경쟁 관계처럼 비교문학과 다문화주의 사이에서 아무리 서로 비슷하더라도 좀 더 오래된 브랜드는 떠오르는 신생 브랜드에 맞서기가 결코 쉽지 않은데, 특히 다문화주의는 더 많은 사람의 관심을 끌어낼 수 있는 마케팅 전략을 성공적으로 활용했기 때문이다. 오늘날 대학에서는 모든 사람이 각자 비교 연구자가 되고 있기 때문에 오히려 비교문학자들은 자신의 정체성을 잃어버리고 있다.

다문화주의 관련해서 오늘날 비교문학자들 사이에 일어나고 있는 논란은 결국 하나의 선택으로 귀결된다. 즉, 낡은 옛날 이름으로 된 꿈을 계속 꿀 것인지, 아니면 새로운 이름으로 된 꿈을 꿀 것인지의 선택으로 남았다. 이 두 가지 꿈 사이의 유일한 차이는 기준의 문제다. 고전적인 관점에서 보자면, 문학과 문화는 번역을 통해 온전히 이해되기는 어렵기 때문에, 비교문학자들은 언어적 역량이 문화적 다양성에 결정적으로 중요하다고 믿는다. 외국어를 많이 알면 알수록 다문화주의에 대한 이해도 커진다는 논리가 된다. 비교문학 강의실에서는 교수든 학생이든 최소한 누군가는 각각의 문학 텍스트가 만들어진 원어를 알고 있어야 하고, 문학 텍스트가 만들어진 문화적 배경노 알고 있어야 한다. 그리고 일반적으로 이 역할은 교수가 해야 하는데, 교수는 학생들이 꼭 봐야 할 것들을 보여주는 관광 가이드 역할과 부적절한 해석은 차단하는 경찰 역할도 맡아야 한다. 이에 반해, 다문화주의자들은 문화는 번역 가능하다고 믿는다. 그래서 문화적 다원주의는 형식이나 방법에 상관없이 학생들이 문화적 다양성의 콘텐츠를 경험하는 것만으로도 교육적 효과가 가능하다고 생각한다. 그래서 강의실에서 이런 아이디어와 문화를 어떻게 이해해야 하는지를 가르치는 것보다, 그냥 있는 그대로 보여주는 것이 더 중요하다. 그 누구도 작품의 원어나 문화에 대해 알아야 할 필요가 사라지는 것이다. 그냥 학생들은 작품이 아주 먼 곳에서 왔다는 것만 알고 있으면 된다. 여기서 교수는 그동안 관심을 제대로 받지 못한 요소들의 목소리를 전달하는 대변인 역할을 할 수만 있다면 계속해서 관광 가이드 역할과 경찰 역할을 수행하면 된다.

비교문학자들과 다문화주의자들의 공통 목표는 문화 간 경계를 뛰어넘는 경험의 가치를 공유하는 것인데, 양쪽 모두 이 같은 가치를 구현하는 열쇠를 문학작품이 거머쥐고 있다고 믿는다. 물론 다문화주의는 원어와 원천 문화에 대한 지식을 필수조건으로 하지 않기 때문에 비교문학보다 좀 더 텍스트 기반의 특징을 가진다. 다만 다문화주의가 조건으로 내세우는 것은 특정한 종류의 텍스트가 강의실에서 상징적인 존재감을 발휘한다는 점인데, 그런 면에서 가르치는 방법론에 있어서는 다문화주의가 비교문학보다 접근성이 더 낮다고 할 수 있다. 그러나 접근성과 개방성은 비교문학과 다문화주의 모두 중요하게 생각하는 가치다. 만약 비교문학과 다문화주의가 서로 논쟁을 벌이는 상황까지 간다면 비교문학자들은 자신들이 까다로운 언어 기준을 고수하는 이유에 대해 항상 조바심 가득한 집착을 보일 것이다. 비교문학의 기준에 대한 「그린 보고서」의 강경한 반대 입장에도 불구하고, 「그린 보고서」는 사실상 나머지 두 개 보고서에 비하면 인간적인 입장을 취하는 것에 대해 더 많이 염려한다. 인간적인 입장을 취하는 것은 쉽지 않다. 「레빈 보고서」와 「번하이머 보고서」는 비교문학자들이 자신들의 실천계획을 실현할 수 있는 환경과 여건만 마련된다면 보고서에 담긴 실천계획이 그 어떤 해도 끼치지 않을 것이라고 확신하는 것 같다.

그러나 이제 마무리를 하자면, 세 편의 '비교문학 기준 보고서' 사이의 이견은 무시해도 될 정도의 내용이다. 물론 세 편의 보고서에서 볼 수 있는 논쟁은 철저하게 보고서 차원의 내부적인 내용이지만, 세 편의 보고서 모두 동의하는 것은 궁극적으로 비교문학이라는 학문 영역이 내세우는 가장 모호한 주장인데,

그것은 문학작품을 문화적 횡단의 방식으로 접근한다면 더 나은 세계시민들을 만들어낼 것이라는 이론적 전제다.

비교문학의 기준에 대한 오늘날 논쟁은 마치 서로 경쟁하는 두 가지 다이어트 방법의 주장을 떠올리게 한다. 첫 번째 방법은 먹고 싶은 만큼 다 먹어도 하루에 한 시간씩 계단을 오르내리면 매주 대략 3kg의 살을 뺄 수 있다는 것이며, 두 번째 방법은 매일 다이어트 알약을 먹으면 살을 뺄 수 있다는 것이다. 대부분 사람은 두 번째 방법이 훨씬 수월하기에 두 번째 방법을 택할 것이다. 그런데 두 가지 방법 중에서 어떤 방법을 선택하든 다이어트를 시작한 지 6개월이 지나고 나면 이 두 가지 다이어트 방법 모두에 근원적인 문제가 있다는 것을, 그리고 두 가지 방법 모두 효과적이지 않다는 것을 사람들은 깨닫게 된다.

여기서 '결론 #1'은 비교문학은 다문화주의의 경쟁상대가 될 수 없다는 사실이고, '결론 #2'는 비교문학과 다문화주의 사이의 철학적 차이점은 미미하고 대부분의 차이는 상징적이며 두 가지 중 그 어느 것도 약속한 목표를 구현할 수 없기 때문에 굳이 그 차이점에 대한 논쟁을 벌일 필요도 없다는 사실이다. 상징주의 자체가 유용한지만 두고 보면 된다.

이론으로서의 다문화주의

이론은 변하지 않는 것을 바라보는 하나의 관점이다. 그렇다면 여러 개의 관점인 경우에도 이론이 가능할까? 이 경우에도 당연히 여러 개의 관점에 관한 하나의 관점이 될 것이다. 그러나 그것은 또한 여러 개의 변수를 한두 개로 줄여가는 수단이며, 다양한 관점이 가지는 폭발력에 대처하는 하나의 수단이기도 하다.

아마 미국과 유럽뿐만 아니라 전 세계적으로 문학과 문화에 대한 이론은 대부분 유럽 이론 중심일 것이다. 그리고 관점의 다양성을 바라보는 시각 자체는 여전히 단일한 관점인 경우가 많다. 오늘날 강의실에서 이루어지는 다문화주의에 대한 논의에 있어서 진짜 다문화에 대한 논의는 별로 없어 보인다. 이와 관련해서 내가 조금만 더 공부를 많이 했더라면 이론 영역과 강의실 정치 논리에서는 허용하지 않는 다양한 아이디어들의 예시를 제시할 수 있었을 텐데, 안타깝지만 여기서는 아래 세 가지 사례만 제시하는 것으로 만족해야 할 것 같다.

첫째, 가장 명확한 예시로는 '낭독'을 들 수 있는데, 거의 모든 문화권에서 모든 아동이 거치는 교육적 경험의 중요한 부분이기 때문이다. 부모가 자녀들에게 자신들이나 다른 사람들의 고유한 문화를 알려주는 방식으로는 이야기 낭송과 책 읽어주기를 들 수 있다. 자녀들은 이 이야기를 자신들이 다시 이야기하는 방식으로 학습을 하게 된다. 미국 초등학교에서 저학년 교실의 선생님들은 학생들에게 교육적 목적으로 큰 소리로 이야기를 읽어주거나, 좋은 행동에 대한 보상의 차원에서 이야기를 들려주기도 한다. 즉, 이야기를 낭송하는 행위에는 분명 보상의 성격이 있다는 것이다. 20세기 초 대학 강의실에서도 여전히 교수들은 상당한 분량의 낭송을 교육방법으로 활용하였다. 분명한 것은, 역사적으로나 전 세계 다양한 문화에 걸쳐서 이 같은 낭송 행위는 구전문학이든 텍스트 문학이든 시나 소설을 경험하는 매우 익숙하고 중요한 수단으로 자리매김해왔다는 사실이다.

더욱 중요한 사실은, '낭독'은 폭넓은 의미에서 세계 어디에서나 사람들의 일상생활에서 매우 중요한 축을 차지하고 있다는 점이다. 누군가가 이야기를 꺼내면 상대방은 이에 반응하는 방식으로 다른 이야기를 꺼낸다. 분명, 이 두 이야기의 관계가 어떤 관계인지는 늘 명확하지 않음에도 불구하고 대화라는 장에 함께 놓임으로써 서로 연결된다. 그러나 명확한 사실은 그 어떤 이론적 해석도 두 이야기를 연결하기 위해 개입하지는 않는다는 것이다. 하나의 문화에 대해 알아가는 과정의 한 축은 이 같은 경험을 하루에도 여러 번 하는 것으로 이루어진다. 이를 통해 상당한 문화적 대화를 만들어내고, 그 대화를 구성하는 거미줄같이 다양한 칸과 틈새는 앞으로 더 많은 대화의 맥락을 만들어낸다. 이 같은 과정이 발생하는 플랫폼이 상당히 크다는 점은 강조할 필요가 있다. 짐작하건대 단지 수십여 개의 대화를 나누는 것만으로는 상대방을 문화적 대화로 이끌어주지는 못할 것이다. 한 사람을 문화적인 전문가로 만들어내기 위해서는 얼마나 많은 대화가 필요한지는 나도 잘 알지 못한다.

서구에서 '낭독'이 언제, 어디에서 지식의 형태로 나타나게 되었는지 그 과정을 기록할 수 있는데, 아마 중학교 이후로 교실에서 '낭독'은 사라진 것 같다. 오늘날 대학 강의실에서는 그 어떤 교수도 수업 시간 내내 또는 수업 시간 일부라도 학생들에게 텍스트를 큰 소리로 읽어주려는 사람은 없을 것이다. 그 대신 이 같은 낭독은 학생들에게 숙제로 넘어왔고, 학생들은 전부는 아니더라도 일부라도 읽어 오고, 교수들은 수업 시간 대부분을 낭독 대신에 텍스트를 '설명'하는 데 할애하고 있다. '설명'은 학생들을 위해 콘텐츠를 번역해주는 방법인데, 만약에 문화라는 것이 형식과 핵심적인 콘텐츠의 반복을 통해 만들어지는 것이라면 분명 '설명'은 '낭독'보다 전달력이 떨어질 것이다. 그래서 우리가 제안하고자 하는 바, 아마 이런 콘텐츠를 더욱 효과적으로 전달하거나 다른 문화에 더욱 많이 노출시키는 방법은 결국 대학 강의실에서 교수들이 수업 시간 내내 텍스트를 큰 소리로 낭독하는 것이다. 그런데 이런 역할을 하는 교수에게는 아마 박사학위 자격은 필요 없을 것이다.

둘째, 대학 강의실에서 개인적인 해석은 금기 사항이다. 만약 내가 문학 수업을 듣는 학생이고, 내게 부여된 읽기 과제가 나이지리아 출신의 작가이자 바드컬리지(Bard College) 문학 교수인 치누아 아체베(Chinua Achebe)의『모든 것이 산산이 부서지다(*Things Fall Apart*)』(1958)라고 한다면, 이 소설이 내게 생생하게 다가오는 유일한 이유는 소설에서 다루고 있는 분노에 대한 집착이 나의 개인적인 가족사와 궤를 같이하기 때문일 것이다. 그런데 교수가 수업에서 이 소설에 대한 토론을 시작하게 되면 내가 이 소설과 나의 가족사와의 유사성에 머무는 것은 허용되지 않는다. 분노가 어떻게 나의 아버지를 파멸시켰고, 그로 인해 나도 결국 아버지처럼 그런 분노의 사나이가 되고 말 것이라는 가능성을 내가 가장 두려워한다는 길고 복잡한 우리 가족 이야기를 꺼내려고 하면 분명 교수는 나의 이야기를 막을 것이다. 물론 내가 문학비평가라면, 이 같은 나의 소설 읽기는 그 어떤 전문적인 문학적 가치도 가지지 못할 것이다. 이런 개인적인 이야기를 글로 써서 *Critical Inquiry*나 *Representations*, 혹은 *Cultural Critique* 같은 전문 학술지에 투고를 해보면 이런 개인적인 글이 얼마나 가치가 없는지 바로 깨달을 수 있을 것이다.

그럼에도 불구하고, 개인적인 해석은 시와 소설의 경험에서 매우 중요한 부분을 차지한다. 칵테일 파티 같은 곳에서 사람들은 자신들이 읽고 있는 소설이나 자신들이 본 영화 이야기를 서로 자유롭게 나누는 것을 즐기는데, 소설이나 영화에 등장하는 주인공과 자신을 동일시하고 그 주인공을 통해 자신에 대한 이야기를 하고 싶어하기 때문이다. 분명한 것은, 특정 영화의 상업적 성공의 이유 중에 일부분은 그 영화를 본 사람들이 영화를 자신을 표현하는 수단의 일부분으로 활용하기 때문이라는 점이다. 독자들은 이런 식으로 소설에 관해 이야기하곤 해왔다. 시간을 때우기 위해 자신이 읽었던 소설 이야기를 서로에게 하는 방식으로 말이다. 그런 맥락에서 개인적인 해석은 역사적으로 전 세계에 걸쳐서 문화적 경험의 매우 중요한 한 부분을 차지해왔다. 꿈의 해석, 예언, 마술적 의례, 점성술, 게임, 신화 등은 개인들이 다른 사람들이나 자신에게 자기 자신을 설명해주는 보편적인 상징의 역할을 한다.

셋째, 역사적으로나 전 세계적으로 종교적 해석은 극도로 중요하다. 어떤 사회에서는 서사라는 것이 종교적 성격이 없으면 아무런 의미를 가지지 못하는 경우도 있다. 그러나 역사적이고 정치적인 이유로 인해 여전히 종교는 오늘날 문학연구나 문화연구의 일부가 되지 못하고 있다. 교실에서 선생님들은 세속적인 텍스트를 종교적 텍스트로 해석하거나, 세속적인 텍스트를 철저하게 종교적 관점에서 읽는 것이 전혀 허용되지 않는다. 만약에라도 선생님들이 교실에서 그런 시도를 한다면 상당히 광적이거나 균형감을 잃어버린 종교 편향적인 사람으로 비판받는 위험에 놓일 것이다. 만약 성경을 가르치는 선생님이라면, 하느님 말씀의 참된 중요성과 의미에 대한 자신의 생각을 설명하려고 애쓰는 종교적인 학생들에 관한 이야기 정도는 할 수 있을 것이다. 그런데 어쨌든 수업에서 이런 이야기를 하는 종교적인 학생들은 모두 골칫거리처럼 보일 수 있을 것이다.

여기서 '결론 #1'은, '다문화주의'는 올바른 종류의 다문화주의일 때만 좋은 것이다. 일반적으로 '올바른 종류'라는 것은 해석학과 무관심성, 그리고 세속적 지식에 특권을 부여했던 유럽 계몽주의에서 비롯된 개념이다. '결론 #2'는, 다문화주의의 윤리는 서로 다른 담화와 문화, 이데올로기, 인종, 젠더의 사람들 사이에서 소통과 이해를 증대시키는 것인데, 이 같은 윤리는 적용에 한계가 있다. '결론 #1'을 참고하기 바란다.

어느 비교문학자의 진심

문학비평과 문화비평은 더 이상 합리성과는 관련이 없다고 주장했던 뉴욕대 철학과 앤서니 애피아 교수 말이 맞다면, 아마 나는 우리 시대의 전형적인 대학 교수는 아닐지도 모른다. 평소에 나는 애피아 교수가 상당히 이성적이라고 생각했기에 애피아 교수의 이 같은 주장에 적지 않게 놀랐는데, 그 이유는 애피아 교수가 한 말이 진짜 진심이었는지 궁금했기 때문이다. '합리성'이라는 것은 원칙을 따르는 행동의 양식이다. 만약 우리가 원칙에 따라 행동하기를 원한다면 우리는 이성과 논리를 중심에 두어야 한다. 비록 이 원칙들이 무엇인지에 대해서, 그리고 이 원칙들을 언어로 설명하는 표현에 대해서 우리가 동의하지 않을지라도 우리는 여전히 그런 원칙에 따라 행동한다고 생각한다. 결국, 기준이라는 것은 사람들이 모두 호응하고 합의한 행동의 근거이기 때문에 나는 이런 방식으로 기준의 문제에 접근하는 편이다.

칸트는 『순수이성비판』(1781)에서 '이성'의 이해관계를 요약하는 데 다음 세 가지 질문이 도움이 된다고 강조했다: 첫째, 나는 무엇을 알 수 있을까? 둘째, 나는 무엇을 해야 할까? 셋째, 나는 무엇을 희망할 수 있을까? 그래서 이성과 다문화주의 사이의 연결고리를 찾는 차원에서 이 질문들에 대해 대답하고자 한다. 그러나 내 생각에는 칸트가 이 질문들의 순서를 잘못 배열한 것 같아서, 행위에 관한 질문을 맨 뒤에 위치시키는 방식으로 순서를 바꿔보고자 한다. 물론 위의 질문에 나온 각각의 행위를 수행하고 나면 다시 질문을 하기 때문에 궁극적으로 이 순서는 계속 반복되겠지만, 이 질문들의 최종 목표는 결국 행복이다.

이와 관련한 논의를 계속하기 전에 여기서 짧은 고백을 하나 해야 할 것 같다. 최대한 진심을 가지고 이 질문들에 대해 대답을 하고자 하는데, 이것이 쉽지 않은 문제라는 것은 알고 있지만, '합리성'의 문제는 '진정성'의 문제를 초래하기 때문에 오늘날 가장 중요한 문제라는 맥락에서 내가 할 수 있는 최선의 노력을 하고자 한다. 오늘날 우리는 '회의론'이 대세인 세상에 살고 있는데, 이성적이라고 생각되는 약속들이 사실은 거짓말을 하는 데 가장 좋은 전략이 되어버리는 그런 세상에 살고 있다. 그러다 보니 사람들이 왜 자신들이 어떤 특정한 행동을 하는지 그 이유를 설명할 때마다 우리 마음속에 가장 먼저 떠오르는 것은 진정성의 가치가 되어버린다. 무언가가 좋은 것인지, 그리고 그것이 우리에게도 좋은 것인지를 우리가 물어보게 된다면 사실 그것은 우리가 어떤 공동체에 살고 싶은지를 물어보는 것이기도 하다. 그리고 내 생각에는 다른 그 어떤 질문보다 우리는 이런 질문을 더 많이 하고 있다. 그것이 어떤 공동체인지 정의를 내리기 위해서는, 그 공동체가 과연 무엇인지에 대해 우리가 동의하기 전에, 우리가 공통의 목적을 가지고 있다는 사실에 반드시 동의해야 한다. 만약 동의하고자 하는 다른 사람들의 진정성을 그 어떤 이유로라도 우리가 신뢰할 수 없다면, 그리고 그들의 의도에 대해 우리가 회의적이라면, 동의라는 행위는 훨씬 더 어려워질 것이다.

만약 지금 우리가 하고 있는 비교문학의 '기준'에 대한 논의에서 모든 사람이 진정성을 가지고 있다고 전제를 하거나, 회의론을 받아들이는 대신에 최소한 '진정성' 문제가 논의의 일부분이 되도록 허용한다면, 우리는 의견의 일치든 의견의 충돌이든 이에 대한 훨씬 나은 근거를 가질 수 있을 것이다.

"나는 무엇을 알 수 있을까?"

이 질문에 대한 간단한 대답은, 내가 바라는 것에 비하면, '거의 없다'이다. 지금 내가 하려는 이야기를 감안하면, 미학적 자율성의 관점에서 문학을 공부하고자 하는 유혹을 이해하는 것은 어렵지 않다. 컬럼비아대 기호학 교수인 마이클 리파테르의 사례가 이에 해당하는데, 미학적 자율성은 작품의 형식적 일관성에 근거해서, 그리고 작품을 만들어내고 그것에 의미를 부여하는 힘의 총체성과는 별개의 방식으로 지식을 정의하기 때문이다. 만약 리파테르 교수처럼 많이 알고 있는 사람이 이런 길을 선택한다고 하면 과연 그 누구를 비난할 수 있을 것인가?

다문화적 지식을 습득하고, 한 가지 이상의 문학과 문화에 대해 심도 깊게 깨달아가는 것은 엄청난 일이다. 타 문화권에서 온 작품의 의미를 기본적인 수준에서라도 이해한다는 것은 사실 매우 어렵다. 왜냐하면 그렇게 하기 위해서는 수년간 해당 언어도 배워야 하고, 그 문화의 고유한 표현과 관습에도 익숙해져야 하기 때문이다. 문학작품을 작품의 문화적 맥락에 위치시키는 것은 그 작품의 언어를 사용하는 모국어 독자에게도 거의 불가능한 일인데, 외국 독자는 두말할 나위도 없을 것이다.

나의 경우, 모국어가 아닌 언어 중에서는 프랑스어 실력이 가장 뛰어나다. 벌써 20년 이상 프랑스 문학과 철학, 문화에 대해 공부해왔고, 파리에 살았던 시간도 다 합치면 총 3년 정도 된다. 이 글을 쓰는 지금도 나는 대학의 안식년을 활용해서 파리에 와 있다. 파리에 살고 있는 미국 사람은 어떤 마음일까? 매일 가게에 들러 과일과 채소를 사고 있지만, 결코 쉬운 건 아니다. 가게에서 내가 원하는 것을 점원에게 말하지만, 내가 가게에서 가지고 나오는 것은 파는 사람의 마음에 따라서 내가 원래 원했던 것과 매우 가까울 수도 있고 상당히 다를 수도 있다. 특히 프랑스어로 가격을 계산해서 물건값을 지불하는 것은 여전히 서툴고 느리다. 몇 가지 예가 더 있다. 나는 여전히 프랑스 사람들의 패션 감각이나 성적인 주제에 대한 그들의 감각을 제대로 이해하지 못한다. 나는 왜 프랑스 사람들이 신체의 특정 부분은 외설적이라고 생각하면서 다른 부분은 괜찮다고 생각하는지, 그리고 어떤 상황에서 그렇게 해도 되는지 여전히 이해하지 못한다. 프랑스 사람들은 서로 인사할 때 종종 뺨에 키스를 항상 두 번 하거나, 가끔씩 네 번 이상 하는 경우도 있다. 도대체 언제 두 번을 하고, 언제 네 번을 하고, 언제 무차별적으로 하는 것일까? 왼쪽 뺨부터 먼저 하는지, 오른쪽 뺨부터 먼저 하는지도 중요한 것일까? 이런 사례들은 나도 구체적으로 나열할 수 있지만 왜 그렇게 하는지는 여전히 이해하지 못한다. 프랑스에서 영화관에 가면 영화를 보다가 관객들이 배꼽을 잡고 웃는 경우가 있는데, 나는 그 웃긴 상황의 맥락을 이해하지 못하기 때문에 함께 웃지 못한다. 그런데 프랑스 영화관에서 미국 영화를 보다가 프랑스 관객들은 맥락을 이해하지 못해 아무도 웃지 않는데 나 혼자 웃는 경우가 있다.

지난 20여 년 동안 프랑스 문학이론을 공부해왔는데, 문학이론을 공부하면서 만약 내가 동의하지 않는 부분이 생긴다면 그 이유가 마치 내가 프랑스 영화를 보고 이해하지 못해 웃지 않았던 것과 같이, 혹시라도 아주 단순한 것을 내가 이해하지 못해 그런 것이라면 어떡해야 할까? 과연 내가 프랑스 문화에 대해 제대로 이해하고 있는 것일까? 분명 나는 프랑스를 사랑한다. 그러나 충분히 알고 있다고는 생각되지 않는다.

분명 나는 10년 전보다 지금 프랑스 문화를 더 많이 알고 있다. 최소한 나는 그렇게 생각한다. 다시 프랑스로 돌아가서 프랑스 문학을 읽고 프랑스 문화를 계속해서 공부하고 싶기도 하다. 그리고 나의 아이들에게도 무조건 프랑스어를 배우게 할 것이다. 그러면 분명 주변의 나의 미국 친구들은 내가 너무 심하다고 생각하겠지만, 오히려 나의 프랑스 친구들은 내가 제대로 잘하고 있다고 생각할 것이다.

그렇다면 다문화주의자로서 나는 어떤 상황에 놓여 있을까? 분명 나는 다문화주의자가 되고 싶어하지만 지금은 아닌 것 같다. 나의 무지함을 감안하면, 가능하면 나는 내가 알고 있는 것을 알고 있다는 것에 집중하는 노력을 해야 한다. 그러기 위해서는 내가 수업하고 있는 다문화 주제와 관련한 강의실에서 이루어지고 있는 일에 대해, 그 문화에 대해, 그리고 대학문화 속에서 이런 수업이 차지하는 위상에 대해 몰두하면서, 나의 강의실과 강의실 밖의 더 큰 현실 세상 사이의 이상적인 유사성을 과장하는 그 어떤 상징주의도 거부하는 노력을 해야 한다. 나는 학습과 교육의 합리적인 목표를 설정해야 한다. 만약 다문화주의가 나의 이상이라면, 나의 학생들이 그 이상에 가까이 다가갈 수 있도록 나는 오늘, 다음주, 몇 달 후에 과연 무엇을 할 수 있을까? 나는 매주 그 이상에 한 걸음씩 다가가는 노력을 하고 있을까? 그 목표에 다가가는 과정에서 필요하다면, 학생들과 나 자신을 위한 목표 수정까지 포함하는 어떤 종류의 조정과 조율의 노력을 찾아야 할까?

"나는 무엇을 희망할 수 있을까?"

나는 내가 알지 못하는 것을 알고 있거나 알게 되길 바라는 희망이 이루어지지 않기를 희망할 수도 있다. 나의 희망은 나를 끝까지 버티게 하는 것이다. 나는 좋은 선생님이 되기를 희망할 수 있고, 더 나은 선생님이 되기를 희망할 수 있으며, 나의 강의실과 대학, 나라, 그리고 이 세상을 더 나은 곳으로 만드는 데 이바지하는 것을 희망할 수 있다. 나의 지식이 학생들에게 도움이 될 것이라는 점을 학생들에게 가르치는 것을 희망할 수도 있고, 내가 가르치는 것을 학생들이 잘 배우기를 희망한다. 그리고 나의 희망이 나와 다른 사람들을 빛이 아니라 오히려 어둠 속으로 끌고 들어갈 때, 나는 나의 희망의 한계를 깨달을 수 있기를 희망한다. 그리고 나는 내가 충분히 알 수 있는 것을 나의 희망이 대체해버리지 않도록, 그래서 나와 다른 사람들에게 그릇된 희망을 심어주지 않도록 희망한다.

그렇다면 다문화주의자로서 나는 어떤 상황에 놓여 있을까? 나는 내가 다문화주의자가 아니라는 것을 알고 있고, 최소한 나의 경우에 있어서 그 이상은 이루어질 수 없는 것이라는 것도 경험을 통해 알고 있다. 그런데 이룰 수 없는 이상이 사람들의 동기부여에 도움이 된다는 것도, 그리고 비록 항상 우리가 의도한 방향은 아니더라도 우리가 앞으로 나아가는 데 종종 효과적이라는 것도 나는 알고 있다. 그런 희망 때문에 나는 다문화주의 이상에 대해 호의적인 입장을 취할 것이며, 또 한편으로는 다문화주의 이상의 한계에 대해서도 합리적인 입장을 취하고 싶다. 내가 희망하는 것은 다문화주의를 희망의 가능성 쪽으로 놓는 것이다.

"나는 무엇을 해야 할까?"

나는 내가 아는 것을 해야 하고, 내가 희망하는 것을 시도해야 하지만, 그렇다고 내가 알 수 있는 것과 내가 희망하는 것 사이에 간격이 있다는 것도 결코 잊어서는 안 된다. 그 간격은 나의 무지함이다. 나의 무지함은 일종의 '희망'의 형태이자 '반희망'의 형태이다. 나의 무지를 아는 것은 나를 앞으로 나아가게 밀어주는 힘이 되며 나의 행동에 목적을 부여한다. 그러나 나의 무지는, 내가 알 수 있는 것으로부터 내가 희망하는 것으로 가는 길은 없다는 것을 알려주고, 내가 희망하는 것이 어쩌면 내게 아주 좋은 것만은 아니라는 것도 일깨워주며, 내가 희망하는 것을 획득하는 방법이 때로는 내게 완전히 다른 것을 가져다 줄 수 있다는 것도 알려준다. 그 다른 것은 뭔가 비슷한 것일 수도 있고, 그보다 더 나은 것이거나 더 나쁜 것일 수도 있다.

그렇다면 다문화주의자로서 나는 어떤 상황에 놓여 있을까? 나는 내가 알 수 있는 것과 내가 희망하는 것을 가르쳐야 하는데, 또한 학생들에게 나의 무지에 대해서도 가르치면서 차분하게 만들 필요도 있다. 이렇게 하는 것은 학생들이 내게 굳이 얽매이지 않도록 하는 부수적인 장점이 있다. 학생들은 세상이 나의 강의실 안에 있는 것이 아니라 밖에 있다는 것을 알아야 하며, 이와 관련해서 더 많이 배우기 위해서는 다른 교수들을 찾아가고, 학교 밖 다른 장소로도 나가야 할 필요가 있다는 것도 깨달아야 한다.

$$2 + 2 = 4$$

지금까지 진정성의 가치와 이성에 관한 이야기를 한 가지 했는데, 사실 덧붙일 이야기가 하나 더 있지만 함부로 할 이야기는 아닌 것 같다. 즉, 진정성만으로는 충분하지 않다는 이야기인데, 여기에는 몇 가지 중요한 사실이 담겨 있다. 우리는 인간적인 가치를 가르칠 필요가 있는데, 그 가치에는 평화, 진정성, 합리성 등이 포함되며, 2+2=4와 같은 단순한 사실을 희망하기도 한다. 인간다움에 대해 말하는 것만큼이나 이 같은 단순한 사실들이 인간다움에 이바지한다는 말이기도 하다.

오늘날 사실이 사람들 사이에 끼어들어 갈라놓는다고 생각하는 사람들과 사실이 사람들을 통합시킨다고 생각하는 사람들은 서로를 적으로 간주하는 경향이 있다. 그러나 이 두 가지 관점 모두 진정성이 있으며, 사실 이 두 가지 관점의 공통의 적은 '회의론'이라는 점을 강조하고 싶다. 회의론자는 합의라는 것이 매우 소중한 가치라는 점에 동의하지 않을 사람들이다. 회의론자들과는 달리, 사실을 믿는 사람들이 가치를 믿는 사람들과 공유할 수 있는 것은, 비록 일이 제대로 풀리지 않더라도, 아무것도 하지 않는 것보다는 무엇인가를 하고자 하는 의지이다. 가치와 사실을 다루는 사람들은 어쩔 수 없이 많은 실수를 범하게 된다. 그러다 보니, 진정성이라는 가치가 '회의론'에 비하면 어리석어 보일 수도 있다. 그래서 간단한 사실을 믿는 사람들이 회의론자들에 비해 어리석어 보이는 이유이기도 하다. 그러나 진정성을 가진 사람들은 사실을 믿기 위해 어리석은 사람이 되는 것을 두려워하지 않는 사람들이다. 부디 계속 두려워하지 말기를 바라는 것이 나의 진심이다.

| 번역 : 이형진 |

⠿ 저자 소개
(목차순)

해리 레빈(Harry Levin) 미국 하버드대학교 비교문학과 교수를 역임했으며, 대표 저서로
는 *James Joyce: A Critical Introduction*(1960), *The Gates of Horn: A Study of Five
French Realists*(1963), *Refractions: Essays in Comparative Literature*(1968), *Mem-
ories of the Moderns*(1982) 등이 있음. 미국비교문학회(ACLA)는 1978년부터 학
회 회원들이 출판한 생애 첫 번째 연구서 중에 가장 우수한 비교문학 관련 연
구서를 선정하여 '해리레빈상(The Harry Levin Prize)'을 수여하고 있음.

토머스 그린(Thomas Greene) 미국 예일대학교 비교문학과 교수를 역임했으며, 대표 저
서로는 *The Descent from Heaven: A Study in Epic Continuity*(1963), *Rabelais:
A Study in Comic Courage*(1970), *The Light in Troy: Imitation and Discovery
in Renaissance Poetry*(1982), *The Vulnerable Text: Essays on Renaissance Litera-
ture*(1986) 등이 있음. 그의 1982년 저서 *The Light in Troy*로 해리레빈상 수상.
1985~1987년 미국비교문학회 회장 역임.

찰스 번하이머(Charles Bernheimer) 미국 뉴욕주립대학교(버팔로)와 펜실베이니아대학교
비교문학과 교수를 역임했으며, 대표 저서로는 *Figures of Ill Repute: Representing
Prostitution in Nineteenth-Century France*(1989)와 유럽의 세기말 데카당스에 관
한 *Decadent Subjects*(2002)가 있음. 비교문학 발전을 위한 그의 역할과 업적을
기념하는 차원에서 매년 비교문학 관련 최우수 박사학위 논문 저자에게 미국
비교문학회에서 '찰스번하이머상'을 수여하고 있음.

K. 앤서니 애피아(Kwame Anthony Appiah) 미국 하버드대학교, 프린스턴대학교, 코넬
대학교, 뉴욕대학교 철학과 교수를 역임했으며, 대표 저서로는 *In My Father's*

House: Africa in the Philosophy of Culture(1992)와 *Cosmopolitanism: Ethics in a World of Strangers*(2006)가 있으며, 랭스턴 휴스, 토니 모리슨, 앨리스 워커 등 흑인 대표작가들을 다룬 '아미스타드 문학 시리즈(Amistad Literary Series)' 의 *Critical Perspectives Past and Present*(1993) 편저자이고, 소설 *Avenging Angel*(1991), *Nobody Likes Letitia*(1994), *Another Death in Venice*(1995)의 작가. 2016~17년 미국 현대어문학회(MLA) 회장 역임.

메리 루이스 프랫(Mary Louise Pratt) 미국 스탠퍼드대학교와 뉴욕대학교 중남미문학과 및 비교문학과 교수를 역임했으며, 대표 저서로는 *Toward a Speech Act Theory of Literary Discourse*(1977), *Women, Culture and Politics in Latin America*(1990) 와 *Imperial Eyes: Travel Writing and Transculturation*(1992) 등이 있음. 2003년 미국 현대어문학회 회장 역임.

마이클 리파테르(Michael Riffaterre) 미국 컬럼비아대학교 불문과 교수와 다트머스대학 의 '비평과 이론 프로그램' 책임교수를 역임했으며, 대표 저서로는 *Semiotics of Poetry*(1978), *Text Production*(1983), *Fictional Truth*(1990) 등이 있음. 1986년 미국기호학회(Semiotic Society of America) 회장 역임.

에드워드 에이헌(Edward J. Ahearn) 미국 브라운대학교 불문과 교수를 역임했으며, 대 표 저서로는 *Marx and Modern Fiction*(1989)과 *Visionary Fictions: Apocalyptic Writing from Blake to the Modern Age*(1996), *Urban Confrontations in Literature and Social Science, 1848-2001*(2010) 등이 있음.

아널드 와인스타인(Arnold Weinstein) 미국 브라운대학교 비교문학과 교수를 역임했으 며, 대표 저서로는 *Nobody's Home: Speech, Self and Place in American Fiction from Hawthorne to DeLillo*(1993), *Northern Arts: The Breakthrough of Scandinavian Literature and Art from Ibsen to Bergman*(2008) 등이 있음.

에밀리 앱터(Emily Apter) 미국 캘리포니아대학교(UCLA) 불문과 및 비교문학과 교수를 역임하고, 뉴욕대학교 비교문학과 교수로 재직 중이며, 대표 저서로는 *Feminizing the Fetish: Psychoanalysis and Narrative Obsession in Turn-of-the-Century*

France(1991)와 *The Translation Zone: A New Comparative Literature*(2006), *Against World Literature: On the Politics of Untranslatability*(2013) 등이 있으며, 2018~2019년 미국비교문학회(ACLA) 회장 역임.

피터 브룩스(Peter Brooks) 미국 예일대학교와 프린스턴대학교 불문과 및 비교문학과 교수를 역임했으며, 대표 저서로는 *Body Work*(1993), *Psychoanalysis and Story-telling*(1994), *Realist Vision*(2005), *Enigmas of identity*(2011) 등이 있음.

레이 초우(Rey Chow) 미국 캘리포니아대학교(어바인)와 브라운대학교 영문과 및 비교문학과 교수를 역임하고, 듀크대학교 문학과 교수로 재직 중이며, 대표 저서로는 *Woman and Chinese Modernity*(1991), *Writing Diaspora*(1993), *Primitive Passions: Visuality, Sexuality, Ethnography, and Contemporary Chinese Cinema*(1995), *Not Like a Native Speaker: On Languaging as a Postcolonial Experience(*2014) 등이 있음

조너선 컬러(Jonathan Culler) 미국 코넬대학교 비교문학과 교수를 역임했으며, 19세기 프랑스문학과 구조주의, 후기구조주의 이론에 관한 다수의 저서가 있는데, 대표 저서로는 *Structuralist Poetics: Structuralism, Linguistics, and the Study of Literature*(1976), *On Deconstruction: Literature and Theory After Structuralism(*1982), *Literary Theory: A Very Short Introduction*(1997) 등이 있음. 1999~2001년 미국비교문학회 회장 역임.

데이비드 댐로시(David Damrosch) : 미국 컬럼비아대학교 영문과 및 비교문학과 교수를 역임하고, 하버드대학교 비교문학과 교수로 재직 중이며, 대표 저서로는 *The Narrative Covenant: Transformations of Genre in the Growth of Biblical Literature(*1987)와, 대학에서 학문 분야의 세분화와 고립화 문제를 다룬 *We Scholars: Changing the Culture of the University*(1995), *What is World Literature?*(2003), *Comparing the Literatures: Literary Studies in a Global Age*(2020) 등이 있음. 2001~2003년 미국비교문학회 회장 역임.

엘리자베스 폭스-제노비스(Elizabeth Fox-Genovese) 미국 에모리대학교 인문학 교수를 역임했으며, 대표 저서로는 *Feminism without Illusions: A Critique of Individualism*(1991)과 *The Mind of the Master Class: History and Faith in the Southern Slaveholders' Worldview*(2005) 등이 있음.

롤런드 그린(Roland Greene) 미국 오리건대학교 영문과 및 비교문학과 교수를 역임하고, 스탠퍼드대학교 영문과 및 비교문학과 교수로 재직 중이며, 대표 저서로는 *Post-Petrarchism: Origins and Innovations of the Western Lyric Sequence*(1991) 와 *Unrequited Conquests: Love and Empire in the Colonial Americas*(2000) 등이 있음. 2015~16년 미국 현대어문학회 회장 역임.

마거릿 히고넷(Margaret Higonnet) 미국 코네티컷대학교 영문과 및 비교문학과 교수를 역임했으며, *Behind the Lines: Gender and the Two World Wars*(1987), *The Sense of Sex: Feminist Perspectives on Hardy*(1992), *The Sense of Sex: Feminist Perspectives on Hardy*(1993), *Borderwork: Feminist Engagements with Comparative Literature*(1994), *Comparatively Queer: Interrogating Identities Across Time and Cultures*(2010) 등의 편저자임. 2003~2005년 미국비교문학회 회장 역임.

프랑수아즈 리오네(Françoise Lionnet) 미국 노스웨스턴대학교와 캘리포니아대학교 (UCLA)에서 불문과 및 비교문학과 교수를 역임하고, 하버드대학교 비교문학과 교수로 재직 중이며, 대표 저서로는 *Autobiographical Voices: Race, Gender, Self-Portraiture*(1989)와 *Postcolonial Representations: Women, Literature, Identity*(2013) 등이 있음. 2011~2012년 미국비교문학회 회장 역임.

마조리 펄로프(Marjorie Perloff) 미국 남가주대학교(USC) 영문과 및 비교문학과 교수와 스탠퍼드대학교 영문과 교수를 역임했으며, 대표 저서로는 *Poetic License: Essays on Modernist and Postmodernist Lyric*(1990), *Radical Artifice: Writing Poetry in the Age of Media*(1992)와 찰스 정커맨 교수와 공동 집필한 *John Cage: Composed in America*(1994) 등이 있음. 1993~1995년 미국비교문학회 회장 및 2006년 미국 현대어문학회 회장 역임.

메리 루소(Mary Russo) 미국 햄프셔대의 문학과 비평이론과 교수를 역임했으며, 대표 저서로는 *The Female Grotesque: Risk, Excess, and Modernity*(1994)와 *Revising Italy: Nationalism and Global Culture*(1997) 등이 있음.

토빈 시버스(Tobin Siebers) 미국 컬럼비아대학교와 미시간대학교 영문과 및 비교문학과 교수를 역임했으며, 대표 저서로는 *The Ethics of Criticism*(1988), *Cold War Criticism and the Politics of Skepticism*(1993), *Heterotopia: Postmodern Utopia and the Body Politics*(1994), *Disability Theory*(2008), *Disability Aesthetics*(2010) 등이 있음.

남수영 서울대학교와 미국 워싱턴주립대학교를 졸업하고, 시카고대학교에서 석사학
위를, 뉴욕대학교에서 비교문학 박사학위 취득 후, 현재 한국예술종합학교 영
상이론과 교수로 재직하며, 영화 및 미디어 이론과 현대비평이론을 중심으로
연구 중임. 저서『이미지 시대의 역사기억 : 전복을 위한 반복』은 2010년 대한
민국 학술원 우수학술도서로 선정된 바 있으며, 우호인문학상(2017), 한국비
평이론학회 우수논문상(2021) 수상. 저서로는『토마』(공저, 2021),『모빌리티
테크놀로지와 텍스트 미학』(공저, 2020),『텍스트 테크놀로지 모빌리티』(공저,
2019) 등이 있음. 한국비교문학회 편집위원장 및 부회장 역임.

박문정 한국외국어대학교 이탈리아어과를 졸업하고 같은 대학원에서 이탈리아문학
석사학위를 받고, 이탈리아 피렌체 대학교, 파리 IV대학(소르본), 독일 본대학
에서 안토니오 타부키에 대한 논문으로 공동문학 박사학위 취득 후, 현재 한
국외대 외국문학연구소 인문사회학술연구교수로 재직 중. 대표 번역서로는
아감벤의『얼굴 없는 인간』(2021),『곁에 있는 : 스물여덟 언어의 사랑시』(공역,
2017)이 있으며,『이탈리아어–한국어 사전』개정작업 집필진으로 참여. 한국
비교문학회 편집이사 및 총무이사 역임.

박지해 한국외국어대학교 한국어교육과를 졸업하고 같은 대학원 국어국문학과에서
국문학 박사학위 취득 후, 현재 한국외대, 가천대, 을지대 강사로 재직 중. 대
표 논문으로는「김수영 시에 나타나는 '아내'와 '여편네'의 정치성」「김조규·
하종오 시 엮어 읽기–조선족 여성의 이주와 정착, 귀환 과정을 중심으로」「한
국문학 읽기를 통한 여성결혼이민자의 자기긍정성 증진 가능성 연구」등이 있
음. 한국비교문학회 재무이사 역임.

심효원 연세대학교에서 비교문학협동과정 박사학위를 취득하고, 현재 연세대 매체와예술연구소 소속 연구교수로 재직 중. 인류세, 가상현실, 포스트인간중심주의를 연구하며, 관련 논문으로는 「인류세의 비가시성」 「희토류와 전자폐기물에 대한 미디어 유물론 연구」 등이 있음. 저서로는 『교차2호 : 물질의 삶』(공저, 2022), 『21세기 사상의 최전선』(공저, 2020), 번역서로는 『미디어의 지질학』(근간), 『미술관은 무엇을 움직이는가 : 미술과 민주주의』(공역, 2020) 등이 있음. 한국비교문학회 편집이사 및 기획이사 역임.

이정민 성균관대학교에서 비교문화학 박사학위를 취득하고, 현재 국립대만사범대학 초빙교수로 재직 중. 정신분석학의 동아시아 수용사를 연구해왔으며, 주요 논문으로는 「한국의 프로이트 이론 수용 양상 연구」 「라플랑슈-퐁탈리스의 『정신분석 사전』 한중일 개념어 비교연구」가 있으며, 번역서로는 『캐릭터의 정신분석』(2021) 등이 있음. 한국비교문학회 총무이사 및 정보이사 역임.

이형진 미국 뉴욕주립대학교(빙엄턴)와 펜실베이니아주립대학교에서 비교문학 석·박사를 취득하고 라이스대학교 Asian Studies 전임강사를 역임 후, 현재 숙명여대 영문학부 번역학 교수로 재직 중. 번역서로는 *Allegory of Survival: The Theater of Kang-baek Lee*(공역, 2007), *Modern Korean Drama: An Anthology*(공역, 2009), *Walking on a Washing Line: Poems of Kim Seung-Hee*(공역, 2010), *Grasshoppers' Eyes: Poems(Hyeong-Ryeol Ko)*(공역, 2017), 『글로벌 영어 미래는 있는가』(공역, 2006), 『문학번역의 세계 – 외국문학의 영어번역』(2009), 『문학번역 : 대학에서 어떻게 가르칠 것인가?』(공역, 2015) 등이 있음. 한국비교문학회 편집위원장 및 제26대 회장 역임(2022~2023)

정익순 중앙대학교에서 영문학 박사학위를 취득하고, 현재 중앙대학교 다빈치교양대학 교수로 재직 중. 저서로는 『로빈슨 크루소 : 문학적 상상력』(2006)이, 최근 논문으로는 「『로빈슨 크루소』의 상상력은 진리를 말하는가?」 「플라톤의 『국가』와 니체의 교양의 나라 : 파이데이아를 중심으로」 「『이상한 나라의 앨리스』에 나타난 수학적 요소의 함의」 「혐오와 원시성의 문제들 : 『야만인을 기다리며』를 중심으로」 「문학과 역사 속의 원시사회 : 원시성을 중심으로」 「특이점 연구 : 플라톤의 시론과 유클리드의 공리를 중심으로」 등이 있음. 한국비교문학회 편집위원장 및 부회장 역임.

조성원 서강대학교 국문과를 졸업하고, 미국 위스콘신대학교(매디슨)에서 비교문학 석사학위를 받고, 텍사스대학교(오스틴)에서 셰익스피어 드라마와 한국의 판소리를 비교한 논문으로 비교문학 박사학위 취득 후, 현재 서울여자대학교 영문학과 교수로 재직 중. ICLA 2010 서울 세계대회 발표논문을 엮은 논문집 제1권(*Expanding the Frontiers of Comparative Literature I: A Return to the Transnational Tradition*)과 제2권(*Expanding the Frontiers of Comparative Literature II: Toward an Age of Tolerance*)을 단독 편집 출간하였으며, 번역 관련 주요 논문으로 "Shakespeare Subtitled, Culture Untitled: Translation of Shakespeare Films in Korea," 「포스트모더니즘 시대의 번역의 역할」 「번역, 번역학, 비교문학」 「번역 평가 기준으로서의 '충실성'과 '가독성'에 대하여」 등이 있음. 한국비교문학회 편집위원장 및 제22대 회장 역임(2014~2015). 국제비교문학회(ICLA) 제19차 서울 세계대회 집행위원장. 국제비교문학회 상임이사(2007~2016) 역임.

최현희 성균관대학교 국어국문학과, 영어영문학과를 졸업하고, 서울대학교 대학원 국어국문학과에서 한국 현대문학 전공으로 석사를, 미국 캘리포니아대학교(어바인) 동아시아어문학과에서 박사학위를 취득하고, 일본 도쿄외국어대학 총합국제학연구원 연구원, 카이스트 인문사회과학부 초빙교수, 서울대학교 비교문학과정 및 국어국문학과 강사 등을 거쳐 현재 한국외국어대학교 한국학과 교수로 재직 중. 번역서로는『미래가 사라져갈 때』(공역, 2021), 저서로는『한국 현대소설이 걸어온 길』(공저, 2013),『동아시아 예술담론의 계보』(공저, 2016) 등이 있음. 한국비교문학회 편집이사 및 총무이사 역임.

용어

인명